VIRTUD Y VERDAD
A QUEMARROPA

VIRTUD Y VERDAD

A QUEMARROPA

Rolly Haacht

MUNYX
CONTEMPORÁNEA

Primera edición: junio de 2019
Primera reimpresión: julio de 2023

www.munyxeditorial.com

ISBN: 978-84-120160-7-9
Depósito Legal: DL T 818-2019

Para Amparo,
la mejor profesora del mundo.
Mi Helen Brooks.

ILUSTRACIÓN: CARMEN @OALCUADRADO_
COMPOSICIÓN Y DISEÑO: ROLLY HAACHT

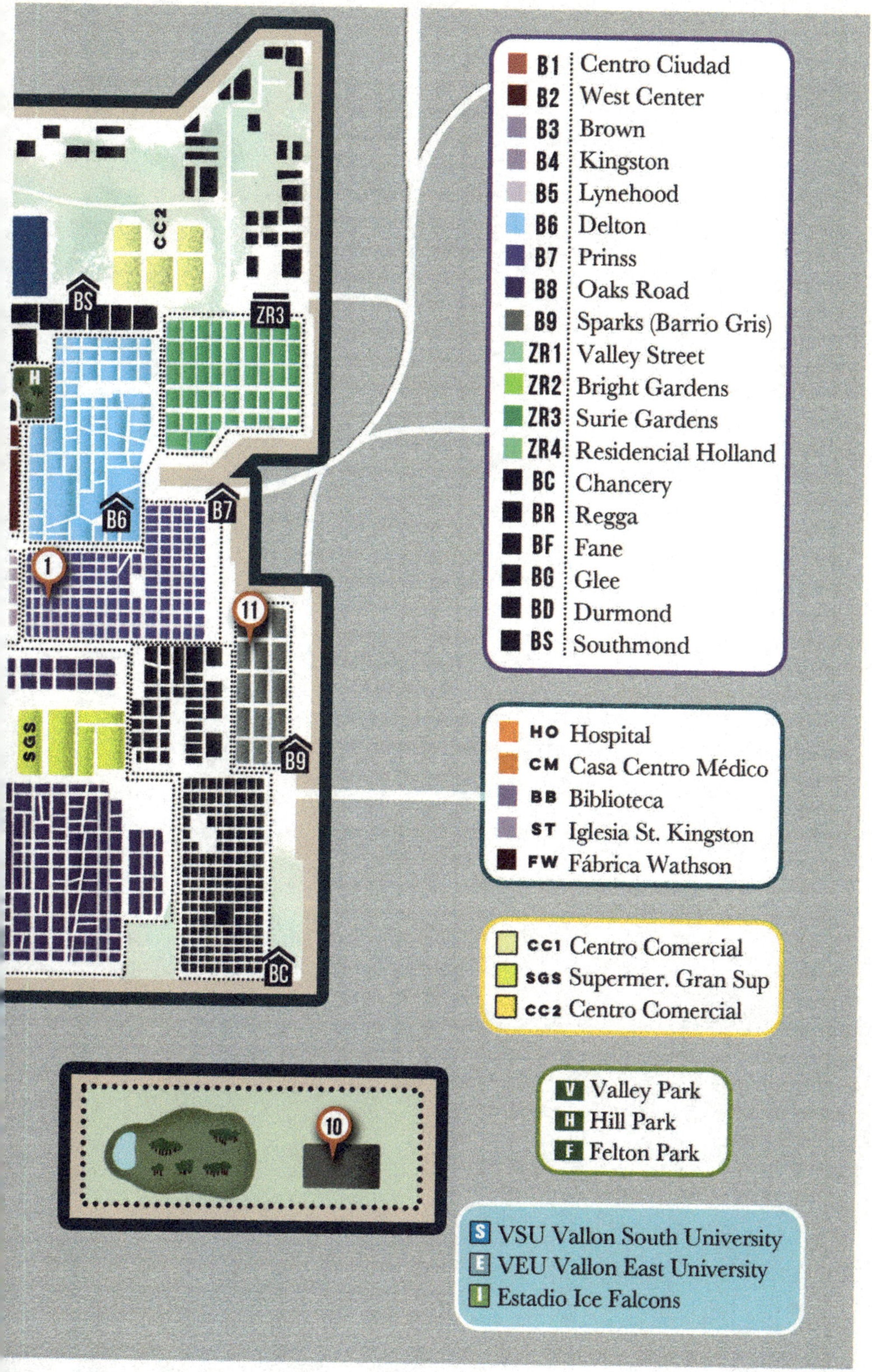
CC2
BS
ZR3
H
B6
B7
1
11
SGS
B9
BC
10
B1 Centro Ciudad
B2 West Center
B3 Brown
B4 Kingston
B5 Lynehood
B6 Delton
B7 Prinss
B8 Oaks Road
B9 Sparks (Barrio Gris)
ZR1 Valley Street
ZR2 Bright Gardens
ZR3 Surie Gardens
ZR4 Residencial Holland
BC Chancery
BR Regga
BF Fane
BG Glee
BD Durmond
BS Southmond
HO Hospital
CM Casa Centro Médico
BB Biblioteca
ST Iglesia St. Kingston
FW Fábrica Wathson
CC1 Centro Comercial
SGS Supermer. Gran Sup
CC2 Centro Comercial
V Valley Park
H Hill Park
F Felton Park
S VSU Vallon South University
E VEU Vallon East University
I Estadio Ice Falcons

1988

JULIO

SM	L	M	X	J	V	S	D
26					1	2	3
27	4	5	6	7	8	9	10
28	11	12	13	14	15	16	17
29	18	19	20	21	22	23	24
30	25	26	27	28	29	30	31

AGOSTO

SM	L	M	X	J	V	S	D
31	1	2	3	4	5	6	7
32	8	9	10	11	12	13	14
33	15	16	17	18	19	20	21
34	JC	23	24	25	26	27	28
35	29	30	31				

SEPTIEMBRE

SM	L	M	X	J	V	S	D
35				1	2	3	4
36	5	6	7	8	9	10	11
37	12	13	MM	15	16	17	18
38	19	20	21	22	23	24	25
39	26	27	28	29	30		

OCTUBRE

SM	L	M	X	J	V	S	D
39						1	2
40	3	4	5	6	7	8	9
41	10	11	12	13	14	15	16
42	17	18	19	20	21	22	23
43	ZN	25	26	27	28	29	30
44	31						

NOVIEMBRE

SM	L	M	X	J	V	S	D
44		1	2	3	4	5	6
45	7	8	9	10	11	12	13
46	14	15	16	17	18	19	20
47	21	22	23	24	25	26	LO
48	28	29	30				

DICIEMBRE

SM	L	M	X	J	V	S	D
48				1	2	3	4
49	5	6	7	8	9	10	11
50	12	13	14	15	16	17	18
51	19	20	21	22	23	24	25
52	26	27	28	29	30	JK	

1989

ENERO

SM	L	M	X	J	V	S	D
52							1
1	2	3	4	5	6	7	8
2	9	10	11	12	13	14	15
3	16	17	18	DK	20	21	22
4	23	24	25	26	27	28	29
5	30	31					

FEBRERO

SM	L	M	X	J	V	S	D
5			1	2	3	4	5
6	6	7	8	9	10	11	12
7	13	14	15	16	17	18	19
8	20	21	22	23	24	AR	26
9	27	28	3				

MARZO

SM	L	M	X	J	V	S	D
9			1	2	3	4	5
10	6	7	8	9	10	11	12
11	13	14	15	16	17	18	19
12	20	21	22	23	24	25	26
13	27	28	29	30	31		

ABRIL

SM	L	M	X	J	V	S	D
13						1	2
14	3	4	5	6	7	8	9
15	10	11	12	13	14	15	16
16	17	18	19	20	21	22	23
17	24	25	26	27	28	29	30

MAYO

SM	L	M	X	J	V	S	D
18	1	2	3	4	5	6	7
19	8	9	10	11	12	13	14
20	15	16	17	18	19	DN	21
21	22	23	24	25	26	27	28
22	29	30	31				

JUNIO

SM	L	M	X	J	V	S	D
22				1	2	3	4
23	5	6	7	8	9	10	11
24	12	13	14	15	16	17	18
25	19	20	21	22	23	24	25
26	26	27	28	29	30		

CALENDARIO DE LA HISTORIA

CADA PUNTO GRIS CORRESPONDE A UN CAPÍTULO DE LA HISTORIA, PARA QUE SE PUEDA VER A GOLPE DE VISTA EL SALTO TEMPORAL DE UN CAPÍTULO A OTRO.

CUMPLEAÑOS DE PERSONAJES

- DK — DEREK BECKER
- JK — JAKE BECKER
- ZN — ZANE BECKER
- LO — LOUIS BECKER
- AR — ARABIA KURBAGH
- MM — EMMA WATHSON
- MM — EMILY WATHSON
- JC — JACK WATHSON
- DN — DANIELLE BECKER

DOMINGO

3 JULIO 1988

JULIO

SM	L	M	X	J	V	S	D
26					1	2	3
27	4	5	6	7	8	9	10
28	11	12	13	14	15	16	17
29	18	19	20	21	22	23	24
30	25	26	27	28	29	30	31

Sentado en el sofá de casa, Jake buscaba algo dentro de una caja llena de documentos y recortes de periódicos. Llevaba horas revisando papeles, tratando de encontrar tan solo una dirección. Había descubierto hasta unas fotos en blanco y negro de cuando sus hermanos y él eran pequeños. Cogió una en la que aparecía solo, de pie delante de una fea y anticuada cortina, llorando. Era en su antigua casa de Filadelfia. Debía de tener tres años cuando le sacaron esa foto. La verdad, no solía ver muchas de cuando era pequeño, pues la gran mayoría de las que había en el álbum familiar eran de Zane y Louis. La dobló por la mitad y se la guardó en la cartera.

Después de eso se dio por vencido. Guardó de nuevo todas las fotos y dejó en su sitio el último montón de papeles que había revisado. Luego apartó las cajas a un lado del sofá y se repantigó, estirando las extremidades hasta que le crujieron las muñecas y el cuello, y descansó en silencio, recordando tiempos pasados. Hasta le pareció escuchar el sonido de una risa infantil.

Minutos después la puerta de la entrada se abrió. Louis fue el primero en aparecer, seguido de *todos* los demás: Zane, Arabia, Derek y Emily. Esta última iba con la pequeña Danielle en brazos.

Jake prefirió no preguntar qué tal había ido la mañana. Hacía justo un año que sus padres y su prima pequeña habían fallecido en un accidente de tráfico, y todos ellos habían acudido a la ceremonia de recordación. Por supuesto, él se había quedado en casa. Le parecía absurdo ir a recordar una cosa así, aunque solo fuese por la memoria de los que ya no estaban. Y precisamente porque no estaban, Jake seguía obsesionado en encontrar cualquier cosa que lo informase del paradero de la familia materna de Rachel, su prima.

Desde aquel fatídico día no habían vuelto a saber nada de la abuela que con tanto ahínco había reclamado verla. Todos sabían de su obsesión por ese tema, pero no lo comprendían. No les parecía tan sorprendente como a él que no hubiesen vuelto a recibir noticias de esa señora. Pero es que en todo un año no había llegado ni una sola carta procedente de Carolina del Norte. Si aquella mujer se había enterado del accidente, Jake quería incluso saber cómo lo había hecho, pues la trágica noticia apenas salió en uno de los periódicos locales de la ciudad.

—¿Qué? ¿Has encontrado algo esta vez? —le preguntó Derek.

—Cierra el pico.

—Apuesto a que ni siquiera te has molestado en preparar la comida de hoy.

—¿Tenía que haber preparado un banquete o algo por el estilo? —continuó Jake, con sarcasmo.

—Bastaba con que te hubieses molestado en hacer algo.

—No sé a ti, pero a mí un día como hoy solo me recuerda las pocas ganas de comer que tenía hace un año, en lugar de ir por ahí conmemorándolo.

Zane rompió a llorar y subió por las escaleras. Arabia le dedicó una mirada de reproche extremo y corrió tras ella. Derek no dijo nada, cogió a Emily de la mano y la llevó con él hasta la cocina.

Jake sabía que era hora de salir de casa. Discutiendo no ganaba nada, y después de haber pasado toda la mañana revisando cosas necesitaba despejarse, tomar el aire.

En la calle hacía calor, pero no era insoportable.

Caminó hasta el parque Felton, pero, al ver los columpios, un montón de recuerdos pasaron por su mente y fue demasiado doloroso. Inspiró profundamente y expiró mirando al cielo para relajarse. Entonces cambió de planes y redirigió sus pasos hacia la parada de autobús. Sabía que siendo domingo encontraría en casa a las personas que buscaba.

Tardó más o menos treinta minutos en llegar a la lujosa y amplia avenida de Valley Street y luego caminó con las manos en los bolsillos hasta el número cincuenta y siete. Llevaba unas bermudas por las rodillas, sus ya viejas zapatillas Adidas y una camiseta gris bastante descolorida. Su aspecto no era lo más idóneo para una urbanización como aquella, él lo sabía. Ni siquiera se había duchado esa mañana, así que podía decirse que estaba hecho un impresentable cuando se situó frente a la puerta y llamó al timbre.

Una señora entrada en años le abrió la puerta. Era la persona que más tiempo llevaba trabajando para la familia Wathson.

—Buenas tardes, Margarett.

—¡Buenas tardes! Adelante —dijo ella mientras se hacía a un lado para dejarlo pasar—. No me habían dicho que te esperaban para comer.

—¿Comer? —Jake miró el reloj de la entrada rápidamente. Era casi la una de la tarde—. Lo siento, no venía a comer. Ni siquiera sabía qué hora era.

—No te preocupes. Hay comida de sobra para uno más.

—Ya he comido —mintió—. Es solo que pasaba por aquí...

Margarett lo miró con los brazos en jarras y una ceja arqueada.

—¿Margarett? —dijo una voz femenina desde la lejanía—. ¿Quién ha...?

Emma apareció en el umbral y él la saludó con la mano.

—¿Qué diantres haces ahí? —le preguntó, fingiendo enfado. Margarett hizo un gesto despreocupado para desentenderse de la situación—. Hace más de media hora que la comida está servida. Eres un invitado de lo más impuntual.

Jake insistió en que no quería molestar, pero al final entre las dos mujeres consiguieron que entrara en casa.

—Ahora mismo estaba terminando de darle de comer a Jack— agregó Emma—. ¡Ven a verlo!

Se notaba que estaba contenta, mucho más que otras veces, y muchísimo más que años anteriores.

Cuando entraron en el comedor, el Frederic Wathson estaba sentado presidiendo la mesa. Lo miró y lo saludó con un gesto de cabeza.

—Hacía tiempo que no venías por aquí, Becker.

—Lo sé, señor. Estos últimos meses han sido algo complicados. Mi hermana ha vuelto a enfermar y…

—No hace falta que me des explicaciones. Disfruta del pollo antes de que se enfríe.

Frederic lo invitó a sentarse señalando la silla contigua a la suya, y así lo hizo. Frente a él estaban Emma, a la izquierda, y un chico al que no había visto nunca, a la derecha. Entre ambos estaba el pequeño Jack, terminando de tomar una cucharada del puré que su madre le ofrecía. Dio unos golpes en el tablero de su silla de comer con sus diminutas manos.

—¡Creo que se alegra de verte! —dijo Emma, dándole una nueva cucharada.

—Está mucho más grande que la última vez que lo vi, y se parece mucho a ti.

—Y yo que me alegro. —Emma sonrió—. Por cierto, te presento a Peter. Peter, este es Jake.

Los dos se estrecharon la mano por encima de la mesa. Emily había mencionado que su hermana gemela estaba saliendo con alguien, así que no le extrañó su presencia. De repente, el bebé empezó a escupir la comida y Jake lo observó mientras su madre lo limpiaba y regañaba. Si su memoria no fallaba, al pequeño le faltaba poco más de un mes para cumplir su primer año. Tenía el pelo cobrizo, sin llegar a ser pelirrojo, y los ojos muy azules.

Mientras comían, Jake y Frederic estuvieron hablando un poco sobre la empresa y comprobó que el tal Peter era, en efecto, el novio de Emma. Lo estuvo observando un buen rato de reojo, algo receloso, hasta que se dio cuenta de que el chico parecía desvivirse por ella a cada instante.

Tiempo atrás, cuando Jake se enteró de que Emma había tenido un bebé, fue como recibir un buen jarro de agua fría. Emily se presentó en su casa de Prinss para comunicárselo. Además, le dijo que Emma tenía planeado decirle a todo el mundo que era suyo y, aunque finalmente no lo hizo, a él le saltaron millones de dudas, porque hacía entonces solo un mes que había perdido a gran parte de su familia y no deseaba más malas noticias. Y no era, en absoluto, que el niño fuese una mala noticia, pero se trataba de una responsabilidad adicional a la que ya tenía en su propia casa.

Dado que Emma no fue nunca a hablar con él, tuvo que ser Jake el que, tres meses después, se presentase en su casa para pedirle explicaciones. Si el bebé era realmente suyo, tenía derecho a saberlo.

Emma lo recibió sin ningún tipo de rencor, y lo que es más, se sinceró con él y le contó todo su descabellado plan desde el principio. Luego, por supuesto, le pidió disculpas por haber pensado en hacer una cosa así, ya que ella pretendía dar a luz y luego encasquetarle el bebé a Jake. Tenía pensado presentarse un día en la puerta de su casa con él en brazos, entregárselo y decirle que no quería volver a saber nada de ninguno de los dos, suponiendo que eso sería un duro golpe para él. Si realmente hubiese llevado a cabo su plan, sin duda lo habría sido. Pero, por lo visto, a medida que los últimos meses fueron llegando, Emma empezó a imaginarse siendo madre, y todas sus ideas se desmoronaron. También el hecho de enterarse de lo del accidente hizo que su corazón se ablandase o, bueno, que volviera a la normalidad. Después de tener a Jack, todo lo que había planeado le producía náuseas solo de pensarlo. Emma le explicó también que, cuando nació su hijo, sintió una emoción tan grande que supo enseguida que nunca se separaría de él. Lo había llevado dentro de su vientre y era suyo, solamente suyo.

Para Jake, el simple hecho de que se hubiese dado a entender que el niño podría haber sido suyo, trajo consigo tres meses de recriminaciones por parte de Arabia. Ella era la que más le había insistido para que fuese a hablar con Emma y solucionase el asunto de una vez por todas.

Cuando, después de todas las explicaciones que Emma le dio, Jake preguntó acerca de la verdadera identidad del padre, a ella le costó mucho confesárselo y le hizo prometer que nunca se lo diría a nadie, sobre todo, que nunca se lo diría al susodicho.

Jake le dio su palabra y luego tomó a la criatura en brazos.

—¿Y por qué estás tan segura de que es suyo, y no mío? —le preguntó en aquel entonces.

—Porque estoy completamente segura de que nosotros usamos protección —contestó ella—. Dos, si quieres que sea más exacta.

Se ruborizó, y también se sintió aliviado. No porque no hubiese querido a Jack como a un hijo de haberse dado el caso, sino porque Emma y él no estaban hechos el uno para el otro y habría sido un verdadero problema para el niño.

Jake prometió que se haría cargo de todo lo que pudiera necesitar el pequeño y Emma lo proclamó a todos los efectos como el tío Jake. Era un final feliz después de todos los rifirrafes que habían vivido en la universidad. De hecho, si alguien les hubiesen dicho por entonces que en el futuro estarían sentados comiendo en la misma mesa y manteniendo una conversación amistosa, ninguno de los dos lo habría creído.

—Oye, Emma —dijo Jake, volviendo a la realidad—. ¿Retomarás la universidad al año que viene?

—Lo he estado pensando, pero, si te soy sincera, me gustaría poder dedicarme cien por cien a mi hijo durante una temporada.

—Nosotros ya le hemos dicho que puede hacer ambas cosas —intervino Peter, el chico nuevo—. Le queda solo recuperar las del curso pasado y un año más. Sería una pena echarlo todo a perder por tan poco.

—Podrías matricularte de unas cuantas asignaturas cada año, como hacía yo, aunque sin ser una pringada.

—Jake, que no pudieses permitírtelo no te convertía en un pringado, a pesar de que yo me empeñase en que lo parecieses. —Rio—. Tú sí que deberías volver. Eres un genio.

Pero Jake tenía muy claro que ya no volvería a la universidad. Había intentado estudiar algunas materias en casa para presentarse a los exámenes, pero a las pocas semanas desistía del intento. Llegaba siempre demasiado cansado como para tomárselo en serio.

—Bueno —los interrumpió Frederic—. ¿Y qué tal están Emily y tu hermano? Hace semanas que mi hija no viene por casa. ¿Por qué no han venido contigo?

—He salido de casa esta mañana sin rumbo fijo y la verdad es que no saben que estoy aquí, de lo contrario, me habrían acompañado, estoy seguro.

En realidad, no estaba seguro en absoluto.

—Y dime, ¿Derek ha conseguido ya un trabajo estable?

—No del todo. Ha entrado en el colegio de abogados de la ciudad, pero lo consideran un novato, así que todavía no es algo en condiciones.

—Yo había pensado en preguntarle si querría llevar los asuntos legales de la empresa Wathson, ¿qué te parece?

Jake se quedó callado de la impresión.

Lo que Frederic acababa de proponer era, sin duda, una oportunidad fantástica para Derek, pero a él le había molestado. Llevaba año y medio trabajando para el padre de Emma y no era más que un empleado cualquiera. A su hermano, por el hecho de haber conseguido acabar su carrera, le estaba ofreciendo un puesto mucho mejor que el suyo. La rabia se apoderó de él, sin poder evitarlo. Derek siempre conseguía lo mejor.

Se acordó de Emily, de todo lo que había sentido por ella y que al final había sido un fracaso porque hasta a ella se la había arrebatado el galán de su hermano. Llevaba medio año viéndolos casi todos los días en casa, juntos, porque Emily se solía quedar a dormir allí. Lo peor de todo era que habían usurpado la habitación de sus padres para instalarse con la cuna de Danielle. Anteriormente ya había tenido que aguantar a Ashley, la fugaz mujer de su hermano, y ahora le tocaba pasar las pocas horas de descanso que tenía viendo como él y Emily flirteaban y demostraban su amor desmesurado, como el del comienzo de toda relación. No cabía duda de que los dos se querían, pero a él le resultaba bastante desagradable.

—¿Qué te parece? —repitió Frederic.

—Disculpe, señor Wathson —respondió Jake, al fin—. Es una idea estupenda, claro.

—Bien, en ese caso, me gustaría que tú mismo le comunicases la noticia y, si acepta, que se presente mañana en la fábrica. Tendré que hablar largo y tendido con él.

—Creo que sería mejor si usted le pidiese a Emily ese favor, o si se lo dijese usted mismo.

—¿Por qué?

—Supongo que porque también me haría un favor a mí. Últimamente mi hermano y yo no hablamos mucho.

—¿Qué quieres decir con eso?

—No puedo explicárselo.

—Jake —continuó Frederic—. Me gusta que mis empleados siempre estén a gusto en la empresa, y eso empieza por la relación entre los propios trabajadores. Tú has demostrado ser un buen chico, y no me gustaría perderte. Si crees que no puedes trabajar junto a tu hermano...

—Es una gran oportunidad para él, señor Wathson. Entrevístele, y si cree que vale para el puesto, cójalo. Mi relación con él no debe influir en su decisión.

—¿Crees tú que vale para el puesto?

—No me ponga en ese compromiso.

—Lo dejo en tus manos, Jake. Si mañana tu hermano se presenta a primera hora en mi despacho, sabré que le has comunicado mi petición. Si no, entenderé que prefieres que no trabaje con nosotros.

Jake se marchó de casa de los Wathson sobre las tres y media. Emma lo acompañó a la parada de autobús.

—¿Por qué no te compras un coche? —le preguntó.

—Todavía no tengo dinero suficiente para algo de segunda mano en condiciones —respondió él—. La escuela de teatro de mi hermano pequeño es más cara de lo que imaginábamos…

—Olvidaba que hacía teatro, ¿qué tal le va? ¿Es bueno?

—Parece que sí, aunque él no habla mucho sobre ello.

—Debe ser genial eso del teatro. ¡Yo de pequeña soñaba con ser actriz!

—Genial, sí, pero muy caro para una familia como la nuestra.

—No seas negativo. —Emma le dio un pequeño golpe en el brazo—. Además, cuando Derek trabaje en la empresa de mi padre podréis acarrear con los gastos juntos, ¿no? Entonces sí tendrás dinero para un coche. Estoy segura.

Jake no hizo ningún comentario sobre esa última afirmación. Emma estaba dando por hecho que Derek iba a trabajar en la fábrica Wathson.

—Por si no te has dado cuenta, frunces el ceño —continuó Emma tras una breve pausa—. Y lo haces de la misma forma que durante la comida, cuando mi padre comentó lo de tu hermano. ¿Qué sucede con él?

—Nada. —Emma puso los brazos en jarras, esperando a que dijera algo más—. Es que estoy seguro de que cuando tenga por fin independencia económica se irá con su hija y con tu hermana a cualquier otra parte. Por no hablar de que, en el supuesto caso de que yo decida que quiero trabajar en el mismo sitio que él, tendrá un salario mucho mejor que el mío, diferenciándose del resto de trabajadores mediocres que estamos allí.

—O sea, que solo se trata de envidia.

—¡No es envidia!

—Sí que lo es, Jake, y no es malo que la tengas. Durante mucho tiempo yo he tenido envidia de mi hermana. Esas cosas se superan con el tiempo.

—Pues añádele rabia a esa envidia. Desde que murieron mis padres me he hecho cargo de todo yo solo mientras él seguía en

Florida. Cuando volvió a casa recién separado, lo hizo con total naturalidad, sin pedirme permiso, porque claro, también es su casa. Estuve cinco meses aguantando la depresión de mi hermana Zane, escuchándola llorar todas las noches, recordando el porqué de su sufrimiento. Entonces vino Derek y eso la consoló casi por completo. Me he tirado medio año pagando a un montón de psicólogos y ahora es feliz solo porque él está en casa. El último de ellos dijo que lo único que necesitaba Zane era el apoyo constante de su familia. Pero yo tenía y tengo un trabajo, Emma. Si lo hubiese dejado para estar con ella cada día nos habríamos muerto de hambre…

—Para, Jake.

—No, ahora no voy a parar. ¿Sabes lo que significa que Derek tenga un trabajo estable? Que vuelva a independizarse. Entonces yo volveré a quedarme solo con mi hermana y con Louis, y todo será como al principio. Y yo no quiero pasar por eso nunca más. ¿Entiendes?

—Te entiendo, Jake. Y ahora, relájate.

Jake y Emma dejaron pasar de largo el autobús que lo llevaría de vuelta a Prinss y luego se sentaron en uno de los bancos de madera de la avenida. Ella lo obligó a hacerlo.

—Creo que deberías sentarte a solas con tu hermano y decirle todo eso que me has contado a mí. Si tienes miedo de que desaparezca de nuevo, díselo. Estoy segura de que le alegrará saber que en el fondo prefieres que esté en casa.

—No se trata de eso. Me da igual dónde esté. Solo quiero que Zane esté bien, ella es la que más me importa ahora.

—Pues si tienes que decírselo así, hazlo. Seguro que los dos queréis lo mejor para ella.

—¿Sabes cuál es mi mayor miedo, en realidad?

—¿Cuál?

—Que todos acaben dejándome de lado ahora que Derek está aquí. Para mis hermanos solo soy el que trae el dinero a casa. Ya no mantengo casi ninguna relación con ellos. Incluso me atrevería a decir que me odian, y no se lo reprocho. Dicen que siempre estoy cabreado… y tienen razón.

—Hace un par de horas, cuando llegaste a mi casa, no me pareció que estuvieses cabreado.

—Lo había estado antes. Por eso salí a dar una vuelta y se me ocurrió pasar a visitaros. Hacía tiempo que no veía a Jack.

—¡Caray! Pues podrías salir a dar una vuelta y a visitarnos cada vez que te cabreas. Si dices que lo haces tan a menudo, seguro que pasarías por aquí muchas veces a la semana, y nosotros estaríamos encantados de verte.

Emma consiguió que sonriera. Había sido un comentario gracioso, idóneo para que él se sacase por fin la tensión del cuerpo.

—Creo que sé lo que necesitas.

—¿El qué? —preguntó, extrañado.

—Lo descubrirás cuando encuentre lo óptimo para casos crónicos como el tuyo.

—¿Soy un caso crónico? ¿Quieres que vaya a un psicólogo yo también?

—¡Por supuesto que no! Odio esas consultas. Pero te repito que no voy a revelarte la sorpresa. Solo confía en mí.

Otro autobús apareció a lo lejos, aproximándose.

—Anda, ve. Yo tengo que volver a casa por si Jack se despierta.

—Dale un beso de mi parte cuando lo haga, ¿quieres?

—¡Hecho! Y tú dale recuerdos a mi hermana si la ves. Dile que mi padre la echa de menos.

—¡Hecho!

Jake subió al vehículo semivacío y se despidió de Emma con la mano. Ella le devolvió la despedida sonriendo radiantemente y Jake pensó en que ya apenas conservaba algo de la arrogancia y la superioridad de años anteriores. Además, se había convertido en muy buenos amigos.

- - - - - - -

Arabia estaba terminando de arreglarse y notaba cómo le temblaban las piernas. Se había pasado la tarde buscando entre su ropa para elegir el conjunto adecuado y al final se había decidido por una falda vaquera y una camiseta blanca. Ahora se debatía entre unas sandalias azules atadas con cintas a la pierna o unas zapatillas blancas muy veraniegas. Se le hacía extraño sentirse tan nerviosa solo por tener una cita, pero, claro, era la primera que tenía en veintiún años. Nunca antes había salido con un chico.

Se volvió con los dos pares de zapatos hacia su amiga Zane, que en ese momento estaba recostada sobre su cama sin quitarle el ojo de encima.

—Dame tu opinión —le pidió.

—Me gustan más las sandalias azules —dijo Zane.

—Sí… A mí también me gustan. La verdad es que son muy bonitas y no me las he puesto desde que me las compré.

Arabia dejó a un lado las zapatillas blancas, volviéndose para echarles un último vistazo antes de ponerse las sandalias.

—Crees que las blancas son más de tu estilo, ¿verdad?

Era evidente que su amiga la conocía muy bien.

—Es que no quiero dar una impresión diferente a lo que soy. Siempre llevo zapatillas.

—Pero esas sandalias te las compraste conmigo hace dos semanas porque te gustaban. Nadie te obligó, ¿no?

—Tienes razón. Lo hice porque quise. Son muy bonitas —repitió—. Me las pondré.

Cuando acabó de atárselas, se levantó y caminó para acostumbrarse a ellas, esperando la aprobación de Zane. Ella se echó a reír y aplaudió. Finalmente, se despidieron y Arabia bajó por las escaleras. Su chico llegaría en diez minutos y quería estar preparada por si se adelantaba.

Notó cómo le botaban los rizos del pelo, escalón tras escalón. Hacía pocos días que se había puesto las mechas claras en la peluquería y le habían recomendado una espuma que dejaba sus rizos mucho más definidos. Había conseguido un cambio que la favorecía muchísimo. Todas sus compañeras de trabajo estaban de acuerdo con eso y, de hecho, dos días atrás, durante el turno de guardia, había conseguido su primera cita.

Emily y Derek estaban en la cocina haciendo la lista de la compra. Arabia se acercó a ellos y se sentó en uno de los taburetes de la barra americana, sonriendo ampliamente.

—¡Estás genial, Ari! —exclamó Emily—. Me encanta cómo te has maquillado los ojos.

Arabia se había comprado un rímel nuevo y una sombra de ojos del color de su piel pero con brillo. Lo había usado todo tal y como le enseñaron en la tienda, y el resultado saltaba a la vista.

—¿Tú qué opinas, Derek? —Se dirigió a él, un poco avergonzada—. ¿Estoy bien?

—Creo que estás perfecta.

—Y tu conjunto es ideal para una primera cita —añadió Emily.

Arabia se preguntó si había algún tipo de protocolo que definiese lo que había que llevar en una primera cita.

—Bueno, no sé, me dijisteis que estaría mejor con algo sencillo, así que no me he arreglado demasiado.

—Perfectísima —puntualizó su amiga.

Sonrió, complacida. Luego se dio la vuelta al escuchar que se abría la puerta.

Jake acaba de llegar y, a pesar de que todos alzaron la vista hacia él, se las ingenió para hacer como si nada y subir a la primera planta sin dignarse siquiera a saludar. La verdad era que nadie lo esperaba hasta mucho más tarde, porque cuando discutía con sus hermanos desaparecía hasta bien entrada la noche.

Arabia empezó a sudar, de pronto, y maldijo para sus adentros. No podía sudar en su primera cita.

Cinco minutos después llamaron al timbre y dio un respingo en su asiento. Derek se ofreció a abrir la puerta, pero ella se lo impidió, poniéndose en marcha para salir. Le hizo un gesto a la pareja para que la dejasen a solas con el recibimiento y ambos salieron al jardín trasero.

Entonces tomó aire y abrió la puerta, y el chico alto y rubio que había frente a ella le dedicó una de sus mejores sonrisas. Cerró la puerta tras de sí cuando él le tendió la mano para que saliese, y caminaron hasta el coche.

Él era uno de los médicos interinos del hospital donde ella trabajaba. Hacía apenas dos meses que se había incorporado y al principio no hicieron muy buenas migas, pues le pareció que era un chico orgulloso y bastante presumido. Poco después de su llegada se dio cuenta de que él le estaba tirando los tejos, pero había sabido muy bien cómo mantenerse al margen hasta hacía solo una semana, cuando el chico por fin había conseguido llamar su atención.

Fueron junto con otros compañeros de trabajo a cenar a una pizzería cerca del hospital y luego acabaron en un bar de la zona. Allí se quedaron a solas hablando un buen rato y, poco a poco, él empezó a sincerarse. Era un chico de Nueva York que había sido siempre muy problemático. Sus padres se habían separado cuando él tenía seis años y desde entonces había estado de un lado para otro, alternando los años con su padre y con su madre. Eso le había impedido hacer verdaderas amistades, así que se consideraba a sí mismo como un chico muy solitario, algo que ella había puesto en duda enseguida, pues era más que notable su popularidad allá donde iba. Pero en lugar de estropear el momento para mostrar su desacuerdo, Arabia le contó que a ella le había pasado algo parecido con respecto a lo de hacer amistades, pues se mudó a Vallon seis años atrás y su procedencia mitad turca y mitad árabe le había cerrado muchas puertas. Le contó también que vivía con la familia de su mejor amiga, pero no dio muchos más detalles al respecto. Después de pasar una noche de lo más agradable, se dijo a sí misma que le daría una oportunidad a aquel joven neoyorquino si finalmente se terciaba el día en que le pidiera una cita.

Ahora estaban sentados en el coche de él, ocupando las posiciones que les correspondían. Desde el asiento del copiloto, Arabia no sabía hacia dónde mirar. Sonreía nerviosa todo el rato mientras que él denotaba tranquilidad absoluta.

—Relájate —le dijo el chico al tiempo que ponía sin dudar una mano sobre su muslo izquierdo. Eso la inquietó—. Iremos a dar una vuelta a un lugar tranquilo mientras esperamos a la hora de la cena. ¿Te parece bien?

—Sí, claro, lo que tú quieras.

Arabia acababa de hacer lo que siempre había dicho que no haría: dejar que decidieran por ella. No se trataba de algo de suma importancia, pero dejarse llevar tampoco era seguro, teniendo en cuenta que no lo conocía demasiado.

Empezó a pensar que todo eso de la cita no había sido una buena idea...

—¿Estás bien?

—Oh, sí —mintió—. No pasa nada. Vayamos donde dices.

Lo miró un instante y le sonrió. La sonrisa que él le devolvió la reconfortó. No tenía por qué desconfiar de él, ¿no?

Se desplazaron hasta un parque a las afueras de la ciudad que estaba cerca de su antigua universidad, entre Brown y el Residencial Holland. Tenía mesas esparcidas y varios senderos y era el típico lugar donde la gente iba de picnic. De hecho, había algunas familias allí y unas cuantas caravanas.

Al bajar del vehículo, el chico se dirigió al maletero y lo abrió para sacar una sábana a cuadros blanca y roja y una bolsa que parecía contener algo de bebida.

—¿Nos vamos de picnic? —le preguntó Arabia.

—Algo parecido. Pararemos en un lugar tranquilo donde podamos charlar un rato, ¿qué te parece?

—¡Genial! —volvió a mentir.

La idea de quedarse a solas con él no le hacía ninguna gracia. Era demasiado pronto. Ni siquiera sabía cómo tenía que comportarse a solas con un chico; no estaba segura de haber visto suficientes películas románticas.

Durante el trayecto por el parque, Arabia señaló unos cuantos lugares, no muy lejos de los sitios donde estaban instaladas las otras familias. Él los rechazó todos, y cinco minutos más tarde señaló el que le pareció el mejor lugar del mundo. Estaba situado tras unos árboles y la visibilidad hacia la zona era muy escasa desde el exterior. Había también un pequeño lago cerca.

—No me digas que no es un sitio genial —le dijo—. Yo creo que no podríamos haber encontrado nada mejor que esto.

—¿Habías estado aquí antes? —preguntó Arabia mientras él desplegaba la fina tela sobre el suelo.

—No, ¿por qué?

—Supongo que porque yo nunca me habría fijado en este lugar tan recóndito.

—Eso es porque no has estado buscando para encontrar el sitio perfecto a donde llevar a la chica más bonita del mundo.

Fue un buen cumplido y Arabia lo agradeció decidiéndose de una vez por todas a sentarse. Sin embargo, el hecho de que hubiese optado por ponerse una falda le dificultó la posición. No sabía cuánto tiempo sería capaz de aguantar con la postura sin que se le viese la ropa interior. Volvió a sudar. Volvió a sentirse incómoda.

—¿Por qué no me cuentas experiencias divertidas que hayas tenido en el hospital? —le preguntó él—. Seguro que tienes mil historias que contar después de todos los pacientes que han pasado por tus manos, y estoy seguro de que eso hará que dejes de estar nerviosa.

No le gustó que él notase su nerviosismo, pero le pareció una idea estupenda. Le encantaba hablar de las cosas que le pasaban allí, y en menos de cinco minutos se olvidó de todo y empezó a ser ella misma. Le contó un puñado de anécdotas, entre ellas la de una vez que una señora mayor llegó a urgencias con un montón de picores por todo el cuerpo. No paraba de interceptar a todos los enfermeros que pasaban cerca para insistir en su problema mientras esperaba en la sala de espera. Cuando le llegó el turno a ella de pasar por su lado, no tenía ni idea de lo que le pasaba a aquella señora, pero decidió interesarse.

—¿Y sabes lo que hizo? —dijo Arabia—. La señora me mostró una serie de arañazos que tenía por todo el cuerpo de tanto rascarse, ¡y luego se señaló discretamente sus partes íntimas! Lo único que quería era que la atendieran cuanto antes porque no podía soportar los picores que también tenía ahí abajo, para evitar aliviarse delante de todo el mundo.

—¿Y qué hiciste entonces? —le preguntó él—. No me irás a decir que tú...

—¡Oh, no! Por supuesto que no. —Los dos se echaron a reír—. Convencí a uno de los médicos de que adelantase el expediente de la señora para que pasase a consulta cuanto antes. No sabes lo mucho que me lo agradeció.

—Como siempre, ayudando a todos, ¿no es así?

—No seas exagerado. Tantos cumplidos no van a hacerme ningún bien.

—No exagero. En el hospital todos hablan muy bien de ti, y yo solo lo estoy confirmando. Además, estoy comprobando también otras muchas cosas...

Arabia lo miró, extrañada.

—Como, por ejemplo —prosiguió, acercándose a ella con cada palabra—, que hueles extremadamente bien..., que tienes una piel muy suave... y unos labios de lo más sensuales.

Sus palabras la hipnotizaron tanto que no pudo evitar el beso que le dio, pero entonces se quedó paralizada y no pudo corresponderle como él hubiese deseado, eso seguro. Sus labios no siguieron el mismo juego que los suyos. Cuando se separaron, Arabia se sintió muy avergonzada. Había metido la pata hasta el fondo y sus miedos habían reaparecido.

Ella no sabía besar, nunca lo había hecho, excepto una vez.

—Yo... Lo siento... —intentó disculparse, pero ni siquiera sabía qué decir—. No quiero que pienses que no...

—No tienes que disculparte.

—¡Sí! Por supuesto que debo hacerlo. Supongo que soy una chica del siglo pasado.

—¿A qué te refieres?

—A que no puedo besar a alguien en la primera cita.

—¿Y por qué no me has parado o me lo habías dicho antes?

Arabia se quedó confusa. ¿Era algo que había que decir antes de quedar con un chico? Tenía clara la respuesta, pero, aun así, decidió responderle con evasivas.

—Porque no quería que pensaras que...

—¿No querías que pensaras que eres como eres? —la interrumpió él.

Resopló, frustrada. Había dejado de ser ella desde que había salido de casa, y de ahí procedía todo su malestar.

—No te cabrees contigo misma. No quiero que hagas nada que no quieras hacer.

—Gracias... No sabes cuánto te agradezco que me digas eso. Cualquier otro...

—No me gustan las comparaciones, y supongo que a ti tampoco, así que dejémonos de tópicos, ¿de acuerdo?

—De acuerdo.

—¿Y ahora? ¿Qué quieres hacer?

—¿A qué te refieres?

—Todavía estoy a tiempo de cancelar la mesa que había reservado para cenar.

—¡No! No quiero estropear las cosas todavía más. Iremos a cenar.

—Que vengas a cenar conmigo esta noche no hará que me sienta mejor o peor. Quiero que me respondas con sinceridad. ¿Quieres ir a cenar o prefieres que te lleve de vuelta a casa?

A las ocho en punto, Arabia estaba de vuelta en el portal de los Becker. Acababa de despedirse de su primera cita con un simple gesto de mano. Es más, había salido del coche de su acompañante lo más rápido posible, por miedo a que él hubiese preferido una despedida más romántica. Zane se reiría a carcajadas cuando le contase lo que había sucedido.

Al entrar en casa, la escena que encontró fue de todo menos habitual. Jake estaba subido en lo más alto de una escalera de trabajo, al parecer, cambiando una de las bombillas del alto techo del salón. Abajo, de pie y sujetándose a uno de los peldaños, estaba la pequeña Danielle.

—¡Te he dicho que te apartes de ahí, maldita mocosa! —exclamó Jake.

—¿Crees en serio que puede entenderte? —le dijo Arabia, con los brazos cruzados—. Tiene un año, ¿recuerdas?

—Pues entonces cógela tú y apártala de ahí. Hace rato que estoy llamando a Zane para que se la lleve y no me hace caso.

—No deberías haberte subido ahí arriba sin dejar a Delly a buen recaudo. Podrías haberla puesto en su parque, por ejemplo.

—No me sermonees. Ayúdame si te parece. Si no apártate tú también. ¡Zane! —Jake exclamó mirando al piso de arriba—. Baja de una vez antes de que aplaste a nuestra sobrina.

—Eres increíble...

Dicho eso, Arabia lo dejó allí y subió hacia el cuarto de su amiga, donde también había equipada una cama y un armario para ella. En cuanto abrió la puerta, empezó a hablar aturulladamente.

—No te vas a creer lo que me ha pasado. —Sin embargo, se quedó petrificada al encontrarse a su amiga tirada en el suelo—. ¡ZANE! ¡Oh, dios mío! ¡Zane! ¿Qué te ocurre, Zane? ¡Dime algo!

Trató de moverla, pero se había desmayado. Lo peor de todo era que no era la primera vez que la veía en ese estado.

Bajó a toda prisa hacia el salón, gritando el nombre de Jake.

—¿Qué? ¿Qué? —preguntó él—. ¡¿Qué ocurre?!

—Zane se ha desmayado otra vez. Tienes que venir, ¡rápido!

—¡Joder! ¡Quítame a la mocosa de ahí!

Arabia se dirigió hacia la pequeña y la apartó de la escalera, muy en contra de su voluntad, pues se había aferrado fuertemente a ella. A su vez Jake quiso saltar desde donde estaba para llegar antes al suelo, pero el pie derecho se le enganchó en un peldaño y cayó de bruces con un golpe seco. Entonces se abrió la puerta. Derek y Emily entraron a toda prisa al escuchar el jaleo. Arabia dirigió a los recién llegados hacia la habitación de Zane, con Danielle en brazos.

Derek levantó a su hermana, la llevó hasta la cama y mientras tanto Emily fue a por un cuenco de agua para ir refrescándole la cara. Zane estaba pálida y, cuando por fin recobró el conocimiento, muy asustada.

—Estaba aquí tumbada, leyendo un poco para despejarme... —comenzó a decir—. Entonces escuché a Jake llamarme desde abajo y... al levantarme... No sé qué me ha pasado.

—Tienes que volver a hacerte los análisis —le dijo Derek con cara de preocupación—. Parece que la anemia ha vuelto a aparecer.

—Odio estar siempre enferma.

Zane se echó a llorar, rodeando el cuello de su hermano con los brazos. Al poco, escucharon un ruido procedente de las escaleras de caracol y Jake apareció en la puerta sujetándose el codo derecho. Arabia había olvidado por completo la dura caída que había tenido minutos antes.

—¿Estás bien? —le preguntó a su hermana.

Ella asintió con la cabeza, todavía enganchada a Derek. Jake se limitó a mirar hacia donde todos estaban sin cambiar de expresión. Respiraba con dificultad.

—¿Te has hecho daño? —le preguntó Arabia.

—¿Tú qué crees?

Nadie dijo ni una sola palabra. En cuanto se marchó después del molesto silencio, los demás se quedaron todavía un buen rato sin decir nada. Si Jake no fuese siempre tan irónico tal vez se habrían preocupado más por él. Ni siquiera sabían por qué actuaba de ese modo, pero llevaba así desde que Derek había vuelto a casa, a principios de año. Y Arabia sabía que, con cada día que pasaba, su actitud iba a peor.

Emily y ella bajaron media hora más tarde a preparar algo para cenar. Louis llegó pasadas las ocho. Cuando se enteró de lo que había sucedido, se encargó de terminar de colocar la bombilla que Jake había dejado a medias y luego subió para ver a su hermana.

—Bueno, Ari —dijo Emily una vez sentados todos en la mesa, salvo Jake—. ¿Vas a contarnos qué tal la cita? Pensaba que habíais quedado para ir a cenar.

—Sí, ese era el plan, pero primero fuimos a dar un paseo y bueno..., la cosa no fue como yo esperaba.

—¿Qué pasó?

—¿Intentó sobrepasarse contigo? —le preguntó Derek, en actitud de alerta.

—¡No! Nada de eso. Pero estuvimos hablando y al final le dije que prefería que nos tomásemos las cosas con un poco más de calma. Yo no estaba del todo cómoda con él. Era todo muy raro.

—¿Y te dejó plantada? —preguntó Emily.

—Qué va. Me dijo que lo entendía y que, si prefería que me llevase de vuelta a casa, solo tenía que pedírselo.

—¿Entonces? ¿Volveréis a quedar?

—Todavía no lo sé. Supongo que depende de mí.

—No parece un mal tipo —intervino Derek.

—De momento, voy a esperar a ver cómo siguen las cosas la próxima semana cuando coincidamos en alguna guardia. Pero, por favor, cambiemos de tema. ¿Qué tal el ensayo, Louis?

—Hoy ha faltado otra vez una de las protagonistas —respondió el aludido—, así que no hemos podido ensayar ninguna escena de las suyas. Como esa chica siga faltando vamos a tener un serio problema para poner a punto la obra.

—¿Es la misma que faltó la semana pasada? —preguntó Derek.

—Sí, y nadie sabe nada de ella desde entonces.

—Pero eso es muy raro, ¿no? —continuó Emily—. Podría haberle pasado algo.

—No. Ella es así. Tiene muchos problemas.

Louis continuó un rato más hablando sobre cómo iban las cosas de la representación, aunque no dio más detalles sobre esa misteriosa chica. Mientras tanto, Arabia no dejó de darle vueltas a todo lo que había pasado desde que había salido de casa.

Al recordar el beso de aquel chico sintió ganas de que se la tragase la tierra.

Qué ridícula se sentía.

El ruido estrepitoso de una puerta abriéndose en el piso de arriba la sobresaltó. Jake bajó por las escaleras y se dirigió a la cocina, pasando por delante de todos sin decir ni una sola palabra. Abrió la nevera y observó el interior. No quedaba prácticamente de nada.

—Hemos preparado un par de ensaladas para todos —le dijo Emily—. Te estábamos esperando.

—Sí, ya veo —contestó él, en su tono habitual—. ¿Quién se ha comido los *nuggets* que dejé aquí anoche?

—He sido yo. —Louis levantó la mano para captar su atención—. Los he cogido esta mañana. No sabía que eran estrictamente tuyos.

—Pues lo eran.

Los dos hermanos se quedaron mirándose un tanto desafiantes. Louis no había cumplido aún los dieciocho y no era como si aparentase más que el resto de chicos de su edad, pero a él las circunstancias también lo habían cambiado, y su expresión ya no era la de un adolescente normal, desenfadado y sin apenas preocupaciones. Empezaba a tener las ideas claras.

—¿Vais a pelearos ahora por unos *nuggets*? —preguntó Derek—. ¿No podéis estar tranquilos ni siquiera un día como hoy?

—Te lo vuelvo a repetir. Hoy es un día normal, como cualquier otro. —Jake levantó la voz—. Como lo eran antes y después de la muerte de papá, mamá y Rachel. No tengo que comportarme de ninguna manera especial solo porque hoy haga un año del accidente.

—Deja de hablar de lo sucedido como si no te importase. Para ti es igual de duro que para nosotros, aunque no quieras reconocerlo, así que cállate de una vez y come de lo mismo que el resto, que para eso alguien se ha molestado en prepararlo.

—Derek, relájate —le pidió Emily en tono conciliador—. Relajaos.

Jake caminó hacia la barra americana dispuesto a apoyarse en ella para seguir hablando, pero antes incluso de que terminase de acomodarse, Arabia vio cómo se ponía rojo como un tomate. Segundos después gritó y se giró dándoles la espalda para sujetarse el codo derecho. Empezó a quejarse lanzando tacos al aire y moviéndose de un lado para otro.

Arabia se levantó para ir en su ayuda. No tenía ni idea de traumatología, pero sí había tratado algunos golpes y podía intentar averiguar si era grave o no.

—Déjame verlo.

—¡Estoy bien!

—¡Para de moverte y deja que te mire!

Arabia cogió el brazo de Jake y se lo dobló para poder ver el codo. Tenía un rosetón alrededor de él. Cuando acercó los dedos para palpárselo y lo rozó levemente, él se apartó.

—¡No me lo toques! —replicó.

—Tengo que tocártelo para intentar hacer algo.

—Pues no hagas nada.

—Quiero ver si te lo has fracturado, pero para eso tendrás que aguantar un poco. ¿Puedo?

Arabia le pidió que se colocase de espaldas con el brazo estirado hacia abajo. Acercó sus manos lentamente hasta la parte central del brazo y entonces, con los pulgares, presionó sobre la zona de la aparente lesión. Jake se estremeció, pero aguantó la posición. Arabia no percibió nada fuera de lo normal.

—Si tanto te duele deberías acercarte a urgencias —le aconsejó.

—Sí, y que me atienda ese novio tuyo —dijo Jake—. No, gracias. Prefiero esperar a que se me pase.

Arabia mantuvo los dedos presionando su codo más tiempo del necesario y luego lo soltó, aparentando que no le había afectado en absoluto ese último comentario.

—Tú mismo.

—A lo mejor te vendría bien ponerte un poco de hielo —sugirió Emily.

—Sí, lo sé —le respondió Jake, de mala gana.

Arabia estaba segura de que Jake no soportaría el contacto con el hielo, pero esperó impaciente a que volviera a hacerse daño. No era que quisiese verlo gritar de dolor, pero sí quería ver cómo se tragaba su orgullo.

Jake sacó una bolsa de guisantes del congelador y se la colocó en el codo con el brazo doblado. Al principio no pasó nada, pero a los pocos segundos volvió a moverse de un lado para otro, aguantando la respiración para no gritar, justo antes de tirar la bolsa en el fregadero.

Al final se quedó apoyado encima de la mesa con una mano tapándose la cara y manteniendo el codo que le dolía a un lado.

—¿Jake?

Emily, preocupada, trató de llegar a su lado, pero entonces él se incorporó y se fue a su habitación.

—No entiendo cómo una persona puede albergar tanto orgullo —dijo Derek.

—Yo tampoco.

Dicho eso, Arabia se levantó y subió al piso de arriba, tras él. Lo encontró en su cuarto, tratando de colocarse una venda alrededor del codo.

—Sal de mi cuarto, Ari —dijo al verla.

—¿Sabes, Jake? Te tenía un montón de aprecio. Un montón así de grande. —Arabia extendió los brazos ampliamente para explicar lo que decía—. Pero ahora queda solo un poquito así. —Entonces indicó una cantidad diminuta ayudándose del dedo índice y pulgar—. Así que te lo advierto: no me hagas perder ese poco que todavía me queda hacia ti, porque entonces sí que no habrá vuelta atrás. Déjame volver a mirarte eso, por favor.

Sabía que Jake tenía mucha fuerza y sintió miedo antes de intentar sujetarlo, porque si la apartaba de un golpe con el brazo podía hacerle daño. Pero se armó de valor al comprobar que él se había quedado acorralado en el espacio que había entre el final de su cama y el armario situado enfrente, y consiguió cogerle la muñeca.

Jake la miró muy enfadado y entonces, de un solo movimiento, se deshizo del amarre y lanzó su propio brazo con fuerza hacia atrás, hacia el armario. Se dio un golpe muy fuerte.

Arabia se quedó estupefacta; Jake, más blanco que el papel. Luego ese blanco pasó a rojo y tuvo que apretar los dientes para no gritar. Cerró los ojos y miró hacia arriba. Arabia empezó a preocuparse. El golpe había sido tan fuerte que estaba segura de que los de abajo lo habían escuchado.

Cuando Jake abrió los ojos, le brillaban. Estaba conteniendo las lágrimas.

—VETE —bramó.

Arabia no necesitó ni una palabra más. Salió caminando hacia atrás y lo dejó solo.

Al llegar de nuevo al comedor se sintió muy mal por los resultados obtenidos, porque Jake se había hecho daño de verdad. Cuando le preguntaron por el golpe ella no hizo ningún comentario al respecto. De haberlo hecho, se habría echado a llorar.

LUNES

4 JULIO 1988

Cuando sonó el despertador a las seis en punto, Jake apenas había dormido tres horas. Por eso decidió retrasar la alarma y dormir un poco más. Al cabo de un rato, que a él le parecieron segundos por el sueño que tenía, se despertó sobresaltado. Miró rápidamente su despertador. Las seis y media. Por lo visto, no había programado bien la segunda alarma y se había quedado dormido. Si no se daba prisa, llegaría tarde.

Para incorporarse apoyó el codo en la cama y sintió un dolor punzante. Se lo miró y vio que lo tenía de color oscuro. Nunca había tenido un golpe en el codo que le causase tantos problemas. Además, le dolían también los dos últimos nudillos de la mano derecha a causa del golpe que le había dado a la puerta de su armario hacía unas horas.

Empezó a preparar su mochila rápidamente, poniendo en ella el uniforme y las botas. Como había dormido en pantalón corto, decidió aprovechar la ventaja y se colocó una camiseta cualquiera, la primera que sacó del armario.

Se dispuso a bajar a toda prisa por las escaleras, pero entonces se acordó de algo y dudó un instante antes de volver a subir, pero lo hizo.

—¡Derek!

Jake golpeó la puerta de la habitación que su hermano compartía con Emily varias veces.

—¡Despierta, Derek! —repitió por lo bajo.

Como sus intentos fueron en vano, entró. Después de todo, sus hermanos nunca llamaban a su puerta cuando querían algo, sin importarles cómo pudieran encontrarlo. La única diferencia era que en aquel caso también estaba Emily, y no quería ver nada que luego resultase embarazoso para la convivencia. Por suerte, se limitaban a dormir abrazados y en pijama, aunque Jake no pudo evitar que la vista se le dirijiese al pantalón corto de ella.

—¡Derek! —Esta vez sí que lo escuchó—. Despierta de una vez. ¡Vamos!

—¿Te has vuelto loco? —Derek miró su reloj de muñeca—. Es muy temprano, ¿qué quieres?

—Tienes que venir conmigo a la fábrica. —Emily también se despertó y Jake se obligó a no mirarla en absoluto—. Frederic... Quiero decir, el señor Wathson, quiere hablar contigo.

—¿Estás sonámbulo o qué?

—¡Vístete de una maldita vez! Vamos a llegar muy tarde.

—Jake, ¿de qué va todo esto?

—Haz lo que dice tu hermano —dijo de pronto Emily—. Si te lo pide con tanta urgencia será por algo. Son más de las seis y media.

Finalmente, Derek se vistió bajo la supervisión de Emily para la elección de su atuendo. Cuando salió por la puerta, Jake todavía estaba sujetándola impaciente. Antes de cerrar se cruzó con la mirada de Emily, que no dejaba de sonreír. Pensó que él nunca sería capaz de sonreír así desde tan temprano y entonces, para colmo, ella le guiñó un ojo.

Él y su hermano bajaron a la cocina y cogieron un par de cruasanes cada uno. Derek intentó decirle algo con la boca llena, pero Jake, que acababa de tragar, se le adelantó.

—Te lo explicaré por el camino.

Fueron corriendo hacia la parada de autobús y de lejos vieron cómo el número ochenta y dos empezaba a frenar para recoger a los pasajeros. Jake tiró de su hermano para que corriese más deprisa y levantó el brazo para indicarle al conductor que los esperase. Cuando subieron, exhaustos, Jake entregó el dinero correspondiente al billete de los dos, haciendo caso omiso a la mirada malhumorada del conductor. Sin embargo, poco después, el hombre empezó a gritarles por haber bloqueado las puertas para subir justo cuando empezaban a cerrase.

Jake volvió a tirar de su hermano para que avanzase por el pasillo.

—Qué malas pulgas tiene ese hombre, ¿no?

—No te imaginas la de veces que me ha dejado en tierra...

—¿Eso significa que sueles llegar tarde al trabajo?

—No, siempre llego puntual. El problema es cuando vuelvo a casa y le toca a él hacer los retornos de las seis o las siete. —Jake se explicó mientras se frotaba los ojos y bostezaba. Observó cómo su hermano respiraba con dificultad por la carrera y se aireaba la camiseta por el sudor—. Pero aun con toda la prisa que nos hemos dado, hoy sí que voy a llegar tarde. Deberíamos haber cogido el autobús anterior.

—No pareces muy preocupado —le dijo Derek.

—Pues lo estoy. Y tú deberías estarlo más que yo.

—Lo estaría, tal vez, si me hubieses explicado algo de todo esto.

—El padre de Emily va a entrevistarte para un puesto de abogado en la fábrica, para llevar asuntos legales o algo así.

Derek se quedó al menos diez segundos con la boca abierta y sin pestañear. Jake no dijo nada. Se alegraba por él, pero no pensaba decírselo.

—¿Me estás diciendo que Frederic Wathson quiere que trabaje para él?

—No sé de qué te sorprendes. Eres su futuro yerno, ¿no? No creo que quiera que su hija se case con un tipo sin empleo. Y, sobre todo, sin un empleo respetable.

—No me lo puedo creer. ¿Crees que Emily ha hablado con él para sugerirle que me contrate?

—Oye, yo no he dicho que vaya a contratarte, solo que tienes una entrevista con él.

—¡Me estás poniendo nervioso! Tendrías que haberme despertado antes. Espera un momento... —Derek se colocó justo enfrente de él y lo miró muy de cerca—. ¿Por qué no me lo dijiste ayer?

—La verdad, no me acordé —le respondió con sinceridad, agachando la cabeza.

Pero su gesto denotó culpabilidad.

—¿Cómo es posible que no te acordases de una cosa así?

—¿Qué más da cuándo te lo haya dicho? Lo que importa es que lo haya hecho, ¿no?

—No me lo puedo creer. Tú y tu estúpida envidia.

—¡Yo no te tengo envidia!

La discusión que estaban manteniendo parecía la de unos niños de no más de diez años.

—Es increíble. Voy a presentarme a una entrevista de trabajo sin nada a mi favor, sin currículum y sin expediente.

—Hemos llegado.

Se bajaron del autobús y continuaron corriendo hacia la entrada de la fábrica. No había ni rastro del resto de los trabajadores, pues ya debían estar todos ocupando sus puestos de trabajo.

Todos, excepto Jake.

Intentó explicarle a su hermano dónde se encontraba la zona de los despachos, pero él le pidió que lo acompañara, insinuando que era lo mínimo que podía hacer después de haberlo avisado de aquella manera. Al final, accedió, en parte porque pensó que sería mejor si se disculpaba por el retraso directamente ante el jefe.

Cuando llegaron a la puerta con la placa brillante de Frederic Wathson, tomaron aire al compás antes de llamar. Después de discutir mediante señas sobre quién debía aparecer primero por la puerta, Jake se encargó de tocar con los nudillos y hacerlo.

Vio cómo Frederic levantaba la cabeza lentamente, como si esperase su visita, y como si estuviese cabreado.

—Puedo explicárselo —le dijo.

—Entonces, hazlo.

Pero en realidad no tenía ni idea de cómo excusarse cuando observó el reloj que había justo en la pared de la mesa que tenía ahora enfrente. Las siete y veintiséis.

—¿Señor Wathson?

Derek se asomó por el resquicio de la puerta y Jake notó cómo Frederic relajaba el semblante, así que la sangre volvió a correrle por las venas.

—Derek Becker. —De pronto, Frederic sonrió—. Una agradable sorpresa que hayas venido.

—Un placer estar aquí, señor.

—Me alegro de que así sea. Adelante.

Mientras tanto, Jake se quedó apartado a un lado de la puerta con la cabeza gacha y sin saber qué decir.

—Jake, tu puesto de trabajo te espera desde hace media hora.

—Sí, señor, lo siento.

Dejó allí a su hermano y salió corriendo escaleras abajo. Se dirigió rápidamente hasta los vestuarios y, una vez allí, abrió su mochila y sacó el uniforme. Se cambió en un abrir y cerrar de ojos, guardando toda su ropa de cualquier manera, y volvió subir, esta vez hasta el primer piso. Obviamente, su puesto estaba sin cubrir, así que el resto de compañeros le habían estado acumulando la faena.

Jake odiaba ir con retraso. De normal trabajaba a un ritmo muy elevado y al final de la tarde le daba tiempo incluso de adelantar cosas del día siguiente. Aquel día seguramente ocurriría todo lo contrario. Por si fuera poco, el mono de trabajo le cubría los brazos y el roce de la tela le estaba haciendo daño en el codo.

—Se te han pegado las sábanas al fin ¿eh, Becker?

El que acababa de dirigirse a él para hacer ese comentario era Wane Steward, uno de los compañeros con los que ya no peleaba, pero que le había molestado alguna que otra vez cuando empezó en la fábrica.

—Cierra el pico, Wane.

—Te lo dije, ¿recuerdas? Que algún día te quedarías dormido. Solo era cuestión de tiempo. —Como Jake no le contestó, él continuó hablando—. ¿Cómo ha sido? ¿Un sueño? ¿Una noche de locura hasta el amanecer? No..., espera, eso es demasiado bueno para ti... Seguramente no te haya pasado nada emocionante y solo te has olvidado de programar el despertador.

Jake siguió haciendo a toda prisa su trabajo. Tenía que soldar un montón de piezas entre sí y luego deslizarlas por un tobogán hasta donde quedaban apiladas. Era, digamos, la última parte a realizar de su sección. Se suponía que, con el tiempo, los empleados de cada sección iban subiendo de nivel hasta los primeros puestos, cuando ya se era todo un veterano. Cada especialidad tenía unos ocho o diez niveles. Igualmente, cuando alguien dejaba de rendir bien en su puesto, podía descender de nivel. Jake sabía que ya llevaba más de un año en el mismo lugar y que el señor Wathson estaba contento con él. Era de esperar que lo ascendiera; sin embargo, llevaba esperando mucho tiempo ese día. Sus expectativas habían empezado a desvanecerse el día que Frederic anunció que delegaba su cargo de supervisor para poder ocuparse mejor de la dirección de la fábrica. Y el nuevo supervisor de su sección era ahora Philip Murray.

—No creo que tu despiste vaya a gustar mucho a los supervisores. Nunca han tolerado bien eso de que los novatos lleguen tarde —continuó Wane.

—Yo no llego tarde. Y tampoco soy un novato.

—En cualquier caso, tendrás que responder ante Murray que, si te fijas bien, está ahí abajo de brazos cruzados y sin dejar de mirarte.

Jake dirigió su mirada hacia donde Wane le había indicado.

—Son más de las siete y media, Becker —dijo Philip—, y veo solo cuatro barras terminadas aquí abajo.

Que lo atacase de esa manera lo enfureció. Normalmente, y todos lo sabían, él ejercía su función mucho más rápido que los veteranos y su ritmo de trabajo superaba con creces las estadísticas de la empresa. El hecho de que por primera vez en todo un año se hubiese quedado dormido no le daba a Philip derecho a pedirle más de cuatro barras, que era lo que tardaba en hacer el anterior soldador en media hora, antes de que Jake lo sustituyese.

Terminó de soldar la última parte de la siguiente barra y la lanzó por el tobogán con un fuerte empujón, lo que produjo un sonido ensordecedor cuando chocó con el resto de piezas de acero.

—Ahora son cinco —dijo, sin mirar a nadie y continuando con la siguiente.

Sabía que su actitud empeoraría la expresión de Philip, pero él no tenía derecho a exigirle más de cuatro piezas a la media hora y lo confirmó cuando se marchó sin decirle ni una sola palabra más.

Jake no vio a su hermano en toda la mañana, y la intriga y la presión de haber llegado tarde consiguió que se le pasase el tiempo más lento de lo normal y con mucho más calor. Notaba cómo las gotas de sudor bajaban por sus pantorrillas desde el interior de los pantalones del mono y tenía la frente constantemente mojada, a pesar de que cada cinco minutos se pasaba la manga del antebrazo para secarse. Cuando el reloj marcó por fin las doce del mediodía, se daba asco a sí mismo.

Bajó a los vestuarios para tomar una ducha rápida antes de comer. No se quedó más tiempo del necesario bajo el agua fría, pero cuando salió ya se había quedado todo vacío. Jake sacó su ropa de la mochila y entonces comprendió que llegar tarde tenía más consecuencias nefastas de las que había imaginado. Había olvidado coger calcetines, por lo que tuvo que optar por utilizar de nuevo los que se había quitado. Además, había colocado todas sus cosas hechas una bola y lo tenía todo completamente arrugado. El pantalón corto de deporte gris oscuro tenía su pase, pero la camiseta estaba llena de pliegues en todas las direcciones.

Hoy no es un buen día, pensó para sus adentros.

Ya en la cafetería pudo respirar por fin. Se notaba cansado, y eso que todavía le quedaba por hacer media jornada. Vio a los compañeros con los que solía comer sentados en la mesa de siempre, así que recogió el menú del día en su bandeja y se dirigió hacia ellos.

—Eh, Jake, ¿qué es lo que te pasa hoy? —le dijo Bill. Era un tipo unos diez años mayor que él, con el que congeniaba bastante bien—. Tienes la cara roja como un tomate.

—Estoy un poco acalorado.

—Olvídate de todo ese asunto de haber llegado tarde —continuó Edward, un chico de veintiocho años pero que ya estaba en uno de los niveles más avanzados de su sección.

Jake llenó sus pulmones y resopló.

—¿Cuando alguien llega tarde tiene que enterarse toda la fábrica? —preguntó, molesto.

—Cuando eres un novato, sí.

Philip pasó por su lado descargando esa frase contra él para luego seguir avanzando hacia su mesa.

—No le hagas caso —dijo Edward—. Es un viejo cascarrabias.

—No sé por qué me tiene tanta manía.

—Tal vez porque en un año has hecho más que él en treinta —concluyó Bill, riendo.

Todos los operarios de la mesa rieron también y eso consiguió que Jake se sintiera un poco mejor.

—Me pregunto quién será *el cara bonita* ese que se ha pasado toda la mañana pegado al culo de Big W —dijo Edward, al cabo de un rato. Jake sabía que ese era el apodo de Frederic, así que miró en la misma dirección que su compañero. Identificó enseguida al chico al cual se referían—. No sé si pretenden contratarlo, pero si es para algo de papeleo, me temo que es demasiado joven.

—El pobre se pasará el resto de la tarde intentando hacerlo lo mejor posible y lamiéndole el culo —continuó Bill—. Luego volverá a casa decepcionado, sabiendo que todo su esfuerzo no ha servido para nada.

Jake no quería hacer ningún comentario al respecto, pero sus compañeros le hicieron participar en la conversación.

—No debe de ser mucho mayor que Jake. ¿Cuántos tienes tú?

—Veintidós.

—Un jovenzuelo, sí. Todavía muchos se están preguntando cómo lograste entrar después de que retirasen a tu padre y a los demás veteranos... Fuiste muy afortunado.

Lo cierto era que Jake entró en la fábrica como un favor personal que Frederic le hizo a su padre, pero casi nadie lo sabía.

—¡Mirad! —exclamó Edward, consiguiendo que por fin Bill dejase de hablar—. Creo que *el cara bonita* se dirige hacia aquí.

Jake se temió lo peor. No quería encontrarse con su hermano en ese preciso momento. Tenía miedo de que se fuese de la lengua y los considerasen a los dos unos enchufados.

—¡Jake!

Demasiado tarde.

—Llevo toda la mañana buscándote —dijo su hermano—. El señor Wathson me ha enseñado la fábrica de arriba abajo, pero no he conseguido localizarte.

Notó la sorpresa reflejada en el rostro de sus compañeros.

—Chicos —dijo, mirando hacia ellos—. Este es...

—Derek Becker —lo interrumpió él, ofreciéndoles la mano—. Encantado.

—¿Sois hermanos? —preguntó Bill con cara de atónito mientras le estrechaba la mano.

—Pues claro —respondió Edward. Luego hizo alusión al parecido entre ambos—. ¿Cómo es que no nos hemos dado cuenta antes?

Intentó pensar que era cuestión de tiempo que lo descubrieran, así que le restó importancia a la intervención de su hermano durante la sobremesa.

—¿Podemos hablar un momento en privado? —le preguntó Derek.

Jake vio a los otros dos mirarse de reojo antes de levantarse de la mesa. Se llevó a su hermano hasta un lugar más alejado, tal y como él deseaba.

—¿Qué es lo que quieres?

—¿Te importa que sepan que somos hermanos?

—¿Por qué iba a importarme?

—Estás muy raro, pero, en fin, creo que te alegrará saber que vamos a trabajar juntos.

—¿Trabajar juntos? ¿Eso significa que te han dado el puesto?

—¡Claro! Llevo toda la mañana buscándote para contártelo, pero no he tenido tiempo ni de respirar. El señor Wathson me ha insistido en que empezase hoy mismo a revisar unos informes del mes pasado.

—Bueno, pues genial. Me alegro por ti.

—No pareces muy entusiasmado.

—Entonces será porque no lo estoy.

Jake se apartó de su lado y trató de volver de nuevo a su mesa. Dos pasos después, Derek lo alcanzó.

—¿Se puede saber qué te pasa?

Pero no le contestó. Se limitó a esquivarlo y regresó a su mesa sin mirar atrás.

—Vaya, vaya, vaya —comenzó Bill. Jake creía saber muy bien hacia dónde iba a encaminarse la conversación—. Conque es tu hermano, ¿eh? Supongo que sabes que no parece una simple coincidencia, ¿no?

—Pues lo es. Estudió derecho, se graduó el año pasado y acaba de conseguir el empleo.

—Pero es muy joven como para que Big W confíe en alguien como él, ¿no crees, Ed?

—Yo creo que aquí hay gato encerrado —dijo Edward—. Y que Jake sabe muy bien por dónde vamos.

—Yo no tengo nada que ver, ¿entendido? Ni siquiera quería que viniese a la entrevista y aun llegando tarde lo ha conseguido —mintió—. Todavía no me lo puedo creer...

Mientras terminaba la frase alguien pasó justo por detrás de él rozándole el brazo. Al girarse vio a su hermano, que se dirigía hacia la salida. Era evidente que lo había escuchado y que pensaría que él le había hecho llegar tarde a propósito.

Mentir no era nunca una buena estrategia para Jake.

- - - - - - -

Derek pasó toda la tarde examinando los informes que Frederic Wathson había dejado preparados para él. Ya tenía un montón de trabajo pendiente para el día siguiente perfectamente ordenado por categorías, así que se quedó un rato observando su despacho. Se trataba de una pequeña estancia con una mesa de madera de pino de estilo clásico situada casi en el medio, pues no había espacio para mucho más. Tenía estanterías a ambos lados y una ventana justo detrás desde la que podía ver la gran explanada del aparcamiento.

La aparición repentina de Frederic lo sobresaltó. Todavía le temblaban las piernas cada vez que lo tenía delante, y eso que hacía ya cuatro meses que había ido a su casa a consolidar su relación con Emily, su hija.

—¿Todo bien?

—Sí, señor.

—¿Crees que podrás hacerte cargo de todo lo que se te avecina trabajando en esta empresa?

—Ya he ojeado todas las posibles variables con las que puedo encontrarme y quiero que sepa que voy a poner todo mi empeño en solventarlas.

—Esa es la clase de respuesta que esperaba. He pensado en evitar el mes de prueba al que se someten todos los empleados —le dijo Frederic—. Pero debe de ser algo entre tú y yo. No quiero ningún revuelo entre los trabajadores.

—¿En qué consiste el mes de prueba?

—Posibilidad de despedido antes de los quince primeros días trabajados y reducción de nómina a la mitad, pues se entiende que el ritmo de trabajo no es el mismo en un veterano que en un principiante.

Derek se preguntó sobre la legalidad de todo ese asunto, pero no quiso hablar más de la cuenta. Tenía en sus manos un trabajo que no podía rechazar.

—El hecho de que en mi caso quiera pasar por alto esa condición de primer mes de prueba le pondrá a usted en una situación comprometida con el resto de los superiores y a mí en el punto de mira del resto de los trabajadores.

—No te preocupes por eso, es una decisión mía y, como ya he dicho, nadie tiene por qué enterarse.

—Perdone por la contradicción, pero yo preferiría que se me aplicasen las mismas normas que al resto de principiantes. No quiero cargar con ese privilegio, y tampoco me parece justo.

—No serías el único. Con tu hermano también pasé por alto esa norma. Creía que lo sabías.

—No tenía ni idea. —A decir verdad, no tenía ni idea de nada relacionado con el trabajo de su hermano—. Aun así, no quiero que tenga conmigo más consideraciones que con el resto.

—Yo solo necesito un buen abogado y tú solo necesitas un trabajo. ¿En eso estamos de acuerdo?

—Por supuesto.

—Ahora quiero hacerte una pregunta un poco personal.

Derek se quedó callado, expectante, preguntándose sobre qué tipo de pregunta vendría a continuación.

—¿Crees que el hecho de que trabajes en la misma empresa que tu hermano podría influir en tu trabajo?

Tras la pregunta recordó lo último que le había escuchado decir a Jake. Por lo visto, lo había planeado todo para que llegaran tarde, lo que le daba a entender que él sí que no quería que trabajasen juntos. Derek no se creía capaz de poder hacer algo así. Se trataba de una muy buena oportunidad de trabajo y no le entraba en la cabeza cómo su hermano había estado a punto de estropearlo.

—Por mi parte no va a notar ni siquiera que somos parte de la misma familia.

—No necesitaba una respuesta tan drástica, pero me parece bien. Te veré mañana a las ocho en punto, ¿de acuerdo? —Derek notó advertencia en su voz—. No llegues tarde.

—¿A las ocho? Creía que empezábamos a las siete.

—No tienes el mismo horario que un operario. Tu horario es de oficina y, por lo tanto, de ocho a cuatro, con una hora de descanso para comer. Hablaremos más adelante de tu salario, ¿de acuerdo? Yo hoy todavía tengo que acabar con unos documentos importantes, pero tú ya has terminado, puedes irte a casa.

Solo cuando Frederic salió del despacho, Derek volvió a relajarse. Al escuchar un claxon procedente del aparcamiento, giró rápidamente la silla del escritorio y contempló el exterior. Dos chicas salieron de un Ford Escort azul oscuro. La morena se quedó apoyada en la puerta del conductor y la pelirroja avanzó un poco, levantando los brazos para saludar enérgicamente.

Derek volvió a preguntarse si Emily habría tenido algo que ver con todo aquello, porque tal vez ella había hablado con su padre para que le propusiera el empleo. No le hacía demasiada gracia la sensación que le producía ese pensamiento, pues si había sido idea de ella, entonces su hermano sí tendría motivos para echarle en cara que siempre le daban todo lo que necesitaba sin esforzarse demasiado en conseguirlo. Pero una cosa era cierta y era que, si bien había conseguido el puesto como un favor familiar, estaba completamente dispuesto a demostrar que era perfectamente válido para asumir el cargo.

Cogió todas sus cosas antes de salir de su nuevo despacho y miró también el reloj que había encima de la mesa. Ya eran las cuatro y media.

En cuanto llegó al lugar donde las dos chicas estaban esperándolo, Emily corrió unos pasos hasta él y le dio un cálido beso en los labios. Arabia apartó la mirada disimuladamente.

—¿Qué tal ha ido? —preguntó Emily, emocionada.

—Mejor de lo que esperaba. Tu padre me ha dado el empleo, aunque todavía estaré un mes de prueba.

—¡Eso es estupendo!

Arabia les hizo señas para que entrasen en el coche.

—Emily, dime la verdad, ¿has tenido algo que ver con todo esto? —Quiso saber Derek una vez dentro.

—¿Yo? ¿Por qué?

—Porque de lo contrario no habrías venido a recogerme, ni me habrías preguntado que qué tal me ha ido.

Tenía la piel tan blanca y delicada que no habría conseguido de ninguna manera disimular su rubor. Parecía tan compungida que Derek optó por darle un beso en la mejilla.

—No te preocupes —le susurró al oído—, lo hablamos después en casa.

Arabia arrancó el vehículo.

—¿No esperamos a Jake? —preguntó, extrañado.

—Imposible —contestó Emily—. Él acaba más tarde y Arabia tiene que estar en el hospital en quince minutos. Hemos venido a recogerte a ti porque le venía de paso, así que ahora vamos los tres hacia allí, dejamos a Ari y luego volvemos a casa en su coche.

—A la vuelta podéis quedaros a esperar a Jake, pero yo no os lo recomiendo —intervino Arabia—. No le va a hacer ninguna gracia, y tampoco os lo va a agradecer.

Derek sabía que la chica estaba muy resentida con su hermano, pero, al fin y al cabo, todos lo estaban. Él ni siquiera se planteó el regresar y esperarlo. Estaba muy molesto por el comentario que había hecho a sus compañeros durante la comida. Pero asumió que debía tener una conversación a solas con él, cara a cara. Jake estaba almacenando tanto odio en su interior que lo único que iba a conseguir era hacerse daño a sí mismo.

Arabia se despidió de ellos en cuanto llegaron al hospital y dejó las llaves puestas en el contacto para que alguno de los dos tomase el volante. Emily le pidió a Derek que lo hiciera él, así que pasó enseguida al asiento de delante.

—¿Cómo está Delly?

—Se ha quedado con Zane —comentó Emily—. Le he dejado preparada la papilla por si querías que esperásemos a tu hermano y no llegábamos a tiempo. Hemos estado casi una hora entera con ella antes de venir a por ti enseñándole palabras nuevas, y creo que ha aprendido a decir algo que te encantará.

—¿Ya sabe decir algo? ¿En serio?

A Derek le sorprendía la velocidad con la que su hija aprendía.

—Bueno —continuó diciendo Emily—. Digamos que balbucea cosas que se pueden interpretar fácilmente, ¡pero ya es algo!

Se dio cuenta de que estaba sonriendo, y es que tenía motivos para hacerlo.

Desde que se había separado de Ashley y había vuelto a Vallon la vida le había sonreído. Lo hizo en cuanto se dio cuenta de que ella tenía problemas con el alcohol y las drogas, más allá de la depresión posparto. La cosa se agravó hasta el punto de que un día salió de casa en busca de sustancias y dejó a Danielle sola en el salón, tirada en el suelo cuando apenas contaba con cuatro meses de vida. Cuando él volvió de la universidad, la pequeña había estado llorando tanto que ya casi ni tenía fuerzas para respirar. Fue entonces cuando decidió poner el punto final.

Habló con los padres de Ashley para que le buscasen un centro de desintoxicación, pero al principio se rieron de él y ella le montó un espectáculo alucinante. Se tomó francamente mal que hubiese hablado con sus padres para que la internasen y empezó a romper toda clase de objetos frágiles que se encontró por la casa. Después de eso, Derek decidió actuar por su propia cuenta.

Compró una videocámara y se dispuso a espiar a Ashley hasta el punto de colarse en fiestas para poder grabar su comportamiento. Eso fue también un duro golpe para él, ya que, a pesar de que sabía que tenía problemas, nunca imaginó que pudiese llegar a ser tan grave. Ashley tomaba todo tipo de drogas y se dejaba manosear por cualquiera. No llevaban más de tres meses casados cuando él empezó a preparar los papeles del divorcio. El hecho de que hubiese estudiado derecho y tuviese acceso al bufete de abogados de Florida le brindó cierta ventaja.

Lo organizó todo con tanto detalle que, el mismo día que decidió enseñarles el video a los padres de ella, ya había hecho las maletas de él y de Danielle y las había cargado en un taxi, junto con el resto de sus pertenencias. Una vez que los O´Connor llegaron a la ciudad y a la casa donde vivían de alquiler gracias a su dinero, Derek puso la película, y durante más de quince minutos estuvieron viendo todo lo que Ashley había hecho en las últimas dos semanas.

Los padres de ella accedieron por fin a las condiciones de Derek mientras ella se ponía hecha una furia al escuchar la noticia de que ese mismo día ingresaría en un centro de desintoxicación. Derek colocó los papeles del divorcio encima de la mesa y también los de la custodia de Danielle. Le explicó que solo con el vídeo podía hacer que la metiesen en la cárcel, así que, si accedía por las buenas, se quedaría con la custodia completa de la niña sin tener que alargar todo el procedimiento. Los O´Connor la alentaron a firmar y finalmente lo hizo, pero Ashley no dejó de gritarle a Derek cosas sin sentido, llegando incluso a decir que Danielle no era hija suya y que lo había engañado para que se casara con ella y cuidase de su bebé.

Derek supo enseguida que probablemente fuese cierto y eso lo hirió en lo más profundo de su corazón, pero se hizo el valiente y continuó en sus trece de llevarse a la niña con él. La había cuidado desde el primer día y la quería con locura, así que no iba a consentir que lo único bueno que tenía en esos momentos se quedase en la casa de una familia donde no recibiría las debidas atenciones. Los O´Connor demostraron con ahínco la frustración que ya les suponía el tener que hacerse cargo de Ashley, su propia hija.

Cuando se presentó aquel fin de semana de enero en el jardín de su añorada casa con la pequeña en brazos y las maletas y bolsas de viaje a su alrededor, se le vino el mundo encima. Pero Zane lo recibió con unos brazos abiertos que entonces le recordaron mucho a los de su madre, feliz de que estuviese de vuelta. Louis también se alegró, aunque no supo bien cómo expresarse porque se había convertido en un joven extremadamente reservado. Le llevó las maletas hasta el piso de arriba y entre los tres desempaquetaron todas las cosas.

Arabia y Jake llegaron por la noche.

Derek sabía que la amiga de su hermana se había instalado con ellos para ayudar a Zane a salir adelante y, como también estaba trabajando en el hospital —recientemente graduada en enfermería—, llevaban la casa entre Jake y las pequeñas aportaciones de ella. También se alegró mucho de verlo. El único que no dijo ni una sola palabra fue Jake. Y desde entonces habían convivido en un punto intermedio entre el respeto y la tensión entre hermanos que se había hecho cada vez mayor.

Derek no sabía muy bien a qué se debía ese distanciamiento hasta que un día Emily apareció en casa. Por lo visto, había empezado a acudir poco después de la muerte de sus padres. Visitaba a las chicas cada semana, o cada dos a lo sumo, y jugaba con ellas a algún juego de mesa o las ayudaba con alguna tarea. Arabia y ella se habían hecho buenas amigas. Entonces Derek se dio cuenta de que su hermano Jake había estado temiendo su encuentro con Emily. Porque era obvio que le gustaba, aunque nunca hacía nada por demostrarlo.

Derek no quiso enamorarse de ella, no lo hizo a propósito, pero se dio cuenta de que lo había hecho cuando empezó a contar los días para volver a verla. Desde la priemra vez que la vio en la biblioteca, supo que era de algún modo distinta a todas las demás chicas que había conocido: inteligente, bondadosa, cariñosa y con una capacidad innata para escuchar a otras personas. Su presencia producía en Derek un nerviosismo imposible de controlar pese a sus años de experiencia cortejando chicas.

Le llevó un tiempo lo de decidirse en demostrarle su interés, pero al final resultó que ella también se había enamorado de él y todo acabó siendo más fácil de lo que los dos habían imaginado. Los hechos se adelantaron gracias al chivatazo amistoso que Arabia le dio para que se decidiese de una vez por todas a pedirle salir. Para colmo, Emily adoraba a Danielle, y desde el primer día que formalizaron su relación se volcó en cuidarla. Se quedaba casi siempre a dormir, excepto los días que realmente tenía mucho que estudiar, así que habían ocupado la antigua habitación de sus padres y ella le había regalado a Danielle una cuna enorme. Era increíblemente feliz a su lado y nunca discutían por cosas irrelevantes.

Derek regresó al presente cuando Emily volvió a sacar el tema de la fábrica.

—Le pregunté a mi padre por teléfono hace una semana si tal vez tendría algo para ti en le empresa —dijo, poniéndose muy seria—. No le dije ni siquiera que fuese algo relacionado con tu carrera, simplemente un puesto como el que tiene tu hermano para que podáis ir un poco más desahogados en casa. Sé que suena egoísta porque yo también estoy viviendo allí y casi no aporto nada, pero...

—No vuelvas a decir lo de que no aportas nada, por favor —le pidió Derek. No era la primera vez que hacía un comentario por el estilo y a él no le gustaba en absoluto. Había cuidado de su familia cuando él no estaba y luego había accedido a cuidar de la hija de su exmujer sin que nadie se lo hubiese pedido. Emily era una auténtica bendición—. Prométemelo.

—Lo siento, de veras, pero ya sabes que yo...

Derek estiró su brazo derecho para acariciarle la mejilla y después sellarle con dulzura los labios con el dedo índice.

—Sigue explicándome lo de tu padre —le pidió.

—Pues el caso es que me dijo que el abogado que tenían había decidido jubilarse, así que había estado buscando un sustituto aceptable desde hacía unos días. Entonces me dijo que reconsideraría lo que le había pedido y que tendríamos noticias más adelante.

—Y por eso hoy, cuando Jake me ha dicho que lo acompañase, tú te has imaginado exactamente el porqué de esa llamada repentina, ¿no es así?

—No quiero que te enfades conmigo por haber intervenido.

—Emily... La oportunidad que me ha concedido tu padre es la más importante que he tenido desde que terminé la carrera —explicó Derek—. Lo único que me preocupa es no haberlo conseguido por méritos propios.

Derek giró hacia a la izquierda para adentrarse de nuevo en la avenida que conducía a la fábrica Wathson. La visualizó a lo lejos y dudó un instante al ver la hora en el reloj del vehículo.

Eran las cinco y cuarto.

Arabia y Emily habían dicho que Jake no salía hasta casi las seis, así que giró a la derecha y tomó el camino de vuelta a casa.

—¿No vamos a esperar a Jake? —preguntó Emily, confusa.

—Sé que te parecerá extraño y muy inapropiado viniendo de mí, pero estoy enfadado con él.

—¿Qué ha pasado?

—Jake no quería que me fuese bien en la entrevista, así que lo ha planeado todo para llegar tarde a propósito. —Derek amplió la información contándole todo lo que había escuchado en el comedor—. Supongo que no quiere que trabaje en la fábrica.

—¿Llegar tarde a propósito? Eso es bastante extraño, Derek. Tu hermano no ha llegado tarde nunca desde que empezó a trabajar. Sería muy estúpido por su parte manchar su buena reputación solo por...

—Fastidiarme, por supuesto —interrumpió Derek—. Así que no es una idea tan descabellada. Sabes de sobra que no tolera el hecho de que haya vuelto, de que haya puesto orden en casa y de que tú y yo estemos juntos.

—¡Venga ya! No me digas que todavía crees que tu hermano estaba enamorado de mí.

—Emily, cariño, era obvio que lo estaba.

—Bobadas. Arabia está totalmente convencida de lo mismo, pero yo estoy segura de que no.

—Eres muy ingenua, Emily... Aunque supongo que esa es una de las cosas por las que te quiero.

Emily resopló, resignada, y no dijo nada más.

Zane estaba terminando de darle la papilla a Danielle cuando ellos llegaron a casa. La niña empezó a agitar los brazos por encima de su cabeza nada más verlos y lanzó unos cuantos sonidos indescifrables hasta que Derek se acercó y entonces exclamó algo parecido a papá.

—¿Habéis oído eso? —preguntó Derek, mirando estupefacto a las dos chicas.

—Ya te había dicho que te gustaría escucharla —dijo Emily.

—¡Ha dicho papá!

—En realidad ha dicho algo como *a-pa-pa* —aclaró Zane—. Pero es lo máximo que hemos conseguido, y yo creo que sabe lo que dice, porque no ha vuelto a decir nada parecido hasta que tú has aparecido. Hemos practicado con una foto.

—¡Mi pequeña! —Derek sacó a su hija de la silla de comer y la sostuvo en el aire con los brazos estirados. Luego se la acercó para darle un beso de gnomo en la nariz—. ¡Pero qué lista eres!

- - - - - - -

Emily esperó con impaciencia la llegada de Jake. Derek estaba convencido de que su hermano había planeado que llegasen tarde al trabajo para tener menos posibilidades de que lo aceptaran para el empleo, pero ella estaba casi segura de que eso no podía ser cierto. Jake solía estar siempre cabreado y nunca estaba de acuerdo con las decisiones que Derek tomaba en la casa, pero sabía que era incapaz de hacer algo que perjudicase a su familia.

Tenía buen corazón, aunque aparentase todo lo contrario.

—A propósito, Zane —dijo Derek desde la cocina. Emily y ella estaban sentadas en el sofá jugando con Danielle mientras veían la televisión—. ¿Qué te ha dicho el médico esta mañana?

—Me han recomendado tomar anticonceptivos —respondió Zane con total naturalidad—. He dejado en el frutero la nota para ir a comprarlos mañana. Me han dicho que son un poco caros...

Emily vio a Derek examinando la nota con el ceño fruncido.

—¿Por qué tienes que tomar anticonceptivos?

Zane se ruborizó. Estaba claro que le resultaba embarazoso hablar sobre ello, así que fue ella quien respondió en su lugar.

—Su fuerte anemia se debe a que tiene menstruaciones muy abundantes... De ahí que lo mejor sea tomar anticonceptivos, para regularla.

—Lo he dejado todo pedido en la farmacia para ir a recogerlo mañana por la mañana —continuó Zane. Emily supuso que con la intención de que no reincidiesen más en el tema—; y, como ya te he dicho, es caro.

—¿Cuánto de caro?

—Unos treinta dólares por caja —explicó Zane—. Y cada caja dura un mes...

—¿Treinta dólares? ¿De qué manga se han sacado unos anticonceptivos tan caros?

—Siempre han sido caros —dijo Emily, que ya sabía de antemano lo que suponía tener que gastar esa cantidad de dinero al mes solo para un medicamento—. Pero si todo va bien, en tres meses tu hermana empezará a estar muchísimo mejor. Ya sabes que el hierro no le reportaba casi ningún beneficio.

—Eso espero, porque a Jake le va a hacer la misma gracia que a mí cuando sepa lo que nos va a costar.

Antes de que terminase la frase, Jake apareció y cerró la puerta sin cuidarse de no hacer mucho ruido.

—¿Qué es lo que me va a hacer tanta gracia?

—El precio de la nueva medicina de Zane.

Emily observó detenidamente a Jake. Llevaba puesta todavía la ropa de trabajo, algo bastante insólito. Además, sudaba a borbotones, las gotas de sudor le caían por las patillas y la frente.

—Estás hecho un asco, Jake —le dijo.

Hubiese deseado no haber sido tan sincera porque Jake la miró con severidad, frunciendo el ceño.

—A lo mejor, si mi hermano me hubiese dicho que se iba antes que yo, no me habría pasado diez minutos subiendo y bajando de un lado para otro buscándole como un imbécil. A lo mejor, si me hubiese dicho que acababa a las cuatro, no habría tenido que correr detrás del maldito autobús que siempre que puede me deja en tierra. A lo mejor también me habría dado tiempo a ducharme si...

—¿Ya estás renegando?

Louis acababa de llegar al salón y había formulado la pregunta con evidente inquina.

—¿Pero qué coño te has creído?

Emily se puso nerviosa, pero Derek llegó justo a tiempo para interponerse entre ambos hermanos.

—Tú a mí no me hablas así, ¿me oyes? —le espetó Jake.

—Puedo hablarte como me de la gana.

—¿Ah, sí? ¿Eso crees? —Derek sujetó a su hermano para que no se acercara al otro—. Pues por si no lo sabes yo soy quien te da de comer y quien te paga tu estúpida escuela de maricas, así que más te vale respetarme.

Todos se quedaron en el más absoluto silencio después de eso. Fue un comentario tan grosero por parte de Jake, que ni siquiera Louis —que había aprendido a plantarle cara a su hermano desde hacía tiempo— pudo hacerle frente. Emily supo que le había afectado, y mucho, cuando el menor de los Becker salió de la casa con un fuerte portazo.

—Suéltame —pidió Jake, en apariencia sereno.

Pero a Derek también le había molestado mucho el comentario, así que lo hizo, pero no sin antes darle un empujón.

Emily tenía la certeza de que Jake era consciente de lo que había hecho y dicho, y que por eso no volvió a aparecer por el salón en toda la tarde.

Ni él ni Louis se presentaron para cenar.

—¿Qué vamos a hacer ahora? —preguntó Zane ya en la mesa.

—¿A qué te refieres? —preguntó Emily también.

—Louis y Jake no van a reconciliarse.

—Creo que vuestro hermano necesita urgentemente unas buenas vacaciones —sugirió Emily.

—No —dijo Derek con tono severo—. Necesita que alguien le deje las cosas claras de una vez. Hablaré con él esta noche, sin falta.

—¿Y qué vas a decirle?

Emily no creía que fuese posible que los dos hermanos se entendieran.

—Todavía no lo sé, pero esto no puede seguir así —continuó Derek—. Nadie lo obliga a hacerse cargo de esta familia, así que, si no quiere hacerlo, le enseñaré dónde está la puerta. No puede elevarse de ese modo sobre nosotros solo porque sea el único que hasta ahora ha estado trabajando.

—No le digas eso, Derek —le pidió Emily—. No a menos que quieras que se marche de verdad.

—¿Y qué otra cosa quieres que hagamos para poner solución a esto?

—Yo no quiero que Jake se vaya —dijo Zane, cabizbaja—. Sé que en el fondo no dice las cosas con mala intención.

—¿Sugieres alguna otra cosa? —preguntó Derek, impresionado por sus palabras.

—Sí —continuó—. Me gustaría ser yo quien hable con él, aunque no sé si querrá escucharme.

—Zane, no. Lo siento, pero no quiero ver cómo te hace pedazos a ti también.

Emily se mantuvo al margen mientras los dos hermanos debatían sobre las cosas más importantes que Jake debía saber y quién debía decírselas. Cogió a Danielle en brazos y se la llevó hasta su parque de juegos, en el centro del salón. Estuvo jugando con ella y observándola durante casi quince minutos. Tiempo suficiente para reflexionar.

La niña tenía un bonito pelo rubio platino, rizado por las puntas y su piel, blanca y brillante. Era un bebé precioso que siempre estaba sonriendo. Tenía ya varios dientecitos formados en el paladar superior e inferior y eso la hacía todavía más adorable. Debía de ser idéntica a su madre, porque a Derek se le parecía bien poco.

Le vino a la mente lo que Derek había dicho respecto a los sentimientos de Jake hacia ella. ¿Había estado enamorado de ella? ¿Tan ciega había estado como para no verlo? Esa posibilidad la hacía sentir mal. Recordó que sí, que era cierto que él había estado mucho más tranquilo y relajado hasta la llegada de su hermano. Fue después cuando su actitud respecto a todos empezó a cambiar de forma drástica, así que tal vez la culpa de todo no fuese de Derek ni de ninguno de sus hermanos, sino de ella.

Una subida de calor le recorrió el cuerpo.

—Soy yo la que ha de ir a hablar con él —dijo de pronto. Derek y Zane se quedaron mirándola—. Yo soy la causante de todo esto.

—¿Qué te ha llevado a pensar una cosa así? —preguntó Derek.

—Lo que hablamos antes. Tal vez sea mi presencia lo que le molesta, así que iré yo.

—Ni hablar. —Derek se negó en rotundo.

—Siento que tengo que hacerlo. Si mis intuiciones son correctas, de nada servirá que vosotros intentéis hacerle cambiar, porque no se trata de eso. Las personas no cambian, *a priori*.

—Sigo pensando que no es buena idea. —Derek estaba preocupado.

—Confía en mí.

Emily se acercó y le dio un beso. Acto seguido, se dirigió a la habitación de Jake quien, para su sorpresa, tenía la puerta abierta.

Lo encontró apoyado de espaldas a la ventana, sentado sobre la repisa. Emily entró y cerró la puerta. Luego caminó hasta la cama y se sentó en ella. Él echó un vistazo al exterior y dijo:

—No quiero hablar de Louis. Ni de Derek ni de su trabajo.

—Me parece bien. —Emily hizo hincapié en su prudencia.

Jake suspiró ante esa contestación.

—¿Qué quieres entonces?

—Quiero que me hables con sinceridad y me cuentes por qué estás tan cabreado desde que yo me instalé aquí.

—No es por ti, Emily —dijo Jake, enseguida—. Te juro por Dios que no es por ti.

—Yo creo que sí lo es. Tu hermano me contó que tú... —No tenía ni idea de cómo expresarlo—. Bueno que, al principio, yo te gustaba.

—Esto no tiene nada que ver contigo.

Jake no la miraba.

—Tienes que saber que no somos las personas quienes elegimos de quién nos enamoramos. Es el destino.

—¡No estoy enamorado de ti! —estalló. Lo dijo en voz muy alta, pero no con intención de ofenderla, eso seguro. Emily no supo si sentirse mejor o peor—. Tampoco quiero hablar de eso. Lo que quiero es estar solo.

—Siempre que te enfadas vienes aquí y te encierras para estarlo. Lo peor es que casi siempre estás aquí.

—Eso significa que casi siempre quiero estar solo —dijo Jake.

—Y que estás enfadado —puntualizó Emily.

—¿Y cuál es el problema?

—Que transformas tu enfado en malas formas, actuando y hablando con prepotencia.

—Ya nada ni nadie puede cambiar lo que le dije a Louis.

—Podrías pedirle perdón, ¿no?

—¿Crees que eso ayudaría en algo? —Jake negó con la cabeza—. No, Emily, las cosas están mucho más jodidas de lo que tú te crees. Sé muy bien qué es lo que tengo que hacer para que todos seáis más felices, pero no lo haré, a pesar de todo, porque esta es mi casa.

—Nadie quiere que te vayas. —Él se rio ante ese comentario—. No estoy bromeando, Jake.

—He oído la mayoría de cosas que ha dicho mi hermano. Está loco si piensa que puede echarme de aquí, cuando he sido yo el que ha estado pagando el maldito préstamo de la reforma.

—No hablaba en serio. Es solo que está resentido por lo de esta mañana.

—¿Por lo de esta mañana?

—Lo de haber llegado tarde... Él cree que...

—Sí, ya. Cree que he sido capaz de hacerle llegar tarde porque es idiota. Pero yo ni siquiera habría llegado tarde si no me hubiese entretenido en avisarlo. Por culpa de ambos, yo también he empezado mi turno con más de media hora de retraso y he tenido que soportar unas cuantas burlas al respecto. En la fábrica de tu padre los nuevos no somos siempre bien recibidos, y mucho menos los que tenemos ganas de trabajar.

—¿Y por qué le diste a entender que lo habías hecho a propósito?

—¿Qué crees que pensarían mis compañeros si supiesen que somos los dos unos enchufados? Ya bastante raro se hace que hayan contratado a Derek y que sepan que es mi hermano. Si también se enterasen de que está saliendo con la hija de Big W... Estoy muy a gusto en mi trabajo y con mis compañeros y no quiero que todo eso cambie. —Jake la miraba a los ojos mientras le hablaba y eso hizo que se sintiese intimidada—. El estatus de mi hermano en la empresa no tiene nada que ver con el mío, así que solo quiero conservar lo poco bueno que tengo allí, que son ellos.

—Tus intenciones son buenas, Jake —le dijo—. Y sé que siempre lo han sido. El problema es que no te comunicas con los demás y no puedes pretender que se sobreentiendan todos tus actos. Podrías haberle explicado a tu hermano lo mucho que te preocupa todo esto y seguro que juntos habríais encontrado una solución.

—Mira, soy consciente de que todos me evitáis a mí tanto como yo a vosotros. Yo no os pido que eso cambie, así que tampoco me pidáis que cambie yo.

Emily empezó a sentir lástima por él.

—Te encierras en ti mismo y te destruyes poco a poco. —le dijo. Luego reparó en un par de tiques que había encima del escritorio y los cogió antes de que Jake pudiese hacerlo— ¿Qué es esto? Balneario-Spa West Valley —leyó.

—Devuélvemelo.

—¿Vas a ir a un spa?

—Tu hermana se ha empeñado en que vaya a relajarme —explicó Jake—. Me ha dejado los tiques personalmente en la taquilla, pero no iré.

—¿Con quién habías pensado ir?

—Con nadie, ¿no me has oído? He dicho que no voy a ir.

—Podrías ir con... —Pensó en Arabia, pero al instante supo no era una buena idea. Ella estaba saliendo con un chico, así que no era tiempo de pensar que la templanza y la fortaleza debían estar juntas— ...conmigo.

No sabía si era buena idea, pero, ¿por qué no?

—¿Vendrías conmigo? —Jake estaba tan sorprendido como ella misma—. Sabes lo que opinaría Derek sobre eso, ¿verdad?

Puede que Derek se enfadase y se sintiese un poco celoso, pero no era nada malo.

Tendría que aceptarlo.

—¿Qué tal el próximo sábado? —le preguntó.

—En serio, no quiero tener más problemas con mi hermano.

—Yo me ocupo de él —sentenció Emily—. Tú ocúpate de llamar para hacer la reserva y procura no promover más brocas hasta el sábado.

Después le guiñó un ojo y salió de la habitación.

Se sentía eufórica a pesar de no haber aclarado prácticamente nada de lo que había pretendido al acudir hasta allí. Era una sensación extraña, como si estuviese a punto de vivir una aventura superemocionante.

¿Cómo se lo tomaría Derek?

Tanto él como Zane la esperaban en el salón.

—¿Cómo ha ido? —le preguntó Zane.

—Ha estado escuchando casi todo lo que hemos hablado antes. —Emily levantó la mano para que no la interrumpieran—. Pero tiene muy claro que no va a irse de aquí a pesar de creer que es lo que todos deseamos. Además, lo que dijo respecto a lo de llegar tarde, no fue a propósito. —Tuvo que dar más detalles para que Derek se quedase conforme—. Y se arrepiente de lo que le ha dicho a Louis, pero no cree que haya posibilidad de dar marcha atrás en ese asunto. Por último, ha prometido paz durante esta semana y yo he accedido a acompañarlo el sábado a un balneario de mi barrio, ya que mi hermana le ha regalado un par de entradas. Creo que ha sido una idea brillante por su parte y que Jake realmente necesita una cosa así.

A Zane eso último le hizo mucha gracia, y no dudó en expresarlo. Derek, por otro lado, se quedó perplejo.

—¿Has dicho un balneario?

—Sí, ¿por qué?

Por primera vez en su vida, Emily mostró un poco de picardía.

—No me parece buena idea.

—No tiene con quién ir —continuó Emily— y nunca iría solo a un sitio así. Por eso me he ofrecido.

—¿Y por qué no va con tu hermana?

—Porque ya me he ofrecido yo —concluyó.

A Zane y a ella se les olvidó que hasta hacía una hora habían estado en tensión y debatiendo sobre Jake y su comportamiento.

El ambiente se había relajado y a las dos les divertía la reacción de Derek.

Estuvieron un buen rato hablando con él respecto a eso. No estaba enfadado con ella, pero, obviamente, sí celoso. A Emily le gustó mucho recibir esa reacción por su parte. Le hacía sentir un poquito más segura de sí misma y de su relación con él, aunque fuese un poco cínico.

—Te quiero —le susurró a Derek al oído antes de irse a dormir.

SÁBADO

9 JULIO 1988

A las nueve de la mañana ya estaba despierta. Emily había quedado con Jake a las diez en el salón para salir hacia el spa y, por alguna razón, estaba nerviosa. La noche anterior le había pedido las llaves del coche a Arabia para poder ir hasta allí, y en aquel instante las tenía en la mano dándoles vueltas.

El sonido hizo despertar a Derek.

—¡Buenos días! —le dijo alegremente, tratando de apaciguar su nerviosismo.

—¿Qué hora es? —preguntó él con los ojos todavía cerrados.

Derek dormía en ropa interior y su cuerpo estaba semidesnudo ante ella, pues la sábana se le había enredado entre las piernas y se había destapado por completo. Trataba de abrir los ojos, pero le era imposible.

—Temprano para ser fin de semana. —Emily se acercó y se tumbó en la cama junto a él—. Danielle sigue dormida, así que podrás descansar hasta que reclame tu atención.

Le dio un beso en la mejilla.

—¿A qué hora vuelves?

—He hablado con mi padre y comeremos en mi casa. Volveremos aquí por la tarde, ¿de acuerdo?

Derek refunfuñó, pero estaba demasiado dormido como para replicar. Le dio otro beso y desenredó la sábana para cubrirlo con ella.

Cogió su bolsa de deporte y bajó a la cocina, donde encontró a Jake desayunando. Ya se había vestido, al igual que ella, y tenía pinta de llevar despierto un buen rato.

—¡Has madrugado! —le dijo Emily.

—Tú también. —Su respuesta la dejó un poco anonadada. Era evidente—. Te he preparado unas tostadas.

Jake le ofreció un plato con dos panecillos y le acercó la mermelada.

—¡Gracias!

—Subo a por mis cosas y nos vamos.

Emily se quedó a solas con sus tostadas y empezó a comérselas. Le resultó curioso que él se hubiese tomado la molestia de preparar el desayuno.

Tal y como habían acordado, Jake había mantenido su mal carácter al margen del resto. Se había limitado a llevarse la cena a su habitación y ella y Zane habían sido las únicas que se habían molestado en preguntarle qué tal le había ido el día a lo largo de la semana.

Minutos después, Jake se plantó delante de ella.

—Ya estoy listo.

—Todavía es temprano. —Emily miró su reloj para comprobarlo—. Hasta las once no tenemos la cita y no tardaremos más de quince o veinte minutos en llegar. Ari me ha prestado su coche.

—¿Bromeas? ¿Pensabas ir en coche? —Jake la dejó perpleja—. Con el coñazo que nos has dado a todos en favor de la no contaminación, no puedes decirme que vamos a ir en coche a ese balneario.

—¿Prefieres ir en bicicleta?

—Pues claro.

Emily sonrió, dejó la media tostada que le quedaba sobre el plato y, aún con la boca llena, dijo:

—Voy a lavarme los dientes. —Tragó—. ¡No tardo nada!

Cuando regresó, Jake ya la estaba esperando afuera, montado en una bicicleta de segunda mano que Derek se había comprado hacía poco tiempo. Había puesto la bolsa de Emily sobre la cesta delantera y llevaba la suya al hombro. Se pusieron en marcha en cuanto Emily se subió a la suya.

Durante el trayecto disfrutaron de la brisa veraniega. Al ser sábado, había tráfico, pero no tanto como entre semana. Emily fue todo el rato delante indicando el camino y Jake se limitó a seguirla de cerca.

Tardaron alrededor de cuarenta minutos en llegar.

—Es aquí.

Emily se apeó de su bicicleta y caminó junto a ella hasta el patio interior.

—¿Has estado en uno de estos antes? —Quiso saber Jake.

—Vine con mi hermana y mi madre unos meses antes de que ella muriera. —El recuerdo le oprimió el pecho con la misma intensidad de siempre al tratarse de algo relacionado con su madre—. Mi padre nos regaló los pases a las tres.

Jake no dijo nada, solo asintió con un movimiento casi imperceptible, señal de que era una sensación que ambos compartían.

Los recibió una chica que les indicó dónde debían dejar las bicicletas y los acompañó al mostrador de recepción. Allí entregaron sus tiques y otra mujer apareció con dos paquetes de ropa de baño y les dio uno a cada uno. Había un albornoz, una toalla grande, una pequeña y un gorro para el pelo. Todo era de un blanco inmaculado, excepto el gorro, que era negro.

—¿Se supone que tengo que ponerme esto? —preguntó Jake, sosteniéndolo en alto—. ¿En serio?

Se dirigió a un espejo y probó a ponérselo sobre la cabeza y las tres empleadas se quedaron mirándolo. Emily se echó a reír.

—¡Jake! —dijo, acercándose a él—. Será mejor que te lo coloques en el vestuario.

Se adentraron por un pasillo estrecho que olía a flores frescas y llegaron a su primer destino.

—Os esperaré aquí para acompañaros al inicio del circuito —dijo la mujer que los había guiado.

Emily se dirigió al vestuario de las chicas y le dijo a Jake que estaría lista en cinco minutos. Una vez dentro, sacó el bañador de su bolsa. Había escogido uno de una sola pieza, el que usaba antaño para ir a natación. Era azul marino con la espalda cruzada. Le resultaba cómodo y todavía le quedaba bien. Se miró en el espejo antes de colocarse el gorro.

Era bajita. Un poco más alta que su hermana gemela, pero por poco. En contraposición, aunque ambas eran de constitución delgada, una no tenía mucho pecho y la otra sí. Era evidente que Emma se había quedado con todo.

Hinchó los pulmones y puso las manos en la cintura. La silueta que el espejo reflejaba le devolvió la mirada.

—Esto es lo que hay —se dijo.

Se ató un moño en la cabeza y recogió los mechones sueltos dentro del gorro de baño. No era en absoluto sexy, pero sí obligatorio.

¿Qué opinaría Jake de ella? Pensó que sería horrible si Derek la viese así.

Guardó sus cosas en la taquilla que le habían asignado y se puso el albornoz atado a la cintura. Al salir vio a Jake esperándola junto con la empleada. Emily se echó a reír de forma indiscreta cuando lo vio con el gorro. Él sonrió ampliamente sin separar los labios.

—No volveré a comprometerme a hacer algo donde tenga que llevar esta cosa —dijo.

—Eso lo discutiremos después del spa —lo contradijo Emily—. Te va a encantar.

La empleada los acompañó hasta el ascensor y descendieron dos pisos. Nada más salir de él, Jake soltó una exclamación.

Emily ya había estado allí antes, pero la ambientación había cambiado. Estaba decorado al estilo Hawái, con flores blancas. Era como estar en la jungla del paraíso, con la iluminación muy tenue y todo lleno de vapor.

—Qué oscuridad —comentó Jake.

—Pero qué bonito —replicó ella.

Les indicaron que entrasen en la piscina climatizada para iniciar el circuito. Su hermana había contratado una media hora más adicional de masaje en cabina, así que cuando acabasen el recorrido todavía les quedaría lo mejor.

Colgaron los albornoces en un perchero y entraron en la piscina. Emily estaba tan nerviosa que ni siquiera se fijó en Jake, pero se relajó en cuanto su cuerpo se aclimató bajo el agua caliente y llena de burbujas.

—Qué sensación más rara —dijo Jake.

—Es como un *jacuzzi* —continuó Emily.

—Nunca en mi vida había estado en un *jacuzzi*.

Emily se sintió privilegiada. Tenía uno en casa y desde pequeña había pasado horas y horas en él jugando con su hermana o con amigas del colegio.

—¿Qué es eso de ahí? —le preguntó Jake, señalando una poza por la que se accedía desde arriba.

Por lo visto, se había fijado en un señor que acababa de subir de allí.

—Es la caldera de agua fría —explicó Emily—. Su supone que bajas ahí y el agua está helada. Además, te tiran un gran chorro desde arriba. Es para relajarse.

—¿Lo has probado?

—Intenté bajar la última vez que estuve aquí, pero no me atreví. El agua está congelada. Y no exagero.

El hombre pasó por delante de Jake y lo vio observando la poza.

—Te lo recomiendo, chico —le dijo—. Aunque es solo para valientes.

Estaba bromeando, pero Jake no necesitó nada más.

Agradeció el consejo y salió de la piscina para dirigirse hacia allí. Emily lo vio caminar descalzo sobre el suelo húmedo, llevando mucho cuidado de no resbalar. No pudo evitar mirar sus pectorales.

Jake era físicamente muy parecido a Derek, pero un poco más moreno y con la espalda más ancha. También era bastante corpulento en comparación al resto de chicos que ella había conocido, sin duda por sus años de dedicación al fútbol, y eso llamaba mucho la atención, de ella y de cualquiera. Se dio cuenta de que dos adolescentes de la piscina de al lado estaban mirándolo embobadas y le hizo gracia.

Un pequeño grito procedente de la poza captó su atención y encontró a Jake al principio de las escaleras. Él la miró desde allí y le hizo gestos indicando que el agua estaba tan helada como ella le había adelantado. A pesar de ello, continuó bajando hasta desaparecer de su campo de visión. Tardó más de lo previsto en salir, tanto que Emily se levantó y se acercó hasta allí.

Encontró a Jake con los ojos cerrados disfrutando del enorme chorro que caía sobre él. Cuando los abrió y la vio allí plantada, salió rápidamente del agua y subió hasta ella.

—Tienes que probarlo.

La sujetó por la muñeca para incitarla a bajar y solo el contacto de su fría piel le produjo un escalofrío.

—¡No!

—Confía en mí, te gustará.

No era que no confiase en él, pero ella era de las que se duchaban con el agua caliente hasta en verano. Pero Jake parecía muy ilusionado, así que se armó de valor. Cerró los ojos y adelantó el pie derecho hacia las escaleras.

El primer contacto con la capa de agua que discurría por ahí le hizo temblar de frío. Abrió mucho los ojos y miró a Jake.

—Ya has pasado lo peor. Vamos. —Jake tomó su mano y empezó a tirar de ella—. Sígueme.

Era imposible deshacerse de él, así que tuvo que avanzar a pesar de la horrible sensación que sentía subiéndole por las piernas.

Al final del recorrido el agua le llegaba por las caderas y creía que no podría soportar pasar más tiempo allí metida. Estaba tan helada que tenía paralizados hasta los pensamientos, por eso no vio venir el que Jake saltara hacia la poza con total determinación, sumergiéndose por completo y salpicándola. Cuando reapareció, el agua lo cubría hasta la mitad del abdomen. Con la diferencia de estatura que había entre ellos, a ella le llegaría por el cuello, o incluso más.

—¡Salta! —le dijo.

—No puedo hacerlo. —Emily tuvo que elevar la voz para que él la escuchase. El chorro de agua que caía desde arriba hacía muchísimo ruido—. ¡Voy a volver!

Jake la miró de una forma extraña, como tramando algo. Algo malo. El temor se apoderó de ella al deducir lo que se disponía a hacer y trató de volver sobre sus pasos, pero él le agarró las piernas antes de lograr su cometido. Emily gritó a la desesperada, aunque de poco le sirvió. Jake la elevó del suelo y la transportó hasta la poza, dejándola caer. La fría sensación hizo que abriese los ojos debajo del agua. Batió brazos y piernas y chocó con las paredes y con Jake. Al final tocó el suelo con la punta de los pies y emergió a la superficie con la boca abierta para tomar aire de nuevo. Tuvo que quedarse de puntillas y con el cuello estirado para poder mantener la cabeza fuera. Volvió a gritar sin poderse contener por lo fría que estaba el agua.

Jake reía abiertamente.

—¡No ha tenido gracia! —le reprochó, aunque no parecía importarle.

—Relájate y disfruta.

—No estoy disfrutando, ¡en absoluto!

Emily estaba tiritando.

Jake fue hacia la cascada y se puso debajo. Estuvo unos segundos y luego salió.

—Pruébalo. —Emily puso cara de incredulidad. Era evidente que lo estaba pasando realmente mal. ¿Qué le hacía pensar que iba a colocarse bajo una cascada de agua helada?—. ¡Hazlo, Emily!

Estaba tan contento que resultaba imposible enfadarse con él. Nunca lo había visto sonreír durante tanto tiempo y, como no quería herir sus sentimientos, accedió. Nadó lentamente hacia el chorro, cerró los ojos y se adentró en la cascada. La presión en la cabeza le produjo otro escalofrío. Pero, para su sorpresa, empezó a disfrutar de la sensación y, cuando más a gusto estaba, Jake le agarró el brazo y tiró de ella para sacarla.

—No te acostumbres —le dijo. Luego señaló una placa que había en la pared de piedra—. No es recomendable estar más de diez segundos seguidos.

Jake la invitó a salir de la poza y subieron juntos hacia la superficie.

—¿Qué sientes? —le preguntó Jake mientras caminaban hacia otro punto del circuito.

Al principio no entendió la pregunta, pero supo a qué se refería cuando el calor empezó a inundar su delgado cuerpo. Se sentía cálida por dentro, y muy reconfortada.

—¡Es genial! —dijo—. No tengo ni pizca de frío.

—¿Nunca has probado a ducharte con agua fría en invierno?

Evidentemente, no. Nunca se le ocurriría hacer una cosa así.

Estuvieron hablando durante todo el circuito sobre cosas irrelevantes. Emily se sentía cómoda con él y la naturalidad se apoderó de ellos. Cuando llegaron a la sauna, que era la última zona del spa, coincidieron en que el tiempo se había pasado volando. Jake no paraba de decir que se estaba asfixiando ahí adentro y, por eso, cuando la empleada que los había acompañado hasta el inicio fue en su busca para dar por finalizado el recorrido, él lo agradeció enormemente.

La mujer los llevó hasta una sala de relax con tumbonas y refrescos donde apenas estuvieron cinco minutos, pues enseguida regresó para acompañarlos a la zona de masajes. Pasaron a una habitación con dos camillas perfectamente equipadas con mesillas auxiliares llenas de productos. Dos chicas, las masajistas, se acercaron y les entregaron una toalla más. Luego les señalaron dos albornoces que había colgados en un perchero al fondo de la pared, aclarándoles que se los habían llevado hasta allí para después de la sesión.

—Quitaos los bañadores y enrollaos en la toalla. Cuando estéis listos, os tumbáis y presionáis el botón del mando.

Salieron y los dejaron a solas. Jake desplegó la toalla, que no daba más que para cubrir un tercio de su cuerpo. Emily volvió a reír, aunque luego también le entró un poco de pánico al darse cuenta de que no había vestuarios que pudieran utilizar para cambiarse.

—Deben de haber pensado que somos pareja —dijo.

Jake la miró y se ruborizó. Se notaba que estaba nervioso, así que Emily tuvo que mantener la calma.

—Nos giraremos por turnos para poder cambiarnos. Date la vuelta y te avisaré cuando haya acabado.

Y así lo hicieron.

Emily se quitó el bañador, no sin mantener visualmente el contacto con la espalda de Jake para asegurarse de que no se daba la vuelta antes de tiempo. Después se colocó la toalla alrededor del cuerpo. Afortunadamente —y dado su pequeño tamaño—, la suya daba para cubrirle desde el pecho hasta debajo de las caderas.

—¡Lista! —anunció, para que Jake pudiese proceder.

Se puso de espaldas y lo miró una última vez girando el cuello. Luego esperó pacientemente, aunque Jake fue bastante rápido.

Se situaron frente a sus respectivas camillas y se tumbaron, haciendo esfuerzos para que sus toallas se moviesen lo mínimo. Por último, Emily pulsó el botón correspondiente y las masajistas tardaron apenas unos segundos en aparecer.

—¿Estáis listos? —dijo una de ellas, la que se situó justo a la derecha de Jake y le bajó la toalla hasta la mitad del trasero.

La otra hizo lo propio con la de Emily. De repente, se le aceleró el corazón, pero entendió que no se le podía ver nada según estaba tumbada, y además, el trasero era lo de menos. Jake la miró un segundo, pero enseguida colocó la cabeza hacia el otro lado y ella se relajó.

El masaje fue sensacional. Estimulante y relajante a la vez, tanto que los veinticinco minutos de sesión le parecieron apenas diez. Cuando terminaron, las chicas procedieron a lavarse las manos y a salir de la estancia.

Una se dirigió a Emily antes de marcharse.

—Tu chico se ha dormido —dijo—. No he querido despertarlo. Cuando salgáis podéis ir directos a los vestuarios.

Emily asintió y esperó a que salieran. Entonces se enrolló la toalla por el cuerpo y se asomó hacia la camilla de Jake. Era cierto que se había dormido, incluso se le había quedado la boca abierta, en la cual se le dibujaba una forma curiosa debido a la presión que el cabezal ejercía sobre su mejilla.

No lo dudó. Se puso su albornoz antes de despertarlo y luego procedió a zarandearlo.

Primero le tocó el brazo varias veces, sin resultado. Luego le tocó la cara suavemente y le dijo que era hora de despertarse, pero tampoco reaccionó. Tras varios intentos optó por pellizcarle y, entonces sí, empezó a removerse por la incomodidad. Abrió los ojos y se le pusieron redondos como platos al reconocerla. Al tratar de alejarse y de darse la vuelta acabó cayendo hacia el otro lado con la toalla en la mano. Emily gritó y se dio la vuelta para evitar ver nada. Se quedaron en silencio cinco segundos y luego ella estalló en carcajadas.

—Lo siento —dijo, entre risas y todavía de espaldas—. No pretendía asustarte.

—No, no importa —dijo Jake. Por su tono de voz dedujo que no se había enfadado—. Voy a coger mi albornoz.

Emily asintió sin dejar de reír.

—Vale. Ya estoy visible.

Jake se había tapado, por fin.

—Las chicas han dicho que ya podemos subir a los vestuarios.

—De acuerdo.

Jake se quitó el gorro de baño y sacudió la cabeza antes de ponerse en marcha. Emily lo imitó. Fueron hacia el ascensor para subir de nuevo a la planta cero y luego se separaron. Emily sacó sus cosas de la taquilla y lo dispuso todo para ducharse. Había agua caliente y eso la alivió. A pesar de que había sentido una agradable sensación tras la cascada de agua helada, nada deseaba más que una buena ducha caliente.

Había sido tan rápida que creyó que Jake no habría sido capaz de adelantarla, pero se equivocó, porque cuando salió a la sala de espera Jake estaba leyendo una revista.

La recepcionista se despidió de ellos con una sonrisa cuando salieron por la puerta, aunque no tan radiante como con la que los recibió.

Cogieron las bicicletas y se pusieron en marcha.

Emily lo sorprendió con la ruta de vuelta.

—¿Dónde vamos? —Quiso saber Jake.

—Como sabía que terminaríamos tarde le dije a mi padre que iríamos a casa a comer —le explicó—, pero como está de viaje, estaremos solos con mi hermana y Margarett.

—¿Y Jack?

—Y Jack, por supuesto. —Emily rio—. Le tienes cariño, ¿eh?

Jake se encogió de hombros y acompañó el movimiento con una media sonrisa. Luego se subió a los pedales y la adelantó. Emily hizo lo propio y se volvió a situar a su lado.

—¡A la de tres!

Entraron a la avenida principal de Valley Street y, tras la cuenta atrás, Emily empezó a pedalear a toda prisa. Tenían mucho espacio para esquivar a los pocos coches que había. Se sentía fresca tras la ducha y con energía para pedalear un buen rato a toda velocidad. Jake le pisaba los talones continuamente.

Por desgracia, no tardaron mucho en llegar a su destino.

—Estás en forma —le dijo Jake mientras entraban en la casa.

—¡Ey! —Emma salió enseguida a recibirlos—. ¿Qué tal mi regalito? ¿Lo habéis disfrutado?

—¡Mucho! El masaje ha sido lo mejor, y si no pregúntale a Jake. ¡Se ha dormido!

—¿De verdad? —Emma lo miró con diversión.

Él volvió a encogerse de hombros.

—Os dejo un segundo, voy a llamar a Derek a casa —concluyó Emily.

- - - - - - -

Jake se sacudió el pelo con la mano. Todavía lo llevaba un poco mojado. Margarett apareció para reunirse con ellos.

—La comida estará lista en cinco minutos —anunció.

—La ayudaré a poner la mesa —le dijo Jake.

Margarett y Emma se miraron.

—Está bien, no me negaré a ese ofrecimiento —dijo Margarett.

Emma los acompañó al gran comedor y entre los tres dispusieron todos los platos y cubiertos. Margarett había preparado pollo asado, de manera que sacó la bandeja y la colocó en el centro de la mesa.

A Jake le encantaba el pollo asado.

—¿Qué es lo que más te ha gustado del spa? —le preguntó Emma mientras colocaba a su hijo en la silla para bebés.

—Sin lugar a dudas, la poza de agua helada.

—¿Te has metido ahí?

—Y tu hermana también.

—¡¿Qué?! No me lo creo.

—Deberías contárselo bien. —Emily apareció sonriente—. Me ha tirado a la poza, literalmente. Me ha sujetado por las piernas y me ha lanzado ahí dentro sin piedad.

—Ha sido solo un empujoncito —bromeó Jake—. Reconoce que te ha gustado.

—Sí, reconozco que ha sido reconfortante, pero no creo que vuelva a hacerlo.

—Estáis muy mal de la cabeza —dijo Emma—. Ni con todo el calor del mundo se me ocurriría meterme ahí.

Después de la comida, Margarett sacó copas de helado para todos y eso refrescó a Jake, que se sentía un poco azorado entre tantas mujeres. Pero, a pesar de eso, estaba relajado y cómodo al estar en la casa de los Wathson sin el cabeza de familia.

A las tres y media de la tarde ya estaban Emily y él pedaleando de vuelta a casa.

—Jack es adorable, ¿verdad? —le dijo Emily.

—Sí, es un crío muy activo.

Jake no supo qué otra cosa decir.

—Parece que siempre se alegra de verte, y apuesto a que eso debe de hacerte feliz.

Emily tenía razón. No iba muy a menudo a visitar a Emma, pero cuando lo hacía, Jack siempre se lo pasaba bien con él, y reía.

—Supongo que sí.

—Estoy segura de que si tu hermano viese lo bien que interactúas con Jack, se sentiría triste al ver el poco caso que le haces a Delly.

La afirmación lo pilló desprevenido.

¿A qué había venido eso?

—No entiendo qué quieres decir —dijo, en previsión de que aquello no iba a quedar ahí.

—Me refiero a que parece que todavía no te has dado cuenta de que Danielle es tu sobrina. Es parte de tu familia y, como tal, deberías de quererla tanto como al resto. —Emily suspiró—. Cuando estamos en casa no le prestas atención. Hasta parece que te molesta.

—¿Te ha hablado Derek sobre ello?

—En absoluto. —Emily parecía sincera—. No te lo digo por él, te lo digo por ella. Ahora es todavía muy pequeña, pero ¿qué pasará cuando crezca? ¿Seguirás con esa actitud? Y, por favor, no vengas a decirme que ya somos muchos los que le prestamos atención. Cada uno lo hacemos a nuestra manera, y estoy segura de que tú puedes aportarle valores distintos a los nuestros.

Jake no replicó.

—Tiene que haber algún motivo por el que te mantengas tan alejado de ella. ¿Es por su madre? ¿Te recuerda a ella? Derek dice que se parece mucho a Ashley.

—No es por Ashley. —Jake se puso muy serio. Él mismo notó el cambio en su propia actitud—. Aunque no puedo evitar pensar que es hija de ella, y que esa chica nunca ha estado muy bien de la cabeza.

—Entonces, ¿por qué es?

Se tomó su tiempo antes de contestar. Le resultaba doloroso sincerarse tanto.

—Reconozco que al principio no me hizo ninguna ilusión que Danielle viniese al mundo porque no soportaba a Ashley, y su nacimiento prematuro supuso tener que aguantarla en casa durante más de un mes. Y luego, poco después de que Derek se fuese a Florida con ellas, ocurrió lo del accidente y, bueno, todo se fue bastante a la mierda. —Tuvo que tomar una gran bocanada de aire antes de poder continuar—. No sé si sabes que mi prima Rachel llegó a nuestra familia cuando solo tenía unos días de vida y fue el primer bebé que sostuve en brazos. —Otra pausa, otra bocanada—. Meses después de que mis padres y ella murieran, mi hermano regresó con su bebé y se instaló en casa. Cada vez que Danielle lloraba me acordaba de Rachel cuando era igual de pequeña. Cada vez que le daba de comer, recordaba cómo yo aprendí a hacerlo con ella. Y ahora, cada vez que juegan…, jugáis —especificó—, yo sigo pensando en mi prima. ¿Entiendes a lo que me refiero?

—Sí.

Jake se sintió un poco mejor tras haberse desahogado y agradeció que pedaleasen en silencio durante varios minutos sin decir nada.

—Es mucho más fácil entenderte cuando te sinceras —dijo Emily, tiempo después—. Ni te imaginas cuánto.

—También es mucho más fácil para mí cuando alguien me pregunta por algo en concreto.

—Pero a veces no hace falta que nadie te pregunte para que exteriorices tus sentimientos. Tú mismo puedes mostrarte a los demás tal y como eres y no guardártelo todo dentro.

Se encogió de hombros, por tercera vez en esa tarde.

No quería hablar más al respecto y Emily lo entendió y lo demostró quedándose callada el resto de camino hasta llegar a casa.

En el salón encontraron a Zane en el suelo viendo la tele con Danielle. La niña se levantó torpemente nada más verlos y se quedó parada, sonriendo y mirando a Emily. Luego lo miró a él.

Por un momento, Jake sintió ganas de cogerla en brazos, como a Jack, pero no pudo.

Agachó la cabeza y subió por las escaleras, consciente de que Emily lo seguía con la mirada, partícipe de su malestar.

SÁBADO

27 AGOSTO 1988

AGOSTO

SM	L	M	X	J	V	S	D
31	1	2	3	4	5	6	7
32	8	9	10	11	12	13	14
33	15	16	17	18	19	20	21
34	JC	23	24	25	26	27	28
35	29	30	31				

Casi dos meses después, el calor más sofocante había pasado y empezaba a acercarse el otoño en Vallon. Eran las once de la mañana del sábado.

Derek se había adaptado muy bien a su nuevo empleo. Tenía un buen sueldo, envidiable para muchas personas y suficiente para mantener a su hija y colaborar con una buena parte de los gastos derivados de la casa, los ahorros para la universidad de Zane y la escuela de teatro de Louis. Emily cuidaba de su hija y preparaba su doctorado en sus ratos libres. A ella no parecía importarle vivir junto al resto de sus hermanos, así que, aunque todavía no pudiese comprar una casa, había llegado el momento de pedirle matrimonio. Lo tenía muy claro.

Pero todavía le faltaba un pequeño detalle, pequeño, pero altamente importante, y esperaba que su hermana y su mejor amiga pudiesen ayudarlo. Subió por las escaleras de caracol y encontró la puerta abierta. Zane y Arabia estaban allí. La primera, sentada en el escritorio, y la segunda, leyendo un libro sobre la cama.

—Buenos días, chicas.

—Buenos días —respondieron ambas, casi al unísono y con tono cantarín.

—He venido a pediros un favor, pero tenéis que mantenerlo en secreto —comenzó. Ellas le prestaron atención—. Necesito que me acompañéis a una joyería.

La cara de Zane pasó de la intriga a la sorpresa.

—¡Oh, dios mío! ¡Se lo vas a pedir!

Derek reclamó silencio.

—¡Zane, por favor! Emily no puede enterarse de esto.

—Pero si no está en casa —continuó Arabia.

Emily había salido temprano para ir de visita a casa de su padre. Se había llevado a Danielle con ella, con intenciones de que jugase con el hijo de su hermana gemela.

—Pero Jake sí —repuso Derek—, y no puede saberlo. De lo contrario...

—Tarde. —Jake habló desde abajo—. Ya me he enterado.

—¡Mierda!

Derek se asomó hacia abajo desde las escaleras. Jake caminaba hacia su habitación.

—¡Eh! —le dijo—. Vuelve.

—Haré como que no he oído nada.

Derek bajó y se dirigió a su cuarto. Su hermano lo miró, exasperado por la persecución.

—Sé que no te importa lo más mínimo —empezó a decirle—, pero tienes que jurarme que no harás ni dirás nada que haga sospechar a Emily.

—Si no quieres que Emily sospeche no deberías haberle dicho nada a las chicas.

—Confío en ellas.

—¡Venga ya! Zane no sabe disimular.

—¿Cómo que no sé disimular? —Zane apareció por detrás, junto con Arabia.

Arabia, Zane y Derek estaban ahora en la diminuta habitación de Jake.

Treinta minutos más tarde, después de una acalorada discusión sobre dónde comprar un anillo, cómo guardar un secreto y por qué invadir la habitación de alguien, los cuatro estaban en el coche de Arabia de camino al centro. Derek y ella iban delante; Zane y Jake, detrás.

Como el presupuesto de Derek no era demasiado elevado, su primera opción fue una tienda de segunda mano.

Los atendió una señora de mediana edad. Derek le explicó su situación y ella empezó a enseñarle unos cuantos anillos de oro, todos bastante feos.

—¿Tiene alguno que tenga algún tipo de brillante, o algo así? —le preguntó.

—Pues claro que tengo —dijo ella con desgana—. Pero no valen doscientos dólares.

—¿Y alguno de plata con brillantes? —sugirió Arabia.

—Estos críos no saben lo que quieren —farfulló la mujer mientras se giraba para buscar otra bandeja de anillos.

—Qué grosera —dijo Zane, por lo bajo.

—¿Cómo dices, jovencita? —La mujer se volvió de nuevo, muy ofendida.

—Lo siento, no era mi intención molestarla.

Pero Derek sí se molestó por la actitud de la señora. Sí que era una grosera, y no entendía la causa de su comportamiento. Se suponía que su misión en la tienda era vender, no espantar a los clientes. Pese a eso, les enseñó unos cuantos anillos más, de plata, sencillos, mientras mantenía su gesto agridulce.

—No tienes que precipitarte, Derek —dijo Arabia—. Deberíamos mirar en algún sitio más.

—Oye, bonita, si no queréis mis anillos no me hagáis perder el tiempo.

—Y usted no nos haga creer que somos estúpidos. —Jake entró entonces en la conversación. Se había mantenido al margen todo el tiempo, alegando antes de entrar que no sabía por qué narices los había tenido que acompañar—. Esos anillos no valen más de cien dólares.

—¡¿Cómo te atreves?!

—¿De verdad cree que podría vender algo con esa actitud?

Derek vio a un par de hombres acercándose, que parecían parte de la seguridad de la tienda.

—Hora de marcharnos —anunció.

Cogió a Jake por el brazo y lo sacó de la tienda mientras intercambiaba unas cuantas palabras más con la empleada. Arabia y Zane aparecieron tras ellos y empezaron a reír.

—¿Acaso no veíais que nos estaba tomando el pelo? —Jake continuaba enfadado—. Quería estafarnos.

—Propongo que vayamos a alguna joyería con pinta de las de toda la vida —sugirió Derek, sin darle importancia al asunto—. Así no tendremos que preocuparnos de que el precio sea el adecuado. Además, por doscientos dólares digo yo que algo decente encontraremos.

Después de visitar un par de joyerías, acabaron frente a una que se llamaba Married. Todo indicaba a que era una tienda especializada en anillos de compromiso, porque lo único que había en los escaparates eran, precisamente, anillos. Jake prefirió esperar fuera, así que Derek entró con Arabia y con su hermana y comprobaron que no se habían equivocado con la impresión que les había dado el nombre de la tienda. En Married llevaban desde 1888 fabricando exclusivamente anillos, y ese mismo día era el centenario.

Tiene que ser aquí, se dijo Derek.

Si el anillo no era demasiado bonito, al menos habría sido escogido en el sitio correcto y en el día perfecto. Hasta el señor que los atendió, de avanzada edad, fue agradable. Una jovencita, que debía de ser su nieta, apareció poco después para ayudarlo.

Vieron anillos de oro, de oro blanco y de plata. Unos con diamantes, otros con otro tipo de piedras preciosas y otros completamente lisos. Pero Derek vio enseguida el anillo que había estado buscando. Era delicado y sencillo, como Emily. Se trataba de una alianza muy fina, de plata, con una piedrecita azul en el centro y decorado con unos pocos brillantes alrededor. Era del mismo azul que sus ojos. ¡Tenía que ser ese!

—Disculpe. ¿Cuánto cuesta este?

—¡Qué bonito! —dijo Zane.

El señor cogió el anillo que tenía en la mano y lo examinó. Apenas tardó unos segundos en contestar.

—Quinientos cincuenta dólares.

La decepción se dibujó en el rostro de Derek y todos lo notaron, hasta la nieta del dependiente.

—¿Cuánto pensabas gastarte, muchacho? —le preguntó el anciano.

—Doscientos dólares, pero ya veo que había subestimado el valor de estas cosas.

—Tengo anillos de doscientos dólares, pero seguro que no te gustarán tanto como este. El problema es que no puedo rebajártelo tanto. —Derek notó cómo el hombre barajaba en su cabeza la posibilidad de bajar un poco su precio—. Como máximo puedo dejártelo en quinientos.

Derek hizo cálculos en su cabeza. Solo tenía doscientos dólares en efectivo y le había costado lo suyo ahorrarlos expresamente para el anillo. El resto de dinero que tenía era para la boda y sabía de sobra que su familia no podía ayudarlo en ese aspecto. El padre de Emily seguro que sí, pero no quería contar con un dinero que, por el momento, no tenía.

Maldita sea, pensó; tendría que haberle hablado a Frederic sobre la boda mucho antes de decidirse a comprar el anillo. Pero no, ni siquiera él podía saberlo. Pensaba declararse en casa de los Wathson y que fuera una sorpresa para ambos.

—Yo llevo cincuenta dólares —dijo Arabia.

—Tranquila. Tendré que volver otro día. ¿Tiene más iguales? —le preguntó al dependiente, pensando en que si se vendía ya no lo volvería a encontrar.

—Muchacho. En esta tienda todos y cada uno de los anillos son únicos. No hay ni un solo modelo igual a otro.

Jake entró en ese preciso momento.

—¿Qué? ¿Os habéis decidido ya?

—Sí..., pero nos faltan más de trescientos dólares —explicó Zane—. El anillo cuesta quinientos cincuenta.

—¿Solo te has traído doscientos exactos? —le preguntó Jake.

Derek asintió con la cabeza, cabizbajo.

¿Por qué no había llevado más dinero por si acaso? Los gastos de la boda siempre podían recalcularse.

Jake se acercó al mostrador y observó el anillo que tenía entre los dedos unos segundos. Después se dirigió al dependiente.

—¿Cuánto estaría dispuesto a ganar por él?

—Ya he dicho que cuesta quinientos cincuenta dólares. Como máximo bajo a quinientos porque sé que está muy encaprichado.

—¿Aceptaría cuatrocientos?

—Aquí no podéis regatear. —Al anciano no pareció importarle el comentario de Jake, a pesar de que lo estaba tanteando como si fuese una tienda de segunda mano cualquiera—. Agradezco vuestro interés, pero hay cosas que tienen un precio por su autenticidad y rebajarlo sería desvalorizarlas. En esta tienda prevalece la calidad por encima de todas las cosas.

Entonces Jake se giró hacia Derek y le dio un golpe en el brazo.

—Dame tus doscientos —le dijo.

Él se quedó extrañado y dudó en hacer lo que le pedía. Finalmente accedió, sin saber lo que su hermano estaba tramando. Para su sorpresa, cuando Jake recogió el dinero, lo colocó encima de la mesa y dijo la cantidad en voz alta.

—Doscientos. —Luego cogió su cartera del bolsillo de atrás de sus pantalones y sacó otro montón de billetes—. Y doscientos más. Cuatrocientos dólares por el anillo.

Todos se quedaron mirándolo. Hasta el anciano parecía sorprendido.

—Ya os lo he dicho, chicos. Quinientos es lo mínimo que puedo aceptar por él.

—Haga un esfuerzo. Le estamos ofreciendo cuatrocientos en efectivo, aquí y ahora. Este es mi hermano y esta otra mi hermana, y ella una amiga. —Jake empezó a señalarlos—. Además, tenemos otro hermano más, de los adolescentes, usted sabe. Este de aquí se llama Derek, y se va a casar, y tiene una hija de un año de su anterior mujer. Vivimos todos juntos, ¿entiende? No puede permitirse más de doscientos dólares, y yo le estoy ofreciendo cuatrocientos porque sé que si no se va de aquí con ese anillo no se va a perdonar nunca no haber conseguido ahorrar un poco más.

El dependiente miró el anillo una vez más, con pesar. Empezó a negar con la cabeza y Derek ya lo daba todo por perdido a pesar de los esfuerzos de su hermano. Al fin y al cabo, el viejo tenía razón. *Las cosas tienen un valor, y la calidad y la exclusividad se pagan*, pensó.

—Aquí tiene otros cincuenta. —Esa vez fue Arabia la que puso dinero sobre la mesa—. Y le garantizo que no llevamos ni un solo dólar más encima. De hecho, estoy completamente segura, como amiga de la familia, de que nos vamos sin blanca de vuelta a casa, así que esperemos que mi coche tenga suficiente gasolina, o tendremos que empujar. A menos que usted no acepte los cuatrocientos cincuenta dólares que le ofrecemos, claro, y en ese caso, nos volveremos con el depósito lleno y una gran decepción.

—¡Vamos, abuelo!

La joven se hizo eco del entusiasmo colectivo y eso fue lo último que el dueño de la tienda necesitó para aceptar la precaria oferta, cien dólares por debajo del precio justo.

Su hermano y Arabia se lo habían montado tan bien que, cuando salieron de la tienda con el anillo guardado en su correspondiente caja, no supo qué decir. No le salían las palabras.

—Tómatelo como un regalo de boda anticipado —le dijo Jake, sin ni siquiera mirarlo—. Y que sea la última vez que sales de casa con doscientos dólares a comprar un anillo de compromiso para una Wathson. No sé en qué diablos estabas pensando.

—Esperemos que no tenga que comprar más anillos de pedida —dijo Arabia.

—No sabéis cuánto os agradezco esto —dijo Derek, una vez en el coche—. Significa mucho para mí.

—Lo sabemos —lo tranquilizó Arabia—. Pero no descartes todavía la idea de que tengamos que remolcar el coche. Acabo de entrar en reserva.

Volvieron a casa comentando el exitoso regateo de Jake y Derek no tenía ni idea de cómo sentirse al respecto. Se habían pasado el verano ignorándose el uno al otro, pero le acababa de demostrar que al menos le importaba todo el asunto de la boda. Se alegraba tanto del honorable gesto de su hermano que no podía dejar de sonreír.

—Para el coche, Ari —dijo este, de pronto.

—¿Por qué?

—¿Habéis pensado que tal vez Emily ya haya vuelto a casa? —expuso—. ¿Qué pensará si nos ve llegar a todos juntos? ¿Que venimos de excursión?

—Tienes razón. —Derek se puso nervioso—. Mucha razón.

—Déjame aquí —le pidió de nuevo a Arabia.

—Todavía estamos lejos. No seas ridículo.

—Joder —continuó Jake—. Prefiero caminar media hora a tener que quedarme un buen rato esperando a que me toque el turno de llegar. Lo digo en serio. Para.

Y paró. Jake bajó y se despidió desde fuera levantando el brazo mientras se alejaban con el vehículo.

—¿Debería haberme quedado con él? —preguntó Derek.

—¿Por qué? —preguntó también su hermana.

—Porque si vuelvo con alguna de vosotras le parecerá raro, y si volvemos todos por nuestra cuenta, también.

—¿Y crees que regresar con la única persona de la casa con la que no tienes relación no levantará sospechas?

—Podría decirle que estábamos hablando sobre cómo arreglar nuestras diferencias.

Arabia puso el intermitente para apartarse a la derecha.

—Una idea brillante —dijo—. Pero hablad de verdad. Os vendrá bien.

Derek se despidió de las chicas y esperó a su hermano.

Jake caminaba por la acera con desgana y mirando al suelo.

Tardó unos metros en darse cuenta de que lo tenía delante. Cuando llegó a su lado, se quedó parado sin decir nada, con una de sus características miradas indescifrables.

—He pensado que sería buena idea hablar un rato a solas.

Jake asintió con la cabeza y se puso en marcha.

—Ya sabes que me voy a casar con Emily —comentó, al cabo de un rato—. Antes que nada, me gustaría saber tu opinión en relación a eso.

—Te dije que te equivocabas con Ashley, ¿recuerdas?

—Si no lo dices revientas.

—Pues sí.

Derek rio

—Espero no tener que volver a ver a Ashley en mucho tiempo, en serio.

—Yo espero no tener que volver a verla nunca. Y, por cierto, creo que casarte con Emily es y será siempre una de las mejores decisiones de tu vida.

—¿De veras?

—¿Cuándo tienes pensado pedírselo y casarte?

—Se lo pediré el próximo fin de semana. Vamos a ir a comer a casa de Frederic y le he dicho a Arabia que sería genial que los demás llegaseis después del postre, sobre las tres. He hablado con Margarett y no hay ningún problema. —Jake asintió—. Y respecto al matrimonio, espero que sea posible después de Navidad, pero como máximo en febrero. No quiero alargarlo demasiado.

Unas chicas —con pinta de llevar prisa— los pararon para preguntarles la hora. Derek miró su reloj y anunció que marcaba la una y media. Ellas le dieron las gracias, sin apenas prestarle atención, porque Jake se había convertido de pronto en el protagonista indiscutible de la situación. Incluso se le escapó una sonrisa triunfal justo después de que las chicas se fueran.

—Parece que desde que eres un hombre casi comprometido has perdido todo tu encanto —dijo, bromeando, al darse cuenta de que Derek lo estaba mirando.

—¿Sabes? —continuó Derek—. Es muy raro verte de buen humor.

—Sí, eso dicen.

—Sé que tengo algo que ver con tu mal carácter, Jake, y me gustaría que hablásemos sobre ello. ¿Qué es lo que te molesta de mí? Somos hermanos, pero desde que regresé de Florida te comportas como si fuese uno de tus peores enemigos.

Jake se tocó el bolsillo izquierdo, sacó unas monedas y le propuso entrar a una cafetería. Tomaron asiento y pidieron un par de refrescos.

—Me molesta esa capacidad que tienes para que todo te salga bien, ya lo sabes —dijo entonces—. Y que todos estén contentos contigo.

—Ya hemos hablado de esto antes. Crees que tengo suerte innata o algo por el estilo, y no es así. Me esfuerzo con todo lo que hago. Y, además, no siempre me sale todo bien. Mira lo que pasó con Ashley y, por favor, no quiero hablar de ella.

—Has podido acabar la carrera que te gustaba y encima has encontrado un trabajo que te viene como anillo al dedo. Te vas a casar con Emily que, aunque no me importe su condición, no olvidemos que puede que sea una de las jóvenes con más herencia de toda la ciudad. Y todos te quieren. Zane no se empezó a recuperar de la depresión hasta que tú regresaste. Le haces bien, mucho más que cualquier otro. No te haces una idea de lo que me he esforzado para que Zane se recuperase, sin resultado. Y mírala ahora. Es feliz, porque tu estás aquí.

—Pero hasta mi relación con Zane me la he ganado año tras año.

Su hermano se quedó pensativo un rato.

—Cuando te cases, te irás, ¿verdad? —preguntó tras la pausa.

—¿A dónde voy a irme?

—Me refiero a que te irás a otra casa, con Emily y Danielle.

—¿Es lo que quieres?

—No. Es precisamente lo que no quiero. Supongo que te has quedado atrás para hablar de esto.

—Me he quedado atrás para poder hablar contigo de una vez por todas, a solas. —Derek apartó los codos de la mesa para dejar que les sirvieran las bebidas. Ambos tomaron un buen trago antes de volver a mirarse—. Siempre has sido muy reservado y no sabes lo difícil que se hace pensar en lo que se te pasará por la cabeza cada vez que te cabreas. Por no hablar de lo que me hiciste el primer día que me llevaste a la fábrica del señor Wathson.

—No lo hice a propósito —se defendió Jake—. Pensaba que a estas alturas ya lo sabrías.

—Sí, Emily me lo dijo, pero ¿por qué tú no? ¿Por qué dejaste que pensara que eras capaz de una cosa así?

—¿Y por qué creíste que era capaz de una cosa así? —Se miraron desafiantes durante unos segundos, luego Jake se rascó la cabeza y siguió hablando—. Tú no lo entiendes. Papá dio la cara por mí y me contrataron en la fábrica como un favor personal, y no sé si es que todavía no te has dado cuenta, pero todo el mundo odia a los enchufados. Yo soy el que sigue abajo y es a mí a quien putean y hacen preguntas incómodas. Estoy deseando que todos sepan con quién te vas a casar para que dejen de preguntar cuál es el motivo por el que Wathson ha contratado a otro Becker.

—¿Insinúas que estoy ahí por Emily?

—No, yo no. Eso será lo que insinúen todos los demás. A mí me trae bastante sin cuidado.

—¿Y por qué importa tanto el hecho de que sepan de quién somos hijos?

—Porque cuando despidieron a papá y a los otros que tenían más de cincuenta, muchos solicitaron puestos para sus familiares o amigos más cercanos. Yo fui el único que Frederic aceptó como favor personal por la situación económica que teníamos, y porque me conocía. Si lo supiesen se me tirarían encima, y a Frederic también.

Derek estudió en su cabeza todos los datos que su hermano le había proporcionado. Tenía sentido lo que decía, y tenía sentido también pensar lo de que, cuando los empleados se enterasen de que se iba a casar con Emily, lo tacharían de enchufado.

Qué complicado era todo.

—Entonces, ¿pensáis quedaros a vivir en casa? —preguntó Jake, seguramente con intención de cambiar de tema.

—No hay razón para no hacerlo —le respondió—. Además, a Emily le gusta estar en casa, con Zane y Ari.

—Sabes que si te fueras, Zane no podría...

—Te acabo de decir que no voy a marcharme.

—La familia te necesita, tanto psíquica como económicamente, es lo que quiero decir.

Derek lo entendió, al fin.

No era solo cosa de que Zane lo necesitara para que su salud mental no se resintiese, sino que la casa y los gastos derivados de la misma también. Asintió con la cabeza para hacerle entender a su hermano que lo comprendía.

—No quiero que Ari siga teniendo que ayudarnos a pagar algunos gastos —continuó Jake—. Bastante ayuda proporciona ya solo por el hecho de estar con Zane.

—A partir de ahora continuaré pagando yo lo del préstamo —propuso Derek—. Y entre los dos pagaremos el resto.

—Me parece lo más justo.

Se estrecharon la mano, como si realmente hubiesen estado hablando de negocios.

—¿Sabes? —prosiguió Jake—. Llevo tiempo queriendo ahorrar un poco para poder comprar una camioneta nueva.

—Pues si tanto te preocupaba esto, podrías haber hablado conmigo antes. Todos sabemos de sobra lo mucho que te has esforzado por la familia.

—¿Tú crees?

—Sí. No te pongas sarcástico y volvamos a Prinss, que aún nos queda un buen cacho.

Durante el camino de vuelta no hablaron demasiado. Derek quiso preguntarle sobre su vida privada, pero Jake esquivó todas las tentativas de cuajo.

Cuando llegaron a casa ya había pasado la hora de comer, así que Jake decidió marcharse a por algo de comida rápida y Derek se quedó y puso a hervir un poco de pasta.

—Como no sabíamos si comeríais por ahí no os hemos preparado nada —se excusó Emily.

—No te preocupes.

—¿Qué tal ha ido?

Derek reflexionó sobre la pregunta.

—Bien, supongo. Hemos estado hablando de todo un poco y parece que está más relajado. Sigue creyendo que tengo muchas facilidades, pero lo acepta.

—¡Es genial!

—También he propuesto seguir pagando yo lo relativo a la reforma de la casa. Es mi turno.

—Me parece lo más acertado.

—¿Sigue en pie lo de comer el próximo domingo en casa de tu padre? —le preguntó, tocando la caja que llevaba en el bolsillo y tratando de disimular su nerviosismo.

—Por supuesto.

Eso sí que es genial, pensó para sus adentros.

DOMINGO

4 SEPTIEMBRE 1988

SEPTIEMBRE

SM	L	M	X	J	V	S	D
35				1	2	3	4
36	5	6	7	8	9	10	11
37	12	13	MM	15	16	17	18
38	19	20	21	22	23	24	25
39	26	27	28	29	30		

Hacía media hora que habían acabado de comer en la espléndida mansión de los Wathson y Derek estaba nervioso. Muy nervioso. Se suponía que sus hermanos tendrían que haber aparecido ya, pero se estaban retrasando. Mientras tanto, él tanteaba la caja donde guardaba el anillo para Emily, una y otra vez.

Ella y su hermana gemela estaban ahora en la biblioteca, vigilando a Danielle y a Jack. Los pequeños se llevaban tres meses de diferencia, pero se notaba que Jack sería más alto en cuanto empezaran a pasar los años. Se lo pasaban genial cuando estaban juntos.

Nadie sabía quién era el padre biológico de Jack, porque Emma nunca hablaba de ello y Emily decía no saber nada al respecto. Él no la creía, por supuesto, pero no podía dárselo a entender porque sabía perfectamente que encubría a su hermana, fuese por el motivo que fuese.

Habría sido de lo más curioso que el pequeño Jack hubiese resultado ser hijo de Jake, y más curioso que su hermano se hubiese responsabilizado por ello. El resultado habría sido de dos Becker con dos Wathson. Pero no. Hacía mucho que esa idea se había esfumado cuando la propia Emma lo desmintió todo.

—Te noto un poco nervioso.

Frederic se le acercó por detrás y le colocó una mano en el hombro, sobresaltándolo.

—No, qué va —mintió—. Solo estaba aquí, observando al resto. Por cierto, ¿dónde está Peter?

—Oh, Peter. —Frederic negó con la cabeza—. Es un buen chico, pero ya conoces a Emma.

—¿A qué se refiere?

—Que puede ser que se pase aquí una semana entera, o que ella diga que no quiere volver a verlo durante dos. El pobre es capaz de soportar todos sus cambios de humor, pero no estoy seguro de que mi hija quiera verdaderamente algo serio con él.

—Puede que no quiera estar sola, pero que no esté enamorada.

—Sí, eso me temo. Pero no sé cuánto tiempo aguantará el pobre chico con esta situación.

De pronto, llamaron a la puerta y a Derek se le aceleró el corazón.

—Iré a ver quién es —dijo.

—No te preocupes. Ya irá Margarett.

—No, iré yo. Usted espere aquí, en la biblioteca.

Derek salió en dirección al recibidor y allí casi choca con la doncella. Ella era la única que sabía lo que tenía planeado.

—Para un momento —le dijo—. Coge aire y luego suéltalo despacio.

Así lo hizo.

—Tienes que tranquilizarte. Todo va a ir bien.

—Eso espero.

Cuando abrieron la puerta se encontraron con Jake, Zane, Louis y Arabia, es decir, el resto de la familia.

—Os habéis retrasado.

—Hemos tenido que lidiar con un problemilla —le explicó Zane—, pero ya se ha solucionado, ¿verdad, chicos?

Se dio cuenta de que Jake y Louis tenían el semblante muy serio, señal de que habían discutido.

—Mirad, lo que menos necesito en este momento son caras largas —continuó Derek, y vio cómo Jake miraba a Louis de reojo—, así que, si entráis por esta puerta, prometed que vais a comportaros.

—No te preocupes —intervino Arabia—. Tú haz lo que tengas que hacer, que nosotros hemos venido a apoyarte. ¿Dónde está Emily?

—Pasad hacia la biblioteca, están todos allí. Yo iré enseguida.

Las chicas pasaron las primeras, seguidas de Louis y Jake. Margarett cerró la puerta y les indicó el camino. Luego volvió junto a él.

—¿Estás listo?

—Creo que sí.

—Pues adelante.

Derek caminó con paso decidido y apareció en la biblioteca poco después. Casi todos los presentes estaban de pie saludándose.

—¡Qué sorpresa, Derek! —comentó Emily—. No me habías dicho nada de que los demás vendrían a tomar café.

—Ni a ti ni a nadie —añadió Emma, de buen agrado.

—No, no te lo había dicho —habló Derek, intentando controlar los latidos de su corazón—. Porque tampoco te había dicho lo que tenía pensado hacer después de comer.

—¿Cómo?

Todos se quedaron expectantes.

Sus cuatro cómplices se apartaron un poco y dejaron el espacio entre él y Emily totalmente despejado. Entonces se acercó a ella y sacó la cajita de su bolsillo.

—No te había dicho que pensaba pedirte que fueras mi esposa. —Hincó una rodilla en el suelo y continuó, dejando ver el anillo—. Emily, ¿quieres casarte conmigo?

Ella se echó las manos a la boca y dio un paso atrás, y por un momento pensó que iba a decirle que no. El tiempo que tardó en contestar se le pasó tan lento que creyó que el nudo que tenía en la garganta acabaría ahogándolo.

—¿De verdad?

—¿Qué clase de respuesta es esa? —intervino Emma.

Por fin, ella reaccionó y cogió la cajita con el anillo

—Oh, dios mío. ¡SÍ! ¡Claro que sí!

Derek se levantó y se lo puso, con manos temblorosas. No podía dejar de sonreír, y ella tampoco. Todos empezaron a aplaudir y entonces se acordó de un detalle. Se giró buscando a Frederic y lo encontró sentado en un amplio sofá, aplaudiendo también.

Agarró a Emily de la mano y la llevó hasta él.

—Quiero casarme con su hija.

Frederic se puso serio de forma inesperada.

—Sí, ya me he dado cuenta —le dijo.

Esperaba otro tipo de respuesta, y eso volvió a ponerlo nervioso. Le sudaba casi todo el cuerpo.

—Según el protocolo, antes de pedírselo a ella tendrías que haberme consultado, ¿no?

Miró a Emily, que sonreía, y luego de nuevo a Frederic. ¿Por qué sonreía Emily? La situación no estaba teniendo ninguna gracia. Pensaba que ese tipo de protocolos habían pasado de moda hacía años.

—Bueno, yo... Supuse que...

Frederic se levantó.

—Está bien. No quiero hacerte sufrir más. —Le tendió la mano y Derek se la estrechó—. Por supuesto que tenéis mi consentimiento. Nada podría hacerme más feliz.

- - - - - - -

Louis estaba sentado en el jardín de los Wathson, con la mirada fija en la enorme piscina.

Laura.

Ese nombre era lo único en lo que pedía pensar, a pesar de que estaba siendo un día muy importante para Derek, su hermano mayor. Emily había accedido a casarse con él y todos estaban dentro, celebrándolo.

Laura.

Laura estaba metida en problemas y a él se le estaban acabando las ideas para ayudarla. Era por eso que había decidido volver a ejercer de camello. Tenía que ganar dinero y esa era una forma fácil de hacerlo, aunque tuviese que ser a escondidas. Cuando ganase lo suficiente, la ayudaría a encontrar un apartamento, y quién sabe qué más. Lo cierto era que él no quería ser solo su amigo. Esperaba poder confesárselo pronto, y esperaba también que ella le correspondiese.

Pero sabía que Jake lo tenía vigilado. Su hermano no se fiaba de él lo más mínimo, y empezaba a notar que no creía mucho en las cosas que decía. Ese mismo día, horas antes de salir hacia la casa de los Wathson, había quedado para hacer una entrega. Utilizó su mejor coartada para poder hacerlo: la escuela de teatro. Sin embargo, cuando dijo en casa que tenía que marcharse para un ensayo muy importante, Jake le dijo que ni se le ocurriese salir por la puerta, pues Derek esperaba que fuesen todos a su declaración de matrimonio.

Por supuesto que lo de su hermano era algo importante, pero en esos momentos su principal preocupación era Laura, y no había nada que le pareciera más importante que ella y su seguridad.

Laura.

No sabía cuánto tiempo más tendría que estar en aquella lujosa casa y eso lo ponía cada vez más nervioso, pero se le ocurrió una idea para relajarse. Dos semanas atrás, uno de los compañeros de teatro le había dado a probar un poco de marihuana, y le había regalado un poco de la hierba que ahora mismo tenía guardada debajo de la plantilla de sus zapatillas. Por supuesto, ese chico no sabía que él pasaba ese tipo de droga y que le eran de fácil acceso, aunque nunca se había guardado nada para sí mismo.

Miró a su alrededor para comprobar que nadie le prestaba atención y, cuando estuvo seguro, empezó a prepararse un canuto. Tres caladas después, empezó a relajarse. Se convenció de que podía volver a contactar con el tipo que tenía preparada la mercancía para él, y a quien había dejado plantado. O tal vez contactaría con algún otro. Lo único que tendría que hacer sería pasar por el barrio Gris y esperar a que alguien se le acercara. Era bastante sencillo.

Laura.

Ella era tan especial. Lo supo desde el primer día que la vio en su primera clase de teatro urbano. Apareció de la nada y pidió participar en alguna escena. Al poco, la hicieron protagonista. Ni siquiera pertenecía a la escuela, pero al profesor de esa asignatura no le importaba. Mientras se presentase a los ensayos le bastaba.

El problema era que últimamente había empezado a faltar por culpa de uno de los mafiosos más conocidos del barrio Gris. La acosaba, y la quería para sí. Por eso él tenía que ayudarla. Ella no se merecía las penurias por las que estaba pasando ni la miseria en la que vivía. Era, tal vez, una de las chicas más hermosas que había visto en toda su vida. Y no era el único que lo pensaba.

Dio una última calada a su canuto para terminarlo y expulsó el humo por la boca con suma tranquilidad, mirando hacia arriba para dejar que los últimos rayos de sol le acariciaran la cara.

—Hola.

La voz de su hermana lo sobresaltó, más de lo que hubiera deseado. Tiró el final del canuto al suelo y esparció el humo con los brazos para que se dispersase.

Se quedaron mirándose sin decir nada y Zane no tardó en agachar la mirada. Él no tenía ni idea de qué decir. No había nada que pudiera excusarlo.

—Eso era droga, ¿verdad?

—Marihuana, sí. Aunque un canuto pequeño.

—¿Desde cuándo fumas?

—No fumo normalmente. —Louis se dio cuenta de que el hecho de que Zane hubiese sido la que lo había pillado era en realidad una ventaja. Cualquier otro de sus hermanos habría sido mucho peor, pero tal vez con ella podía salir airoso—. Es solo que hoy estoy nervioso, especialmente por la discusión de esta mañana con Jake. En realidad, es la tercera vez que lo hago, te lo prometo.

—No creo que a los demás les haga mucha gracia saberlo.

—No me gustaría que lo supieran, Zane. No volveré a hacerlo.

Su hermana estaba evitando mirarlo demasiado, lo notó enseguida.

—Por favor, Zane. No quiero tener más discusiones con Jake, y mucho menos arruinarle el día a Derek.

—¿Y dices en serio que no volverás a hacerlo?

Su estrategia había funcionado.

—¡Por supuesto! Ni siquiera tengo más hierba. Eso era todo.

—¿Y cómo la has conseguido?

—Me la dio un compañero de clase, pero no volveré a aceptar nada de lo que me ofrezca. Te doy mi palabra.

—Deberías irte.

La insinuación de su hermana lo dejó desconcertado.

—Lo digo por ti —continuó—. Huele demasiado a eso. Sabrán lo que has estado haciendo a menos que te vayas ahora mismo.

Zane tenía razón. Tenía que esfumarse.

—Coge el autobús y vuelve a casa. Yo les diré que te he encontrado y que estabas muy preocupado por esa quedada del teatro, así que te dije que te marcharas.

—No sé cómo agradecértelo.

—No vuelvas a fumar y ya está.

Louis asintió con la cabeza y se marchó lo más rápido que pudo.

Laura.

- - - - - - -

Cuando Zane volvió adentro, Arabia notó que estaba rara. Había salido a ver qué estaba haciendo Louis y había vuelto sin él.

—¿Y tu hermano? —le preguntó por lo bajo, apartándola un poco del resto.

—Se ha ido.

—¿Cómo que se ha ido?

—Le preocupaba lo del ensayo y yo le dije que se marchara.

—¿Y eso es todo?

—Sí, eso es todo.

—Ya, pues estás un poco rara para ser solo eso.

Zane la miró y entonces supo que no tenía que hacer más preguntas. Ella no quería contestarlas, aunque las dos sabían que acabaría haciéndolo si la presionaba demasiado. Pero no era así como se hacían las cosas, por supuesto que no, y, en cualquier caso, Arabia le cubriría las espaldas cuando le contase a Jake que lo había dejado marcharse.

Fuera lo que fuese, ese día no iba a enterarse de los verdaderos motivos de Louis, pero nadie más lo haría.

No hasta varias semanas después.

MIÉRCOLES

28 SEPTIEMBRE 1988

Eran casi las nueve de la noche cuando Jake se sentó por fin a cenar. Estaba más cansado que nunca, así que el plato con filetes de carne con guarnición que Zane le sirvió le pareció el mejor de los manjares. Llevaba haciendo horas extra toda la semana porque habían aumentado los pedidos en la fábrica y, aunque no le importaba porque le venía bien el dinero, empezaba a notar que llegaba a casa más cansado de lo habitual.

Estaba tan exhausto que tardó un buen rato en darse cuenta de que el ambiente estaba tenso. Zane se había quedado frente a él con las manos en los bolsillos traseros de los pantalones y mordiéndose el labio. Arabia estaba en uno de los taburetes de la barra americana sin hacer nada, pero parecía que estaba atenta a algo. Emily, por su parte, estaba sentada en el respaldo del sofá, de cara a Jake.

—¿Pasa algo? —preguntó.

Se sintió realmente observado, aunque ninguna de las tres contestó. Se limitaron a mirarse entre ellas.

—¿Dónde está Derek?

Jake miró fijamente a Emily con la intención de que fuera ella quien le contestara.

—Ha ido a buscar a Louis.

A Jake le empezaba a molestar tanto silencio.

—¿Alguna puede decirme de qué va todo esto?

—Zane ha encontrado algo en la habitación de Louis mientras limpiaba —comentó Arabia.

Lo dijo como dejándolo caer. Sin embargo, Zane se puso muy nerviosa. Se giró sobre sí misma y subió corriendo por las escaleras. No tardó más de un minuto en volver abajo cargada con una bolsa de plástico con algo en su interior. Las otras dos la miraron expectantes.

—¿Qué es eso? —preguntó Jake.

—Lo encontré debajo del colchón de Louis cuando lo levanté para hacer la cama. —Zane le entregó la bolsa y dio unos cuantos pasos hacia atrás—. No le digas que lo he encontrado yo, por favor.

Cuando Jake vio el contenido se quedó alucinado. Dejó de sentir hambre y cansancio para sentir sorpresa y decepción. La bolsa estaba repleta de billetes de veinte en su mayoría. Debía de contener al menos quinientos dólares, y no le costó mucho adivinar de dónde lo habría sacado su hermano pequeño. Antes de que pudiese hablar, la puerta principal se abrió y Louis apareció en el umbral, seguido de Derek.

Se miraron unos instantes. Después, Louis corrió directamente hacia él; hacia la bolsa. Jake se levantó justo a tiempo y se la colocó detrás de la espalda.

—¡Dame eso!

—¿Por qué lo tenías escondido?

Jake trató de mantener la calma, a pesar de que Louis estaba totalmente descontrolado.

—¡Has hurgado en mis cosas! ¿Cómo te atreves?

—¡¿Cómo te atreves tú a tener todo esto escondido?!

Louis se abalanzó contra Jake con el puño en alto, pero él

consiguió esquivarlo y, además, le propinó un cachete por detrás cuando ya se retiraba.

—¿Qué haces? ¿Crees que puedes pelearte conmigo?

—No me tientes —contraatacó Louis—. Devuélveme mi dinero.

—¿De dónde lo has sacado?

—¡Ya lo sabes! ¡¿Para qué me lo preguntas?!

—Prometiste que no volverías a hacerlo.

Louis se quedó callado y a Jake le vinieron un montón de recuerdos dolorosos a la mente. Recordaba perfectamente la noche en la que tuvo que ir a defender a su hermano y dos policías lo confundieron con un traficante. Al volver a casa después de pasar unas horas en el calabozo, se enteró de que Louis había estado pasando droga con el fin de conseguir dinero para la escuela de teatro. Y al día siguiente lo que ocurrió fue todavía peor... Los recuerdos fueron pasando lentamente por la mente de Jake hasta el momento en que aquel policía apareció en su casa a las tantas de la madrugada con un conejito de peluche rosa chamuscado.

Mientras tanto, Louis continuaba hablando a voces, encarándose con el resto de sus hermanos. Llamó loca a Zane y niño mimado a Derek. Dijo que había estado ahorrando para poder irse de una vez por todas de casa. A Jake le dolió mucho lo poco que su hermano había valorado todo lo que le habían dado. Todas las horas extra que había trabajado para que todos tuvieran diariamente un plato sobre la mesa, una compra de ropa cada seis meses, pagas semanales para gastos personales... Todo por nada, para que su hermano hubiese estado vendiendo droga a sus espaldas y ganando dinero para poder largarse.

Se sentía estúpido, y se lamentaba de no haberse dado cuenta antes, a pesar de que hacía tiempo que empezaba a sospechar que sus salidas a deshoras para los ensayos encubrían alguna otra cosa. Hasta entonces no le había dado demasiada importancia porque pensaba que se trataba de una chica, pero estaba claro que no, y que solo había estado evitando pensar en lo más obvio.

—... como una casa de locos! —Escuchó Jake cuando volvió a la conversación.

—¡Cállate de una vez! —exclamó Derek—. No vuelvas a mencionar que...

Jake no dejó que su hermano acabara la frase. Se dirigió con furia hacia Louis y lo pilló desprevenido. Lo empujó con fuerza hacia la puerta y luego volvió sobre sus pasos, cogió la bolsa con el dinero y regresó, para lanzársela con fuerza. Algunos billetes quedaron esparcidos por el suelo.

—Fuera —dijo, calmado, a pesar del dolor que sentía. Louis se quedó parado, mirándolo fijamente y con cara de sorpresa—. Coge tus cosas y lárgate. ¿No es lo que querías?

—No puedes echarme. Esta también es mi casa.

—¿Cómo dices?

—Ya lo has oído. No puedes echarme de mi casa. Todavía no he decidido marcharme.

—Una última cosa voy a decirte antes de que desaparezcas, para que lo asumas. No te mereces el apellido que tienes. En esta familia todos nos hemos sacrificado por los demás. Primero papá y mamá, luego yo, Derek, e incluso Zane, Arabia y Emily, cada una a su manera. ¿Qué has hecho tú por nosotros, Louis? Nada, y encima has robado de nuestro dinero porque no has tenido ni la decencia de dejar de pedirme la paga semanal. Esta casa la he estado pagando yo, así que no me digas lo que puedo y no puedo decidir respecto a ella. Te estoy dando la oportunidad de que cojas lo que necesitas antes de irte, no hagas que me arrepienta.

Jake vio cómo su hermano miraba al resto de los presentes, supuso que en busca de compasión. Zane y Emily miraban hacia otro lado y Derek y Arabia le sostuvieron la mirada. Al final, Louis subió corriendo las escaleras y desde abajo todos escucharon los golpes de armarios y cajones que se abrían y cerraban sin parar. Nadie dijo nada.

Cuando volvió a bajar no miró a nadie, pero antes de salir por la puerta se volvió hacia Jake.

—¿Sabes? Tanto tiempo reprimido por cómo te trataba papá y no te has dado cuenta de que te has convertido en él. —Jake se percató de que tenía los ojos rojos. Estaba colocado—. Que te den. Que os den a todos.

Y cerró la puerta tras de sí, con el único bulto de un macuto colgado al hombro.

Jake sintió que no podía soportar más la presión y subió lo más rápido que pudo hasta su habitación, pasando los escalones de dos en dos. Había temido siempre que Derek y Zane decidiesen irse y lo dejasen solo, y había resultado ser Louis el primero en hacerlo.

Se sentía vulnerable.

- - - - - - -

Zane estaba muy afectada por todo lo sucedido, Arabia lo sabía. No lloraba, pero aun así la mantenía pegada a su regazo rodeándola con los brazos. Era obvio que se había puesto muy nerviosa y trataba de tranquilizarse.

Derek y Emily también se abrazaban. Arabia tenía ganas de preguntarles qué les había parecido la resolución del conflicto, aunque ya habían demostrado que estaban de acuerdo con Jake. Era increíble cómo Louis les había tomado el pelo a todos.

—¿Qué será de él? —preguntó Zane, separándose de ella.

Derek fue el encargado de contestar a su pregunta.

—Va a cumplir dieciocho años, así que deberá aprender a apañárselas él solo.

—Pero no tiene a dónde ir. ¿Se supone que va a dormir en la calle? —insistió Zane.

—Dudo que no tenga a dónde ir —intervino Arabia. Estaba muy segura de lo que decía—. No creo que haya estado ahorrando para irse sin haber pensado antes a dónde. Lo único que hemos conseguido es adelantar su marcha.

—No puedo creer que todo esto sea cierto —dijo Derek—. Jamás me habría imaginado una actitud así por parte de Louis. Se suponía que me lo contaba todo cuando era más pequeño...

—Chicos —dijo entonces Emily—. Será mejor que uno de nosotros vaya a ver a Jake.

Arabia se preguntó en qué estaría pensando. Le hubiese gustado ir a hablar con él, pero Zane se adelantó a sus intenciones y fue directa al piso de arriba. Derek quiso seguirla, pero Emily lo retuvo y le dio a entender con un simple gesto que era mejor dejarlos solos. Hacía tiempo que no hablaban mucho y Zane se había atrevido a estar a solas con Jake. Era todo un logro por su parte. Arabia lo sabía.

Mientras Derek y Emily jugaban con la pequeña Danielle, que se había asustado mucho por el escándalo, Arabia recogió todo lo que había sobrado de la cena.

Ellos tres formaban una pequeña familia muy especial y muy tierna. A Arabia le gustaba ver a Emily tratando a la niña como si fuese suya, a pesar de ser un auténtico calco de Ashley. Tenía muchas dudas respecto a esa forma que tenía Emily de hacerlo todo tan sencillo, de haberse olvidado desde el primer momento de que Derek había estado con otra chica antes que ella. Decidió que no pasaría un día más sin que hablara a solas con ella. Había cosas que quería saber.

Lo cierto era que su relación con Dave —el chico del hospital— no estaba funcionando. No quedaban nunca fuera de allí y todo lo relacionado con cosas de pareja le producía pánico. Por el momento él parecía comprenderlo, pero "por el momento" no podía ser "para siempre". Le había preguntado en alguna ocasión por sus relaciones anteriores, pero él siempre contestaba con evasivas o enarbolando lo que sentía hacia a ella. Eso no le gustaba.

Pasado un rato se enfadó consigo misma. Había estado fregando los platos pensando únicamente en cuántas novias habría tenido Dave. Era patético, teniendo en cuenta lo que acababa de ocurrir. Sin embargo, y aunque quisiera restarle importancia, era algo que la inquietaba.

Eso le hizo pensar de nuevo en Jake, y en lo mucho que le afectó reconocer que le gustaba cuando lo vio con la hermana de Emily aquel día de Navidad. Por alguna extraña razón, le molestaba no ser la primera novia de alguien o, simplemente, la primera en la que alguien se interesara.

Más tarde, cuando Danielle empezó a tener sueño y Derek subió para acostarla, Arabia entabló conversación con Emily.

—¿Podemos hablar?

—Claro.

Tomaron asiento en el sofá que había justo enfrente del viejo televisor.

—Estás preocupada por Jake, ¿verdad? —comenzó Emily. Arabia asintió—. Supongo que todos lo estamos, de una manera u otra.

—¿Qué quieres decir con eso? —Emily se limitó a encogerse de hombros. Arabia decidió continuar sin darle más importancia—. Estoy preocupada, pero lo cierto es que no quería hablarte de eso.

—Te escucho.

—Yo sé que estás muy enamorada de Derek y todo eso, que lo estabas desde hacía mucho tiempo, antes siquiera de querer asumirlo, pues ya hemos hablado otras veces de eso. —Arabia había ido directa al grano—. Pero me preguntaba si no te has cuestionado nunca el hecho de que él haya estado con otras antes de ti. Y ya no otras cualquiera, desconocidas, sino la madre de Danielle, que estuvo aquí cuando...

—Sé toda la historia. Pensarás que cómo he sido capaz de enamorarme de alguien que me ha tomado de segundo plato, ¿no es así?

Hasta entonces Arabia no lo había pensado de ese modo tan directo.

—En resumidas cuentas, sí.

—Bien —continuó Emily—. Yo también me he preguntado eso muchas otras veces, pero ¿sabes qué? Todas las veces que me he planteado hablarlo con él, al mirarlo a los ojos, he sido incapaz de sacarle el tema. Derek está muy dolido con todo lo que le ha pasado con Ashley y sé que cuando me mira a mí su amor es sincero. ¿No te lo parece? Todo lo que hacemos juntos surge de una forma muy natural. Es como si...

—Entiendo lo que me dices. —Arabia la interrumpió, sin

intención de molestarla—. Y por supuesto que creo que estáis hechos el uno para el otro. Pero yo no te hablo solamente de la madre de su hija. Imagino que sabes que Derek ha estado antes con muchas otras chicas.

—Ari, piensa una cosa. —Esa vez fue Emily la que la interrumpió a ella—. Si miras el pasado de una persona, jamás podrás ver su futuro. No voy a pedirle explicaciones a Derek de lo que ha hecho con otras antes de conocerme, solo le voy a pedir que responda por lo que nos concierne a nosotros. ¿Qué sentido tendría si no el amor?

—Pero...

—No puedes juzgar a una persona por sus actos del pasado. Es incoherente. Hay miles de parejas en el mundo que se han equivocado en sus primeras relaciones. ¿Acaso ellas no tienen derecho a volver a enamorarse?

Lo que Emily decía tenía sentido, aunque Arabia hablaba más bien de relaciones pasajeras, puramente sexo.

—Estoy de acuerdo contigo, pero hay algo más: ¿no crees que, para conocer a una persona, necesitas también conocer su pasado?

—Ari, ¿estás mal con Dave? ¿Habéis discutido por sus otras parejas?

—No es eso. Con Dave está todo bien, o bueno… normal. Tampoco creo que lo nuestro sea una relación de verdad. No hacemos gran cosa juntos, y además él nunca quiere hablar mucho de su pasado. Eso me molesta. No me gusta que me oculten cosas.

—Tal vez tú le hayas preguntado demasiado. A lo mejor no es necesario reincidir tanto en un asunto que te interesa. Con que sepa una vez que tienes esa pequeña curiosidad, tal vez cuando tenga valor te hablará sobre ello. Es cuestión de tener paciencia.

—Supongo que tienes razón.

Arabia le explicó por encima lo que venía siendo su relación con Dave. Le costó un buen rato llegar al punto en el que le confesaba que aún no se habían acostado.

—Conque era eso...

Era eso lo que más la inquietaba, sí, y se había dado cuenta al reconocerlo. Dave había intentado quedarse a solas con ella un par de veces, pero ella había respondido con evasivas.

—Quería preguntarte cómo había sido tu primera vez. ¿Fue con Derek?

Emily se ruborizó y sonrió.

—Sí. Fue con él. Y, sinceramente, fue maravilloso... Pero te confieso que me costó mucho decidirme a hacerlo. —Emily se puso cómoda antes de empezar a relatar su historia—. Cuando Derek y yo empezamos a salir y a tener nuestras primeras citas, fue extremadamente respetuoso conmigo. Yo le dije que era la primera vez que salía con un chico y que quería ir despacio, y él lo aceptó. Fue tan despacio que hasta tuve que pedirle que se atreviera de una vez a meterme mano, ¿puedes creerlo? Eso fue lo que me enamoró todavía más de él. Yo sé que él no estaba acostumbrado a relaciones como la nuestra, pero tal vez eso lo hizo más especial. Nos gusta pensar que empezamos como seguramente empezarían nuestros padres, o nuestros abuelos. Tenías que habernos visto en las primeras citas. ¡Ni siquiera nos besábamos! —Arabia escuchaba expectante. Sabía que lo de ellos dos prometía ser una historia encantadora—. Y al final un día nos besamos de forma inesperada. Derek se enteró de que tenía la custodia completa de Danielle y se puso tan contento que me contagió su alegría, y empezamos a saltar como estúpidos y..., de pronto, él me besó. Fue muy espontáneo. Cuando se dio cuenta de lo que había hecho me pidió disculpas. Yo le dije que no tenía por qué disculparse y le devolví el beso. Y fue ese día cuando formalizamos nuestra relación.

—¿Y os acostasteis?

Emily volvió a reír.

—No, qué va. Eso fue tiempo después. Habíamos hablado de ello y Derek me prometió que lo prepararía todo para que lo recordase siempre como un día especial. Dos meses después de nuestro primer beso, reservó una habitación en un hotel de las afueras. Primero me llevó a cenar al restaurante London, y luego al hotel. Lo había decorado todo como en las películas. Había un camino de flores hasta la cama y un montón de velas alrededor. Puso música de fondo y me dejó que me preparase en el cuarto de baño. Por supuesto, yo me pasé toda una semana mirando en tiendas de lencería para comprarme algo apropiado. Entre mi hermana y yo elegimos una cosa intermedia. Ni muy descarado ni muy anticuado. A Derek le encantó, por descontado. Y bueno..., lo demás te lo puedes imaginar.

Lo cierto era que no, que no se lo podía imaginar, pero no quiso hacer más preguntas.

—Qué bonito.

—Sí... Derek es muy romántico... Y ¿sabes? Creo que es algo que llevan dentro todos los Becker.

—¿Bromeas? Dudo mucho que Louis y Jake tengan algo que ver con el término romanticismo.

—Pues yo sí. Creo que Paul y Sara los educaron muy bien con respecto a las mujeres. ¡Por cierto! Sé algo de Jake que te haría cambiar de idea.

Por lo visto, Emily se acordó repentinamente de algo y se quedó con los ojos abiertos y sonriendo mientras la miraba fijamente.

—¿Qué? ¿Qué pasa?

—Es sobre algo que tuvo que hacer... Aunque, ahora que lo pienso... Oh, supongo que no puedo contártelo.

—¿Por qué?

—Porque se supone que es un secreto... Derek me lo contó, pero me hizo prometer que nunca lo comentaría con nadie.

—¿Sobre qué es?

—Pues... Sobre algo que hizo Jake cuando estaba en el instituto. Se suponía que tenía que hacerlo Derek, pero Jake le debía una, así que él se quitó el peso de encima consiguiendo que Jake lo hiciera por él. —Arabia estaba ansiosa por saber qué era aquello tan secreto, pero tampoco quería presionar a Emily—. Sé que no debería contártelo..., pero, por otro lado, sé que puedo confiar en ti. Porque puedo, ¿verdad?

—Por supuesto, no lo dudes nunca. —Arabia habló con convicción—. No te negaré que tengo curiosidad, pero no quiero que sientas que has traicionado a Derek por contármelo.

—No es nada malo. De hecho, a mí me parece una historia preciosa. Pero si te lo cuento, nada de esto puede llegar a oídos de Jake.

—Por mi parte, soy una tumba.

—Verás, resulta que Derek siempre ha sido muy popular, ya sabes. Cuando llegó a la ciudad tardó poco en hacerse con todos los profesores. Pues bien, por lo visto, todos los halagos hacia él llegaron a oídos de la directora, y antes de que finalizase el curso le pidió un favor. —Emily hizo una breve pausa, suspiró y luego continuó—: Al parecer, tenía una sobrina que nunca había tenido mucho éxito en el instituto. Eso fue lo único que le dijo sobre ella, aunque dejó entrever que había algo más. Le pidió que la llevara al baile de su instituto, situado al este de la ciudad. Derek se sintió entre la espada y la pared porque no quería perder la buena reputación de chico amable que tenía, pero se preguntaba por qué la directora había tenido que pedirle algo así. Accedió, por supuesto, porque además el baile al que la tenía que llevar era una semana antes del suyo. Entonces recordó que Jake le debía un favor... Así que le encasquetó a él a aquella supuesta chica. El día acordado, Derek le metió en la mochila ropa suya para que se cambiara en alguna cafetería. La excusa que puso Jake para salir fue que tenía que ir a hacer un trabajo a casa de un amigo, y que volvería tarde.

—Espera un momento, ¿Jake lo hizo? —preguntó Arabia—. ¿Llevó a la sobrina de la directora al baile de su instituto?

—Sí, lo hizo, pero eso no es todo. No era solo que no hubiese tenido nunca mucho éxito, sino que también era ciega. Iba a un instituto especial para sordos y ciegos o algo así. Él se la llevó al baile y pasó toda la noche con ella, como en una cita. Y antes de que acabara la noche, ella le pidió algo bastante comprometido. Te lo puedes imaginar, ¿no?

—¿Le pidió que se acostara con ella? —preguntó, bajando mucho la voz.

—Sí. Jake le contó a Derek que ella se lo había pedido. También que le dijo que aquel había sido el día más maravilloso de toda su vida y que por eso quería llegar hasta el final. Así que, finalmente, Jake accedió, con la única condición de que nunca más pediría volver a verlo. Era la única forma que tenía de que no los pillasen con la mentira porque, por supuesto, Jake no tenía ninguna intención de volver a hacerse pasar por Derek. Y eso fue lo que pasó. Imagino que si nos lo contase Jake daría muchos más detalles, pero supongo que nunca lo hará.

Arabia se quedó unos segundos pensativa.

—¿Y qué tiene esta historia que ver con si Jake es un romántico o no?

—Pues que la chica dijo que había sido el mejor día de su vida. Algo de especial tuvo que haber en aquella cita, ¿no crees?

—Bueno... Posiblemente, ella nunca había salido con ningún chico, así que cualquier cosa podría haberle parecido especial.

—¿Realmente crees que el Jake que tú y yo conocemos en todo su esplendor habría sido capaz de enamorar a una mujer, fuese ciega o no?

Arabia se encogió de hombros. Acaba de descubrir otra chica más en la lista de Jake.

—¿Y qué pasó después? Quiero decir, ¿la directora volvió a hablar con Derek?

—Sí. Lo volvió a llamar a su despacho para darle las gracias. Por lo visto, su sobrina había vuelto del baile radiante y más feliz de lo que jamás la habían visto sus padres. Todo un éxito, vaya.

—¿Y qué fue lo que Jake hizo para deberle algo así a Derek?

—Eso no lo he podido averiguar.

—Qué intriga, ¿no?

—Pues sí. Pero yo no le preguntaré a Jake porque se supone que no sé nada, y tú tampoco, por lo mismo. Así que nos quedaremos con la incertidumbre a menos que él decida contarlo un día por voluntad propia y, si eso ocurre alguna vez, tendremos que hacernos las sorprendidas.

Ambas se echaron a reír.

—No creo que debamos preocuparnos por nuestra actuación,

porque Jake nunca nos lo contará —concluyó Arabia.

Se escuchó abrirse una de las puertas de arriba y pensaron que sería Derek. Sin embargo, fueron Zane y Jake los que bajaron por las escaleras.

Zane les sonrió brevemente y se dirigió con su hermano hacia la cocina. Entonces Arabia volvió a la realidad. Louis se había marchado de casa. Habían encontrado dinero que tenía escondido y Jake lo había echado mostrando ante todos lo ofendido que estaba por su comportamiento.

Ella también se sentía ofendida: el pequeño de la familia les había tomado el pelo a todos.

—¿Dónde está la cena de Jake? —preguntó Zane.

Arabia dio un respingo en el sofá y señaló al frigorífico. Había guardado su plato creyendo que Jake no volvería a aparecer hasta el día siguiente. Tanto él como Zane tenían los ojos hinchados. Seguía sorprendiéndola saber que Jake también lloraba. Había comprendido hacía tiempo que cuando lo hacía era porque lo necesitaba de verdad.

No levantó la vista de su plato después de que Zane lo calentase en el microondas y se lo sirviese en la mesa. Entonces, de repente, todo se volvió incómodo. Emily fue la primera en darse cuenta, así que se despidió para irse a su habitación. Arabia dudó un instante y finalmente le dijo a su amiga que la vería arriba.

No pudo pegar ojo hasta que se volvió a encontrar con ella, a pesar de que al día siguiente tenía turno de mañana y debía estar en el hospital a las seis en punto.

Cuando Zane llegó no le sorprendió ver la luz de su lamparita encendida, pero, aun así, le hizo la pregunta de rigor:

—¿Todavía estás despierta?

Arabia asintió con la cabeza y se incorporó de la cama. Zane empezó a desvestirse.

—Estoy preocupada por Jake.

—Lo sé —continuó Zane—. Todos lo estamos. Pero lo he convencido de que no tiene que preocuparse por Louis. Imagino que no tardará mucho en regresar en busca de ayuda y le he prometido que, cuando eso suceda, todos lo apoyaremos en lo que decida respecto a él. Sé que no será capaz de negarle la ayuda si la necesita.

—Ya...

—Y por lo demás... No le pasa nada que no sea natural.

—¿A qué te refieres?

Arabia la miró con verdadera incógnita. Zane le devolvió la mirada antes de meterse en la cama.

—Los echa de menos, igual que todos —dijo.

Y no le hizo falta preguntarle a quiénes se refería.

SÁBADO

22 OCTUBRE 1988

OCTUBRE

SM	L	M	X	J	V	S	D
39						1	2
40	3	4	5	6	7	8	9
41	10	11	12	13	14	15	16
42	17	18	19	20	21	22	23
43	ZN	25	26	27	28	29	30
44	31						

Derek había salido después de comer hacia el centro comercial, con Emily. Habían dejado a la pequeña Danielle a cargo de su hermana Zane para poder disfrutar de un día sin todos los ajetreos que una niña de año y medio conllevaba.

A él le gustaba salir de compras casi tanto como a cualquier mujer que hubiese conocido, cosa que traía bastante sin cuidado a Emily. Eran muy diferentes en ese sentido, pero sus diferencias eran la base fundamental de su relación. Aunque lo que sí le gustaba a Emily era escoger ropa para Derek.

Acabaron comprando un par de trajes, tres camisas y unos zapatos. Todo para poder acudir decentemente a su puesto de trabajo, donde cada vez tenía que asistir a más reuniones importantes. Se había gastado bastante dinero, pero era necesario, o al menos eso le recordaba Emily cada vez que lo mencionaba.

Ahora estaban sentados en una heladería situada en la segunda planta del inmenso centro comercial.

—Me pregunto qué dirán los trabajadores cuando me vean aparecer de repente con uno de estos trajes —dijo Derek al mismo tiempo que reflexionaba sobre su nueva indumentaria—. Seguro que comentarán que se me ha subido a la cabeza o algo por el estilo. Sin duda alguna, Jake lo pensará.

—Todos los responsables de la empresa de mi padre van con traje. —Emily no hacía más que restarle importancia—. Considéralo como tu nuevo uniforme.

Un trozo de helado se le escurrió del cucurucho y le cayó encima de la camiseta. Emily se echó a reír mientras intentaba no atragantarse con el suyo.

—¡Vaya! —exclamó Derek.

Buscó el servilletero, pero reparó en que no había ninguno en su mesa. Visualizó entonces el que quedaba en la más cercana y se dirigió hacia allí en un santiamén.

Una señora de pelo cano y mirada jovial lo recibió con una sonrisa.

—¿Le importa si me llevo unas cuantas servilletas? —preguntó educadamente.

—Adelante, joven —respondió la señora, invitándolo con un gesto de mano a que cogiera todas cuantas necesitase.

—Muchas gracias, y disculpe las molestias. —Derek no dudó en empezar a limpiarse antes de marcharse—. Que tenga un buen día.

Cuando se dio la vuelta ella lo cogió por el brazo débilmente para detenerlo.

—¿Serías tan amable de decirme tu nombre?

Derek la miró extrañado. Había algo en ella que...

—Me llamo Derek. Derek Becker.

Ella le estrechó la mano y se limitó a sonreír.

—Entonces mi memoria no me falla —dijo, al cabo de unos segundos—. Un placer volver a verte.

Derek se quedó perplejo. ¿Se conocían? No podía ser... Intentó descifrar qué era lo que le resultaba tan familiar de aquella mujer. Y, como si un recuerdo se filtrase en sus pensamientos, ansioso por salir, lo supo.

—¿Señorita Brooks?

Ella sonrió con más fuerza, satisfecha.

—Dime, ¿cuántos años han pasado desde que cursaste quinto curso? —le preguntó.

—Pues... si no calculo mal, unos catorce años. ¿Cómo diantres me ha reconocido?

—¿Cómo iba a olvidarme de los hermanos Becker? Estuve dos años con vosotros y más tarde conocí a vuestra hermana. Otra niña encantadora.

—¿Y qué le trae por esta ciudad? ¿Está de vacaciones?

—No, cariño, estoy por asuntos familiares. Mi marido falleció hace tres años y vengo de visita. Está enterrado aquí.

—Oh, lo siento.

—No te preocupes. Llevaba años muy enfermo. Esta fue su ciudad natal y donde se crio hasta que empezó la universidad. Vengo por aquí al menos dos veces al año y me paseo por los recovecos donde estuve con él. Añoranza y buenos recuerdos, eso es todo. ¿Y qué hay de ti?

—Yo vivo aquí. Bueno, en realidad me mudé con mi familia cuando mi hermano y yo estábamos acabando el instituto, y luego yo me fui a la universidad de Florida con una beca. He estado yendo y viniendo, pero ahora estoy aquí.

—Oh, observo que la jovencita pelirroja de allí te está esperando, discúlpame por el entretenimiento.

—¡Qué va! Ni se imagina la ilusión que me hace volver a verla.

—Y a mí, querido. ¿Les darás recuerdos de mi parte a tus hermanos? Me acuerdo mucho de Jake...

—¿Sabe? —A Derek se le ocurrió una idea brillante—. Sería estupendo si tuviese el gusto de acompañarme esta tarde. Podría llamar a un taxi para los tres. Estoy seguro de que a Jake le alegrará verla tanto como a mí.

—Pocas cosas me apetecerían más en esta ciudad.

Dicho y hecho. A las seis y media, Derek, Emily y la señora Brooks cogieron un taxi de vuelta a casa. Emily y ella estuvieron hablando todo el rato sobre la infancia de Derek. Por lo visto, la señora Brooks conservaba muy bien todos sus recuerdos e incluso se acordaba de muchísimas más cosas que él mismo. La recordaba como la mejor de las profesoras. Hasta consiguió domar a su hermano Jake, cosa que ningún otro profesor había conseguido hasta que llegaron a cuarto.

—Y dime, Derek, ¿tú y tu hermano seguís siendo tan diferentes como antaño?

—Tanto o más si cabe. Diría incluso que hasta límites insospechados. ¿Sabe usted que tenemos otro hermano más, aparte de Zane?

—Sí, lo sé, pero no llegué a conocerlo. Creo que una vez tu madre lo trajo a una de las reuniones. El pequeño Louis, ¿verdad?

—¡Tiene usted una memoria de oro!

La señora Brooks debía rondar los setenta años, pero Derek no se atrevió a preguntarle por su edad. Para evitar responder a preguntas incómodas más adelante, le explicó lo del accidente de sus padres en julio del año anterior. La mujer se quedó muy apenada por lo sucedido y prometió no hacer ningún comentario delante de Zane. También le contó que su hermano Louis actualmente no vivía con ellos, pero no dijo nada de los motivos y ella tampoco preguntó. Después de eso, Emily continuó con la conversación hasta que llegaron a Prinss.

Al entrar en casa, encontraron a su hermana viendo la tele con Danielle. Derek acompañó a la señora Brooks hasta el sofá y le pidió que tomara asiento.

—Tú debes de ser Zane —dijo, antes de que Derek tuviese tiempo de presentarla.

Su hermana la miró extrañada y luego redirigió su mirada hacia Derek y Emily.

—Es la señorita Brooks, del colegio de Filadelfia. ¿La recuerdas?

—¡Madre mía! ¿De veras es usted?

Zane se abalanzó sobre ella para darle un abrazo. Se puso contentísima y, entre sus conversaciones, Derek le presentó a su hija Danielle y luego se fue en busca del que faltaba.

La puerta de la habitación de Jake estaba cerrada. Llamó antes de entrar.

—¿Qué quieres?

Tras la señal, Derek abrió la puerta. Jake lo recibió con su usual cara de pocos amigos.

—¿Y bien? —volvió a preguntar.

—En el salón espera alguien que quiere verte —le dijo, sonriendo—. Estoy seguro de que te sorprenderá.

—¿Quién?

—No pienso decírtelo. Es mejor que bajes.

—¿A quién demonios has traído a casa?

—Confía en mí y no te hagas de rogar.

—No tengo ganas de ver a nadie, Derek. He tenido una semana de mierda, y lo sabes.

Jake había estado haciendo numerosas horas extra durante los últimos meses, pero de un día para otro le habían reducido la jornada a cinco horas menos semanales. Estaba bastante deprimido por eso y porque el sueldo no llegaba a sus expectativas. Nunca había cobrado tan poco desde que estaba formalmente en la empresa Wathson, y Derek sabía que eso le preocupaba. Por si fuera poco, el pasado lunes había vuelto a llegar tarde y su retraso se había extendido por todo el sector. Incluso había tenido que presentarse ante varios jefes de sección. Por algún motivo que Derek todavía desconocía, algunos de los superiores empezaban a tenerlo entre ceja y ceja.

—Jake, no te insistiría si no creyera que es importante.

—¿No puedes decirme de una maldita vez quién ha venido?

Derek se exasperó.

—No puedo creer que seas tan desconfiado —le dijo—. ¿Te acuerdas de la señorita Brooks?

Vio cómo su hermano abría los ojos tras escuchar el apellido.

—¿Hablas en serio? —preguntó, y Derek asintió—. No puede ser...

Volvió a asentir, y entonces Jake se levantó casi de un salto y se dirigió hacia el salón, corriendo por las escaleras. Él lo siguió, entusiasmado por ver el reencuentro. Sabía de sobra que Jake le guardaba especial cariño a esa profesora.

—¿Señorita Brooks? —le escuchó preguntar.

—¡Por el amor de Dios, Jake! —exclamó la señora Brooks—. ¿Cómo puedes haber crecido tanto?

Definitivamente, Helen Brooks se quedaba para cenar.

- - - - - - -

Arabia llegó de trabajar a las ocho y media de la tarde y se encontró con casi toda la familia al completo sentada en la mesa de la cocina. Solo faltaba Louis, como de costumbre. Además, había una señora de edad avanzada encabezando la mesa.

—Esta es Ari —le dijo Zane a la señora—. La chica de la que le habíamos hablado. Mi mejor amiga.

—Me alegro de conocerte. ¿Te gustaría acompañarnos? —A Arabia le resultó curioso que fuese ella la que la invitase a unirse—. Estoy segura de que te gustará escuchar algunas de las aventuras de los miembros de esta familia cuando apenas eran unos críos.

Poco después se enteró de que Helen Brooks había sido una de las profesoras de Jake y Derek en cuarto y quinto curso, y más tarde de Zane. Los tres parecían sumamente encantados de contar con su presencia, en especial Jake. No era que hubiese alguna diferencia en su forma de estar y de mirarla pacientemente, mientras contaba una historia tras otra, sino que el mero hecho de comportase de la misma forma que los otros dos era inusual. Parecía feliz, a pesar de llevar una semana con un pésimo humor.

—¿Recuerda qué pensó de nosotros la primera vez que nos vio? —preguntó Derek.

Y entonces la señora Brooks empezó a hablar de algo que hizo que todos se quedasen en silencio. A Arabia se le empezó a poner la piel de gallina poco después de que comenzase su nuevo relato:

«Recuerdo perfectamente el primer día de Derek y Jake en mi aula. Como muchos otros profesores antes que yo, lo primero que pensé era que tenía a un par de mellizos en mi clase, pero al poco supe que uno tenía nueve años y el otro todavía ocho. Se me hizo curioso tener a dos hermanos nacidos el mismo año y supe pronto que ambos eran especiales: Derek era un niño alegre y extrovertido, mientras que Jake se mantenía alejado de él y a la sombra del resto de niños. Solía tener la mirada perdida y rara vez prestaba atención a las explicaciones. Derek era el primero de la clase en casi todas las asignaturas y Jake casi nunca traía los deberes hechos de casa.

»Por desgracia, tardé dos meses en darme cuenta de por qué los consejos de otros profesores en cuanto a castigar a Jake por su desobediencia en una esquina no daban resultado. Y me di cuenta el día que decidí castigarlo quedándose una hora después de clase hasta que terminase sus deberes. Si no los pensaba hacer en casa, al menos, me encargaría de que los hiciese conmigo y los llevase listos a la clase siguiente; de lo contrario, solo conseguiría apartarlo cada vez más de los otros niños. El primer día se negó a escribir y se limitó a mirar por la ventana durante una hora. El segundo día más de lo mismo, y así durante toda la semana. El lunes siguiente, a primera hora, pedí a mis alumnos una redacción sobre el fin de semana. Como siempre, Jake se quedó de brazos cruzados y dejó pasar las horas. Por la tarde, mientras cumplíamos con su castigo diario, me puse a leer las redacciones de todos los niños. Ni siquiera me molesté en decirle que hiciese sus tareas. Al cabo de un rato, llegué a la redacción de Derek.

»La caligrafía y la expresión de la redacción eran propias de un chico como mínimo dos años mayor que él. A Derek se le daba muy bien escribir y describir, y eso me ayudó bastante a imaginarme lo que me contaba. La familia Becker había pasado un agradable fin de semana cerca de un lago, aprovechando los últimos días de calidez. El primer día fue tranquilo y divertido, como el de cualquier familia. Louis era un niño de tres años muy inquieto, pero Zane se encargaba de cuidarlo y ambos perseguían a sus hermanos mayores para llamar su atención. El domingo, cuando se hizo la hora de marcharse, todos insistieron en quedarse un poco más, así que sus padres se fueron a uno de los bares más cercanos dejando a los más pequeños a cargo de Derek y de Jake. Y, por lo visto, al estar solos, Jake decidió que era el momento de hacerle la puñeta a su hermano mayor, ya que sus padres no podían verlo. Según la descripción de Derek, Jake se comportaba peor que un niño de la edad de su hermano pequeño, y lo mencionaba con palabras que me llevaron a pensar que debía de haberlas escuchado antes. El niño revoltoso dejó volar su imaginación e hizo prisionera a Zane, invitando a Derek a que la liberase. Pero él no quería jugar a caballeros y princesas y se sentó a esperar que su hermano dejase de comportarse como un niño mientras ayudaba a Louis a hacer un castillo de barro. Jake se enfadó y empezó a correr de un lado a otro con Zane a rastras a pesar de sus protestas. Se estaba portando mal, y Derek se encargaría personalmente de contárselo a sus padres cuando regresasen.

»Y entonces, cuando por fin lo hicieron, Zane trastabilló con un objeto punzante, que alguien había enterrado bajo las diminutas piedras sobre las que corrían, y cayó, llorando por el dolor. Derek ni siquiera tuvo que decir nada sobre el comportamiento de su hermano, pues él mismo se había delatado. Se llevaron a Zane rápidamente al primer centro de socorro y, una vez curada y consolada, llegó el turno de la reprimenda de Jake. Su padre se lo llevó a un sitio apartado y lo zarandeó hasta que creyó haber dejado claro su mensaje. Y, por supuesto, una vez en casa, también cumplió con su usual castigo en el desván, sin cena. Recuerdo que la última frase de la redacción fue: "Jake siempre tiene que estropearlo todo y hace que papá se ponga de mal humor". Cuando levanté la vista de la lectura, Jake me observaba de reojo y creo que no me equivocaba al pensar que había estado esperando que leyera la redacción de su hermano, con recelo.

—¿Has acabado ya tu redacción? —le pregunté, consciente de que era una pregunta retórica—. ¿Por qué no escribes acerca de lo que haces cuando te quedas en el desván?

»Cuando pasó la hora y le dije que podía marcharse, su padre irrumpió en la clase. Me sorprendió, porque siempre era la señora Becker quien venía a buscarlo.

—Profesora Brooks —me dijo—. Me consta que Jake sigue sin hacer sus ejercicios. ¿Cree que pasará de curso si sigue así?

—No se preocupe, señor Becker, estoy convencida de que, al final, Jake y yo llegaremos a un acuerdo —dije mientras le guiñaba un ojo a Jake—. Hoy ha hecho todos sus deberes.

—Espero que al menos usted consiga enderezarlo.

»Y así fue como empezó mi amistad con Jake».

Cuando la señora Brooks dejó de relatar la historia, el silencio inundó la cocina parcialmente.

—¡Por eso tengo una pequeña cicatriz en el pie! —Zane fue la primera en hablar, y Arabia esperó impaciente que todos los demás aportasen su comentario—. Ni siquiera recordaba cómo me la había hecho.

Pero Derek y Jake no dijeron nada. Tampoco se miraron entre ellos. Arabia deseaba decirle a Helen que continuase, pero no le correspondía a ella pedírselo. ¿Qué era lo que Jake hacía en el desván? Nunca nadie había mencionado que de pequeño lo castigasen en ese lugar y, por supuesto, él nunca había hecho alusión a nada por el estilo. Se dio cuenta de que no conocía su pasado, y eso la inquietó.

—¿Y a mí? —Zane la sacó de sus pensamientos—. ¿Cómo recuerda cuando me conoció a mí?

Helen Brooks sonrió y empezó a relatar otra historia sobre Zane. Entre frase y frase, Arabia no dejó de observar a Jake por el rabillo del ojo. Sabía, por su forma de actuar, que no estaba prestando atención. Derek, por otro lado, alternaba la vista de la señora Brooks a su hermano, de forma frecuente.

—Eras una niña muy dulce, y todos los viernes me traías a clase algún detallito, ya fuese una flor que encontrabas por el camino, una manzana...

Se había creado cierta tensión en el ambiente. Arabia no se habría imaginado nunca a Derek chivándose a sus padres del comportamiento de Jake, pero, según la historia que les acababa de contar, todo indicaba a que no era la primera vez que eso sucedía durante su infancia.

—A veces llegabas a clase triste porque tus papás habían discutido en casa, o porque Jake te había gastado alguna de sus bromas, o incluso porque Derek no tenía tiempo para jugar contigo. A mí me partía el corazón verte así, pero siempre conseguía que te fueses a casa sonriendo de oreja a oreja. He de reconocer que no era tarea difícil siendo tan risueña. ¿Y sabes qué es lo mejor de todo? Que cuando castigaban a tu hermano por portarse mal contigo, era cuando más triste te ponías, porque no te gustaba que le gritasen ni que le tirasen de la oreja. Siempre fuiste tan inocente...

—Y lo sigue siendo —puntualizó Emily.

Jake aprovechó el intermedio para levantarse y salir de casa. La señora Brooks ni siquiera se inmutó, pero los demás sí. Arabia se preguntó si también los inundó como a ella la sensación de compasión hacia él. Todos los Becker debían de tener un cúmulo de sentimientos muy extraños. Por un lado, estaban reviviendo momentos de la infancia donde sus padres aparecían. Por otro, contado desde el punto de vista de la señora Brooks, la actitud y pensamientos de Jake sobre ciertas cosas cobraban mucho más sentido.

Y entonces Arabia se atrevió a formular la pregunta que llevaba guardándose desde hacía rato:

—¿Y qué era lo que Jake hacía en el desván?

Helen asintió con la cabeza, como si hubiese estado esperando esa pregunta.

—Eso es difícil de explicar —dijo—. Porque las cosas que hacía allí fueron evolucionando a lo largo de nuestras redacciones. Sin embargo, estoy segura de que había algo de Jake que no sabía ninguno de sus hermanos ni vuestros padres. Al menos no hasta que yo decidí contárselo a vuestra madre. —Todos la miraron, expectantes. ¿Era tan importante?—. A día de hoy, todavía desconozco las dimensiones exactas de aquel desván de Filadelfia, pero lo que sí sé es que no había ni un ápice de luz en ella, a excepción de la luz artificial que se podía conectar desde fuera de la trampilla. Y al pequeño Jake le daba miedo la oscuridad.

—Sí —apuntó Derek—. Por la noche se empeñaba en dormir con la luz de la lamparita encendida, lo recuerdo. Pero no la encendía hasta que mis padres nos daban las buenas noches, porque ellos no querían que lo hiciésemos. Supongo que no podíamos permitírnoslo, como muchas otras cosas.

—Y dime, Derek, ¿cómo fue que tu padre se enteró de que tu hermano encendía la lamparita?

Esa pregunta lo dejó KO y Derek miró a los presentes uno a uno.

—¿Lo escribió en sus redacciones? —Quiso saber, antes de contestar.

Arabia estaba con los nervios a flor de piel.

—No. —La negativa de Helen fue cortante y clara—. Jake nunca supo por qué descubrieron su secreto, aunque tenía sus sospechas al respecto. Pero tú sí lo confesaste con heroísmo en una de las tuyas. Fue el único día que me quedé decepcionada por tu comportamiento, y tal vez no le hubiese dado ninguna importancia de no conocer el pavor que Jake tenía a la oscuridad, y los días de castigo que sufrió a causa de las consecuencias.

La cena se había terminado y las horas habían pasado.

—Me encantaría quedarme con vosotros y contaros muchas otras anécdotas, pero de las divertidas de verdad —dijo Helen—. Sin embargo, es muy tarde y debería volver a mi hotel.

—¿Hasta cuándo estará usted aquí? —preguntó Derek.

—Mi vuelo a Filadelfia sale mañana a las once de la mañana. Es una lástima no habernos encontrado antes.

—¿Vendrá a visitarnos cuando vuelva? —le preguntó Zane—. Desearía que nos contara muchas más cosas.

—Será un placer.

La acompañaron a la puerta y le brindaron una cálida despedida. Arabia se ofreció a llevarla a casa para evitar que se fuese sola en un taxi.

—Eres muy amable, querida —le dijo Helen, una vez acomodadas en los respectivos asientos.

Dicho eso, se pusieron en marcha, pero no hicieron más que salir del porche cuando la señora Brooks volvió a hablar.

—Jake no debe de andar muy lejos, ¿verdad? —le dijo—. Oh, ahí está.

A la vuelta de la esquina, Helen señaló hacia el lado derecho de la acera. Jake estaba sentado en el suelo. Levantó la cabeza al escuchar el motor.

—¿Te importaría esperarme cinco minutos?

Arabia se hizo a un lado con el coche y esperó, impaciente. Jake se levantó para despedirse de Helen, pero ella le pidió que la ayudara a sentarse en la acera, junto a él. Y entonces se pusieron a hablar largo y tendido. Tuvo que esperar más de cinco minutos, tal vez quince. Se preguntó sobre qué estarían hablando.

Deseaba conocer más detalles sobre la vida pasada de los Becker. Helen Brooks poseía una parte muy interesante de sus vidas que ella desconocía y, de no haber sido por su visita, habría estado destinada a desconocerla. ¿Por qué Jake no hablaba nunca de su pasado? Ni siquiera Zane, que a veces contaba anécdotas de cuando era niña, mencionaba a Jake en sus historias. Tampoco había escuchado a Paul o a Sara, sus padres, relatar algo relacionado con lo que Helen había contado, salvo lo de que Jake era un niño bastante difícil. Bien pensado, ella tampoco hablaba mucho sobre su infancia, y tenía razones para no hacerlo. La vida con su padre había sido como una pesadilla por todas las cosas que había tenido que presenciar antes de que su madre consiguiera separarse de él. Por lo visto, Jake tampoco guardaba muy buenos recuerdos de una época pasada.

Observó cómo Jake y Helen intercambiaban unas pocas palabras más antes de despedirse. Luego volvieron juntos hasta el coche. Jake le abrió la puerta y ella pasó de nuevo al interior.

—Que tenga un buen viaje —le dijo.

—Gracias, cariño.

—¿Quieres venirte? —le preguntó Arabia.

—No —contestó Jake—. De lo contrario, no la dejaré marcharse.

Helen y él se miraron y se sonrieron.

Arabia arrancó y volvieron a ponerse en marcha. Helen le explicó hacia dónde debían dirigirse.

—Jake me ha contado que eres como un miembro más de su familia —empezó a decir Helen— desde hace unos años.

—Hace seis años conocí a Zane en el instituto y los Becker me abrieron las puertas de su casa prácticamente desde el primer día. Cuando murió mi madre me mudé con ellos durante un año.

—Lo siento, querida.

—No se preocupe. Todos hemos perdido a alguien, y los que no, tarde o temprano lo harán.

—Sí, es cierto, y también tarde o temprano aprendemos a asimilarlo. Sin embargo, tú eres todavía muy joven para andar reflexionando sobre cosas así.

Llegaron al hotel donde se alojaba la señora Brooks pasadas las diez de la noche.

—Ha sido un placer conocerte —dijo Helen antes de abrir la puerta del coche.

Arabia quería pedirle que le contase más cosas, pero no se atrevía. Por fortuna, debió de notársele, porque la señora Brooks no salió inmediatamente del vehículo.

—Hay algo que te inquieta, ¿verdad? —le preguntó.

—Es solo que me hubiese gustado escuchar más cosas sobre la infancia de Jake —confesó al fin—. Creía que lo conocía, en parte, pero esta tarde me he dado cuenta de que no es cierto. No sé nada sobre su pasado y sé que eso tiene mucho que ver con cómo es y en lo que se ha convertido.

—En ese caso, acompáñame a mi habitación y charlaremos un poco más tomando una taza de té.

—Oh, no. No quiero ser pesada. Es tarde y sé que mañana tendrá muchas cosas que hacer antes de su viaje.

—¿Estás segura? —Helen le insistió sutilmente—. Porque no volveré hasta dentro de mucho tiempo.

Terminaron bajando ambas del coche y entrando en el hotel. Era de cuatro estrellas y la recepción se presentó con elegancia ante ellas. La recepcionista saludó a la señora Brooks y le entregó su llave.

—¿Por dónde quieres que empecemos? —preguntó Helen, una vez acomodadas.

—¿Cuánto tiempo estuvo quedándose con Jake por las tardes?

Esa era otra de las preguntas que Arabia se había estado guardando y, aunque tenía muchas más, fue la primera que se le ocurrió.

—Hubo dos épocas. La primera fue durante cuarto curso y duró hasta acabar el periodo escolar.

»Después de conseguir que Jake se abriera a mí, me convertí en una especie de psicóloga, o mejor dicho, aprendí a hacerlo. De vez en cuando mandaba redacciones sobre la vida cotidiana de mis alumnos para ver la versión de Derek sobre algunas cosas. En su momento me pareció lo más correcto para poder ayudar a Jake, aunque tal vez ahora suene un poco cínico.

»Y entonces me enteré de los castigos en el desván y del ya mencionado temor a la oscuridad. Por lo visto, siempre que Jake se portaba mal, o muy mal, su padre lo mandaba a reflexionar a aquel lugar sin comer o sin cenar, y lo dejaba allí durante una o dos horas, dependiendo de la gravedad. Cuando no hacía los deberes, también. Y claro, Jake nunca hacía los deberes.

Arabia decidió interrumpirla.

—Pero... eso es lo que no entiendo. ¿No le resultaba más fácil a Jake hacer los deberes? Eso le hubiese evitado los castigos, ¿no?

—Sí, y no.

»Jake solía meterse en líos muy a menudo antes y después de conocerlo. Cuando no estaba castigado por los problemas que causaba, lo estaba por no hacer los deberes. Así que cuando hacía los deberes pasaban dos cosas: o bien se había portado mal, o bien su padre terminaba buscando alguna excusa para castigarlo y evitar que los problemas sucedieran. Por eso dejó de esforzarse en los deberes ya que, de todas formas, terminaba castigado. En resumen: Jake se portaba mal para llamar la atención y Paul, sin entenderlo, se obsesionó con los castigos.

»Y a lo que íbamos. Cuando empecé a dar clases de refuerzo con Jake una hora tras las clases, empezó escribiendo redacciones y acabó haciendo todos los deberes. Unas asignaturas le costaban más que otras y acumulábamos tareas para los días que había menos cosas para hacer, pero al final lo hacía todo. Por eso pasó de curso. Además, poco a poco, fuimos ganándole terreno a su miedo a la oscuridad. Le regalé una linterna de bolsillo y su humor mejoró notablemente. Y como no dormía mucho por las noches después de que su padre le quitase la lamparita de noche, aprovechaba para dormir cuando estaba castigado. Su madre le llevaba la cena a escondidas, así que no era un niño desatendido, ni mucho menos.

»Pero había otro problema aparte de los deberes o los castigos, y eran los niños de su edad, de su clase. Intenté que se relacionase con ellos, pero Derek me llevaba años de ventaja. Se había ganado la confianza de sus compañeros, y a su vez había conseguido que todos repudiasen a su hermano. Las únicas veces que se relacionaba con algún otro niño era para pelearse con él. Así que Jake era muy solitario, y durante el verano siguiente me propuse encontrar algún remedio para eso.

—¿Y qué es lo mejor que hay para que los niños aprendan el respeto y el trabajo en equipo, Arabia?

—¿Un equipo? —repuso ella.

—Exacto. Concretamente, un equipo de fútbol.

»Mantuve una reunión con todos los padres antes de que empezase el siguiente curso y les hablé de las grandes ventajas que ofrecían los deportes en equipo. Muy cerca del colegio había un club local muy asequible con muchos deportes disponibles. Recomendé baloncesto para unos, voleibol para otros y fútbol para los niños más enérgicos.

»Los Becker no podían permitírselo, pero me reuní con ellos en privado para insistirles. Las escuelas daban becas para familias numerosas y también para buenos deportistas. Si daban la oportunidad a sus hijos tal vez no tuviesen que pagarles la escuela nunca más y, además, los tendrían entretenidos durante dos días a la semana. Sara estuvo de acuerdo, aunque Paul se mostró muy reticente. Finalmente, quedamos en que llevarían un día a Jake y a Derek a las pruebas de selección. Y, tal y como yo había previsto, los aceptaron a ambos. Eran niños altos y bien desarrollados para su edad, así que lo tuvieron fácil. A partir de entonces las cosas mejoraron de forma parcial.

»Los dos eran buenos jugadores, y me consta que durante algún tiempo eran felices jugando en el mismo equipo. Pero me di por satisfecha demasiado pronto. Cuando comenzó el quinto curso y Jake y yo hicimos el pacto de no volver a quedarnos por las tardes a menos que fuera estrictamente necesario, decidieron que Derek sería el *quarterback* del equipo para esa temporada. Y eso fue otro duro golpe para Jake.

—Pero, según tengo entendido, Jake siempre ha sido un gran defensa, desde niño —repuso Arabia—. ¿Qué había de malo en no ser el *quarterback*? En un equipo todas las partes son importantes.

—Querida, no entiendo mucho de fútbol, pero sé que el *quarterback* parece siempre la estrella del equipo y que los demás pasan más desapercibidos. Además, los defensas son los que lo protegen, así que imagínate a un Jake, muerto de envidia, teniendo que defender a su hermano.

—Pues sí, imagino que le resultaría complicado.

—Complicado no, imposible. Perdieron muchos partidos por culpa de que Jake no ejercía bien su papel y, por consiguiente, se pasaba la mayor parte del tiempo en el banquillo.

»Hablé con él un día y le expliqué lo que significaba el trabajo en equipo, una vez más. Más allá de quién fuese el *quarterback*, él tenía que luchar por llevar a la gloria a su equipo, y debía de bastarle su propio reconocimiento del esfuerzo que había aportado. Fue muy difícil de explicar para un niño de su edad, pero ¿sabes?, al final dio resultado, y al año siguiente Jake consiguió una beca en otro equipo y continuaron sus carreras deportivas por separado. No sabes lo feliz que me hizo saber que lo había conseguido.

—Así que desde bien pequeño ya le empezó a fascinar ese deporte. Y todo gracias a usted.

—Yo solo les di un empujoncito, con la única intención de que mejoraran su relación como hermanos y de que el pequeño Jake se relacionase con otros niños.

—Aun así, desde que yo lo conozco siempre ha sido bastante solitario, y su relación con Derek, bastante distante.

—Nuestra infancia primero, la adolescencia después... Todo eso es lo que nos moldea día a día, hasta la madurez. Y de todas las etapas, la infancia es la que menos recordamos, pero una de las más importantes en nuestro subconsciente.

—Supongo que todo habría sido mucho más fácil si se hubiesen llevado más de un año de diferencia y no hubiesen tenido que estar siempre en el mismo curso. —Arabia se quedó reflexionando unos segundos y luego añadió—: Sara siempre mencionaba la envidia que Jake sentía hacia Derek, y justificaba con eso casi todo lo que hacía que no les agradaba.

—Pero no te equivoques. —Helen negó con un gesto de cabeza—. No se trataba únicamente de la envida de Jake hacia su hermano mayor, sino también de la de Derek hacia él. ¡Se envidiaban mutuamente! Aunque también me llevó mi tiempo darme cuenta. Jake envidiaba que sus padres adorasen a su hermano, pero Derek envidiaba el atrevimiento de Jake, su capacidad para quebrantar las reglas y hacer todo lo que tenían prohibido, aunque eso conllevase meterse en líos.

—Qué curioso.

—Me encantaría continuar hablando contigo, pero ahora sí que se me ha hecho demasiado tarde.

—¡Claro! Y discúlpeme por haberle hecho tantas preguntas.

—He sabido enseguida el porqué de tu interés, así que me

ha parecido necesario regalarte un poco más de mis recuerdos. Espero que sepas aprovecharlos.

Arabia no entendió lo que dijo, pero no fue capaz de preguntarle nada más. Era hora de que la dejara descansar.

—Espero volver a verla pronto, al igual que el resto.

—Yo también lo espero. Cierra la puerta al salir, ¿quieres?

Cogió su chaqueta y se dispuso a hacer lo que le dijo.

Antes de que se marchase de una vez por todas, Helen volvió a hablar:

—Una cosa más, querida. Los años pasan factura, así que disfruta de tu juventud todo lo que puedas.

MIÉRCOLES

26 OCTUBRE 1988

Eran las cuatro de la mañana del miércoles y Arabia estaba sentada en la taza del váter de la sala de las enfermeras. Hacía poco menos de diez minutos que Dave se había marchado y trataba de recuperarse, tanto física como psíquicamente.

Su primera experiencia con el sexo la había cogido por sorpresa y había sido rápida, insulsa y dolorosa. Dave la había abordado en la habitación donde ella estaba descansando, la había conducido al cuarto de baño y lo habían hecho, sin más. Ahora no podía dejar de pensar en ello.

Arabia había estado temiendo que llegara ese momento más de lo que creía, a pesar de que él ya le había mencionado que se encontraría con ella un día de estos y que le regalaría algo muy especial.

Vaya regalo, pensaba, sentada donde estaba y aguantándose el dolor.

Antes de marcharse, Dave dijo que el dolor se debía a que era su primera vez, pero que se acabaría acostumbrando, y que luego no desearía ninguna otra cosa más que volver a hacerlo. Sin embargo, Arabia tenía dudas incluso de querer que hubiese una próxima vez.

Alguien entró en el baño y se dispuso a utilizar el compartimento de al lado. Entonces se dio cuenta de que había pasado demasiado rato allí metida y decidió salir. Tiró de la cadena para disimular y fue a echarse agua sobre la cara.

Poco después, su compañera Tina apareció tras ella.

—¿Dónde te habías metido? —Quiso saber—. Hace un rato que fui a la sala a buscarte y no te encontré.

Arabia tenía la lógica bastante bloqueada, pero intentó justificarse.

—Salí a por un tentempié —mintió, tratando de no recordar su encuentro con Dave—. Cuando me desperté me rugían las tripas y me acordé de que no había cenado nada antes de venir. Pero no me sentó muy bien y bueno, he estado aquí metida un rato, ya sabes.

—¿Pero estás bien?

—¡Sí! Ya estoy mucho mejor. Será mejor que vuelva al trabajo.

Ni siquiera dejó que Tina dijese nada más. Salió a la sala, se puso el uniforme y volvió al pasillo central del hospital en busca de quehaceres.

Horas después, al terminar la guardia, mientras volvía a casa en el Ford Escort, todavía tenía molestias en la zona íntima. Nada más llegar a casa de los Becker subió a la buhardilla y se metió en la cama.

Zane la despertó a eso de las cuatro de la tarde, preocupada.

—¿Estás enferma? —preguntó.

—No, ¿por qué?

—Normalmente no duermes tanto tiempo, ni siquiera después de las guardias.

Arabia miró su reloj. Su amiga tenía razón. Nunca dormía hasta más de la una, hora a la que Emily, Zane y ella bajaban a comer juntas.

—Anoche fue una jornada dura —volvió a mentir, siendo muy consciente de que lo hacía y odiándose a sí misma por ello—. Había muchos niños con gripe y muchas madres desesperadas e impacientes.

—Te hemos guardado tu parte para cuando te apetezca. Emily y yo nos vamos a llevar a Delly al parque.

—Gracias, Zane.

Como tenía todo lo que quedaba de día libre, bajó primero a darse una ducha. Después se vistió, comió lo que las chicas le habían guardado y luego salió a dar una vuelta para despejarse.

Sentía que no era capaz de contarles a sus dos mejores amigas lo que había sucedido. Primero porque no sabía por dónde empezar, y segundo porque le avergonzaba hablar sobre ello. Emily le había contado lo especial que había resultado todo con Derek y, sin embargo, la manera en la que Dave la había tratado había sido…

Todo lo contrario.

Pasó por un videoclub y alquiló una película de comedia antes de volver a casa, pasadas las seis de la tarde. Una vez allí encontró a Derek sentado en la mesa de la cocina, ordenando facturas.

—¡Ari! —le dijo nada más verla—. Te estaba buscando.

—¿Ah, sí?

—Quería comentarte que el padre de Emily nos ha dicho que Zane y tú estáis invitadas a la cena del próximo lunes.

El próximo lunes la empresa Wathson celebraba su particular cena del año, que no era otra que la noche de Halloween.

—¿En serio?

—Sí y, por supuesto, Dave también está invitado.

Sintió cómo se le aceleraba el pulso al escuchar su nombre, pero trató de controlarse.

—¡Es genial! Gracias por la invitación, aunque todavía no sé si podré ir.

—Apuesto a que podrías hacer algún cambio para poder venir, y seguro que a Emily le encanta la idea de que os vengáis. El domingo pasado nos lo pasamos genial, ¿recuerdas?

Por supuesto que lo recordaba. Habían quedado Emily, Derek, Dave y ella para ir al cine en una doble cita, y los dos chicos congeniaron bien a la primera. Emily estaba entusiasmada de tener a otra pareja para salir por ahí los fines de semana y estaba encantada de que fuese con ella. Después del cine fueron a la feria, y Derek y Dave consiguieron un oso de peluche para cada una. Se lo habían pasado en grande.

—Al menos dime que lo pensarás —continuó Derek—, y que le preguntarás a Dave si quiere acompañarnos.

—Sí, lo haré.

Arabia se excusó y volvió de nuevo a su habitación. Estaba muy confusa. Era absolutamente cierto que se había divertido mucho en la doble cita, pero también era cierto que su reciente encuentro con Dave hacía que sintiese pánico solo con la idea de volver a quedarse a solas con él. Por no hablar de que hacía solo cuatro días que había conocido a Helen Brooks, y que los relatos que había contado, sobre todo los que le había contado a ella en privado, le habían dado mucho que pensar en relación a Jake.

Miró la portada de la película que había escogido. Salía una pareja riendo a carcajadas sobre el capó de una furgoneta.

¿Por qué no puede ser todo como en las películas?, se preguntó.

LUNES

31 OCTUBRE 1988

Arabia ya no sabía de qué forma colocarse sobre la silla. Estaba nerviosa y no hacía más que revolverse, incómoda, mientras servían los platos del banquete. A su lado estaba Dave, mirándola sonriente y con picardía.

—¿Se puede saber por qué estás tan inquieta? —le preguntó.

—No sé, esto es tan raro... —dijo ella.

—Es solo una cena de empresa. Siempre son así —explicó Dave. Parecía muy cómodo, y todo un experto en eventos tan prestigiosos—. Mucha gente, mucha comida y, sobre todo, mucha bebida.

Arabia asintió, pero no era la gente ni la comida lo que la preocupaban esa noche.

Estaban en la mesa de invitados de la Fábrica de Soldadura Wathson y era la cena de Halloween. Derek y Emily los habían invitado.

Ellos estaban sentados en otra mesa contigua a la de ellos, pero separada por un amplio pasillo por donde los camareros iban y venían con nuevas bandejas, junto con los cargos más importantes de la empresa, entre ellos, el padre de Emily. En muy poco tiempo, Derek se había labrado un buen puesto como abogado, así que se merecía con creces ese lugar en la sala. Habían dejado a la pequeña Danielle al cuidado de Zane, que había preferido quedarse en casa.

Justo en la mesa de detrás de ellos, la de los trabajadores solteros, se encontraba Jake, y no podía evitar mirarlo de reojo. Él había salido de casa mucho antes que todos los demás y ni siquiera se había dignado a saludarlos cuando llegaron. Estaba muy raro, más de lo normal, y Arabia sentía que había crecido la tensión entre ellos a partir de que formalizase su relación con Dave. Lo que más le fastidiaba era que ni siquiera se hubiese molestado en querer conocerlo. Siempre que existía la posibilidad de que coincidiesen, él desaparecía, tal y como había hecho unas cuantas horas antes de que Dave acudiese a recogerla.

Lo peor de todo, o al menos lo que peor le hacía sentir a Arabia, era verlo beber de las jarras de cerveza de la mesa. El recuerdo de la única vez que había visto a Jake borracho todavía estaba guardado en su mente, y las imágenes todavía le producían dolor. Fue una de las experiencias que más los distanció. Ahora estaba charlando tranquilamente con sus compañeros y todavía no daba muestras de estar bebido, pero sus mejillas empezaban a estar encendidas, y eso era señal de que el alcohol le estaba llegando a la sangre.

De repente, la miró. Se giró bruscamente en su dirección y plantó su fría mirada en ella. Arabia sintió un leve escalofrío y se quedó boquiabierta. No se lo esperaba. Dave se fijó en ella y se giró sobre su asiento para mirar en la misma dirección.

Cuando Jake y Dave coincidieron con la mirada, Arabia pudo leer los ojos de Jake. Su reacción fue fría en un primer momento, tal y como había sido con ella, pero luego algo cambió. Desconcierto fue lo segundo que observó, y luego, rápidamente, ese desconcierto pasó a ser algo indescifrable. Arabia sintió hasta miedo. Para sorpresa de ella, Dave sonreía, y levantó la cabeza en señal de saludo. Luego continuó comiendo hasta que reparó en lo atónita que se había quedado.

—¿Pasa algo? —le preguntó, tapándose la boca con una servilleta.

A Arabia le molestaba que fuese tan refinado.

—¿Conoces a...?

Tuvo que parar de hablar al ver que Jake se acercaba a ellos. Su velocidad de reacción había sido alucinante.

Dave se volvió a girar al interpretar los gestos de Arabia y se topó con Jake, que se había quedado de pie a unos pasos de distancia. Para el resto de las personas presentes en la mesa de invitados no había nada de extraño en lo que estaba sucediendo, pero, por algún motivo, Arabia se tensó.

—Qué extraña coincidencia. —Dave se levantó y se ofreció a saludarlo tendiéndole la mano. Jake le correspondió con el semblante muy serio—. Jake Becker.

—Dave Jefferson —dijo entonces Jake.

Arabia no entendía absolutamente nada. ¿Jake y Dave se conocían? ¿Cómo era posible?

—¿Qué estás haciendo aquí? —Quiso saber Jake.

—Yo me estaba preguntando exactamente lo mismo.

Dave trató de restarle importancia al comportamiento de Jake, pero para Arabia todo lo que decían ambos sonaba bastante irónico. Jake la miró en busca de respuestas durante apenas una fracción de segundo.

—Cuidado con lo que miras, Becker —dijo Dave—. Este bombón es mío.

Entonces la mirada que Jake le dedicó a Arabia fue todavía mucho más penetrante. Ella sabía cuándo él estaba enfadado y de qué forma la rabia se le acumulaba en el entrecejo. Si nunca había experimentado el nivel máximo, acababa de hacerlo, y, sin decir nada, se dio media vuelta y se fue.

—Fracasado... —dijo Dave cuando volvió a tomar asiento. Luego negó con la cabeza—. De entre todas ha tenido que ir a fijarse en alguien como tú.

—¿Alguien como yo? —preguntó Arabia, intrigada.

—Alguien como tú no podría estar nunca con alguien como él, es evidente. Ya me sorprende que tenga un trabajo dentro de esta empresa tan importante. Habrá tenido suerte, supongo.

De entrada, ese comentario no le gustó en absoluto. Era propio de él creerse superior a los demás y el decir cosas para que ella se sintiese igual. Por otro lado, no sabía si confesarle que él era el chico malhumorado con el que compartía piso, es decir, uno de los hermanos de su mejor amiga, del que muchas veces le había hablado. Se encontraba en una situación comprometida, pero deseaba indagar un poco más antes de delatarse.

—Eres muy halagador —le dijo, fingiendo una sonrisa—. Aunque sabes que no me gustan esos comentarios. —Pinchó un trozo de carne del entrecot y fingió continuar comiendo como si nada—. A propósito, ¿de qué lo conoces?

—De mucho y de nada. —Dave también comía con normalidad—. Fue uno de mis rivales de fútbol en la universidad. Se creía mejor que yo, pero al final le di su merecido y poco después dejó el equipo. Bueno, en realidad lo expulsaron.

—¿Por qué?

—¿Tanto te importa?

—Tengo curiosidad.

—Resulta que le fisuré algunas costillas durante uno de los partidos. Hacía ya varios encuentros que estábamos enfrentados personalmente, así que aproveché mi oportunidad. Ya sabes cómo es el fútbol, un deporte de contacto.

No podía creerlo. Tenía delante de sus narices al que tantos problemas le había causado a Jake, y lo peor de todo es que estaba saliendo con él. Tal y como había dicho, ese enfrentamiento le causó más tarde la expulsión del equipo.

—¿Y qué pasó luego?

Necesitaba sonsacarle toda la información. Ella sabía que los puntos de vista siempre cambiaban en función de quién contase la versión de los hechos.

—El día que eso pasó, el muy cabrón se atrevió a volver al

campo después de pasar por la enfermería. Se acercó a nuestro banquillo y se abalanzó contra mí. Lo sancionaron varios partidos por conducta inapropiada o algo así.

Dave parecía disfrutar realmente de la explicación.

—¿Y a ti no te pasó nada? Después de todo, debiste hacer un placaje muy fuerte para lesionarlo.

—Evidentemente. —Sonrió con malicia—. Pero ya te lo he dicho, me pasé el resto del partido en el banquillo, es decir, que me sancionaron ese encuentro, pero solo ese. Y aun así ganamos. Guardo muy buenos recuerdos de mis equipos de la universidad. Además, tenía muchas admiradoras, ¿sabes?

Arabia hizo caso omiso de su último comentario y se quedó pensando un buen rato. No se había planteado, ni él se lo había dicho nunca, que hubiese jugado a fútbol. Dave era un chico alto, casi tanto como Jake, pero no era tan corpulento, al menos ya no. Se preguntaba cómo había sido posible que Jake hubiese salido perdiendo. A él no le gustaba recordar su último año de competición, así que lo único que ella sabía era que había tenido muchos problemas antes de dejarlo definitivamente, entre ellos, la lesión de la fisura. Se dijo a sí misma que indagaría más sobre ello cuando tuviese tiempo de hablar con él y preguntarle, y entonces se volvió a fijar en la mesa en la que él se situaba.

Ahora ya era evidente que el alcohol le había hecho un efecto considerable. Estaba participando en la juerga que mantenían el resto de sus compañeros de trabajo e incluso se atrevió a levantarse para proponer un brindis. Arabia odiaba que bebiera, no soportaba tener que verlo en ese estado. Él la miró por un segundo mientras empinaba un nuevo vaso y, cuando terminó de bebérselo de golpe, volvió a hacerlo, aunque de una forma extraña. Tenía los ojos rojos. No cabía duda de que estaba borracho.

Poco después llegó el postre, aunque la mayoría de gente se había levantado de las mesas para ir a hablar con otros grupos o para estirar las piernas. Dave se repantigó en su asiento y se llevó las manos al estómago.

—Estoy lleno —dijo.

Arabia miró el trozo de tarta de queso con arándanos que le

acababan de servir.

—Puedes comerte mi tarta si quieres, a mí no me apetece demasiado.

—Pues deberías comértela. No has probado bocado en toda la cena. Necesitarás fuerzas para esta noche, nena.

Hacía días que él solo pensaba en una única cosa: sexo. Y a Arabia eso la exasperaba. No hacía ni una semana que la había abordado en el baño por primera vez, e incluso lo había vuelto a hacer hacía tan solo dos días. Para ella había sido más de lo mismo y, sin embargo, él parecía cada vez más ansioso, por eso había evitado mencionar que tenía un apartamento en St. Kingston, no fuese a ser que a él se le pasase por la cabeza la idea de que pudiesen ir allí.

Pero una cosa estaba clara esa noche, y es que no había acudido a la cena de empresa solo para pegarse un festín y luego irse a la cama con Dave, a seguir intentando algo de lo que no estaba obteniendo buenos resultados. Le apetecía disfrutar del ambiente y pasar un buen rato con Derek y Emily antes que eso, así que, aunque no dijo nada y empezó a comerse la tarta, decidió que alargaría el máximo posible la retirada de la fiesta. La habían invitado como amiga de la familia y no iba a darles plantón a la primera de cambio. Por si fuera poco, Jake empezaba a estar descontrolado y ella debía estar allí, pasase lo que pasase. No podía dejar que se metiera en líos.

A las once y media, la gente empezó a armar barullo por la emoción del final de la noche de Halloween. Los camareros repartieron las copas de champán a todos los que estaban sentados, y a los que no se las dejaron en el hueco que les correspondía. También dejaron dentaduras con colmillos de plástico, gorros de bruja y otros elementos acordes con la noche por encima de las mesas. Algunos parecían contentos, otros cansados o malhumorados. Arabia tuvo compasión de ellos. Tener que trabajar sirviendo a un montón de gente que no apreciaba en absoluto el servicio era bastante duro.

Vio llegar a uno de ellos a la mesa donde estaban Derek y

Emily y ellos fueron casi los únicos que se giraron con una sonrisa y agradecieron la entrega. También eran casi los únicos, o los únicos, que no habían bebido. Era increíble el cambio de Derek, a pesar de que, de haberlo hecho, no se habría comportado ni de lejos como Jake. Él era elegante hasta para eso, o eso era lo que ella pensaba. En cualquier caso, desde que estaba con Emily no probaba el alcohol. Todo el mundo hablaba de que hacían una pareja espectacular y, pese a tener a su novio sentado al lado, Arabia los envidiaba.

—¡Vamos con el resto! —Dave la cogió de la mano para tirar de ella y luego fueron hasta donde todo el mundo se estaba congregando con la copa en la mano. Se situó tras ella y le rodeó la cintura con el brazo izquierdo, que le quedaba libre. Luego le dio un beso en la mejilla—. Dime dónde hay que firmar para que todos los días sean como este —le susurró al oído.

Arabia se sintió ligeramente molesta. Parecía que todo lo que hacía y decía lo tuviese ensayado. Era un chico aparentemente natural a la vista de todo el mundo, pero ella creía que sobreactuaba la mayoría de las veces. Entendió con rapidez el porqué de su actitud extremadamente cariñosa cuando vio a Jake un poco más adelante. Se había quedado mirándolos con el ceño fruncido.

Un hombre de unos cincuenta años vestido con traje elegante se subió a la tarima que había al final del salón y se acercó al micrófono.

—Buenas noches a todos —comenzó a decir—. Como todos sabéis, faltan solo quince minutos para que termine la noche más terrorífica del año.

La gente aplaudió, ansiosa.

Mucho más tarde de la llegada del uno de noviembre, el comportamiento de Jake había pasado de ser un tanto obsceno a vergonzoso. Arabia y Dave estaban con Derek y Emily en una zona apartada de la pista de baile, viendo cómo se contoneaba.

Se había subido al escenario de las bailarinas animado por sus compañeros, y había estado bailando mientras ellas le dedicaban miradas sensuales. Una de ellas se atrevió a colocar su trasero muy cerca de la entrepierna de Jake, y luego le desabrochó unos cuantos botones de la camisa. Él la dejó hacerlo. También dejó que le pintasen la cara.

—Qué vergüenza —dijo Derek.

Arabia notó el pesar en sus palabras. Ella también estaba horrorizada. Dave, sin embargo, no dejaba de sonreír.

—Dejad que se divierta —dijo—. No creo que haya tenido el gusto de disfrutar de una noche como esta en toda su vida. Él nunca ha sido como tú o como yo.

Lo dijo refiriéndose a Derek, y tanto ella como Emily se quedaron sorprendidas. ¿Jake no había sido como ellos? ¿No había tenido el gusto de disfrutar de una noche como esa? ¿Significaba que ellos sí? Derek se ruborizó, y seguramente deseó que no hubiese dicho eso.

Debían de haber intimado bastante como para que Dave se atreviese a hacer semejante insinuación. Arabia se alegró de que no hubiese estado tan bebido como Jake, pues en ese caso todavía se habría ido más de la lengua. A ella no le gustaba imaginarlo con otras chicas, y supuso que a Emily tampoco le había hecho ninguna gracia, ya que se giró sobre sí misma, aparentemente molesta. Nunca la había visto así y, con toda seguridad, Derek tampoco, pues enseguida se apartó del grupo y se llevó a Emily para hablar a solas. Lo más curioso era que ni siquiera había salido a la luz el hecho de que Jake fuera el hermano de Derek. Hasta entonces Dave pensaba que solo se trataba de un compañero de trabajo que estaba más descontrolado de lo normal.

—Me parece que he dicho más de lo que debía —dijo Dave, sin dejar de sonreír.

—¿Te hace gracia? —le preguntó Arabia.

Él se encogió de hombros.

—No he dicho nada malo —replicó—. Obviamente, hemos estado en muchas fiestas universitarias. Vosotras también, ¿no?

Arabia no quiso contestar a eso, pero tampoco tuvo tiempo. Jake acababa de llegar.

—Mira quién está aquí —dijo Dave.

Sin decir nada, cogió a Dave del brazo y lo alejó de donde estaba Arabia. Luego se le acercó al oído para decirle algo. Desde donde ella estaba no pudo escuchar lo que le decía, pero sí leerle los labios: «No te atrevas a...». Dave se echó a reír y Arabia se molestó. Era el único que parecía estar disfrutando realmente de toda la juerga. Pero, poco después, Jake dijo algo que pareció hacerle enfadar y se puso muy serio. Se quedaron callados unos segundos y entonces fue Jake quien sonrió. Arabia estaba confundida, quería saber de qué diablos hablaban.

Derek pisó sin querer a Emily y esta tropezó con Arabia, que se despistó por un momento de los dos a los que observaba.

—¡Lo siento! —le dijo Emily, apurada.

Derek también se disculpó, aunque apenas se oía nada por el barullo de la música y la gente.

—¡No pasa nada! —contestó Arabia, elevando la voz para que la escucharan.

—¿Dónde se ha metido Jake? —le preguntó Derek.

Arabia vio que miraba en dirección a la tarima, donde se había pasado la mayor parte de la noche. Lo cogió por el brazo para que se girase y mirara hacia su nueva situación. Y luego sucedió lo que ella se temía.

Jake intentó golpear a Dave en la cara, pero este esquivó su movimiento, en parte porque la precisión de Jake en su estado de embriaguez era pésima. Sin embargo, la de Dave todavía estaba bien y fue él quien golpeó a Jake, haciéndolo caer del propio zarandeo. La gente se apartó de alrededor y algunas chicas gritaron, alarmadas. Tardó más tiempo de lo normal, pero al final Jake se levantó y quiso volver hacia Dave. Suerte que Derek fue más rápido que él y lo atrapó por detrás para que retrocediera. Arabia observó la escena sin saber qué hacer. Se llegó a plantear el hecho de que estuviesen discutiendo por ella, pero se deshizo de ese pensamiento por su propio bien.

Vio cómo Derek se llevaba casi a rastras a Jake, con la nariz ensangrentada. Emily fue tras ellos y Arabia se quedó allí de pie, parada, hasta que llegó Dave.

—¡¿Tú vives con ese imbécil?!

Se lo preguntó gritando, y no por lo alta que estaba la música, sino porque estaba cabreado. Ahora sí.

—Es el hermano de Zane que todavía no conocías —respondió ella, con calma.

Dave la cogió por el brazo y se la llevó a un lugar más apartado. Antes de conocerlo, por mucho menos, habría puesto el grito en el cielo. Se sintió nuevamente intimidada.

—Me habías dicho en la cena que no lo conocías —continuó Dave.

Ella sabía que tenía razón, pero no tenía ni idea de cómo salir de aquel atolladero.

—¡Contéstame!

Dave la zarandeó con violencia y eso fue lo que la hizo reaccionar. Arabia se soltó de él, no sin hacerse daño, y retrocedió un paso.

—¿Quién te has creído para tratarme y hablarme de este modo? —comenzó—. No vuelvas a ponerme las manos encima.

—¿Me puedes explicar por qué me has ocultado que vivías con ese capullo?

—Deja de insultarlo, eso lo primero —continuó Arabia—. Para empezar, nunca te lo he ocultado. Sabías de sobra que vivía en casa de Zane con sus hermanos, Derek, Jake y Louis.

—Pero ha venido a nuestra mesa, y encima me has preguntado por él. ¿A qué jugabas?

—Lo siento, ¿vale? Solo quería saber qué opinión sincera tenías de él, sin que supieses que es importante para mí.

—¿Importante para ti? ¿Qué significa eso, si puede saberse?

—¡Para mí es como un hermano, Dave!

—¿Cómo un hermano? ¿De veras? No me vengas con niñerías. No me lo creería ni yendo la mitad de borracho que él. Por lo menos, me alegro de haberle dado su merecido.

—Has actuado de un modo vergonzoso. Lo sabes, ¿no?

—Él me ha atacado primero, ¿acaso no lo has visto?

—Sí, pero también he visto que no estabais en igualdad de condiciones.

—¡Oh! Perdona por no haberme puesto hasta arriba de cerveza. Seguro que así te habría gustado mucho más la pelea, ¿no? —Dave estaba enfadado de verdad. Se le notaba en su tono de voz y en sus movimientos. Y eso no era lo peor de todo. Estaba teniendo un comportamiento violento, muy cerca de ella, otra vez. Todos miraban hacia ellos—. Lo más gracioso es que me estás cabreando por culpa de ese mal nacido.

Arabia le soltó una bofetada. Él se quedó estupefacto, pero poco después sonrió descaradamente, plantándole cara.

—No sé ni por qué me fijé en ti.

—¿Qué estás insinuando?

Arabia intentó mostrar su buena templanza, pero, aunque nadie pudiese notarlo, le temblaban las piernas.

—Deberías estarme agradecida.

—¿Y eso por qué?

—Deberías saber que más de la mitad de las enfermeras del centro se morirían por una noche conmigo, solo una, y tú estás echando a perder tu oportunidad. No tientes más a tu suerte, te lo advierto, porque me estoy empezando a cansar de ti. Y si me canso no habrá marcha atrás.

Ahora lo veía todo claro. Arabia acababa de conocer al verdadero Dave: el chico de urgencias del que todas cuchicheaban y que a ella no le había parecido de primeras más que un creído arrogante.

Después de darle una oportunidad, se había tratado de convencer de que las primeras apariencias podían engañar, pero lo cierto era que, en su caso, no había sido así. Dave era un idiota de los pies a la cabeza y había tenido el descaro de hacerla sentir inferior a él, y de usarla a su antojo.

—Eso no será necesario —le dijo—. Porque ya me he cansado yo antes.

Se dio la vuelta y se volvió a mezclar entre la gente en busca de los que consideraba su familia, pero no había rastro de ninguno de ellos. Tenía ganas de llorar, y recordó la sensación de agobio del primer baile de invierno al que asistió en la universidad. Caminó como pudo entre la multitud hasta que se chocó sin querer con un hombre canoso que resultó ser el padre de Emily.

Era un señor amable, ya entrado en los sesenta. Le preguntó a él por su hija y por Derek, y contestó que habían vuelto a casa para ocuparse de Jake. Empleó un tono muy cortés, sin mostrar enfado alguno por la actitud de uno de sus trabajadores; uno al que además conocía muy bien. Arabia se despidió y se abrió paso entre la gente para salir del restaurante.

Si ellos ya se habían ido y no quería volver a encontrarse con Dave, tendría que volver a casa en taxi ella sola. Eso sería mejor que pasar un minuto más allí. Sentía temor e indignación al mismo tiempo, por eso agradeció que él no la siguiera. Levantó el brazo para llamar la atención de uno de los taxis.

Deberías estarme agradecida, había dicho Dave, como si él le hubiese hecho algún favor saliendo con ella.

—El amor es ciego —dijo, sin darse cuenta de que hablaba en voz alta una vez dentro del vehículo.

—Ya lo creo, señorita —habló el taxista. Era un hombre de unos cuarenta y tantos, con espeso bigote negro, que la miraba desde el retrovisor central. Arabia se reprendió a sí misma por llamar la atención de un desconocido. No le gustaba en absoluto subir sola a los taxis. Dado su silencio, el taxista continuó—: Pero usted no parece entusiasmada por un amor ciego, sino más bien enfada, o incluso... horrorizada. Más que ciego el amor... Ciegos son los que se enamoran ciegamente, ¿no cree?

Aquel hombre había dado en el clavo.

Ciegos son los que se enamoran ciegamente.

Pocas veces alguien la sorprendía con un dicho que ella no conociese ya de antemano, o que no se le hubiese ocurrido antes. Le dedicó una sonrisa en agradecimiento, a pesar de que lo último que quería hacer en esos momentos era sonreír. El hombre entendió su estado de ánimo y ya no dijo nada más.

No pudo evitar pensar en esa frase hasta que llegaron a la casa de los Becker. Qué ciega había sido ella, tan ciega como para no haber hecho caso de su instinto cuando caló por primera vez a Dave. Llegó al hospital como si fuese el rey de todos los bailes, flirteando con todas aquellas que se rendían a sus encantos, poco distinguidos y más bien con una única intención: llevarlas a la cama. Se preguntó con cuántas de ellas se habría acostado antes de intentarlo con ella. Lo que de verdad le extrañaba era que se hubiese interesado por ella, pero lo iba entendiendo. Seguro que su orgullo no podía aceptar que una mujer se le resistiera y ella había sido una tonta por picar en el anzuelo.

Estaba hecha un lío, era lo único que sabía con certeza.

El trayecto duró casi veinte minutos. Cuando bajó del taxi sintió un peso extraño sobre su cuerpo. ¿Cómo había aguantado durante tres meses con Dave? ¿Qué la había llevado a salir con él? Necesitaba reflexionar.

Nada más entrar en casa escuchó la voz de Derek elevándose desde el piso de arriba. Eso le hizo volver a la realidad.

Conforme subía por la escalera dedujo que las voces venían del baño. Al llegar al rellano del pasillo, vio a Emily apoyada en la puerta de la antigua habitación de los cabezas de familia, ahora ocupada por ella y por Derek. Tenía cara de preocupación y algo más, que no supo muy bien qué era.

Arabia caminó hacia el interior del baño y allí descubrió al airado Derek intentando sostener a Jake.

—Eres un inconsciente —le decía mientras le metía la cabeza dentro de la mampara de la ducha—. No sabes comportarte, ni siquiera para evitar que el resto hagamos el ridículo por tu culpa.

Jake no decía nada, ni siquiera podía mantenerse solo en pie. Cuando Dekek abrió el grifo y el agua empezó a calarlo a él y a todo lo que había alrededor, intentó apartarse, pero su hermano lo agarró con firmeza. Tenía un aspecto lamentable. La nariz ya no le sangraba, pero había restos de sangre seca alrededor de ella y de la boca. Al intentar resistirse resbaló y chocó con las rodillas en el plato de ducha.

—Si continúas así vas a ahogarlo —le dijo Arabia, que empezó a compadecerse de Jake—. Sácalo de ahí.

—¡No! —gritó Derek.

Estaba rojo de la ira. Arabia nunca lo había visto tan enfadado.

—Si no se espabila vamos a tener que llevarlo al hospital, ¿acaso no ves cómo está?

Arabia se acercó para observar a Jake. Tenía los ojos cerrados mientras le caía el agua por la cara y estaba tragando agua involuntariamente.

—¡Para!

Jake empezó a toser, pero Derek lo seguía manteniendo agarrado por el pelo y la nuca. Arabia tuvo que luchar con él para que lo soltara, y al final cedió y se apartó. Ella fue la que recogió a Jake y lo echó hacia atrás. Seguía con los ojos cerrados y estaba empapado.

—Todo tuyo —le dijo Derek—. Yo ya no quiero saber nada de él.

Luego salió por la puerta y no regresó. Jake se le resbaló de los brazos y cayó al suelo. Estuvo a punto de golpearse la cabeza contra el bidé.

Arabia se lo tomó con calma mientras se arrodillaba junto a él. El suelo estaba mojado y sintió el frío recorriéndole las piernas a través de las medias.

¡Qué odiosas eran las medias!

Incorporó a Jake como pudo y notó que estaba temblando. La pintura negra de los dibujos de las bailarinas se le había esparcido por toda la cara y la camisa se le pegaba al cuerpo. Cogió una toalla para secarle el pelo y la cara, y lo zarandeó mientras lo hacía para que se espabilara. Luego lo acercó hasta la taza del váter y le dijo que vomitara, pero Jake no estaba muy consciente, así que tuvo que introducirle los dedos en la garganta. Tuvo un par de arcadas, pero no pasó nada. Al tercer intento empezó a vomitar.

Arabia tuvo que salir del baño para que no se lo contagiara; no soportaba los vómitos. Por suerte, Jake reaccionó lo justo para sujetarse al borde y expulsarlo todo dentro. Mientras tanto, ella fue a por una camiseta seca.

Cuando regresó, Jake estaba apartado en una de las esquinas del cuarto de baño, con los ojos cerrados y tiritando de frío. Estaba pálido. Corrió hasta a él y comenzó a desabrocharle la camisa. Justo en ese momento llegó Emily.

—¿Necesitas ayuda? —le preguntó.

—Tranquila, creo que está todo bajo control —respondió ella mientras movía el pesado cuerpo de Jake para quitarle la prenda mojada. Observó que no solo estaba empapado por el agua, sino también por una especie de sudor frío—. Pero como no siga vomitando va a pasarlo muy mal.

Emily se acercó para ayudarla a secarle el pecho y la espalda. Él simplemente se dejó hacer, sin fuerzas para moverse. Entre las dos le pusieron la camiseta seca y volvieron a llevarlo hasta el váter. Al verla meterle los dedos por la boca, Emily se escandalizó.

—¿Vas a obligarlo a vomitar? —preguntó, exaltada.

—Es la única forma de que recupere el conocimiento —respondió ella, muy segura de lo que decía.

—¡Es asqueroso!

Arabia se echó a reír, por un momento había creído que se opondría al procedimiento.

—¿Cómo está Derek?

—Cabreado. —Emily suspiró antes de contestar—. Se siente muy avergonzado por la imagen que ha dado Jake delante de mi padre. Cree que su actitud puede repercutirle a él.

—No creo que él pague por nada de lo que haya hecho Jake. Al fin y al cabo, dentro de lo malo, solo se ha emborrachado, como muchos otros de sus compañeros.

—Lo sé, pero él se siente mal por eso y por...

Se quedó callada y Arabia la miró, intrigada.

—Bueno, ya sabes, por el comentario que ha hecho Dave... Pero no quiero hablar de eso ahora. Supongo que tú tampoco.

—Mejor hablamos mañana tranquilamente —dijo Arabia. Sabía muy bien a qué se refería—. Ve a descansar. Tengo esto controlado —añadió, sonriendo con las pocas fuerzas que le quedaban.

—¿Estás segura?

—Sí.

Volvió a quedarse sola ante el peligro, aunque por suerte Jake ya se estaba recuperando. Seguía con las arcadas, pero ya prácticamente no tiraba nada. Lo último que expulsó fue un poco de bilis y Arabia se sintió aliviada. Cuando se tranquilizó se dio cuenta de que el baño olía realmente mal. El olor a vómito era repugnante.

Jake se quedó apoyado con los brazos cruzados encima del váter y cerró los ojos.

—¡Eh, eh, eh! De eso nada —dijo Arabia mientras le agarraba ambos brazos. Si se quedaba dormido allí iba a resultarle imposible moverlo después—. Tienes que levantarte. Vamos.

Abrió los ojos y la miró inexpresivamente. Se levantó sin decir nada y caminó apoyándose en las paredes hasta su habitación. Arabia lo siguió de cerca y, una vez allí, él solo se quitó la camiseta y se tiró sobre la cama.

—¿Te encuentras mejor o tienes más ganas de vomitar?

—Estoy bien —dijo, como si le costase muchísimo hablar. Arabia notó que aún no estaba del todo en sus cabales. El efecto del alcohol había hecho mella—. Lo siento, Ari. Lo siento...

Repitió la última palabra hasta que se quedó dormido. Fue entonces cuando sucumbió al cansancio. Contempló durante unos segundos más la espalda de Jake, reparando en la subida y bajada de sus músculos con cada inspiración, y luego se fue a su habitación. Le sorprendió encontrar a Zane todavía despierta. Ella la miraba desde la cama, donde se encontraba sentada con las piernas tapadas y la lamparita encendida. Danielle estaba a su lado en una cuna auxiliar.

—¿Cómo está Jake? —preguntó.

Claro. No era que hubiese estado despierta hasta tan tarde, sino que se había despertado por el escándalo.

—Ya dormido, pero mañana sufrirá las consecuencias.

—Siento mucho no haber bajado a ayudar... —Zane se sentía culpable, eso era evidente. Pero había algo más—. No quería verlo del mismo modo en el que vosotros me visteis a mí. Ha sido bastante duro solo con imaginármelo escuchándoos desde aquí.

—¡No te preocupes! —Arabia sintió lástima por su amiga, se la veía realmente apurada—. Y no te compares en absoluto con tu hermano. Éramos más jóvenes entonces y nunca habíamos ido a ninguna fiesta, y...

—No me justifiques, Ari.

—Hace mucho tiempo de eso, así que, en serio, no te preocupes y vamos a dormir.

Zane asintió y, mientras Arabia se cambiaba, volvió a meterse completamente en la cama. Luego las dos se acomodaron y apagaron la luz.

Tenía mucho en que pensar, pero el sueño se apoderó de ella mucho antes de que ninguna preocupación le ocupase un hueco notable en la mente.

MARTES

1 NOVIEMBRE 1988

NOVIEMBRE

SM	L	M	X	J	V	S	D
44		1	2	3	4	5	6
45	7	8	9	10	11	12	13
46	14	15	16	17	18	19	20
47	21	22	23	24	25	26	LO
48	28	29	30				

Jake odiaba la resaca. Definitivamente.

No sabía qué hora era, pero tampoco quería saberlo, y no solo le dolía la cabeza, sino también el estómago. Debía haber vomitado mucho la noche anterior.

Le llevó su tiempo incorporarse de la cama después de despertarse y, al hacerlo, tardó otro tanto en poder levantarse. Abrió la pequeña ventana de su habitación para respirar un poco de aire fresco. Hacía frío fuera, por lo que se le erizó el vello de todo el cuerpo. Encontró una de sus camisetas tirada en el suelo. Era blanca, pero estaba sucia y arrugada. Instintivamente se tocó la nariz.

Salió de su habitación en dirección al baño y abrió de golpe la puerta. Derek estaba allí y acababa de terminar de afeitarse. La mirada que le dedicó estaba cargada de mal humor. Guardó sus utensilios en la bolsa de aseo y la colocó en el armario, cerrando después la puerta con un golpe seco. Salió sin decir absolutamente nada. Entonces Jake avanzó hasta colocarse delante del espejo.

Su nariz no estaba mal del todo, aunque le dolía. Prácticamente no había restos de sangre alrededor de ella, pero sí un pequeño hematoma en la parte superior izquierda del puente, acompañado de una ligera hinchazón. Se tocó esa zona con los dedos y movió las fosas nasales para asegurarse de que todo estaba bien. También observó restos de pintura en la cara. No tenía ni idea de qué cosas le habían pintado la noche anterior, pero se alegró de no recordarlas.

Echó un vistazo a su alrededor y se sorprendió de que el baño estuviese asombrosamente limpio. Parecía que habían limpiado esa misma mañana, pero era muy raro que lo hubiesen hecho considerando que era martes, y que los martes no eran días de limpieza a fondo.

La puerta se abrió y Arabia apareció tras ella. Jake siempre olvidaba poner el pestillo que Derek colocó cuando Emily se instaló definitivamente en la casa. Las chicas agradecieron el detalle.

—Sano y salvo, y por fin resucitado —dijo Arabia.

No sabía qué decir. Los vagos recuerdos que tenía de la noche anterior impedían que pudiese enfadarse con Arabia por alguno de sus comentarios, últimamente bastante irónicos.

—Si no te importa, tengo que irme a trabajar —continuó ella—. No todos tenemos la suerte de no trabajar hoy.

Jake se encaminó a la puerta y ella dejó de mirarlo.

—¿Podemos hablar más tarde? —le preguntó, azorado.

—Debemos hacerlo —respondió, poniendo mucho hincapié en la primera palabra—. Aunque me sorprende que quieras. Y te lo vuelvo a repetir, llego tarde. A propósito, apestas a vómito.

Arabia le cerró la puerta en las narices y ya no tuvieron más contacto. Necesitaba una buena ducha, pero esperó en su cuarto hasta que todo apuntó a que se había quedado solo en casa. Entonces sí, reparó en la hora. Eran las cuatro de la tarde.

Se duchó con parsimonia, algo impropio de él, y se vistió más abrigado que nunca. El día había amanecido muy frío y el mal cuerpo que tenía evitaba que su calor corporal lo reconfortase. Se puso un pantalón vaquero, una camiseta de manga larga, sobre esta una sudadera gris y, encima de todo, un viejo abrigo de nieve que casi nunca usaba, de un verde horrible.

Salió a pasear por el barrio y notó que empezaban a caer los primeros copos de nieve. Maldijo haber olvidado sus guantes, así que caminó con las manos bien metidas en los bolsillos del abrigo. Y después perdió la noción del tiempo.

Cuando se dio cuenta de que la luz de la tarde se apagaba supo que era hora de regresar. No llevaba puesto el reloj y no tenía pensamientos de preguntarle a nadie la hora que era. Todos parecían felices, paseando en familia. Los niños correteaban por las aceras persiguiéndose los unos a los otros y no pudo evitar pensar en tiempos mejores.

Cuando él era pequeño, los Becker vivían en Filadelfia. Su padre tenía un buen trabajo que permitía a su madre ocuparse de sus tres hijos. Ella recogía a Derek y Jake del colegio llevando consigo a la pequeña Zane en el carrito, luego se quedaban media hora en un parque cerca de casa y finalmente regresaban a ella para bañarse, cenar y acostarse hasta el día siguiente. Jake se sorprendió de recordar esos días con tanta precisión, a pesar de que entonces solo tenía cuatro años. Pero entonces llegó otro embarazo y la cosa empezó a desmoronarse. La llegada de Louis supuso una boca más que alimentar, más ropa, más pañales y menos tiempo para divertirse. Los Becker dejaron de pasar por el parque antes de volver a casa. Todo eran prisas diarias para salir de casa y luego noches sin dormir por los llantos de Louis. Y prácticamente todo fue igual de estresante hasta que el más pequeño cumplió los dos años.

Entonces su madre consiguió un trabajo de dependienta, así que por las mañanas preparaba el desayuno rápidamente y acto seguido salía de casa para dejar a Louis en la guardería. Los demás desayunaban con su padre y luego él los acompañaba hasta la puerta del colegio. Por la tarde regresaban todos juntos, bajo la supervisión de Derek. Y una vez en casa, también él se encargaba de que hicieran los deberes. Fue sobre esa época cuando

Jake empezó a rebelarse contra todo. No hacía los deberes, hacía rabiar a sus hermanos y era desobediente en el colegio. Anhelaba la atención y el cariño de una madre que tiempo atrás le había dedicado mucho más tiempo.

Su comportamiento traía de cabeza a su padre, así que casi siempre estaba castigado en el desván. Y conforme pasaron los años, aquel niño de siete años dejó de serlo mucho antes que los demás.

Jake tuvo que sentarse en un banco cercano ante tanta evidencia. Ahora entendía que su actitud solo había sido generada por la envidia que siempre había negado. Él mismo se distanció del resto, y lo cierto era que tampoco nadie hizo nada por evitarlo. Sus padres empezaron a sobrevalorar a Derek por su comportamiento ejemplar, y los más pequeños eran el centro de atención de toda la casa. Zane porque era la única niña y Louis porque era el que más lo necesitaba. Jake empezó a cuidar de sí mismo desde que era un crío, y en la actualidad nada había cambiado. Fue tan incomprendido en el colegio como en casa, y eso fue lo que forjó su frío semblante. Era muy duro pensar en todo eso. Nunca se había planteado hurgar en su pasado. Nunca hasta la visita de la señora Brooks, que había abierto el baúl de los recuerdos.

Unas voces le hicieron levantar la vista hacia la acera de enfrente. Había un par de jóvenes junto a otros tres que acababan de salir de un coche. Uno de los del grupo pequeño sacó unos cuantos billetes de su chaqueta y se los entregó al conductor del vehículo, que era el que parecía estar al mando. Luego este le entregó al mismo unas cuantas bolsitas de plástico. Su encuentro fue muy fugaz. Era evidente que se trataba de tráfico de drogas.

Jake tuvo una corazonada y caminó rápidamente en dirección a los jóvenes que ya se alejaban, aprisa. No quería captar la atención de ellos, así que corrió por la calle de atrás para poder adelantarlos en una perpendicular. El corazón le latía con fuerza. Esperaba estar equivocado.

Cuando giró para reaparecer ante ellos vio algo que le hizo esconderse tras un contenedor. Ya no había dos chicos, sino uno.

El otro acompañante era una joven morena muy guapa, más o menos de la edad de Louis, que ya se había quitado la capucha que le tapaba el rostro. Los escuchó desde la lejanía.

—Toma —dijo Louis, entregándole las bolsitas que acababa de recibir del mafioso—. Ve directa a casa, no hables con nadie y no te entretengas por el camino.

—¿Y tú?

—Volveré antes de que anochezca, te lo prometo.

—Está bien. Pero prométeme también que...

—No me meteré en líos. —Louis la interrumpió—. Prometido.

Luego se despidieron con un beso muy fugaz, casi como si no quisieran que nadie los viese juntos.

Louis se fue en dirección opuesta a la de Jake y la chica empezó a caminar hacia él. Si salía de su escondite ella se asustaría y posiblemente llamaría la atención de su hermano, así que esperó a que pasara y luego la siguió. Cuando cruzaron un par de calles la abordó.

—Disculpa —le dijo, apareciendo justo por detrás.

Evidentemente, ella se sobresaltó y aligeró el paso

—¡Espera! Necesito hablar un momento contigo.

—No soy puta —dijo ella, para sorpresa de Jake—. No puedo ayudarte.

Jake comprendió que el barrio en el que se encontraba no era, lo que se decía, un barrio familiar. Por allí solo había gente con mal aspecto, vagabundos, traficantes o prostitutas. Acababa de llegar al barrio Sparks, conocido como el barrio Gris.

Corrió tras ella.

—Por favor —le dijo cuando volvió a alcanzarla. Era rápida y escurridiza—. Serán solo cinco minutos.

—No me sigas, por favor —replicó ella, en tono de súplica.

A Jake le pareció que estaba a punto de echarse a llorar. Decidió delatarse.

—Soy el hermano del chico con el que estabas antes. —La chica se paró en seco—. De Louis.

Al darse la vuelta pudo ver que no solo era guapa, sino que tenía unos rasgos muy definidos que realzaban su belleza todavía más. Tenía el pelo largo, negro, la piel tan blanca como la de Zane, pero más fina que la porcelana, y sus ojos eran de color avellana. Su estatura la hacía parecer infantil. Quizás no tuviese ni los diecisiete.

—Me llamo Jake.

La chica de mejillas rosadas por el frío y nombre desconocido lo agarró de la mano y tiró de él. Corrieron hasta que ella pareció encontrar un lugar mucho más apartado.

—¿Por qué has venido?

Que estaba nerviosa era evidente. Pero al menos ya no parecía asustada.

—Os he visto de casualidad y...

—Nadie viene al barrio Gris por casualidad.

Era verdad, pero también era verdad lo que había dicho él.

—Créeme. No he venido hasta aquí para mentirte. Solo quiero saber qué tal está Louis. Hace un mes que se fue de casa.

—Tú lo echaste, ¿no? —La cara de Jake debió de transmitir que estaba afligido, y rápidamente la chica continuó—: No me malinterpretes. No te juzgo por lo que hiciste, y me encantaría escuchar tu parte de la historia. Es solo que le he oído mencionarlo.

—¿Dónde estáis viviendo?

—No puedo decírtelo.

—¿Por qué?

—Primero porque Louis me mataría, ya lo haría si supiese que estoy hablando contigo. Y segundo porque nos pondrías en peligro. No me preguntes por qué.

—No quiero que corra peligro, y lo que hace es muy peligroso. Lo que hacéis. Ambos.

—¿Crees que no lo sé? ¿Que no lo sabe? —La chica se molestó—. No es algo que él haya elegido. Lo hace por necesidad.

—¿Necesidad? —Ahora el que estaba molesto era Jake—. ¡¿Qué necesidad tenía cuando estaba en casa?!

—No lo conoces lo suficiente y no hace falta que me levantes la voz. Tengo que irme. —La chica se puso en marcha de nuevo, pero se giró una última vez—. Dime una cosa.

—¿Sí?

—¿Lo perdonarías? —La pregunta le hizo sentir cruel. Había echado a su hermano pequeño de casa y tras verlo de nuevo se había quedado descompuesto. Podría incluso acabar en la cárcel si él no hacía nada por evitarlo. Pero ¿qué podía hacer?—. Quiero decir, que si contemplarías la posibilidad de que, no sé, pudiese regresar algún día.

La joven pareció mucho más adulta de lo que le había parecido antes. Jake se acercó hasta a ella y la miró con desesperación.

—No sé quién eres, pero espero que cuides de él hasta que se me ocurra algo.

—¡No! No te involucres. Deja que sea él quien decida.

—Pero no quiero que siga con esto.

—Entonces contesta a mi pregunta. —La chica parecía muy segura de sí misma—. ¿Lo perdonarías?

—No sé qué diablos te habrá contado de mí, pero quiero que sepas que...

—¡Solo tienes que decir sí o no! —Se quedaron mirándose fijamente. Era evidente que Jake rehuía la pregunta y que ella se había dado cuenta. Ni siquiera él sabía por qué le costaba tanto responder, pero ella no dudó en comunicar sus sospechas—. Eres tan orgulloso como él, ese es el problema. Si de verdad quieres arreglarlo, deberías ceder un poquito y darle una buena lección de humildad. Si tú lo haces, él también lo hará.

—Pero para eso tiene que volver.

—Pues para que vuelva tienes que darme tu palabra de que estarás dispuesto a mantener una conversación pacífica con él.

—Lo estaré esperando.

—Lo tomaré como un sí. Y ahora, no me sigas.

Esas fueron las últimas palabras que intercambiaron antes de separarse definitivamente.

Jake tuvo que parar a observar el camino de vuelta varias veces. El barrio Gris era peligroso si no mirabas bien por dónde ibas.

Cuando llegó a casa ya había caído de lleno la tarde y volvía a haber actividad. Zane estaba en la cocina preparando la cena.

—¿Cómo te encuentras? —le preguntó nada más entrar.

—Bien, pero no creo que baje a cenar. Me duele el estómago.

—Se nota. No tienes buen aspecto.

Jake se acercó. Olía bien y tenía curiosidad por saber qué estaba cocinando. Su hermana estaba feliz, y eso le gustaba.

Ella dedujo que había ido a cotillear.

—Es una sopa de avellana acompañada con pollo al curry para después.

—Guárdame algo de sopa. Voy a echarme un rato ahora.

—Estás muy pálido, déjame ver. —Zane se limpió las manos con un trapo y le colocó la derecha sobre la frente. A él no le gustaba nada la sensación de estar enfermo—. Estás muy frío, podrías tener algo de fiebre. ¿Quieres tomarte algo?

—Vengo de la calle y no hace más de cinco grados. Es normal que esté frío, Zane, no te preocupes.

Convenció a su hermana fácilmente, pues estaba entusiasmada con la cena que estaba preparando. Lo cierto era que tenía un dolor punzante en el estómago que había empezado hacía aproximadamente una hora, pero no quería darle importancia. Además, estaba convencido de que era por todo lo que había hablado con aquella chica. No le había preguntado su nombre.

—¿Y qué te ha pasado en la nariz? La tienes hinchada por esta parte.

Al tocarle con los dedos la zona afectada, no puedo evitar apartarse un poco.

—Me di un golpe con una puerta.

Jake mintió, recordando claramente el derechazo de Dave.

Antes de que pudiesen continuar hablando, escucharon la cerradura de la puerta de casa. Derek apareció tras ella con su hija Danielle. La niña entró corriendo y llamó la atención de su tía. Derek seguía de mal humor, al parecer.

—¿Dónde está Emily? —Quiso saber Zane.

Derek miró a Jake antes de contestar y no dejó de hacerlo mientras respondía.

—En casa de su padre. No vendrá esta noche.

—¿Por qué? Estaba preparando la cena para todos. —Zane estaba decepcionada—. Había mirado la receta esta mañana en un antiguo libro de cocina de mamá.

—Yo no voy a cenar, no tengo hambre —dijo Derek, con cara de preocupación—. Y Delly ya ha tomado la merienda. Lo siento.

Zane no contestó y Jake se sintió culpable. Derek cogió en brazos a su hija y subió sin decir nada más. Era evidente que le pasaba algo, y que tenía algo que ver con él, pero no era buen momento para preguntarle.

—¿A qué hora vendrá Ari? —preguntó a su hermana.

—Me dijo que llegaría sobre las ocho, pero, a este paso, seguro que tampoco tiene hambre. No sé qué voy a hacer con todo esto.

—Me comeré una doble ración de esa sopa tan deliciosa. —Jake la animó enseguida—. Y me quedaré a ayudarte. Voy preparando la mesa.

Cuando Arabia llegó, Jake y Zane ya habían terminado de prepararlo todo y estaban sentados en la mesa, esperándola.

—¿Y esto? —dijo.

Jake evitó mirarla directamente a la cara.

—La cena está lista —le respondió Zane—. ¿Tienes hambre?

Arabia se quitó el abrigo, se acercó hasta a ellos y tomó asiento junto a Zane. Jake estaba presidiendo la mesa.

—Lo cierto es que estoy cansadísima, pero no he probado bocado en todo el día, así que será mejor que me esfuerce en comer algo. —Jake se tomó la primera cucharada de sopa y Arabia reparó en ello—. ¿Y los demás? ¿No los esperamos?

—Emily se ha ido a casa de su padre esta mañana y al parecer va a pasar allí la noche —empezó a explicar Zane—. Creo que han discutido y Derek está bastante apenado. Ha subido a su habitación con Delly nada más llegar y no ha querido dar explicaciones. Si no llega a ser por Jake, que se ha ofrecido a ayudarme, ni siquiera habría terminado la cena. No me gusta ver a Derek así.

Arabia miró a Jake, que seguía sin decir nada. Él le devolvió la mirada mientras se servía un poco de pollo al curry. No le apetecía demasiado el pollo ni la sopa, porque todavía tenía dolor de estómago, pero cargaba la cuchara una y otra vez sin cesar para estar entretenido.

Se mantenía al margen mientras las chicas hablaban.

—Tienes cara de cansada —le dijo Zane.

—Y lo estoy. Ha sido un día de lo más estresante.

—¿Qué tal la cena de anoche? Todavía no me habéis contado nada. ¿Fue divertida?

Zane los observó a ambos. Jake miró por un momento a Arabia, pero ella le devolvió la mirada de un modo tan intenso que tuvo que volver a centrarse en la sopa. Recordaba muchas cosas de la cena y no se sentía en absoluto orgulloso de ellas. Por alguna razón, le avergonzaba que Arabia hubiese estado presente para ver su lamentable comportamiento.

—Estuvo bien, pero extraño para mí. —Arabia empezó a narrar su visión de la velada—. La cena fue muy abundante y Dave fue muy cortés conmigo y con todo el mundo, como siempre. —A Jake le pareció que había algo de irritación en esa frase—. Entonces Jake se acercó a nuestra mesa con la intención de saludarlo y así me enteré de que eran viejos conocidos. Quién lo iba a decir, ¿eh?

—¿Conoces a Dave?

Zane habló con una sonrisa resplandeciente en el rostro. Él no contestó. No quería hablar sobre ello. Tampoco se enorgullecía de cómo se había comportado en ese sentido.

—¿Qué? —Zane volvió a mirar a ambos—. ¿Qué sucede?

—Resulta que Dave es quien fracturó las costillas de tu hermano cuando jugaba a fútbol, así que... no es que hayan sido nunca buenos amigos. —Arabia hablaba sin darle importancia a lo que decía—. Pero bueno, eso ya no es un problema, porque Dave y yo ya no estamos juntos. —Recalcó esas últimas palabras con total claridad—. Y poco más que eso. Jake se emborrachó, empezó a desmadrarse y Derek acabó cabreadísimo y trayéndolo a casa, donde ya sabes qué pasó después.

—Ya lo creo. Menuda peste echaba el baño esta mañana. Me

he pasado más de media hora limpiándolo. Pero, espera un momento, ¿has dicho que Dave y tú...?

—Ya no estamos juntos. Sí, eso he dicho.

—Pero ¿por qué? ¿Qué te ha pasado con él?

—Fue una decisión mutua. Anoche mismo lo zanjamos.

—Zane. —Jake entró a la conversación por primera vez—. ¿Podrías dejarme un momento a solas con Ari?

No estaba seguro de saber cómo mantener una conversación pacífica con ella, pero tenían que hablar. Su hermana lo miró interrogante, pero no hizo preguntas. Dijo que iría arriba a ordenar el armario y Arabia y él se quedaron solos. Ella apoyó los codos en la mesa y las manos, una sobre la otra, bajo la barbilla. Lo miraba intermitentemente.

—Ari. —Jake estaba nervioso—. No sé lo que ha pasado entre vosotros, pero si he tenido algo que ver, lo siento. —Ella apartó la vista, y luego giró la cabeza hacia el otro lado—. Sé que mi comportamiento fue infantil y que...

—¿Qué pretendías, Jake?

La pregunta era tan cortante como el tono empleado para formularla. No se había planteado una cuestión como esa para poder tener una buena respuesta preparada.

Tardó un rato en poder responder, decantándose finalmente por lo más fácil.

—Es un capullo.

Lo dijo con convicción, creyendo que eso justificaría su comportamiento. Arabia lo miró de forma penetrante y elevó las cejas. Parecía sorprendida. Irónicamente sorprendida.

—Caray, Jake. Es un buen motivo para involucrarte en nuestra relación.

—Es una mala persona, Ari. No te conviene.

—No seas ridículo. No tiene nada que ver conmigo. Tenías cuentas pendientes con él y simplemente te molestó que se pavonease delante de ti.

—Se pavoneó delante de mí usándote a ti, ¿acaso no te diste cuenta?

—¿Y eso qué importa? ¡Sé cuidarme sola!

—¡No! ¡No sabes! No tienes ni idea de las cosas que ha hecho. Podría arruinarte la vida en un abrir y cerrar de ojos. —Jake se levantó de la silla—. Me da igual con quién salgas por ahí, pero cualquiera menos él.

—¡¿Qué?! No tienes ningún derecho a decidir por mí. —Arabia también se levantó, pero ella se alejó de la mesa y se puso a caminar por el salón—. No puedes intervenir en mi vida como si yo fuese algo tuyo, que te perteneciese. Dices que es un capullo y sí, tienes razón, es un capullo. Pero tú no te quedas atrás.

—¡Lo primero que he hecho ha sido disculparme!

—¡¿Por qué siempre tienes que gritarme?! ¿No podemos hablar nunca de forma civilizada?

—¡Lo siento! Tal vez si pudiese contarte lo que sé de él me entenderías, pero no puedo. Juré no decírselo a nadie, así que no me pidas que me justifique. Intentaba protegerte porque me importas, y puedes enfadarte, y decirme que no tengo ningún derecho a decidir por ti, pero si alguien me dijese que se preocupa por mí, yo me alegraría por ello.

—¿Acaso crees que nadie se preocupa por ti? ¿Quién crees que te ayudó anoche?

—Esta conversación no nos lleva a ningún sitio.

Jake intentó relajarse. Su dolor de estómago se había incrementado.

—Eres increíble.

—¿Qué más quieres que diga para que dejes de estar enfadada?

—Él ha sido la única persona que me ha tratado como si fuese especial. —Jake vio cómo se le ponían los ojos vidriosos—. Puede que haya mentido todo este tiempo y que sea parte de su mejor actuación, pero me ha hecho sentir querida, y guapa, y me ha hecho sentir...

No terminó de decir la última palabra, pero Jake la intuyó y la acabó en su mente. El dolor de su estómago se hizo insoportable y el malestar empezó a subirle por el esófago. Se puso la mano en el abdomen y se apoyó en la mesa.

—¿Qué te pasa ahora? —exclamó Arabia, llorando.

Jake no tuvo tiempo para decir nada. Corrió hacia el fregadero de la cocina y allí depuso la sopa que había tomado. Tenía el estómago destrozado.

Cuando se incorporó de nuevo y miró en dirección a Arabia, ella ya no estaba.

MIÉRCOLES

2 NOVIEMBRE 1988

A las diez de la mañana de aquel día, Jake tomó una decisión. Como estaba de vacaciones hasta el próximo lunes, se puso en marcha rumbo a Valley Street. Lo primero que haría sería hablar con Frederic Wathson. Tenía que dar la cara tras la borrachera de Halloween. Después hablaría con Emma. Y eso último era de vital importancia.

Salió de casa sin cruzarse con nadie y cogió el autobús. Como siempre, tardó casi cuarenta minutos en llegar a su destino. No se molestó en llamar al timbre de fuera, sino que saltó la verja y los enormes setos tras ella. Se situó frente a la blanca puerta principal y llamó usando el pomo dorado de la parte superior.

La doncella le abrió hospitalariamente.

—Buenos días, Margarett.

—¡Buenos días, jovencito! —Lo invitó a pasar—. Aunque ya no eres tan jovencito como hace dos años.

Jake sonrió. Siempre le había caído bien esa mujer.

—El mes que viene cumplo veintitrés.

—¡Santo dios! Qué vejestorio. Y yo que creía que eras más joven que yo.

Era evidente que estaba bromeando. Margarett ya pasaba de los cincuenta.

—¿A qué viene tanta cháchara? —Emma apareció tras ellos—. ¡Jake! Qué alegría verte. —Se acercó para abrazarlo. A él le seguía resultando extraño abrazar un cuerpo tan diminuto—. ¡Jack! Mira quién ha venido. —Un niño de pelo cobrizo apareció correteando torpemente y se situó tras las piernas de su madre—. Es el tío Jake. Vamos, ve.

Jake se agachó y abrió los brazos. El pequeño Jack tardó un poco en reconocerlo, pero luego avanzó hasta él y se acurrucó en su hombro con el dedo índice en la boca, sin dejar de mirar a su madre. Jake lo sujetó y volvió a ponerse de pie. Lo observó de cerca.

—Tiene tus ojos, Emma, no me cansaré de decírtelo.

—Lo sé, todos lo decís, una y otra vez. Y tú tienes la nariz morada. —Emma lo cogió del brazo y lo acompañó a la sala de estar—. ¿Qué te trae por aquí?

—He venido a veros —dijo. Lo cierto es que después de tan agradable recibimiento, se reprochó no haber pensado en ellos simplemente como amigos a los que pasar a visitar. Jack empezaba a pesarle de lo grande que estaba—. ¡Está enorme!

—Sí, es bastante grande en comparación a otros bebés.

—¡Felicidades, campeón! —Lo lanzó al aire y luego lo recogió. Él estalló en carcajadas, así que repitió dos veces más el procedimiento—. ¿Dónde está Peter?

—¡Oh! Ya no estamos juntos. Lo nuestro no funcionó.

Jake se quedó perplejo por la naturalidad con la que lo expresó.

—Lo siento, Emma.

Realmente lo sentía.

—No te preocupes, fue decisión mía. Me hacía feliz, pero yo no lo quería como él a mí y eso no se lo merecía. Ahora ayudo un poco a Margarett con la casa y me dedico cien por cien a Jack. Estoy más contenta que nunca y no necesito a ningún hombre, por el momento.

Le guiñó un ojo y él entendió a qué se refería. Emma siempre había sido así de descarada. Era parte de su encanto. Él decidió ir al grano.

—Tengo que hablarte respecto a algo que no creo que vaya a gustarte demasiado. —Emma arqueó una ceja y esperó a que continuase—. Es sobre Dave.

Al pronunciar su nombre, ella se puso alerta. Se levantó rápidamente y cerró todas las puertas que había abiertas en la sala.

—¿Te has vuelto loco? ¡No pronuncies su nombre aquí!

—Lo siento —dijo, bajando la voz—. No sacaría el tema si no creyera que es importante.

—Dispara, pero sé discreto.

—Verás... Como sabes, estuve en la fiesta de Halloween hace un par de noches. Mi hermano fue con Emily, y Ari, la amiga de mi hermana, fue con su pareja. Expareja, o lo que sea. La recuerdas, ¿no? —Emma asintió, se la veía impaciente—. Sabía que hacía tres meses que salía con alguien, pero ni siquiera me había preocupado de saber quién era. Lo único que sabía era que se trataba de un médico recién licenciado. —Por la expresión de Emma, Jake dedujo que sabía a dónde quería llegar—. Pues bien, en la fiesta no pude evitar lo que había estado evitando durante semanas y me topé con él. Era Dave.

—No puede ser...

—Pues así es. —Jake señaló su nariz amoratada—. Y estuvimos en contacto.

—No le habrás dicho nada de Jack, ¿verdad?

—Por supuesto que no. Por mi parte, él no sabe ni que existe.

Emma se relajó. Luego habló.

—No conozco mucho a esa chica, pero no me parecía tan fácilmente impresionable como yo lo fui durante todos estos años. Nunca la habría imaginado saliendo con alguien como él.

—Por eso me cabreé.

—Obviamente, preferirías que estuviese con alguien como tú.

—¿Qué? ¡No! Te estás desviando del tema.

Emma sonrió discretamente. Eso le molestó.

—¿Qué es lo que de verdad quieres? —preguntó la chica.

—Quiero que me des tu palabra de que, si alguna vez vuelve a cometer semejante error, hablarás con ella.

—No puedes pedirme eso.

—Mira, por lo que sé, ahora ya no están juntos. Es solo que me gustaría asegurarme de que hablarías con ella en el caso de que Dave la volviese a embaucar.

—Jake, si la embauca dos veces, es porque no es tan inteligente como yo pensaba, o porque no ha conocido nada mejor. Deberías ponerte las pilas.

—O sea, que no hablarías con ella.

—¡No voy a poner en peligro la seguridad de mi hijo! Nadie puede saber que él es su padre. Bastante asustada estoy con el hecho de que mi hermana conozca su nombre.

—Hay millones de Daves en el mundo. Sería ilógico que se le ocurriese algo así.

Emma se sobresaltó repentinamente, como si se acordase de algo.

—Oh, dios.

—¿Qué?

—¿La amiga de tu hermana sabe que tú y Dave os conocéis?

—Sí, ahora sí.

—¡Eso es horrible! ¡Hablará con Emily al respecto! Y Emily sabrá que el tal Dave... es en realidad... el Dave del que yo le hablé.

—Creía que Emily no sabía demasiado sobre Dave.

—Sabe que tú y él estuvisteis enfrentados en la universidad...

Jake vio un rayo de esperanza.

—Pues en ese caso todavía veo más acertado que hables con Ari. Ella puede guardarte también el secreto. Y sería mucho mejor eso que si...

—No puedo ayudarte, Jake. Ojalá pudiera, pero no. Me juré a mí misma que nadie conocería nunca la identidad de su padre y ya arriesgué mi juramento confiándotelo a ti y a mi hermana.

—Tu secreto está a salvo conmigo, pero conozco a Ari. Se puede confiar en ella.

—La respuesta es no, y tienes que entenderme. —Emma se puso seria—. Comprendo que me lo hayas propuesto como alternativa, pero creo que hay otras cosas que puedes hacer para que ella no vuelva con Dave. Sé que te importa más de lo que quieres demostrar, no puedes engañarme.

Jake agachó la cabeza. No tenía ganas de discutir con nadie más. Había pensado que Emma lo ayudaría, pero se había negado. Y si ella no quería hablar con Arabia, nadie más podría protegerla aparte de él. Pero eso significaba ganarse todavía más su enemistad, porque lo que se estaba jugando era su odio para toda la vida. Y no deseaba eso.

—¿Y qué pasa con Emily? Ari y ella son muy buenas amigas. Estoy seguro de que hablarán sobre lo sucedido cuando Emily le pregunte sobre lo suyo con Dave.

—Es un riesgo que voy a correr. En el caso de que eso sucediera, acarrearé con mi deber e iré a hablar con ella. Pero tal vez no suceda nunca, así que hay un cincuenta por ciento de posibilidades de que todo siga como hasta ahora. Y créeme que sabré si has tenido algo que ver.

Jake se sintió abatido.

—Y cambiando de tema... —continuó Emma—. ¿Vas a hablar con Emily? Ya me ha contado tu numerito.

Emma imitó los movimientos de una persona en una tarima de baile. Era embarazoso.

—Maldita sea, estaba borracho.

—Ya lo creo que lo estabas. Es la única forma que existe de que pierdas los papeles. Yo firmaría por una noche más de borrachera contigo. —Jake se ruborizó hasta las orejas—. ¡Estaba bromeando! Jack, despídete del tío Jake.

—¿Os vais?

—He quedado con unas amigas para tomar café. Si no nos damos prisa, llegaremos tarde.

—Siento haberte entretenido.

—No te preocupes. Siempre nos alegramos de verte, ¿a que sí, Jack?

El niño se limitó a reír. A Jake le pareció que cada vez tenía más cara de travieso.

—Emily está recluida en su habitación desde ayer —dijo Emma—. Seguro que tú puedes convencerla de que vuelva con tu hermano.

—¿Que vuelva con Derek? ¿Qué quieres decir?

—¡Venga ya! Emily le ha pedido tiempo, y está destrozada.

—Pero ¿por qué?

—Oye, no hablas mucho con tu hermano, ¿verdad? Creía que habías venido por eso.

Así que era por eso por lo que Derek estaba enfadado. Lo que no entendía era qué tenía que ver él con todo aquello.

—Pensándolo bien, solo el Dave que ambos conocemos podría haber hecho un comentario como ese... Ahora todo me cuadra más.

—¿De qué me hablas, Emma?

—Será mejor que hables con Emily. Yo tengo que irme. Estoy segura de que ella te lo contará todo, pero ten cuidado, ¡está altamente sensible!

En cuando Emma se fue, Margarett volvió a aparecer.

—Seguro que la señorita Emma ni siquiera te ha ofrecido algo de beber, ¿verdad? Iré a por algo enseguida.

—No, no se preocupe. ¿Podría llevarme hasta la habitación de Emily? Tengo que hablar con ella.

—Por supuesto, acompáñame.

Jake nunca había visto la planta superior de la casa Wathson. Era tan inmensa como aparentaba por fuera y todos los detalles estaban cuidadosamente estudiados. Era una casa de diseño, y eso que él no tenía mucha idea. Se preguntó cuán rico sería en realidad Frederic Wathson, y cómo habría conseguido tanta fortuna.

Cuando llegaron a la puerta más alejada del pasillo, Margarett se marchó. Él llamó a la puerta.

—Ya te he dicho que no tengo hambre. —Emily habló desde el otro lado.

—¿Emily? Soy Jake.

Escuchó unos pasos acercarse rápidamente a la puerta. Tras ella apareció Emily con su dulce sonrisa apagada por unos lagrimones. Se quedó unos segundos frente a él y luego se lanzó a sus brazos y se echó a llorar.

—Emily, tranquila. —Pero el llanto no cesaba—. Tienes que calmarte, en serio.

Jake consiguió despegarse un poco y avanzaron juntos hasta la cama. Emily se sentó allí y Jake se apoyó en el armario. Era muy duro estar parado viendo cómo alguien lloraba desconsoladamente. Ya lo había experimentado con su hermana Zane y, más tarde, con toda la familia cuando lloraron juntos por el trágico accidente. Se le erizaron los pelos de la nuca al pensar de nuevo en sus padres y en Rachel.

Tenía que ponerle fin.

—Emily, mírame. —Jake se arrodilló frente a ella y la cogió de las manos—. Tienes que relajarte, ¿vale? He venido para entender qué os ha pasado. Sé que he tenido algo que ver, así que, antes que nada, te pido perdón. —Era increíble cómo Emily era bonita incluso mientras lloraba. No hacía mucho había creído estar enamorado de ella. Tal vez lo estuvo de verdad, algún tiempo—. Con esas lágrimas no vamos a conseguir nada. A este paso, me vas a hacer llorar a mí.

Lo dijo totalmente en serio. También él estaba sensible. Y, por alguna razón, ese comentario consiguió que Emily se calmase.

—No me lo creo. Es imposible verte llorar.

Jake sonrió. Todo el mundo creía que era muy duro, pero, en realidad, era tan vulnerable como el resto.

—Yo lo quiero, Jake —dijo Emily.

—Lo sé, y él a ti. Por eso me sorprende esta situación.

—Fue ese estúpido comentario de Dave. No puedo quitármelo de la cabeza.

Emily empezó a secarse las lágrimas con las mangas de la rebeca. Jake se sentó en el suelo, frente a ella.

—Por extraño que te parezca —le dijo—, necesito que me expliques todo desde el principio. Derek se ha pasado todo el tiempo esquivándome y necesito saber cuál es mi parte de la culpa.

—Derek está enfadado contigo por otro motivo, pero bien, empezaré desde el principio. —Emily tomó aire antes de proseguir. Se tomó su tiempo para hacerlo—. Después de la cena estuvimos un rato bailando juntos y luego nos apartamos de la multitud con Arabia y con Dave. Derek estaba preocupado por ti y no te quitaba el ojo de encima. Todos te vimos divirtiéndote con las gogó en la tarima de baile. A mí me pareció gracioso, pero Derek y Arabia estaban molestos. Sinceramente, creo que te pasaste con el alcohol. —Emily hizo una pausa para que lo admitiese y Jake no pudo desmentir lo evidente. Esa noche iba borracho como una cuba—. El caso es que Dave hizo un comentario que no me gustó en absoluto.

—¿Qué dijo?

—Algo así como: «Dejad que se divierta. No creo que haya tenido el gusto de disfrutar de una noche como esta en toda su vida. Él nunca ha sido como tú o como yo». —Emily recitó la frase como si se le hubiese quedado grabada a fuego en la memoria—. Nunca ha sido como tú o como yo —repitió.

Al principio Jake se sintió muy violento. Recordar lo de la tarima era como recibir un golpe bajo. Luego frunció el ceño y pensó en lo que había dicho Dave respecto a que él no había tenido el gusto de disfrutar de una noche como aquella en toda su vida. Él no lo conocía de nada como para decir algo así, pero lo peor de todo era que tenía razón.

Por último, pensó en Derek, que obviamente había sido todo un mujeriego. Entendió rápidamente por qué aquel comentario había causado tanto daño en Emily. Ella era una chica sencilla y frágil, de las que son capaces de esperar toda una vida para encontrar a su príncipe azul.

—Mira, Emily. —Jake tenía que aclarar las cosas—. En primer lugar, juego con la ventaja de que los conozco a los dos y te puedo asegurar que Derek y Dave no tienen nada que ver el uno con el otro.

—¿Conoces a Dave?

—Jugué varios partidos contra él en... —Error. No tenía que haber admitido que lo conocía—. En el instituto —añadió, tratando de disimular.

—¿Por eso te peleaste con él? —Emily parecía decepcionada—. Creía que había sido por otra cosa.

—No vamos a hablar de eso ahora. Lo que nos concierne es el comentario que hizo Dave y que tú puedes haber malinterpretado.

—No se trata de haberlo malinterpretado, se trata de haber comprendido una realidad.

—¿A qué te refieres?

—Hace tiempo tuve una conversación con Ari acerca de lo que pensábamos sobre los chicos y sobre las numerosas relaciones que soléis tener. Le dije, y me convencí a mí misma de lo que decía, que no podía mirar más allá de mi relación con Derek porque de nada servía pensar que había estado con otras chicas antes que conmigo.

—¿Qué te hizo cambiar de opinión?

—La evidencia de verlo tan claro. Cuando te vi ahí arriba visualicé todas esas fiestas de la universidad en las que me horrorizaba ver a chicas y chicos comportarse de esa misma forma. Me prometí a mí misma que nunca acabaría con alguien como cualquiera de ellos.

—No voy a negarte que mi hermano haya sido un mujeriego, pero sí te garantizo que no ha sido ni de lejos como todos los demás. No lo juzgues por mi culpa. Bebí porque estaba cabreado y quería emborracharme, y luego no supe parar a tiempo. Él no ha sido nunca así. Tiene demasiada cabeza y es demasiado responsable para llegar a eso. Es lo que lo diferencia del resto.

—Te agradezco que quieras defenderlo, pero eso no quita lo que me prometí a mí misma hace mucho tiempo, aunque lo quiera tanto.

Emily no estaba dispuesta a ceder fácilmente.

—Escúchame bien, Emily —continuó Jake—. Porque no creo que nunca más vaya a admitir algo como esto. Derek ha sido siempre el perfecto de la familia y reconozco que le he tenido envidia, pero se lo ha ganado. Puede que sí, que haya tenido la oportunidad de tratar con muchas chicas, pero casi siempre ha sido porque ellas se han acercado a él. Tiene carisma, ¿sabes? Es imposible que alguien así no llame la atención cuando, además, es guapo. Negaré toda mi vida que he dicho algo así, tenlo claro. —Jake hizo hincapié en ello, muy serio—. Pero lo que también es cierto es que nunca, absolutamente nunca, ha hecho daño a ninguna de las chicas con las que ha estado. Siempre ha sido muy respetuoso y, sobre todo, muy discreto.

—¿Qué tiene que ver todo eso conmigo? —Emily estaba confusa.

—Pues tiene que ver y mucho, porque hasta que te conoció a ti yo nunca lo había visto interesado en nadie por iniciativa propia. Deberías haberlo visto cuando me habló de ti. Estaba radiante. —Jake recordó ese momento con claridad, cuando a través de su descripción los dos estuvieron pensando en la misma persona—. Y cuando nos contó a todos lo de Ashley... La forma de transmitirlo fue totalmente diferente. Supe que estaba tratando de parecer contento, aunque en realidad no lo estaba. Hablé con él en privado para que me contase la verdad y entonces me confesó que ella estaba embarazada.

—Su hija es otra de las cosas que se añaden a mi estupidez.

—¿Cómo puedes decir eso? —Jake se enfadó por un momento—. Danielle es y será tu hija, no de Ashley. Tú la has estado criando. Adora estar contigo, y mi hermano adora que tú formes parte de sus vidas, por eso no ha dudado nunca respecto a casarse contigo. No lo he visto planteárselo ni una sola vez, porque lo único que quiere es estar contigo.

—Quiero mucho a Danielle, Jake, pero no puedo evitar pensar que algún día su madre saldrá de la clínica y volverá a buscarla. Entonces Derek, tan justo como siempre, entenderá que su deber es formar una familia con la verdadera madre de su hija.

—¿No eras tú la que creía en la pureza del alma? —La pregunta sorprendió completamente a Emily—. ¿No eras tú la que hablaba de virtudes? Pues deberías ser un poco menos prudente y, si algún día Ashley regresa, ser fuerte para luchar por lo que te pertenece, tener la templanza suficiente para plantarle cara y ser lo suficientemente justa como para equilibrar la balanza. La custodia siempre será de Derek, pero su madre tiene derecho a estar con ella un determinado número de veces. Tendréis que entender eso, los dos juntos.

Emily se quedó callada.

—El miedo que tienes se reduce a Ashley, ¿verdad?

—Ella es solo uno de mis miedos, pero tengo más, Jake. —Ella lo miró con los ojos hinchados de tanto llorar—. Tengo miedo de que yo solo sea una más, y de que luego se canse de mí y busque nuevas aventuras. ¿En qué me convertiría eso a mí? He huido toda mi vida de todas las relaciones para no convertirme en una cualquiera.

—¿Una cualquiera?

—Ari es la única que me entiende respecto a eso —continuó—. Para vosotros, los hombres, todo es siempre mucho más fácil. A vosotros no os miran con malos ojos por cambiar de pareja cada dos por tres. A nosotras eso nos convierte en unas... Ya sabes.

—Perdona que discrepe respecto a eso —Jake no pudo evitar sonreír—, pero a mí también se me ha juzgado, y por mucho menos que a cualquiera. Y creo que no se debería hacer con nadie lo que no se quiere para uno mismo. A ti te juzgarán las personas que no te conocen, o que no han sabido aprender a distinguir. Los que sepan de qué va el tema no te juzgarán en absoluto. Yo nunca lo haría. Además, todos nos equivocamos. No se puede vivir evitando cometer errores, porque eso no sería vivir.

—¡Jake! —exclamó Emily, acercándose y arrodillándose frente a él—. Creí que jamás te tomarías en serio lo que dije de las virtudes. Y, en realidad, has sido el único que ha estado pensando sobre ello.

Emily les habló de las virtudes el primer día que fue a casa de los Becker tras el fallecimiento de sus padres, un mes después. Podía llegar a ser muy pasional cuando se trataba de transmitir algo en lo que creía. Habló de Platón y muchos otros filósofos, y dijo cosas que les dio que pensar, al menos a Jake. Fueron cosas reconfortantes en momentos difíciles. Lo último que expresó, antes de acabar, fue su gran conocimiento de las virtudes cardinales: templanza, fortaleza, prudencia y justicia. Ella añadió la última, que era el amor. Comunicó abiertamente su sensación de que las cuatro los habían ido juntando unos a otros. A él le tocó ser definido como la fortaleza. También dijo que estaban destinados a estar juntos para ser felices, pero en aquel momento Jake se lo tomó a risa. Él estaba enamorado de Emily, Emily de Derek, cuyo amor sin duda sería correspondido. Le pareció ridícula la opción que quedaba de estar destinado a Arabia, que más bien parecía una teoría de descarte.

Qué diferentes eran las cosas ahora y qué difícil iba a ser recuperar lo que había estado alejando de sí mismo.

—¿En qué más te ha influido lo que dije?

Emily había dejado de llorar. Ahora se mostraba entusiasmada. Jake la agarró por los hombros, la levantó suavemente y la llevó de vuelta a la cama.

—No he venido hasta aquí para hablar de mí —le dijo, sentándose a su lado—. He venido para que reflexiones sobre lo que ha pasado. Ni Derek ha sido nunca como yo, ni ninguno de los dos como el imbécil de Dave. Lo que dijo estaba fuera de lugar y lo único que ha conseguido ha sido separar lo más bonito que habéis creado: vuestra familia. —Hizo una pausa para tomar aire—. No dejes que la vulgaridad interfiera en el resto de virtudes, y mucho menos en el amor, porque si no creeré que lo que dijiste no eran más que palabras sacadas de una vieja teoría, en lugar de una realidad.

Emily se lanzó a sus brazos y lo estrechó fuertemente. Aquello lo pilló totalmente desprevenido, pero se alegró de que lo hiciera.

Cuando se separaron, Emily volvía a llorar, pero sonreía a la vez.

—Gracias, Jake —le dijo mientras se limpiaba las lágrimas con unos cuantos pañuelos que sacó de una caja sobre la cama—. No sabes cuánto me reconforta tu visita.

—¡Pero no sigas llorando! —le dijo él.

—Eres un genio —respondió Emily—. Me has enseñado tú a mí más cosas de las que yo a ti. Toda una lección, ¡sí señor! —Se levantó de la cama y se puso a dar vueltas por la habitación. Estaba irreconocible—. Le quiero, Jake, ¡le quiero!

—¿Eso significa que vuelves a casa conmigo?

—¡Sí! Voy a preparar mis cosas.

Emily se puso manos a la obra.

—Te espero abajo. Me gustaría ver a tu padre antes de irme.

—¡Como quieras!

Ella ni siquiera le prestaba atención. Andaba sonriendo de un lado para otro.

Jake bajó de nuevo a la planta baja en busca del señor Wathson. Lo encontró en el salón tomando el té con una mujer tan entrada en años como él. Se sintió burdo y torpe por haber entrado allí sin pedir permiso.

—Lo siento, señor —se disculpó—. No sabía que tenía visita.

—¿Qué ocurre, Becker?

—Bueno, yo solo... —Empezó a sudar. Era más difícil de lo que había imaginado, el llegar allí y plantearle una disculpa en condiciones—. La otra noche se me fue un poco de las manos. Mucho, se me fue mucho... Quería pedirle disculpas por mi comportamiento.

Frederic Wathson se echó a reír delante de sus narices. La mujer que lo acompañaba no pudo evitar esbozar también una sonrisa, contagiada.

—Querida Aurora —dijo Frederic cuando se calmó—. Te presento a Jake Becker, uno de mis más de doscientos trabajadores. El único de todos ellos que ha tenido el gusto de presentarse en mi casa para justificar la borrachera de una cena de empresa. ¿No es interesante y divertido? —Cambió entonces la dirección de sus palabras—. Jake, esta es mi queridísima hermana, Aurora.

—Encantado, señora.

—Lo mismo digo, joven.

—¡Tía Aurora! —Emily apareció tras él—. ¡Qué maravillosa sorpresa!

—Oh, querida. Qué gusto encontrarte en casa. Hacía meses que no te veía.

—El hermano de Jake tiene la culpa, supongo. —Emily se encogió de hombros y luego le enseñó el anillo—. ¡Es mi prometido!

—Enhorabuena. —La tía Aurora parecía simpática, aunque tenía el mismo porte imponente que su hermano Frederic, que tanto respeto transmitía a Jake y al resto de trabajadores—. Y dime, ¿tu prometido se parece a su hermano?

—Ya lo creo. Se parecen bastante.

—En ese caso, has pillado un buen partido. —La sonrisa de Aurora Wathson consiguió que le temblaran las piernas—. Me alegro mucho por ti, cariño.

—Nos tenemos que ir, papá. —Emily se volvió hacia su padre y se sentó unos segundos en el borde de su sillón—. Vuelvo a casa con Jake y se nos está haciendo tarde.

—Muy bien, pero la próxima vez no tardes tanto en regresar —le dijo él.

—Tu padre te echa de menos —intervino la tía.

—Lo prometo. Derek y yo vendremos pronto de visita, con Danielle. Te gustará ver lo mucho que sabe ya. Vamos, Jake.

Emily lo cogió del brazo y empezó a tirar de él.

—Señor Wathson, lo de antes...

—Olvídalo, Becker. A todos se nos ha ido de las manos alguna vez.

Para volver a casa, Emily le prestó a Jake una bicicleta, la de su padre, alegando que se la había regalado hacía años y que él nunca la había usado. La nieve se había derretido por la mañana, así que el suelo estaba parcialmente húmedo. Pedalearon juntos durante más de media hora hasta llegar al barrio Prinss.

Jake estaba sudando cuando llegaron, mientras que Emily parecía que no hubiese hecho ningún tipo de esfuerzo.

—Es solo acostumbrarse —le dijo—. Si quieres puedes quedarte la bici para ir a trabajar. Sería una buena manera de que volvieras a hacer deporte. Te vendría bien.

Jake se miró a sí mismo en busca de indicios de falta de ejercicio. Eso hizo reír a Emily.

—No es que te haga falta, pero mi padre siempre dice que los años no pasan en balde, y estaría bien que conservases esa buena fisionomía por mucho tiempo. De lo contrario te pasará como a Derek, que empieza a estar un poquito fondón. ¡Pero no se lo digas!

Pensó que tal vez sería una buena opción lo de la bicicleta y decidió que lo intentaría.

Emily y él entraron juntos a casa. En la parte de abajo solo estaba Arabia, leyendo un libro. Al verlos corrió a saludar a Emily.

—¿Cómo estás?

—Mejor que nunca.

—He hablado con Derek hace dos horas y me lo ha contado todo —le dijo—. Había pensado en ir mañana a hablar contigo. Está destrozado.

—No te preocupes. Alguien se te ha adelantado. —Emily miró a Jake y sonrió—. Ya estoy de vuelta.

Arabia miró a Jake. Él avanzó tres escalones de la escalera para llamar a su hermano.

—¡Derek! —gritó—. Será mejor que bajes.

Los tres esperaron impacientes la respuesta por parte de Derek, pero no contestó.

—Yo que tú no me lo pensaría mucho, a menos que quieras que se te vuelva a escapar.

—¡Jake! —Emily le reprochó el comentario, pero no estaba enfadada.

Derek apareció poco después en el rellano del piso superior, extrañado. Al ver a Emily corrió por las escaleras hasta llegar a ella. Se arrodilló sin pensárselo.

—¡Lo siento mucho, Emily! —le dijo.

Ella se agachó junto a él.

—Yo también lo siento.

Se levantaron, se abrazaron, se besaron y todo fue bastante incómodo. Jake se volvió hacia Arabia.

—Ari...

Pero ella no lo dejó ni siquiera empezar. Se escabulló por las escaleras hacia su habitación y lo dejó plantado. Jake se quedó con cara de idiota.

—No quieras arreglar un corazón en cinco minutos —le aconsejó Emily—. Dale tiempo.

Jake se resignó y subió también a su habitación para dejar a los tortolitos con su reconciliación. Emily tenía razón, pero la reacción de Arabia lo había hundido. Ella era la única persona a la que tenía intención de contar el encuentro con la chica del barrio Gris que supuestamente vivía con su hermano Louis.

Ahora solo podía quedarse esperando a que Dave la dejase en paz por un tiempo. Después trataría de recuperar su confianza.

JUEVES

8 DICIEMBRE 1988

—Todavía no sé por qué he accedido a hacer esto —dijo Louis mientras caminaba cargado con dos bolsas llenas de enseres y ropa.

—Porque me quieres —respondió la chica que lo acompañaba.

Sí, eso era totalmente cierto. La quería. Quería a Laura con toda su alma, pero no entendía por qué ella se había empeñado tanto en que regresara a casa.

Caminaban a paso ligero en mitad de la noche y bajo la tenue luz de las farolas.

Había dejado de nevar, pero la intensidad de las nevadas de los días anteriores había cubierto las calles de un manto blanco inmaculado. Había zonas en las que la nieve les llegaba hasta las rodillas y Laura había empezado a temblar.

—¿Estás bien? —le preguntó Louis.

—Sí.

—Todavía estamos a tiempo de volver e intentarlo otro día que haga menos frío, y con menos nieve.

—Ya no hay marcha atrás, Louis. Calla, camina y piensa en lo que vas a decirles cuando lleguemos.

Cuando Louis se situó frente a la puerta de casa con las llaves en la mano, no fue capaz de introducir la llave en la cerradura.

Tampoco fue capaz de llamar al timbre.

Y aun así, el timbre sonó...

Louis se despertó sobresaltado, sudando a pesar del frío. Se acordó del sonido del timbre que había escuchado y miró en dirección a la puerta. Se dirigió hasta ella tambaleándose y tratando de no golpearse con ningún objeto entre tanta oscuridad. Esperaba que fuera ella.

Abrió sin siquiera preguntar.

—Sigues aquí —le dijo Laura.

No se había equivocado.

—Tú también —dijo él, sonriendo ampliamente.

Hacía unas horas que se había preparado una raya de cocaína y no estaba todavía en sus cabales.

—Me prometiste que te irías hoy mismo.

—¿Irme? ¿A dónde? Te estaba esperando...

Louis intentó atraerla hacia sí, pero sus movimientos eran lentos y Laura lo apartó de un manotazo.

—Has vuelto a hacerlo, ¿no es cierto? —Laura lo miraba con sus maravillosos ojos castaños, pero estaba enfadada—. No sé por qué te creí cuando me prometiste que lo ibas a dejar.

—Pero si ya casi no me queda nada...

Louis arrastraba las palabras cuando hablaba. El despertar repentino que había tenido no le estaba ayudando en absoluto.

—Oh, por favor. No puedo creer que tenga que recurrir al plan B.

—¿Plan B? ¿De qué hablas? Entra en casa y vamos a dormir. Es tarde...

—Lo siento, Louis. Espero que puedas perdonarme.

Laura se marchó antes de que él pudiese percatarse realmente de que lo había dicho. No iba a quedarse tampoco esa noche. Estaba muy rara últimamente, sobre todo con todo eso de que volviera a casa.

Él no quería volver a casa. Ya estaba en casa. Lo único que le faltaba era ella.

- - - - - - -

Jake se pasó todo el día con un humor pésimo. La noche anterior soñó que llamaban al timbre de madrugada, igual que aquel día que su corazón se rompió en mil pedazos cuando los dos agentes le mostraron el peluche de su prima. Sin embargo, al abrir la puerta se encontró con su hermano Louis. Estaba sucio, helado y extremadamente delgado. Llevaba la misma bolsa con la que se había marchado, pero no tenía fuerzas para sujetarla y, por lo visto, la había estado arrastrando, por eso estaba rota, y también por eso estaban la mayoría de cosas esparcidas por el suelo. Jake lo sujetó por los hombros para que lo mirara, pero al hacerlo no vio otra cosa que dos cuencas vacías y fantasmagóricas. No había pupilas ni iris, solo oscuridad. Se despertó sobresaltado, sudando a pesar del frío. Le costó un buen rato volverse a dormir, y cuando sonó el despertador sintió que no había descansado nada.

Ahora eran las cuatro de la tarde y todavía le quedaba una hora más para acabar y poder marcharse.

Desde que Louis se había ido de casa no había podido evitar preocuparse, y los pensamientos sobre qué habría sido de él lo atormentaban cada vez más. No había hablado con nadie sobre aquella chica del barrio Gris, pero después de lo que le dijo esperaba que Louis volviera tarde o temprano a casa y que todo se solucionase. Sin embargo, el tiempo pasaba y él no daba señales de vida. Eso era lo que más le preocupaba.

—Ese maldito niño va a volverme loco —se dijo.

Su compañero Wane estaba prácticamente a su lado, así que se levantó la careta de soldar y se interesó por lo que había dicho.

—¿Qué pasa ahora, Becker?

Jake resopló, molesto consigo mismo. Estaba consiguiendo que los problemas familiares lo afectasen en la jornada, algo que había estado intentando evitar a toda costa.

—Nada. No preguntes —le respondió.

—Como quieras, pero entonces deja de farfullar, me está resultando molesto.

Ambos volvieron al trabajo y Jake continuó pensando para sus adentros, intentando lidiar con sus propios valores.

Y si vuelve a casa, ¿qué? ¿Seré capaz de dejarlo volver?...

... Nos ha faltado el respeto a todos. A mí, joder, y a todos sus hermanos...

... Ha sido un desagradecido y un egoísta...

... Pero ¿y si no vuelve? ¿Qué va a ser de él?

De repente, una de las barras que estaba transportando para dejar junto a las demás en el tobogán de descarga se le escurrió de las manos, cayendo sobre las otras de forma brusca y haciéndolas caer. Un gran estruendo metálico procedente del choque de las piezas con el suelo inundó la nave y chirrió en los oídos de los que estaban más cerca. La gran mayoría de soldaduras que Wane había aplicado se deshicieron.

—¡Becker!

Philip Murray, su supervisor, apareció justo por detrás.

—Lo siento.

—¿Lo sientes?

¿Qué más podía decir?

—Sube a mi despacho, inmediatamente.

Era la segunda vez que se pasaba por allí. La primera le había dicho que su rendimiento de trabajo había empeorado y que le iba a reducir las horas, y todo por culpa de las dos veces —casi seguidas— que había llegado tarde. Entonces no pudo rechistar. Ahora, que acababa de encontrar una excusa, el resultado no iba a ser mejor ni mucho menos.

Jake subió por las escaleras hacia la planta de los despachos, seguido muy de cerca por Philip. No se molestó en replicar. Sabía que le te tenía manía, y punto. Desde que la supervisión del trabajo de Jake y de su sección había pasado a manos de Murray, las cosas habían empeorado mucho para él. Todo parecía indicar que Murray quería quitárselo de encima y ya se rumoreaba que no tardaría en entrar a la fábrica su propio hijo. Un tal Zack.

Jake no quería pensar en ello, pero cada día que pasaba se veía más en la cuerda floja y acababa de alimentar sus altas posibilidades de que lo despidiesen.

—Es la segunda vez que tengo que llamarte a mi despacho, Becker.

Le habría gustado decirle que la primera vez había sido sin motivo aparente, pero no estaba en condiciones de mostrarse orgulloso.

—Lo sé, lo siento —volvió a decir.

Lo cierto es que seguía pensando que cuanto antes terminase el día, mejor. No podía dejar de pensar en Louis y en las dos cuencas vacías del sueño. Tal vez estuviese en problemas y hubiese sido un presagio.

—Hoy te quedarás después de la jornada y terminarás todas y cada una de las barras que has estropeado.

Jake asintió, sin más.

—Y el resto de la semana te encargarás de finalizar cualquier otra tarea que se quede pendiente, ¿entendido?

—Eso quiere decir que tendré que arreglar los estropicios de otros, a pesar de que hoy voy a arreglar el mío, ¿no?

—Sí, eso es.

—¿Y por qué razón?

—Porque yo te lo mando. ¿Necesitas algún otro motivo?

Jake volvió a morderse la lengua. No iba a ganar nada encarándose con él, sino todo lo contrario.

—De acuerdo.

Su respuesta pareció desconcertar un tanto a Philip, que durante unos segundos se quedó con la boca entreabierta y sin decir nada más.

—Muy bien, pues eso es todo —le dijo después—. Me aseguraré de que te revisen todas las mañanas y espero no recibir ninguna queja de lo que hagas por la tarde.

Cuando regresó a su puesto de trabajo se lo tomó con calma. Ya no iba a salir a las cinco, así que de nada servía que pusiese todo su empeño en remediar lo que había hecho. Se dispuso a recoger todas las barras que se habían caído y a repararlas.

Wane le dedicó una mirada de impaciencia al darse cuenta de su actitud.

—Voy a quedarme a terminar lo que se quede pendiente, así que no padezcas —le dijo—. También puedes tomártelo con calma si quieres. Yo me encargaré de terminarlo después.

Sin embargo, Wane no cesó en su ritmo de trabajo, cosa que en cierto modo agradeció. Cuando sonó la sirena de fin de jornada, pasó por su lado y le dio unas palmaditas en el hombro. Después, se quedó solo.

Jake terminó de arreglarlo todo pasadas las siete. Se fue a los vestuarios, se duchó y luego se quedó un rato sentado en la bancada, descansando. Cuando salió por la puerta que daba al exterior ya había anochecido. Las únicas personas que quedaban por allí eran los dos guardas de seguridad que vigilaban la fábrica durante la noche. Le hicieron un gesto con la cabeza en señal de despedida, pero no dijeron nada.

Subió en el autobús de las ocho y cuarto.

Antes de llegar a la puerta de casa alguien le cerró el paso. Una chica menuda de pelo negro y lacio. Concretamente, la misma a la que había visto hacía poco más de un mes en el barrio Gris. Se sorprendió, pero no precisamente de verla, sino de no sorprenderse al encontrarse con ella.

Por alguna extraña razón, había estado esperando ese segundo encuentro.

—Hola, Jake —le dijo.

—Hola.

Seguía manteniendo ese aspecto tan peculiar de muñeca de porcelana y, a pesar de la oscuridad, se fijó en que cada vez que intentaba decir algo, se mordía el labio y callaba.

—Dímelo de una vez —dijo Jake—. ¿Se ha metido en algún lío? ¿Debe dinero? ¿Qué?

—Te he traído esto. —Laura le tendió un sobre alargado—. Dentro hay una carta.

—Genial. ¿Y qué quieres que haga con ella?

—Quiero que la leas detenidamente cuando estés relajado.

—¿Es de Louis?

La chica suspiró.

—No, es mía.

Jake empezó a inquietarse.

—¿Va todo bien?

—Tú léela, ¿de acuerdo?

Y dicho lo cual se dio la vuelta y empezó a caminar calle abajo. Se giró una última vez al cabo de unos metros, pero no dijo nada. Luego siguió caminando.

Los encuentros con aquella chica eran totalmente desconcertantes. Jake se guardó la carta dentro de la chaqueta y luego entró en casa.

En el sofá estaban Emily, Derek y Danielle. Los dos últimos se habían quedado dormidos y la primera le hizo un gesto a Jake para que no hiciese mucho ruido. Él cumplió su petición y subió despacio por las escaleras. Al llegar a su habitación tiró la mochila del trabajo a un lado y se sentó en la mesa del escritorio, sujetando el sobre con ambas manos.

Sacó por fin el contenido del interior y se dispuso a leer. La letra era pequeña.

Querido Jake:

Primero que nada, perdóname por el daño que pueda causaros a ti y a tu familia por lo que voy a contarte. Como ya deducirías de nuestro anterior encuentro, Louis y yo estábamos viviendo juntos.

También quiero que sepas que todo lo que ha sucedido, desde el momento en que decidió hacer de camello y guardarse el dinero, hasta los desafortunados hechos que ahora mismo voy a contarte, ha sido por mí. Él quería ayudarme y, de hecho, lo consiguió, por un tiempo, pero ahora no puedo hacer otra cosa que enfrentarme a mi propio destino. Lamento mucho, muchísimo, haberlo involucrado.

Por razones que no puedo explicarte, lo he abandonado. Quiero que sepas que lo he hecho por su propio bien, aunque sé que él me odiará durante mucho tiempo. Tal vez para siempre.

El caso es que merodear de aquí para allá trapicheando con drogas y con gente de esa clase lo ha perjudicado, y mucho. Hace un par de meses que empezó a consumir pequeñas dosis de cocaína y ahora... Ahora está totalmente descontrolado. Te juro que he tratado de evitarlo, y que no ha sido por eso por lo que he tenido que marcharme. He intentado por todos los medios que dejase la droga, pero yo no he conseguido resultados positivos y solo espero que tú puedas hacer algo por él.

Hace una semana que me marché, pero él todavía piensa que voy a volver. No puedo contarte mucho más, lo siento. Abajo te dejo la dirección del lugar donde hemos estado viviendo. No está en las mejores condiciones, pero era lo único que podíamos permitirnos. Lamento si cuando vayas te lo encuentras todo revuelto. Todo es por causa de la maldita droga. Ojalá tu hermano no me hubiera ayudado nunca. Ojalá no se hubiera enamorado de mí.

Ayúdale, Jake.

P.D. Espero que algún día podáis perdonarme.

La Chica Gris.

23, Poland Avenue, Sparks (barrio Gris)

Antes incluso de haber terminado de leer, Jake ya tenía el pulso acelerado. Cuando acabó se quedó unos segundos releyendo las partes más significativas y luego se dijo que no había ni un minuto que perder. Bajó por las escaleras y se acercó a su hermano.

—Despierta —le dijo sin dejar de zarandearlo.

—¿Qué sucede? —preguntó Emily, poniéndose en pie.

—Tenemos que irnos —continuó Jake, dirigiéndose a Derek y tratando de que la pequeña Danielle no se despertase.

Su hermano empezó a abrir los ojos a regañadientes, y al incorporarse movió a Danielle sin querer. Emily, atenta, fue enseguida a por ella y la cogió en brazos.

—Vamos, te necesito.

—¿Qué es lo que quieres?

—Tenemos que ir a por Louis.

—¿Louis? ¿De qué hablas?

—Te lo explicaré por el camino. Levanta.

Jake miró a su alrededor hasta que vio la chaqueta de su hermano colgada en una de las sillas de la cocina. Fue a por ella y luego se la llevó. Después se dirigió hacia la puerta.

—Jake, para un momento —le dijo Derek—. Ven aquí y explícame qué es lo quieres hacer.

Jake resopló. No había tiempo que perder.

—Acompáñame de una vez.

—Oye. No puedes venir, despertarme de este modo y decirme que tenemos que ir a por Louis. ¿Ir a dónde? ¿Qué es lo que pasa con Louis? ¿Acaso sabes algo de él?

—¿Vienes o no?

Se quedaron mirándose unos instantes. Parecía que Derek tenía algo más que decir, así que Jake simplemente salió y empezó a caminar calle arriba. No entendía qué otras explicaciones necesitaba su hermano habiéndole dicho de antemano que se trataba de Louis. ¿Acaso no era obvio?

Al cabo de dos minutos se percató de que Derek iba tras él, trotando para alcanzarlo. Jake aminoró el paso y luego se paró hasta que se encontraron.

—¿Podrías decirme al menos a dónde vamos?

—Al barrio Sparks.

—¿Ese no es el barrio Gris?

—Sí.

—¿Me tomas el pelo?

—No.

Derek lo miró con cara de absoluto desconocimiento. Jake solo podía pensar en la carta de Laura y en el estado en que posiblemente encontrarían a Louis.

—¿Acaso no te imaginabas que nuestro hermano había ido a parar allí? ¿A dónde si no pensabas que habría ido?

—No sé, Jake, la verdad. No sé.

Jake aceleró el paso y pausaron la conversación durante un rato. Pero Derek no había terminado con las preguntas.

—¿Qué es lo que ha hecho esta vez? ¿En qué líos anda metido?

—No me preocupan los líos en los que esté metido, me preocupa precisamente lo que se haya metido él.

Derek lo volvió a mirar muy sorprendido. Jake lo vio de reojo.

—No puedes estar hablando en serio. Además, ¿cómo es que has sabido de él? ¿Lo has visto últimamente?

—No, a él no.

—Maldita sea, Jake, habla de una vez. Me has despertado así, de repente, me has pedido que te acompañe por un asunto relacionado con Louis, dices, pero no me cuentas absolutamente nada de nada. ¿Qué está pasando?

—Creo que Louis está enganchado —dijo Jake, al fin—. Su antigua novia, o lo que fuese, me ha escrito una carta para contármelo y decirme que tenemos que hacer algo por él. Ella lo ha dejado. Ahora parece que la cosa ha llegado demasiado lejos y tenemos que traerlo de vuelta a casa.

Después de eso no volvieron a hablar en todo el camino. Les llevó quince minutos más llegar hasta el barrio Gris a pesar de que iban a paso ligero. Una vez allí, Jake sacó un papel de su bolsillo, en el cual había apuntado la dirección que Laura le había proporcionado. No había mucha gente por allí, y los pocos que había no tenían pinta de estar muy predispuestos a entablar una conversación. De hecho, los miraban con bastante recelo.

Entonces Jake vio a una chica, a todas luces una prostituta, y se acercó para preguntarle. En cuanto los vio encaminarse hacia ella empezó a recolocarse el sujetador y se subió un poco más la falda.

—Buenas noches, guapos.

—Perdona que te moleste, ¿podrías indicarme cómo llegar a esta dirección?

Jake le mostró el papel, pero ella se limitó a sonreír y a continuar mascando su chicle.

—Oh, vaya... ¿Esto es una forma nueva de entrarle a las chicas de la calle? Qué tierno...

—No estoy de broma.

—Cariño, yo lo único que puedo ofrecerte es esto.

La chica se sujetó los pechos con ambas manos y se los apretó.

—¿Podrías al menos leer el papel?

—Y yo que pensaba que esta noche iba a ser mi día de suerte... Qué lástima, con lo guapos que sois. ¿Seguro que no queréis que nos divirtamos?

—Está bien, vámonos.

Derek sujetó a Jake por el brazo y tiró de él. Y fue toda una suerte, porque ya estaba empezando a enfadarse.

—Vamos a dar una vuelta. Seguro que encontramos a alguien más a quien podamos preguntar.

—Chist, chist...

Ambos se dieron la vuelta en busca de aquella llamada.

—Estoy aquí, monadas.

No tardaron en divisar a otra chica bastante más guapa y joven que la anterior. Les costó descubrir su posición porque estaba oculta entre la sombra de un callejón muy estrecho. Con el dedo índice les indicó que se acercaran.

Derek continuó caminando sin hacerle el menor caso, pero Jake se acercó a ella, esperanzado.

—¿Qué es lo que buscas con tanto interés? —preguntó la chica.

Era pelirroja. Tenía los ojos azules muy perfilados de negro y llevaba los labios de color morado. Jake le mostró la dirección del papel y ella sonrió. Derek se mantuvo al margen.

—Yo podría decirte cómo llegar hasta allí.

—Bien, ¿cuánto quieres?

—Aprendes rápido, ¿eh?

—Tengo prisa. ¿Cuánto?

—Treinta dólares.

Treinta dólares. Aquella chica debía de haber notado que estaba desesperado. Pero no llevaba tanto dinero en la cartera.

—Derek, acércate —le pidió a su hermano, el cual obedeció muy reticente—. Préstame veinte dólares —le dijo mientras sacaba su propia cartera del bolsillo.

—¿Bromeas? No llevo la cartera encima.

Jake lo miró con cara de incredulidad.

—¿Crees que he tenido tiempo de coger mis cosas?

—Maldita sea...

Miró a la chica que tenía delante de sus narices. Ahora sonreía con más ganas. Casi estaba a punto de soltar una carcajada cuando Jake volvió a hablar.

—Te doy diez dólares, ¿de acuerdo? Y mañana volveré para darte el resto.

—Lo siento, cariño, pero ese no era el trato. Treinta dólares o nada.

—Serás...

—Sí, eso es lo que soy. Puta.

Derek volvió a tirar de él para que se alejara.

Estuvieron caminando por las calles sucias y mal iluminadas de aquel barrio hasta que Jake creyó reconocer el lugar donde había tenido la primera conversación con la chica de pelo negro. Se situó justo en el punto donde hablaron y luego miró más allá, en la dirección por donde ella se había marchado.

—Tenemos que ir por ahí.

—¿Qué te hace pensar que tenemos que adentrarnos por un callejón a oscuras? ¿Es otro de tus presentimientos?

Ambos se quedaron callados unos segundos. A Jake le dolió que hiciese ese comentario, y Derek se dio cuenta de que, a pesar de haber sido muy desacertado por su parte, su hermano estaba hablando en serio.

—Lo siento —se excusó poco después—. Es solo que no me parece la mejor opción. No tenemos ni idea de dónde estamos como para ir explorando callejones de este barrio sin ton ni son.

—Te parezca lo que te parezca, tenemos que ir en esa dirección. —Jake se puso en marcha, y a los pocos metros se volvió hacia su hermano—. ¿Acaso prefieres que nos separemos?

Derek caminó tras él y juntos se adentraron en aquella estrecha calle. A medida que avanzaban fueron observando lo poco que se podía ver a su alrededor. Había bastantes ratas que iban y venían. Algunas incluso les rozaron los pies. También había gente durmiendo entre cartones, a ambos lados, que refunfuñaban por aquella intromisión. A Jake le sudaban las manos.

Cuando terminaron de recorrer el callejón salieron a una pequeña plaza con acceso a otras tres calles. Derek se fue acercando a cada una de ellas en busca de las placas identificativas con el nombre.

En la última de ellas hizo señas a Jake para que se acercara.

—Es esta, ¿verdad?

—Poland Avenue —leyó—. Sí, es esta. Ahora vamos hasta el número veintitrés.

Volvieron a ponerse en marcha y esta vez no tardaron en llegar a su destino. La Poland Avenue estaba llena de apartamentos adosados de dos plantas, todos ellos bastante ruinosos, con el acabado de obra y poco más. Por suerte, había unas pocas farolas a lo largo de toda la avenida y vislumbraron fácilmente el número veintitrés.

—Es arriba —anunció Jake, echando un último vistazo a su nota.

Subieron por las escaleras y se situaron frente a la puerta. Primero Jake se acercó para ver si escuchaba algo del otro lado, pero no obtuvo resultados. Derek hizo el amago de llamar con el puño. Jake se lo impidió.

—No sé en qué estado vamos a encontrarlo —le dijo, susurrando.

—Jake, tengo los nervios a flor de piel desde que salimos de casa. Lo único que quiero es averiguar lo que está pasando. Si es cierto lo que dices de Louis, será mejor que entremos cuanto antes.

—Sí, estoy de acuerdo, pero tenemos que pensar en la coartada.

—¿Qué coartada?

—No podemos llamar así porque sí y esperar a que nos abra. ¿Qué te hace pensar que quiere vernos?

—Pero...

El sonido de una de pieza de cristal haciéndose añicos los sobresaltó. Provenía del otro lado.

Derek apartó a Jake y empezó a llamar a la puerta.

—Louis, ¿estás ahí? —Al mismo tiempo que golpeaba la puerta tiraba de la cerradura—. ¡Louis! Soy yo, Derek.

Jake se llevó las manos a la cabeza. Su hermano acababa de echarlo todo a perder.

—No contesta, Jake. Tenemos que hacer algo.

—Sí, claro, pero después de tu espectacular intervención nos quedan muy pocas opciones.

Jake vio cómo se entreabría una de las cortinas de la ventana más próxima a la puerta. Estaba casi seguro de que era Louis el que se había asomado.

—¡Marchaos!

El grito procedente del interior los volvió a pillar desprevenidos. Sin duda, se trataba de su hermano. Derek empezó de nuevo a golpear a la puerta. Jake estaba seguro de que de esa forma lo único que iba a conseguir era asustarlo, y también despertar a algún que otro vecino, si es que había alguno.

—Abre la puerta, Louis, por favor. Hemos venido a ayudarte.

—¡FUERA! ¡Dejadme en paz!

Con cada cosa que Derek decía, Jake se exasperaba más. No entendía nada de nada.

—Hazte a un lado. Tenemos que echar la puerta abajo.

—Nos abrirá, estoy seguro.

Derek seguía en sus trece.

—Derek, apártate.

—No seas ridículo, Jake.

Pero, a pesar de las réplicas de su hermano, él empezó a estudiar la forma de tirar la puerta. Podía embestirla con su propio peso, pero era consciente de que se haría daño si lo intentaba sin ayuda. Tal vez de una patada...

—Aparta de una vez.

—Jake, por favor, déjame que hable con él. Puedo arreglarlo.

—¡HE DICHO QUE OS VAYÁIS!

Los gritos de Louis eran desesperantes. No hacía más que decir cosas sin sentido y lanzar algún que otro mensaje pidiéndoles que se marcharan.

Sin más opción, Jake se preparó para derribar la puerta. Calculó el espacio entre Derek y la cerradura para no golpearle a él y luego arremetió contra ella con una fuerte patada. Derek se apartó, asustado por el impacto, y Jake comprobó que la puerta había cedido un tanto. Entonces Louis empezó a chillar desde el interior. Era escalofriante. Se preparó de nuevo y volvió a lanzar la pierna contra la puerta. La madera se estaba astillando.

Era el momento de embestir.

—Vamos, Derek, a la de tres.

Su hermano entendió sus intenciones y se situaron paralelamente frente a la puerta. Luego corrieron y chocaron contra ella. Repitieron la operación dos veces más hasta que consiguieron que se descolgase y juntos cayeron hacia el interior. Se reincorporaron lo más rápido posible y luego se encontraron con el nuevo panorama.

La casa, en su interior, era una auténtica pocilga. Por otro lado, Louis se había colocado encima de un viejo sofá, con su bate de béisbol en la mano y una postura desafiante.

—Esto va a ser más difícil de lo que me temía —le dijo a Derek.

—¿Qué se supone que estás haciendo, Louis? —continuó su hermano, haciéndole caso omiso—. Deja ese bate y baja de ahí.

—Os... he... dicho... que... os... ¡MARCHÉIS!

Louis jadeaba, y se movía de un lado a otro del sofá con mucha rapidez.

—Tienes que calmarte, ¿de acuerdo? Soy Derek, tu hermano.

Louis se tapó los oídos con los brazos, sin dejar de sujetar el bate. Derek trató de aproximarse, pero entonces él volvió a alterarse.

—¡No te acerques!

Jake se fijó en la mesa que tenía a escasos metros de él, delante del sofá. Había una bolsa llena de pastillas en su interior. Eran anfetaminas. También había unas pequeñas bolsitas llenas de polvo blanco. Louis se percató de que las había visto y entonces, en un abrir y cerrar de ojos, los dos se lanzaron hacia ellas. Jake consiguió atrapar la de las pastillas antes que él y eso hizo que se pusiese todavía más furioso.

—Devuél... ve... me... las.

Empezó a jadear como un perro. Jake se dio cuenta de que la única forma de parar a su hermano era dejando que se acercase para abatirlo en el suelo. Sin pensarlo dos veces, cogió la bolsa de anfetaminas que había recogido y la deshizo, dejando caer todas las pastillas al suelo. Louis se lanzó hacia ellas intentando recogerlas y fue entonces cuando Jake se abalanzó sobre él. Lo aplastó contra el suelo con todo su peso y le quitó el bate de las manos. Louis se estremeció de dolor y Derek se quedó atónito.

—¡Ayúdame! —le gritó Jake—. Ven y trata de sujetarle las manos.

De repente, Louis dejó de gritar. Jake empezó a notar unos movimientos diferentes y rápidamente entendió que se había puesto a convulsionar. Se quitó de encima y le dio la vuelta. El cuerpo de su hermano no dejaba de hacer espasmos. Tenía los ojos en blanco.

—¡Mierda! ¡Mierda! ¡Louis! —Jake intentó que volviera en sí golpeándole la cara—. ¡Louis, vamos!

Después de cinco o diez interminables segundos, Louis exhaló una gran bocanada de aire y paró de moverse. Jake le tocó el corazón para comprobar que continuaba latiendo y, efectivamente, lo hacía, pero a un ritmo muy acelerado. Miró a Derek, que estaba de pie contemplándolos. Ambos tenían lágrimas en los ojos, pero no dijeron nada. Se quedaron así, puede que varios minutos, esperando a que Louis volviera en sí.

Jake estaba sentado en el suelo, sujetando a Louis por el pecho con el antebrazo izquierdo y sosteniéndole la cabeza con la mano derecha.

—Tenemos que llevarlo al hospital ahora mismo —dijo Derek después del eterno silencio.

—Tenemos que llevarlo a casa y no hablarle absolutamente a

nadie de esto. —Se dio cuenta de que su hermano quería rechistar, así que continuó—: ¿Qué crees que pasaría si lo llevásemos al hospital? ¿Quieres que acabe en un centro, o en la cárcel?

—No, claro que no...

Jake se incorporó y dejó a Louis con sumo cuidado tendido en el suelo. Se quitó la chaqueta y se la colocó a modo de almohada. Luego se sentó en el roñoso sofá, se secó la humedad de los ojos con las mangas de la camiseta y observó la estancia. Primero se fijó en su hermano mayor. Acababa de quitarse también la chaqueta para colocársela al menor por encima. Se sentó a su lado y le tocó la frente. Después se quedó ahí, sin más.

La casa estaba completamente destartalada. Olía mal, debido con total seguridad a los alimentos en mal estado que debía haber en la cocina. Daba asco mirar en esa dirección. Todo estaba sucio, sucísimo. ¿Cómo era posible que Louis hubiese sido capaz de vivir en esas condiciones? ¿O todo ese desastre se debía al abandono de la dichosa chica? Vio la bolsa de deporte negra, la misma que Louis se había cargado al hombro antes de marcharse de casa, tirada unos metros más allá, vacía.

Suspiró antes de levantarse de nuevo. Recogió la bolsa y se dispuso a meter en ella toda la ropa que encontró de su hermano. También su bate de béisbol. Pasó por encima de las pastillas esparcidas por el suelo y notó cómo crujían bajo sus pies. Si su hermano estaba enganchado a ellas iba a ser un desastre cuando se diese cuenta de que ya no estaban, aunque, por otro lado, la chica misteriosa le había dicho que no hacía mucho que había empezado a consumir cocaína, pero no había mencionado nada de las anfetaminas. A lo mejor no le resultaba tan duro recuperarse, ni de una cosa ni de la otra, pero era algo imposible de predecir en ese preciso momento.

—Parece que ya respira un poco más despacio —anunció Derek.

Tenía la mano sujeta a la muñeca de Louis, controlándole el pulso.

—Deberíamos ponernos en marcha.

—Pero ¿qué quieres? ¿Arrastrarlo, o qué? Está inconsciente.

—Bueno, pues tampoco podemos pasarnos aquí toda la noche esperando a ver qué pasa. Entre tú y yo podemos cargarlo.

—Sí, claro, ¿y qué pensará la gente que nos vea por ahí con él?

—¿Crees que a la gente de por aquí le importa lo más mínimo lo que suceda dentro del barrio?

—No, Jake, pero te recuerdo que vivimos a unos cuantos kilómetros más allá de donde acaba este tugurio.

—¿Tienes alguna idea mejor?

—Sí, podemos tratar de localizar a Ari, y que venga a por nosotros cuando termine el turno. A lo mejor ya ha vuelto a casa.

—Lo primero, ¿has visto alguna cabina telefónica de camino aquí? Y lo segundo, ¿en serio le pedirías a Ari que entrase con el coche en este lugar?

Louis empezó a pestañear y a moverse. Derek lo ayudó a incorporarse y se quedó sentado con la cabeza hacia abajo, rendida por su propio peso.

—¿Crees que puedes ponerte en pie? —le preguntó Derek.

—No quiero ir a casa.

Ahora hablaba como un niño pequeño, pero al menos era una suerte que ya no pudiese envalentonarse. Así sería mucho más fácil.

Jake se echó la bolsa de deporte al hombro, avanzó hasta ellos y se situó detrás de Louis. Lo asió por las axilas para levantarlo. Derek también se incorporó y una vez todos arriba ayudó con la tarea de mantenerlo erguido. Se pusieron cada uno a un lado y lo sostuvieron por sendos brazos.

—En marcha.

Salieron juntos de la mugrienta casa y bajaron a su hermano por las escaleras, el cual iba arrastrando los pies y dejando todo el peso prácticamente muerto. Continuaron así hasta que salieron de aquel barrio, y evitaron responder a cualquier comentario provocativo o de otro tipo durante todo el trayecto.

—Tienes que poner un poco de tu parte, Louis —dijo Jake cuando empezaron a caminar de nuevo por Prinss—. Apoya los pies, por favor.

Louis iba canturreando una especie de canción, imposible de descifrar. Derek y él estaban sudando por el esfuerzo.

—Está demasiado ido —le dijo Derek—. Pero ya falta poco. Aguantaremos un poco más y si vemos que alguien sospecha demasiado le diremos que ha pillado su primera borrachera.

Jake estuvo de acuerdo.

Ojalá fuese solo una primera borrachera, pensó.

- - - - - - -

Emily estaba que se subía por las paredes. Hacía más de dos horas que Derek y Jake se habían marchado y todavía no habían regresado. El reloj que tenían sobre el mueble de la televisión marcaba ya la medianoche.

Zane había aparecido poco después de su marcha y le había explicado lo extraño e incierto de lo sucedido. Era por eso que se había quedado para hacerle compañía en su larga espera. La pobre se había quedado dormida en uno de los sofás hacía más de media hora.

Ella estaba ahora de pie, caminando de un lado a otro de la estancia. ¿A dónde habrían ido? Había sido Emily la que le había insistido a Derek para que acompañara a su hermano, pero ahora lamentaba que Jake no hubiese dado más explicaciones. Que iban a por Louis era lo único que había mencionado. Hacía dos meses que no habían vuelto a saber de él y lo cierto era que muchas veces se preguntaba a dónde habría ido a parar. Derek también se lo preguntaba, y hablaban sobre ello algunas noches antes de dormir. Pero se tranquilizaban mutuamente diciendo que estaría bien y que, probablemente, volvería pronto.

Escuchó un ruido procedente del jardín, se sobresaltó y fue corriendo a abrir la puerta. Derek y Jake habían regresado y llevaban a Louis casi a rastras. Pasaron todos al interior y descargaron al chico sobre el sofá que quedaba libre. Zane no tardó en despertarse.

Emily se acercó rápidamente a Derek y lo agarró por el brazo. Estaba jadeando, igual que su hermano. Sabía que tenían que recuperarse antes de empezar a relatarle los hechos, pero no podía esperar.

—¿Qué ha pasado?

Derek se limitó a indicar con un gesto de cabeza que mirase hacia Louis. El susodicho estaba tendido boca arriba en el sofá, moviendo la cabeza de un lado a otro y canturreando. Zane se había puesto a su lado, intentando comprender qué le sucedía.

—No te acerques a él, Zane —advirtió Jake—. Está muy colocado.

—Podría volver a ponerse violento de un momento a otro —continuó Derek.

Zane se apartó de inmediato y volvió a situarse en el sofá en el que había estado. Tanto ella como Emily estaban boquiabiertas.

Fue una noche complicada. Emily lo observó todo sin que se le ocurriese nada que pudiese ayudar.

Entre los dos hermanos cogieron de nuevo a Louis y lo subieron por las escaleras para dejarlo tumbado sobre su propia cama. Ese cuarto se había quedado vacío después de que él se fuera. Cuando se quedó dormido, Jake y Derek empezaron a respirar aliviados.

—Creo que voy a darme una ducha —le dijo Derek—. La necesito.

—Sí, ve. Yo te llevaré la ropa para después.

—Yo me quedo haciéndole compañía —añadió Zane, refiriéndose a su otro hermano.

Emily y Derek salieron y dejaron a Jake y Zane a solas con Louis. Miró a su futuro marido con el rostro lleno de preguntas, con la esperanza de que él le contase alguna cosa más.

—Ha sido una noche muy larga. —Fue lo único que le dijo.

—Pero ¿cómo lo habéis encontrado? ¿Ya sabíais que iba a estar así?

—Yo no sabía nada, pero Jake sí.

—Pero ¿cómo...?

—Por lo visto, la chica que vivía con Louis le advirtió de todo.

—¡Madre mía!

—Sí... Van a ser unos días muy largos hasta que Louis vuelva a la normalidad, y hasta que nos cuente qué es lo que ha estado haciendo. Podría incluso deber dinero, o qué sé yo.

—Date una ducha y relájate un poco, ¿de acuerdo?

Emily dejó que se fuese al cuarto de baño y luego empezó a preparar su ropa limpia. No pasaron ni quince minutos cuando el caos se desató de nuevo.

- - - - - - -

—¡Zane! Ven aquí —ordenó Jake a su hermana.

Louis había vuelto a perder los estribos. Chillaba y corría de un lado a otro estirándose de los pelos.

—DÉJAME SALIR —gritaba.

Jake se había situado en la puerta de la habitación para bloquearla. Todo había empezado a raíz de que Louis se despertara y reconociera dónde se encontraba.

—Louis, cálmate.

Pero él continuaba gritando.

—No vas a ir a ninguna parte. Estás en casa.

—¡Esta no es mi casa!

—Sí que lo es.

Zane estaba temblando. Se había colocado a su lado con la cabeza gacha. Estaba seguro de que quería salir de la habitación, pero no podía abrir la puerta.

En un arrebato, Louis se abalanzó contra él y ambos chocaron. Jake lo empujó de vuelta hacia atrás.

—Si no te estás quieto vas a hacerte daño.

Él volvió a chillar. Era muy duro tener que verlo en ese estado y obligar a Zane a estar allí presente, pero no había otra alternativa. Para su sorpresa, Louis se dirigió hacia la ventana. La abrió de par en par y se situó en la repisa.

—¡Quieto! —gritó Jake.

Pero no le dio tiempo a llegar hasta a él. Louis saltó y desapareció. Cuando Jake llegó ya había caído al suelo. Se revolvió dolorido por el césped unos segundos, y luego salió corriendo medio cojeando para bordear la casa. Jake maldijo para sus adentros y echó a correr para alcanzarlo a través de la casa. Se cruzó con Emily en la puerta, y luego continuó escaleras abajo hasta que por fin salió al exterior.

Louis no había llegado demasiado lejos con su cojera, así que continuó corriendo hasta darle alcance. Lo sujetó por detrás y lo tumbó en el suelo. Luego le tapó la boca con la mano para que dejase de gritar. Eso funcionó los cinco primeros segundos, pero luego su hermano consiguió abrirla de nuevo para morderlo. Jake apretó los dientes y aguantó el dolor hasta que llegó al límite. Entonces le dio la vuelta a Louis y lo sujetó por el cuello, con fuerza.

—Ya, basta —le dijo.

Le dolía la mano, y le sangraba, pero pese a eso consiguió mantenerlo bien sujeto. Louis estaba bastante esmirriado. Poco después dejó de ofrecer resistencia y empezó a lloriquear.

Emily llegó segundos después y Derek no tardó en hacerlo. Un par de vecinos curiosos estaban asomados a la ventana.

—Suéltale —le dijo Derek, apoyando una mano sobre su hombro.

Louis tosía y trataba de deshacerse del amarre del cuello, pero apenas tenía fuerza. Jake fue aminorando la presión poco a poco, hasta que se convenció plenamente de que no iba a volver a escaparse.

Ya no le quedaban fuerzas, y a él tampoco.

Derek ayudó a Louis a incorporarse y luego le hizo de apoyo para que pudiese caminar de vuelta a casa. Jake se quedó sentado al borde de la acera. Estaba agotado.

—Entra en casa —le sugirió Emily—. Aquí lo único que vas a conseguir va a ser coger frío.

—Iré enseguida. Necesito estar solo.

Emily asintió y se marchó, dejándolo a solas con sus pensamientos.

Era doloroso ver en qué se había convertido Louis, y más doloroso aún era saber que había sido culpa suya.

En lugar de afrontar los hechos había tomado el camino fácil. Había echado a su hermano pequeño de casa y lo había abandonado a su suerte.

¿Qué habrían hecho sus padres ante aquella situación?

No dejó de preguntárselo durante toda la noche.

JUEVES

15 DICIEMBRE 1988

Faltaban pocos días para Navidad, pero las cosas no estaban yendo demasiado bien. Arabia se paró a pensar y se dio cuenta de que sus Navidades iban de mal en peor. La primera mala que recordaba había sido la primera sin su madre, después estaba la de la noche en aquella discoteca en la que dejó de tener simpatía por Jake, seguía la del año anterior, sin una parte de la familia Becker, y ahora... Ahora tenían a Louis encerrado en su habitación por culpa del mono.

Jake había tenido que colocar rejas en las ventanas de su habitación y una cerradura en la puerta, puesto que ya había tratado de escaparse dos veces. Además, habían tenido que sacar todos los muebles para evitar que se hiciese daño golpeándose con alguno de ellos. Solo le habían dejado un colchón y unos cuantos barreños para sus necesidades, aunque la mayoría de veces hacía las cosas a sus anchas y Derek y Jake siempre le estaban reprochando que fuese tan cochino. Los dos hermanos mayores habían ido a buscarlo al barrio Gris para traerlo de regreso y ahora estaban intentando que se recuperara de su adicción a la cocaína. Arabia había conseguido calmantes para cuando tenía alguno de sus ataques.

Justo en aquel momento, Jake estaba allí dentro con él. Había ido a llevarle la cena. Zane y ella estaban recogiendo los platos, y se notaba a la legua que su mejor amiga estaba exhausta.

Ella era la que se quedaba todo el día en casa y tenía que soportar las súplicas de Louis. Tenía terminantemente prohibido entrar en la habitación y, de hecho, no tenía ni siquiera llave de la cerradura. Lo único que hacía era ocuparse de la casa y aguantar los insultos que su hermano vociferaba. Y tenía para todos.

—Mañana y pasado tengo día libre —le dijo—. Me quedaré contigo en casa todo el tiempo. Después, cuando vuelva Emily, saldremos al súper a hacer la compra, ¿qué te parece?

Zane se limitó a sonreír, agradecida.

—Y de camino pasaremos por el centro comercial.

Eso la animó todavía más, aunque no hizo ningún comentario, solo volvió a sonreír.

Un golpe en el piso de arriba hizo que se sobresaltaran. Era lo que solía ocurrir cuando alguno de los hermanos mayores iba de visita al cuarto de Louis. Poco después Louis empezó a gritar, desesperado. Se le escuchaba perfectamente desde el piso de abajo. Cosas como: «Eres un cabrón»; «No me hagas esto, por favor»; «Ayúdame»; «Te odio» o «Déjame salir» eran sus frases más habituales. Y después también pasaba algo habitual. El que había acudido a la habitación se presentaba después en el salón con la cara descompuesta.

Ese día no fue menos. Jake apareció poco después, tras un fuerte portazo, con la ropa y la cara llena de restos de comida.

—Por lo visto hoy tampoco tiene hambre —anunció mientras se limpiaba los restos de salsa de la cara.

—Lleva ya varios días sin comer —dijo Zane, preocupada.

—Comerá —continuó Arabia, para tranquilizarlos—. Tarde o temprano lo hará.

Y estaba completamente segura de que lo haría.

Estaban los tres solos desde hacía un par de días. Derek, Danielle y Emily se habían ido a pasar la semana a casa del padre de ella. Con los gritos de Louis, la pequeña no podía conciliar el sueño y además se había resfriado, así que era imposible la convivencia con los lloros de ella y los de Louis.

—¿No hubiese sido mejor haberle ido reduciendo la dosis poco a poco? —sugirió Zane.

—No —contestó enseguida Arabia—. Pero tal vez sí sería buena idea que lo viera un médico.

Jake las miró con el entrecejo fruncido. Ambas sabían que estaba en contra de que todo aquel asunto saliese de casa. Él estaba convencido de que se solucionaría pronto. Solo había que esperar.

—¿Cómo llevas la mano?

Louis le había mordido el mismo día que lo llevaron a casa, que coincidió con la primera vez que intentó escapar. Arabia le había cosido cuatro puntos por la mañana, al llegar del trabajo. Desde entonces llevaba una venda fina que ella le cambiaba rigurosamente cada tres días para evitar que se le infectase.

—Bien, tal vez ya no necesite esto —dijo, señalándose la venda.

—Ven, déjame verlo.

Jake se sentó en la mesa de la barra americana de la cocina y colocó el brazo derecho sobre ella, con la palma de la mano hacia arriba para ofrecérsela. Arabia cogió un taburete y tomó asiento justo enfrente. Empezó a desvendarle con cuidado hasta que dejó al descubierto toda la palma.

La herida la tenía justo en la parte que había entre el dedo índice y el pulgar. Jake tenía la mano tan grande que gracias a eso su hermano no había podido causarle un mal mayor. Instintivamente se miró la suya y se dio cuenta de que, de haber querido, Louis podría haber arrancado un pedacito de la de ella. Luego miró al frente y comprobó que Jake se había quedado mirándola, embobado. Por primera vez desde hacía mucho tiempo, Arabia empezó a sentir de nuevo un cosquilleo en el estómago. Apartó la mirada y se reprochó a sí misma ese sentimiento.

Ese asunto estaba zanjado; Jake, no.

—Sí, tienes razón, se ha curado bien —dijo, un poco nerviosa—. Espera aquí. Voy a ir a por una gasa y un poco de esparadrapo.

Subió a su habitación lo más deprisa que pudo. Allí trató de tranquilizarse. No quería sentir nada por Jake. Siempre pasaba lo mismo. Ella se interesaba porque él empezaba a comportarse bien, pero luego siempre hacía alguna de las suyas, ya fuese por alguna otra chica o por alguno de sus arrebatos de mal humor. Ahora estaba intentando arreglar el bache que atravesaba su familia, una vez más, y eso la conmovía. Cogió las cosas que había ido a buscar y bajó de nuevo, abochornada.

Él no se había movido. Tenía a Zane sentada a su lado, observándole la pequeña cicatriz.

—Ya estoy aquí.

Volvió a situarse enfrente de ellos y le pidió la mano de vuelta. Entonces colocó el trozo de gasa y luego el esparadrapo alrededor.

—Así por lo menos evitarás que te roce el guante de la fábrica.

Jake se miró el resultado, serio. Luego volvió a mirarla. Sus ojos azul oscuro estaban tristes.

Sin decir nada se levantó y se marchó.

—No hay de qué —continuó ella en voz alta, a pesar de que la única que podía escucharla ya era Zane.

—No se lo tengas en cuenta —comentó.

—Nunca lo hago.

Las dos amigas se quedaron un buen rato en silencio, sentadas y apoyadas sobre la barra americana, una a cada lado. No se oía ningún ruido del piso de arriba y eso significaba que Louis estaba tranquilo. Últimamente los momentos de silencio absoluto eran muy escasos, así que se limitaron a disfrutarlo.

—¿Lo echas de menos? —preguntó Zane, tiempo después.

Arabia la miró extrañada.

—¿A quién?

—A Dave.

—Oh, bueno, no sé... A veces tengo mis dudas de si realmente estuve enamorada de él.

—¿Sí?

—Y también si él de mí. En cualquier caso, ya es agua pasada.

Apenas se había hablado sobre su ruptura con Dave, debido en parte a que ella les había pedido a Zane y a Emily que no le hiciesen preguntas sobre ello. No le apetecía tener que dar explicaciones, pues cada vez que pensaba en la corta relación y en lo que había hecho con él justo antes de dejarlo se sentía fatal, y notaba una fuerte presión en el estómago que la dejaba alicaída para el resto del día.

—Y... ¿cómo llevas el verlo casi todos los días? ¿No resulta un poco embarazoso?

—Sí, bastante, Zane. Pero no me queda más remedio. Intento creer que entre nosotros, simplemente, no hubo nada, y así es mucho más fácil.

Zane ladeó la cabeza.

—Él actúa de ese modo, así que yo también —aclaró Arabia.

En realidad, él no hacía más que avergonzarla en público. Hacía gestos obscenos y cuchicheaba con sus compañeros cuando ella pasaba para luego echarse a reír con todos ellos. No tenía ni idea de cómo había llegado a esa situación, pero estaba llegando incluso a pensar en dejar el trabajo y probar suerte en otra parte. Sin embargo, cada vez que se paraba a pensarlo bien, se decía a sí misma que era una auténtica estupidez dejar un buen trabajo solo porque un sinvergüenza quisiera hacérselo pasar mal. Y por eso, cada vez que se encontraba ante una situación parecida, se armaba de valor y pasaba olímpicamente del tema.

Estaba convencida de que algún día Dave se cansaría de esas tonterías si ella continuaba sin parecer ofendida.

LUNES

23 ENERO 1989

ENERO

SM	L	M	X	J	V	S	D
52							1
1	2	3	4	5	6	7	8
2	9	10	11	12	13	14	15
3	16	17	18	DK	20	21	22
4	23	24	25	26	27	28	29
5	30	31					

Zack Murray había llegado hacía tres semanas a la fábrica Wathson, justo después de las vacaciones de Navidad, y se había hecho notar muy pronto. A Jake no le gustaba en absoluto su actitud. Era hijo de Philip Murray y por ello se creía privilegiado, aunque en parte lo era. Trabajaba en una sección distinta a la de su padre, por lo tanto, distinta a la de Jake, y lo habían colocado en un buen nivel, sin merecerlo.

Tenía veintidós años, uno menos que Jake, y eso lo convertía en el trabajador más joven de la empresa. Estaba claro que su padre le había metido allí y no se molestaba en rehuir su parentesco, de hecho, se notaba que se sentía orgulloso por ello. No por el hecho de trabajar allí, sino por saber que había pasado por encima de muchos otros sin hacer ningún tipo de prueba. A la hora de comer se permitía el lujo de sentarse donde le apeteciese: unos días junto a sus compañeros y otros entre los peces gordos, donde se incluía su hermano Derek, en calidad de abogado. Y eso era lo peor de todo.

A Zack le encantaba sonsacar información de aquí y de allá y utilizarla en su favor. Era, lo que se dice, un especialista en ese sector. Jake temía que su hermano se fuese de la lengua y contase algo que le pudiese perjudicar. Después de que todos supieran que ambos eran unos enchufados, lo que menos le apetecía era que Zack obtuviese algo más que pudiese utilizar para burlarse. Había hecho muchas cosas embarazosas a lo largo de su vida que Derek conocía... y era por todos sabido que la relación entre ellos, como hermanos, estaba bastante deteriorada.

Jake siempre escuchaba en casa lo que su hermano contaba. Le había oído mencionar, durante la cena del día anterior, alguna de sus charlas con Zack. Le explicaba a Emily que le seguía un poco el juego con alguna de las idioteces que decía para no tener que reprocharle su fanfarronería. Según él, era mejor así.

El ambiente en casa había mejorado un tanto después de Navidad y todo se debía a que Louis comenzaba a mejorar. Empezaba a comportarse, a comer y a tener momentos de lucidez en los que pedía perdón y preguntaba una y otra vez por Laura. Así fue cómo Jake se enteró del nombre de la misteriosa chica Gris.

Jake estaba ahora a punto de terminar la jornada matutina. Tenía un hambre atroz y no dejaba de ojear el enorme reloj que colgaba del techo de la fábrica.

—Que mires el reloj no hará que el tiempo pase más rápido, Becker.

Philip Murray le había lanzado la afirmación por la espalda. Jake ni siquiera se volvió para mirarlo.

—Vamos, Jake —le dijo Wane—. Solo quedan veinticinco minutos para el descanso. ¿Qué te ocurre hoy que estás tan cansado?

—¿Acaso tú no lo estás? —Quiso saber Jake.

Llevaban trabajando a un ritmo muy alto toda la mañana.

—Igual que cada día, pero tú tienes peor aspecto que otras veces.

Wane no se equivocaba. Jake había pasado la noche con unas décimas de fiebre y durante toda la mañana había estado sintiendo escalofríos. Pero se encogió de hombros y siguió trabajando. Después de la larga espera sonó por fin la sirena y todos los trabajadores empezaron a replegarse hacia los vestuarios.

Jake se encontró con Bill y Edward allí. Los tres decidieron darse una ducha antes de ir a comer. Cuando Jake ya se estaba vistiendo, Zack se presentó a su lado y empezó a hablar.

—Así que tú eres el pringado de la familia Becker, ¿no es cierto?

Jake se quedó estupefacto tras las palabras de Zack. Todos los que habían escuchado el comentario se volvieron para mirar y escuchar con atención.

—¿A qué ha venido eso, pequeño Murray? —le preguntó Bill, sarcástico.

—Solo quería preguntarle a Jake qué se siente cuando alguien te hace sombra constantemente —continuó Zack. Jake estaba apoyado en la taquilla, con la camiseta en la mano y escuchando atentamente—. Se dice por ahí que tu hermano consigue todo lo que tú ambicionas, incluidas las mujeres. Desde luego, jugando sus cartas, es mucho mejor que tú.

Eran muchos los que rondaban cerca de ellos. Algunos incluso se habían sentado impacientes y divertidos por ver cómo se resolvía todo aquello. Jake trataba de mantener la calma. Sabía quién era Zack, sabía quién era él, y sabía cuáles eran las reglas fundamentales de la empresa. Las peleas estaban totalmente prohibidas.

Zack aprovechó la atención que todos le dedicaban y lanzó su mejor discurso.

—Como todos sabéis, Derek Becker, que es el abogado de Frederic Wathson, es el prometido de Emily, una de sus encantadoras hijas —empezó diciendo—. ¿Pero sabíais que antes que él, Jake la había pretendido? Y lo que es todavía mejor... ¿Sabíais que primero intentó hacerse con su hermana gemela? Se acostó con ella el año pasado, pero ahora ella tiene un crío que ni siquiera es de él. Este semental fracasado intentó cazar a las gemelas Wathson y entonces llegó su hermano y se apoderó de sus ambiciosos planes. Derek se va a casar con Emily y es uno de los abogados de esta empresa. Y todo eso, ¿en cuánto tiempo? ¿Unos pocos meses?

—Será mejor que te calles —le advirtió Jake.

No sabía si estaba más cabreado con él o con su hermano, por haber aireado por ahí cosas que no eran del todo ciertas.

—Me pregunto cómo es posible que él y su hermano consiguiesen este trabajo. Oh, sí, lo olvidaba. También sabréis que Jake y Derek son los hijos de uno de los trabajadores a los que echaron. Los hijos de los trabajadores mediocres no tienen cabida en esta empresa, pero por lo visto su padre le lamió tanto el culo a Frederic que consiguió que contratasen a Jake en secreto. Me pregunto si vuestra madre tuvo también algo que ver con todo eso. Frederic lleva viudo tantos años que no me extraña que ella también tuviese que...

Jake cerró la taquilla con un fuerte portazo y se giró para encararlo.

—No te atrevas a terminar esa frase.

Zack sonrió abiertamente y añadió:

—... lamerle algo.

Jake se abalanzó sobre él, pero Zack lo esquivó sin esfuerzo y se dirigió a otra zona del vestuario.

—La verdad duele, ¿eh? —continuó diciendo—. ¿Qué se siente al escucharla por boca de otros?

Jake respiraba con dificultad. Tenía ganas de sentarse en alguna parte, pero se obligó a continuar, a pesar de las reglas. Ni siquiera se fijó en el objeto que su oponente acababa de coger de una de las taquillas. Caminó decididamente hacia Zack y trató de golpearlo, pero esta vez, Zack se defendió con una varilla corta de hierro que intersecó el brazo de Jake. Le hizo bastante daño, pero su cerebro todavía no lo había asimilado por la rabia que sentía, así que trató de golpearlo de nuevo. Esta vez, la barra de Zack le acertó en la parte baja de la cara, a la izquierda de la mandíbula. Y entonces sí, gritó y se apartó. Se hizo tanto daño que tuvo que sentarse. Sintió un dolor punzante atravesándole la cara y el sabor de la sangre en su boca poco después.

Cuando se recompuso vio a Zack regodeándose con algunos de los que preferían estar con él que contra él y, a pesar del dolor en la cara y en el brazo, no se lo pensó dos veces. Bill trató de impedírselo, pero Jake se levantó y fue hasta Zack, el cual trató de levantar de nuevo la varilla, sin éxito, porque él se la quitó en un solo movimiento. La sujetó con ambas manos y la usó para empujarlo hacia las taquillas. Esta vez fue Zack quien aulló de dolor.

Jake se la había clavado en toda la nariz. No había medido su fuerza y tampoco se arrepentía. Siguió respirando con dificultad mientras Zack salía promulgando gritos e insultos hacia la enfermería acompañado de otros dos.

Ahora solo tenía ganas de tomar el aire, y de hablar unas cuantas cosas con su hermano. Lo segundo era lo más importante.

—Jake —le dijo Bill, sujetándolo por el brazo antes de que saliera por la puerta—. Tú también deberías ir a la enfermería.

Se acercó al espejo para comprobar el aspecto de su mandíbula. Estaba lleno de sangre por el cuello y por el pecho.

—Joder —dijo en voz alta.

Empezó a lavarse y a echarse agua por encima para limpiar la herida abierta que tenía en el labio, pero no consiguió que dejase de sangrar.

—Probablemente necesites puntos ahí —apuntó Edward.

Jake cogió su camiseta para ponérsela sobre la herida y salió de los vestuarios sin hacer caso a sus compañeros. Tenía los sentimientos a flor de piel.

Empezó a subir por las escaleras, de sección en sección, hasta el segundo piso, donde se situaban la mayoría de las oficinas. Los peces gordos terminaban el turno media hora más tarde, así que esperaba encontrar a su hermano en su despacho. Abrió la puerta sin llamar y se presentó allí.

Derek tenía visita. Un hombre de traje estaba situado al otro lado de su escritorio y entre ambos había un montón de papeles sobre los que debían haber estado hablando antes de la interrupción.

—Santo dios, Jake —dijo su hermano a la vez que se levantaba de su asiento—. ¿Qué te ha pasado? Le ruego que me perdone, señor Estévez. Si me disculpa...

Jake pensó que ni siquiera deberían de ser hermanos. ¿Cómo había podido hablar a sus espaldas de ese modo? Pero no pudo decírselo delante de aquel hombre. Derek llegó hasta él y lo sujetó para que ambos saliesen del despacho.

—Explícame qué ha pasado —le pidió.

—Eres despreciable —dijo Jake, al fin, a lo que él se quedó con cara de estupefacción—. ¿Cómo te atreves a airear cosas de nuestra familia por ahí?

—¿De qué hablas?

—Cómo te atreves a insinuar que yo estaba enamorado de Emily, y contar que me acosté con Emma... ¡¿Por qué tienes que ridiculizarme de ese modo?! ¿No tuviste suficiente en el colegio?

—Jake, no sé de qué me hablas.

—¡Claro que no! —Jake estaba muy alterado. Hablaba zarandeando la camiseta mientras notaba el salado sabor de la sangre en su boca. Escupió—. No tienes ni idea de la que has liado. Me van a despedir por tu culpa.

—¿Cómo que te van a despedir? ¿Me estás diciendo que esas heridas son porque has tenido una pelea?

Por supuesto, Derek conocía las reglas incluso mejor que él. Como abogado debía saber lo que pasaba si alguien se peleaba con uno de sus compañeros, sobre todo si la pelea dejaba marcas como las que llevaba Jake.

—Todavía no me creo que hayas podido traicionarme de ese modo.

—¿Traicionarte? —Derek seguía sin comprender—. Mira, Jake, no sabré qué tengo yo que ver con todo esto hasta que me lo digas.

Jake se enajenó tanto que tiró a un lado la camiseta para hablar con claridad y expresar su rabia con las manos. La sangre volvió a pasarle por la boca y se atragantó. Las puertas de los despachos contiguos se abrieron y en poco tiempo el pasillo se llenó de hombres trajeados.

—¡Becker!

La voz los sorprendió a ambos a las espaldas de Jake. Frederic Wathson se acercaba hacia ellos con rapidez.

—Márchate ahora mismo a la enfermería —dijo, dirigiéndose a Jake—. Zack acaba de ser enviado al hospital. Algo me decía que tú eras el otro implicado. Ve a curarte y cuando estés listo regresa arriba y dirígete directamente a mi despacho. Los demás, volved a vuestro trabajo, incluido tú, Derek.

—Señor Wathson...

—Ahora no. Hablaré contigo más tarde. Vuelve a tus asuntos y trata de que el presente no te afecte en tus tratos con el señor Estévez. —Frederic volvió entonces a dirigirse a Jake—. Ya has llamado suficientemente la atención.

Jake bajó de nuevo por las escaleras y se dirigió de muy mal humor a la enfermería. La primera persona a la que vio fue a la auxiliar de la enfermera, limpiando un carril de sangre que había esparcido por el suelo. Nada más verlo, exclamó:

—¡Por todos los cielos! ¿Tú también?

Se llamaba Wanda y era una chica bajita y de caderas anchas a la que habían aceptado hacía poco para realizar las prácticas de auxiliar. Debía de rondar los veinte años.

—Siéntate aquí —le dijo. Luego elevó la voz, pero en otra dirección—. ¡Señora Loom! Aquí hay otro chico con heridas.

Isabelle Loom salió y nada más ver a Jake puso los ojos en blanco.

—Ya me imaginaba que serías tú —dijo. El mal humor de Jake se incrementó todavía más por su actitud—. Parece mentira que os creáis que sois hombres hechos y derechos con peleas como estas.

Jake prefirió no replicar. Se limitó a dejar que efectuase su trabajo, pero, mientras empezaba a limpiarle la herida abierta del labio, ella continuó hablando:

—Mira que la has hecho buena. Se han tenido que llevar a Zack al hospital porque tenía rota la nariz. Aunque claro, qué te voy a contar a ti... Estarás orgulloso pensando que se ha llevado su merecido, ¿verdad? ¡Wanda! Tráeme hilo y aguja, tenemos que poner unos cuantos puntos aquí. ¡Date prisa, muchacha!

Le dolió. No era la primera vez que le ponían puntos en la cara, pero sí hacía mucho tiempo desde la última vez. La señora Loom tampoco fue demasiado cuidadosa al hacerlo porque, obviamente, estaba enfadada.

—Límpiale la cara —le ordenó a la auxiliar—. Y tú, espero que sepas cómo arreglar esto, porque de lo contrario ya sabes lo que te espera.

—Lo sé muy bien, Isabelle, gracias.

La señora Loom desapareció de la estancia, indignada. En cierto modo se tenían cariño. Ella se encargaba de reparar los accidentes de todos los trabajadores y siempre se acababa encariñando de los más usuales, aunque tuviese una forma irónica de demostrarlo. La verdad era que también le recordaba un poco a Margarett.

Jake agradeció que le dejaran en manos de Wanda. La joven era mucho más delicada que la señora Loom y puso mucho cuidado en evitar hacerle daño. Además, trabajó en silencio y eso fue lo mejor de todo. Cuando acabó con la cara, le pasó la toalla húmeda por el cuello para limpiarle los demás restos y al llegar a su pecho empezó a ponerse nerviosa. En otro momento a Jake le habría hecho gracia.

—Ya sigo yo —le dijo, cogiendo la toalla y con bastante dejadez en la voz.

—Creo que deberías tomar algún antiinflamatorio para la mandíbula, y ponerte pomada —le propuso Wanda antes de que se marchara—. Se te está quedando esa parte de la cara amoratada.

—Lo tendré en cuenta.

Jake volvió de nuevo a los vestuarios. Cogió su sudadera de la taquilla y se la puso. Era de algodón con cremallera y de color gris oscuro. Sus dos amigos debieron verlo dirigirse hacia allí desde el comedor y no tardaron en aparecer.

—¿Cómo estás? —le preguntó Edward.

—Jodido —se limitó a responder Jake.

—¿Has hablado ya con El Gran W? —continuó Bill.

—Me encontró antes de que yo le buscase. Tengo que volver ahora a su despacho. Supongo que todos sabemos lo que eso significa.

—¿Realmente crees que van a echarte?

—¿Que si lo creo? —De haber podido se habría echado a reír irónicamente, pero ya notaba la tirantez de los puntos—. Tengo la absoluta certeza de que así será.

—Pues en ese caso —intervino Edward de nuevo—, no pareces demasiado preocupado.

—Ha sido muy estúpido por tu parte ceder al juego de Zack —añadió Bill—. Deberías haber sido más listo, sabiendo que lo que pretendía era provocarte.

—¿Acaso no escuchasteis lo que dijo de mi madre? —Jake volvió a alterarse—. Habría aceptado escuchar cualquier cosa, ¿me oís? ¡Cualquier cosa! De hecho, he consentido que me humillase con todos sus comentarios. Pero no iba a dejar que continuase hablando así de mi madre, que, por cierto, está muerta, ¿recuerdas? Volvería a hacerlo si fuese necesario, así que siento que os parezca que ha sido una estupidez.

—Vamos, Jake, no queríamos que lo interpretaras de ese modo.

—Me voy a ver a Wathson.

—Esperamos verte luego —dijeron ambos.

Jake miró a los que consideraba como sus dos únicos amigos dentro de la empresa antes de salir por la puerta. Sabía cuáles iban a ser las consecuencias de sus actos y no merecía la pena alargarlo más.

Frederic Wathson lo esperaba tras la mesa de su despacho. Encontró la puerta abierta, así que Jake tocó con los nudillos y entró sin decir nada. Se sentó y esperó cabizbajo a que Frederic se dirigiese a él. Le dolía la cabeza, aunque no tanto como la mandíbula. Aquella varilla de hierro podría haberle destrozado la boca. Había tenido suerte.

—Phillip me ha llamado hace veinte minutos desde el hospital —empezó diciendo Frederic—. Zack tiene roto el tabique nasal, por lo visto debido al impacto con una pieza de hierro. —Hizo una pausa para mirarlo, pero apenas tuvieron un breve contacto visual porque Jake volvió a agachar la cabeza—. Mi primera pregunta es, ¿qué hacía esa cosa en los vestuarios?

Jake suspiró.

—Señor Wathson —dijo—. ¿Cree que sirve de algo que hablemos del asunto? Quiero decir, ¿cambiará algo si le cuento mi versión de los hechos?

—Lo dudo mucho, Jake. Ya conoces las reglas. —Por primera vez después de todo lo sucedido, Jake se sintió abatido, derrotado. Una sensación de ahogo empezó a subirle por las pantorrillas y se le quedó en la garganta—. Aun así, y por la relación externa que existe fuera de estas paredes entre mi familia y la tuya, quiero conocer los detalles. ¿Quién empezó la pelea?

—Técnicamente fui yo. —Jake notó la decepción en la cara de Frederic—. Él me provocó y yo reaccioné primero, pero también fui yo quien recibió el primer golpe con esa maldita varilla. Y no sé de dónde la sacó, pero le garantizo que yo no la llevé a los vestuarios.

—Esa información no me servirá de mucho en tu defensa. Esta tarde nos reuniremos para debatir lo sucedido. —Frederic mantenía un tono plano y apagado—. ¿Sabes algo, Jake? Desde el primer día que empezaste a trabajar aquí temí por que algo como lo de hoy sucediera. Tu padre me había hablado de tu carácter y, cuando ya creía que no sucedería nunca lo temido, vas y lo tiras todo por borda. ¿Tienes idea de lo que me costó conseguir que entrases aquí? Fui el único socio que apostó por ti y me arriesgué mucho cogiéndote para mi equipo sin el apoyo del resto.

A Jake le pareció un tanto gracioso lo que le dijo, pero no lo transmitió. La función que desempeñaba no era más importante que las demás, ni mucho menos, así que tampoco le parecía de tanta importancia la forma que tenían en la empresa de decidir si eras apto para los puestos de trabajo más mediocres, en función del rendimiento de los familiares que te habían precedido.

Recordó lo que Zack había insinuado sobre su madre y sobre Frederic; sin embargo, no dijo nada.

—Lo siento. No era mi intención decepcionarle —dijo, después de todo.

—¿Y el numerito ese que le has montado a tu hermano? ¿Tienes idea de con quién estaba hablando? No, por supuesto que no... Los problemas con tu hermano eran algo que creía que resolverías con el tiempo, pero también me equivoqué en eso. En el fondo creo que sabía que no llegaríais a ser compatibles. —Sus palabras fueron un golpe bajo para Jake. Muy bajo—. Te espero mañana a las ocho en mi despacho. Para entonces ya habremos decidido lo que hacemos contigo.

Jake se levantó y se marchó sin alegar nada más. Cuando salió de la fábrica sabía que esa noche no dormiría en casa. Había salido con lo puesto: un pantalón vaquero y una simple sudadera. Por suerte, llevaba encima la cartera, porque de habérsele olvidado no habría vuelto a por ella. Necesitaba alejarse de allí.

Caminó sin destino hacia el centro de la ciudad. Estuvo caminando desde las tres de la tarde hasta las seis, sin dejar de pensar en todo lo sucedido. Entonces se percató de que no había comido nada desde el desayuno, así que entró en un supermercado a por algo preparado y se quedó sentado en un banco hasta que empezó a chispear.

La cara le dolía muchísimo. Miró el dinero que llevaba en la cartera y se puso en marcha. No se topó con ninguna farmacia durante su recorrido y tampoco llevaba rumbo fijo. Continuó caminando hasta que encontró un lugar en el que resguardarse del frío. Así fue cómo acabó tomando copa tras copa en uno de los antros más andrajosos de la ciudal: el Perkin & Tapes. El alcohol fue el mejor remedio para el dolor que le causaba la inflamación, así que no dudó en aprovecharlo hasta que se quedó sin blanca. Los puntos le escocían por el contacto de la bebida, pero no le importó demasiado después de la tercera copa.

A las cuatro de la mañana, la tendera que trabajaba allí lo despertó golpeándole con una escoba.

—Vamos a cerrar. —Y añadió por lo bajo—: Estos borrachos de pacotilla...

No tenía ningunas ganas de salir de allí, pero no le quedaba más remedio, así que se levantó tambaleándose y salió a la calle. Le dolía la cabeza, y mucho. Empezó a deambular bajo la tenue luz de las farolas. Tenía hambre, sueño y una resaca de narices. Por no hablar del dolor de la mandíbula. Se tocó la cara con la yema de los dedos y sintió un dolor punzante naciendo desde la boca hasta la oreja izquierda. El efecto analgésico del alcohol hacía poco que había desaparecido. Y, por si fuera poco, había perdido el empleo.

Hacía justo veintitrés días que había cumplido veintitrés años y contaba con una escasa experiencia profesional. ¿Qué iba a hacer ahora? Tenía algo de dinero ahorrado, pero no le daría para mucho. Lo poco que le consolaba era que Derek seguía viviendo en casa y que ahora era él quien se encargaba de la hipoteca.

Tres horas más tarde, Jake estaba de vuelta en la fábrica de soldadura, esperando sentado en el despacho de Frederic a que él llegase. Llevaba el pelo sucio y despeinado a causa de la lluvia, y apestaba a taberna y a alcohol. Además, estaba cansado, y no sin motivos, pues se había pasado la mayor parte del tiempo caminando de un lado a otro para hacer tiempo. Apenas había dormido un par de horas en el Perkin & Tapes.

El susodicho llegó a las ocho pasadas y se sentó en su enorme silla de piel marrón oscuro, frente a él.

—Qué desperdicio de juventud la tuya, Jake —le dijo, para empezar.

—Buenos... —En cuanto abrió la boca, Jake sintió la tirantez de los puntos del labio inferior y el dolor de la mandíbula—. Buenos días a usted también.

—Ayer por la tarde tomamos una difícil decisión después de valorar los hechos ocurridos —continuó Frederic, haciendo caso omiso de su irónico comentario—. Lamento comunicarte que tu despido ya está probado y procesado.

—¿Y qué hay de Zack?

—No es asunto tuyo, pero te complacerá saber que él también está despedido.

Jake asintió, en parte satisfecho.

—Sin embargo, tú eres, o eras, un simple trabajador de plantilla, mientras que él sigue siendo el hijo de Murray. Es muy probable que, en tres meses o menos, lo vuelvan a contratar.

No tuvo más remedio que aceptar los hechos. Hechos que en parte ya sabía que ocurrirían.

Se le presentó una pregunta más.

—Señor Wathson, ¿qué hubiese pasado si yo no le hubiese dicho a mi hermano lo de que usted le quería hacer una entrevista? ¿Lo habría llamado igualmente?

Frederic no cambió el semblante serio.

—Será mejor que te vayas, Jake.

Jake asintió. Salió del despacho cabizbajo y deambuló unos últimos minutos por la fábrica. Bill, Edward y alguno que otro más lo despidieron con gestos de cabeza. Cuando cruzó la mirada con Philip, este lo observó con satisfacción y con odio. Jake se preguntaba por qué le había tenido tanta manía desde el principio si nunca había fallado como trabajador ni había causado problemas, hasta el día anterior. Pero no iba a preguntarle, de hecho, no volvería a dirigirse a ese hombre nunca más en la vida. Y en cuanto a Zack... Sería afortunado si no se encontraba con él en alguna otra parte.

Una vez en los vestuarios, guardó las cosas que tenía en su petate y se fue para siempre.

De vuelta a casa se preguntó por qué siempre tenía que haber alguien, en algún momento u otro, amargándole la vida. Ni en el colegio ni en el instituto le fue bien prácticamente con ninguno de sus compañeros, salvo con los de fútbol, y tampoco así había establecido lazos de amistad tan fuertes como los que había entre otras personas de su entorno, entre otras, Zane y Arabia. En la universidad todo mejoró un poco, pero solo hasta la llegada de Dave. En la fábrica había ocurrido exactamente lo mismo. No había tenido encontronazos importantes con nadie hasta la llegada de Zack. ¿Por qué lo desafiaban de esa forma? Y lo más importante, ¿por qué le afectaba tanto que lo mangoneasen de ese modo? Debería haber aprendido a pasar de ellos. Eso le habría solucionado la vida. Pero no, Jake era agresivo por naturaleza y a veces tenía que expresarlo contra algo, o contra alguien. Reprimirse todavía era peor.

Caminaba con las manos en los bolsillos mientras pensaba en lo ocurrido. Lo que peor humor le causaba era su hermano. ¿Cómo había podido airear sus cosas de aquel modo? Se percató entonces de que había un coche a su izquierda que lo estaba siguiendo paralelamente y a su misma velocidad.

Era el Ford Escort de Arabia.

—¿Te llevo? —le preguntó después de bajar la ventanilla.

Quería caminar en soledad para despejarse.

—No, no voy a casa —mintió, sin apenas mirarla.

Empezó a chispear. Arabia continuó siguiéndolo unos cuantos metros sin decirle nada. No lo incomodaba que lo hiciese, pero quería estar solo. Minutos después, la llovizna se convirtió en lluvia. El frío se apoderó de él enseguida, pues en pleno enero apenas iba vestido con una sola prenda.

—Jake, sube al coche. —La voz de Arabia se escuchaba a trompicones debido a la intensa lluvia—. Está empezando a diluviar y lo único que conseguirás es coger una pulmonía. Vamos, prometo no hacer preguntas —añadió.

Muy a su pesar, se decidió a aceptar el cobijo del coche cuando ya estaba completamente calado. Agradeció que no se hubiera marchado.

- - - - - - -

Hacía diez minutos que acababa de recoger a Jake de la calle. Llovía con mucha intensidad y apenas podía ver la carretera aun llevando puestos los limpiaparabrisas.

El único comentario que Jake hizo al entrar en el coche fue:

—Gracias.

A lo que ella contestó.

—Apestas.

Él estaba completamente mojado y temblaba de frío. De no ser porque había prometido no decir nada, le habría sugerido que se quitase la ropa para entrar en calor, aunque hubiese sido muy embarazoso para ambos. Pero lo había prometido, así que no iba a faltar a su palabra. El aspecto de su mandíbula era tan lamentable como el suyo y debía de estar retorciéndose de dolor, puesto que no hacía más que revolverse en su asiento y comprobar que podía abrirla y cerrarla bien.

En parte se alegraba de haberlo encontrado divagando por ahí.

No había pasado la noche en casa. Derek les había contado a todos lo sucedido en la fábrica y su más que probable despido. Emily incluso había llamado a su padre para hablar con él e impedir lo peor, pero le dijo que no podía evitar lo inevitable tras haberse reunido con el resto de propietarios. Además, y por si fuera poco, Derek estaba muy enfadado con él. Le había hecho quedar muy mal delante del primer cliente con el que contactaba directamente, un tal Estévez.

Se quedaron bloqueados en una calle próxima a su destino. Tenían unos cuantos coches delante de ellos parados en un cruce donde la visibilidad era prácticamente nula.

—Me duele cuando hablo —dijo Jake después de cinco minutos allí parados.

—Me imagino. —Arabia sabía de la existencia de una barra o algo similar durante la pelea, y las marcas que llevaba no podían habérselas hecho sino con el objeto—. Lo que me sorprende es que no tengas nada roto.

Estaba segura de que Jake querría haber dicho algo más, pero se guardó sus palabras, bien por el dolor o bien porque no quería faltar a su palabra de no hablar en todo el trayecto. A ella lo mismo le daba. Se alegraba de que Jake estuviese cobijado de semejante manto de agua, pero su relación con él se había enfriado tanto que poco le importaba lo que se le estuviese pasando por la mente. Ya se había cansado de sacarle a rastras las palabras y las emociones. Podría haberle dicho: «Puedo echarte un vistazo a la herida cuando lleguemos a casa» o «¿Me dejas que te revise esos puntos tan mal puestos que llevas?», pero no pensaba hacerlo. De lo contrario, solo habría conseguido que él se encogiese de hombros o que le respondiese con desdén. Si quería su ayuda, tendría que pedirla.

La lluvia dio un poco de tregua y volvió la visibilidad. Los coches empezaron a circular y cinco minutos después llegaron a casa. Lo primero que hizo Jake fue subir hacia el cuarto de baño, pero se encontró con que tenía el pestillo echado. Llamó a la puerta y Zane le gritó desde el otro lado que estaba dándose una ducha.

Arabia subió detrás de él para ir a su habitación, por eso lo escuchó todo. Estaba ya subiendo las escaleras de caracol hacia la buhardilla cuando se percató, por el rabillo del ojo, de que Jake se había quedado temblando frente al baño, con la cabeza apoyada en la puerta. ¿Siempre que Jake se encontraba físicamente mal tenía que estar ella presente? Cuando se presentó en su casa hacía dos años, temblaba y tenía mucha fiebre; cuando empezó a vomitar el pasado Halloween, temblaba y vomitaba. ¿Qué sería esa vez? ¿Solo frío, o tal vez se le hubiese infectado la herida? Sin más remedio, deshizo lo andado y se acercó a él.

—¿Te encuentras mal, Jake?

No le respondió ni hizo nada. Ni siquiera se encogió de hombros.

—Deberías quitarte la ropa, de inmediato.

Para su sorpresa, empezó a hacerlo. Con movimientos lentos y temblorosos se quitó la sudadera y la dejó caer al suelo. No llevaba nada más debajo y Arabia se escandalizó al pensar cómo había pasado todo el día anterior sin ropa de abrigo con la que caía ahí afuera desde hacía días. Después continuó con los pantalones y Arabia se empezó a sentir muy violenta, así que llamó a la puerta del baño.

—¡Me estoy dando prisa! —gritó Zane.

—Soy yo —dijo Arabia—. Tu hermano está aquí y necesita rápidamente una buena ducha caliente.

—¿Cuál de ellos?

—Jake.

—Me estoy dando toda la prisa que puedo.

Arabia volvió a mirar a Jake, que se había quedado en ropa interior tapándose la entrepierna con las manos. Le traqueteaba la mandíbula por el frío.

—Es una emergencia, Zane.

Un minuto después su amiga salió vestida y secándose el largo cabello con una toalla. Al ver a su hermano se quedó paralizada, con sus enormes ojos verdes muy abiertos.

Arabia empujó a Jake hacia el cuarto de baño.

—Quédate bajo el agua caliente hasta que entres en calor y no pongas el pestillo. Te traeremos ropa seca para cuando acabes.

Dicho eso, cerró la puerta y lo dejó dentro.

—¿Qué le ha pasado? —preguntó Zane.

—Lo vi cuando volvía del hospital y lo invité a subir al coche para volver a casa. No lo hizo hasta que la lluvia lo empapó.

—Tiene la cara hinchada y morada.

—Sí, por la pelea que nos contó Derek, supongo.

—¿Y por qué tiembla tanto?

—Hemos tardado en volver un buen rato y ha estado mojado todo ese tiempo.

—Puede que tenga las heridas infectadas.

—Sí, ya lo había pensado. —Su amiga Zane, aunque no había acabado la carrera de enfermería, tenía los conocimientos básicos como para intuir lo mismo que ella había supuesto—. Y a saber dónde ha pasado la noche. Tal vez también cogiera frío ayer.

Se dirigieron a la puerta contigua —donde se situaba el cuarto de Jake— y buscaron algo de ropa. La pequeña habitación llevaba dos días con la cama sin hacer y algunas prendas esparcidas por el suelo. Zane se puso a recogerlas mientras Arabia cogía un par de calcetines, unos calzones, una camiseta interior y un pantalón deportivo.

—Tú siempre estás ahí, ¿eh? —dijo Zane.

—¿A qué te refieres?

A Arabia le impactó el comentario de su amiga.

—Que siempre estás en el lugar adecuado y en el momento apropiado, tanto como para unos como para otros. Por eso me alegro tanto de que sigas aquí con nosotros. De que te quedaras cuando lo del accidente, para cuidarnos.

—¡Zane! Me preocupo por vosotros igual que vosotros por mí. Sois mi familia y soy yo la que está agradecida. ¡Me acogisteis aquí un año entero!

—Supongo que las dos tenemos razón —continuó Zane, riendo—. ¿Sabes? A veces pienso que, tal vez, si las cosas no hubiesen sido como hasta ahora, Jake y tú podríais haber terminado enamorándoos.

—¿Qué te hace pensar eso?

—Vuestros caracteres, supongo.

A Arabia se le encogió el corazón al escuchar las palabras de Zane. Ella estaba convencida de que siempre lo había visto como un hermano, igual que al resto, pero sabía que durante mucho tiempo no había sido así, y ni siquiera ahora era capaz de convencerse a sí misma de que no seguía siéndolo. Por otra parte, se sentía mal por no habérselo confesado nunca a ella, que era su mejor amiga, pero sabía que no habría sido una buena idea.

—¿Ari? —Zane la sacó de su ensimismamiento—. ¿Alguna vez has llegado a planteártelo?

—Eso no importa. Las circunstancias son las circunstancias, y bajo ellas nos hemos conocido.

—O sea, que sí.

—Sea como sea, si me lo he planteado o no, como digo, ahora ya no importa. Hace unos meses terminé mi primera relación y fue por culpa de él y gracias a él. No me apetece que sigamos hablando de este tema.

Zane asintió con la cabeza y volvieron al pasillo. Arabia dio unos golpes a la puerta entreabierta con los nudillos y luego abrió para dejar la ropa de Jake. De reojo vio su sombra moverse tras la cortina. Eso significaba que todo iba bien. Volvió a cerrar y subió a su habitación con Zane para descalzarse y cambiarse de atuendo. Pese al frío de la calle, allí dentro no necesitaban mucho para estar cálidas.

—He conocido a alguien —dijo Zane, de pronto.

Eso solo podía significar una cosa.

—Espera, ¿qué?

Zane cogió uno de sus cojines para taparse la cara y esconder la sonrisa. Arabia corrió a su cama y se sentó, emocionada.

—¡Cuéntame!

Su amiga le contó los detalles.

Se encontró con él en una cafetería en uno de los días en los que Emily se quedó en casa para que ella pudiese salir a tomar el aire y hacer algunas compras. Por supuesto, era el camarero. Era un chico mayor que ella, de rasgos asiáticos, no demasiado alto, no demasiado bajo, de pelo negro y ojos oscuros.

—¿Te suena de algo esa descripción?

—¿Cómo dices? —Arabia se sorprendió. ¿Se suponía que ambas lo conocían?—. Sabes de sobra que no conozco a nadie de rasgos asiáticos.

—¿Estás segura? Quiero decir, no digo que lo hayas conocido nunca personalmente, pero...

—No, no, no. No puede ser.

Zane sonrió abiertamente.

—¿Te refieres al chico que trabajaba en el Dix?

—Peter Pitt, sí.

—¡¿Peter Pitt?!

Zane pidió silencio. No quería que llegase todavía a oídos de ninguno de sus hermanos, y mucho menos de Jake. Por lo que ella sabía, hacía mucho que Pitt había dejado de trabajar en el Dix76. Solo lo hacía porque no había encontrado nada mejor y porque necesitaba un trabajo que le permitiese ahorrar para empezar la carrera que tanto deseaba. De hecho, ahora estaba cursando por fin el primer curso. Y no era otra cosa que Educación Infantil.

—¿Su vocación es profesor de niños? —preguntó Arabia, bastante extrañada. Su amiga asintió, feliz—. ¡Quién lo diría!

Al cabo de un rato entre risas y cotilleos, el sonido de unas lentas y pesadas pisadas por las escaleras de caracol las interrumpió. Acto seguido apareció Jake y se quedó apoyado en el marco. Llevaba una toalla pequeña en el labio y estaba muy manchada de sangre.

Habló, pero lo hizo tan bajito que no entendieron nada de lo que dijo.

—¿Se te han abierto los puntos? —le preguntó Arabia mientras se acercaba hasta a él.

—Me estaba lavando los dientes —dijo Jake, aunque más bien eso fue lo que Arabia interpretó.

—Siéntate aquí.

Arabia señaló en dirección a su cama y luego fue directa a por su botiquín. Zane se sentó al lado de Jake y le sujetó la toalla.

—Me duele —dijo—. Mucho.

Si él decía que le dolía mucho realmente debía de ser que le dolía a rabiar. Arabia empezó a pensar que lo que realmente necesitaba era una radiografía y no otro par de puntos.

—No te muevas —le pidió, cuando ya había preparado todos los útiles cerca de la cama.

Se había desgarrado prácticamente todos los puntos y también las pequeñas costras que se le habían formado alrededor. Era un bruto y por eso sangraba tanto. Además, tenía pus, por lo que tanto ella como su amiga estaban en lo cierto y se le había infectado la herida.

Por suerte para él, Arabia era una toda una experta y muy perfeccionista. En menos de lo que nadie hubiera imaginado le había vuelto a coser la herida. Zane le limpió la sangre con cuidado para no rozarle demasiado la parte de la cara que tenía magullada. Luego él extendió los brazos, la apartó con cuidado hacia un lado y estornudó estrepitosamente. Seguidamente se sorbió la nariz.

—Lo que me faltaba —masculló por lo bajo.

Arabia comprobó que tenía los ojos hinchados y que le costaba respirar. Sin duda alguna había pillado un buen catarro. Se le empezaron a cerrar los ojos y Zane lo zarandeó suavemente para que no se durmiera.

—Será mejor que te tumbes hasta que te encuentres un poco mejor —sugirió Arabia, ofreciéndole su cama—. Pero cuando te recuperes irás a que te miren la boca como es debido. No entiendo cómo no se te ha caído ningún diente. Llevas la cara hecha un cuadro.

—No me sermonees, maldita sea.

Arabia lo miró, enfadada.

No podía apenas hablar, pero siempre le quedaban fuerzas para ser un grosero.

—Maldita sea tú y tu simpatía —concluyó ella.

Acto seguido se fue de la habitación y bajó hacia el salón. Le tocaba limpiarlo esa semana, junto con la cocina, así que se puso manos a la obra, tratando de que su rabia no entorpeciese sus movimientos.

Sobre las doce del mediodía llegó Emily y le estuvo echando una mano. Arabia le contó lo sucedido horas antes, cuando encontró a Jake con su petate de vuelta a casa.

—¿Entonces es cierto? ¿Lo han despedido?

—Ya nos lo había avisado Derek ayer, ¿por qué te extraña?

—Supongo que tenía esperanzas. —Emily estaba triste—. ¿Qué va a hacer ahora? Debe de estar preocupadísimo por la situación.

—Encontrará otra cosa.

—Pero ¿dónde?

Era una buena pregunta. ¿Dónde iría Jake a buscar trabajo? La verdad era que ella no se lo había planteado. Tal vez él sí lo hubiera hecho.

—Dejemos que las cosas sigan su curso —concluyó Arabia.

Por la tarde Arabia estaba preocupada, muy a su pesar, porque Jake tenía mucha fiebre y se quejaba mucho de la boca.

—Tenemos que ir a urgencias —le dijo. Había subido a ver cómo estaba solo porque Zane se lo había pedido—. Sabes al igual que yo que necesitas una radiografía.

—No tengo nada roto —dijo Jake, sin apenas mover los labios—. Lo sabría si fuese así. Pero el dolor es insoportable, así que os agradecería que no me hicierais hablar. —Hizo una breve pausa y luego añadió—. Me iré a mi habitación.

Jake se incorporó de la cama y se quedó sentado unos instantes antes de levantarse. Tenía las mejillas sonrojadas y el hematoma de la cara amarillento y morado. Resopló un par de veces antes de ponerse de pie y cuando lo hizo se tambaleó. Ella sabía que se había levantado demasiado rápido, pero habría sido inútil avisarlo.

Se fue sin añadir nada más, por lo que Zane y Arabia se quedaron a solas, de nuevo.

—¿Por dónde nos habíamos quedado? —le preguntó a Zane.

MIÉRCOLES

25 ENERO 1989

Arabia llegó al trabajo más temprano de lo habitual.

Ahora estaba allí, casi una hora antes de que empezase su turno de noche, y había decidido quedarse a esperar en la sala de descanso. Así, si encontraba a alguna compañera por allí, al menos podría charlar con ella. Se compró un sándwich en una de las máquinas expendedoras y se sentó en la mesa.

No tardó en aparecer Tina, y por lo visto no tenía un buen día.

—¿Qué estás haciendo aquí? —le espetó.

A veces Tina era un poco seca, pero por lo general solía ser amable, al menos con ella. Algunas de sus otras compañeras no soportaban compartir las guardias con ella, pero con Arabia se había portado siempre bastante bien, sobre todo cuando todo el asunto de Dave empezó a fraguarse. Ella la había apoyado y le había dado algún que otro consejo.

—He salido con tiempo de casa y he decidido esperar aquí. ¿A qué viene ese mal humor? ¿Mucho trabajo?

—Hay que joderse... —murmuró Tina, por lo bajo.

Soltar tacos era una de las cosas que la caracterizaban.

Acto seguido, otra de sus compañeras apareció. Bridget, nada más entrar, dejó escapar una carcajada.

—Pero mira a quién tenemos aquí —dijo.

Arabia arrugó la frente. ¿Qué les pasaba a esas dos?

—¿Qué sucede, Tina?

La susodicha recogió su vaso de plástico de la máquina de café, la miró fijamente y luego lo tiró, derramando todo su contenido en el suelo. Arabia se quedó boquiabierta.

—Supongo que estarás contenta —le dijo.

—¿Se puede saber qué te pasa? ¿Qué problema...?

—¿Y aún tienes el descaro de preguntármelo? ¡Tú eres mi problema, niña tonta!

Arabia se levantó de su asiento. Volvió a arrugar la frente, esta vez por el enfado.

—Primero: no me llames ni niña ni tonta. Y segundo: sería genial si me explicases a qué se debe tu comportamiento.

—Igual ni siquiera se ha enterado —intervino Bridget.

—¿De qué tendría que enterarme?

Ambas se miraron, confusas, y luego la miraron a ella. Tina se cruzó de brazos y apartó la vista enseguida. Bridget fue la encargada de transmitirle la información.

—Dave se va.

Arabia se quedó callada unos instantes.

—¿Qué quiere decir que Dave se va?

Empezó a pensar que sus pesadillas estaban a punto de terminar. Si Dave se iba, se llevaría con él sus incansables burlas.

—Pues eso, que se muda a Canadá.

—Sí, y todo gracias a ti —añadió Tina.

—¿Gracias a mí? ¿Qué he hecho yo?

Arabia estaba alucinando. Dave se iba. Tina estaba molesta por eso y, lo que es más, ¡estaba molesta con ella también por eso!

—No te enteras de nada, ¿eh? —Tina se acercó a ella—. ¿Con quién creías que se lo montaba Dave cuando tú te comportabas como una cría reprimida?

—¿De qué estás hablando?

—¿De verdad crees que Dave estaba esperando casto y puro a que tú te decidieras a comportarte como una mujer como Dios manda? Solo estaba jugando contigo, pero claro, ahora que ya se le ha terminado la diversión, decide marcharse. ¿Y qué pasa conmigo?

—¿Me estás diciendo que Dave y tú...?

—No sé por qué narices se obsesionó tanto contigo.

Arabia se negaba a creer lo que salía de la boca de Tina. Se dio cuenta de que Bridget se había quedado mirándola desde hacía rato.

—¿No sabías nada? —le preguntó.

Por la cara de circunstancia que debía tener era de esperar que Bridget se interesara por ella. Se limitó a negar con la cabeza, todavía con la boca abierta. Tina iba de un lado para otro de la sala, arrastrando su enfado por doquier. Luego, de pronto, se acercó hasta la puerta.

—Tonta y mulata —sentenció, antes de desaparecer tras ella.

Bridget se acercó y presionó sus manos sobre los hombros de Arabia para que volviera a tomar asiento.

—Pero... No puedo creer... —Arabia empezó a balbucear—. Nunca imaginé que Tina... Quiero decir, se suponía que ella...

A Arabia empezaron a llegarle recuerdos de Tina sentada junto a ella, en esa misma estancia, dándole consejos para que todo fuera bien con Dave. ¿Cómo podía haber sido tan hipócrita?

Bridget trató de restarle importancia.

—Ya sabes cómo es Tina...

—No, no lo sé. —Arabia la interrumpió—. Todas han dicho cosas sobre ella, pero a mí siempre me había tratado bien.

—Tenía motivos para ello.

—¿Qué quieres decir?

Bridget suspiró antes de continuar.

—Es un secreto a voces que Dave y ella lo tramaron todo para que finalmente tú te acostases con él.

—¡¿Qué?!

Esa vez, lo único que Bridget hizo a modo de respuesta fue encogerse de hombros. Arabia estaba que echaba humo por las orejas.

—No puedes estar hablando en serio.

—Ella estaba enamorada de él —continuó Bridget—, así que él estuvo un tiempo complaciéndola a pesar de que le dijo por activa y por pasiva que lo suyo no era nada serio, y que no se hiciera ilusiones. Un día le habló de ti y le dijo que llamabas su atención, así que ella se dio cuenta de que, si no colaboraba con él para conquistarte, él acabaría por dejarla por completo. Le contó cosas sobre ti y..., bueno, le dijo que ella estaría ahí cada vez que él no consiguiese su objetivo, pues estaba segura de que no lograría cortejarte.

—Pero...

No podía hablar. No le salían las palabras. Arabia estaba en un estado de incredulidad constante. Recordó brevemente el argumento de una novela que había tenido que leer en el instituto: *La fierecilla domada,* de Shakespeare. En ella la protagonista rehúye de todos cuantos la tratan de cortejar hasta que llega un desconocido y se alía junto con su hermana para que finalmente la conquiste y se case con ella, ya que hasta que no lo haga, la hermana tampoco puede casarse por ser menor que ella.

Dave y Tina la habían tratado como a una marioneta y esta última tenía razón, ¡era una tonta! ¿Cómo había podido dejarse embaucar? ¿Cómo no lo había visto todo desde el principio?

Qué ciega había estado y qué razón tuvo aquel taxista que la recogió de la fiesta de Halloween...

JUEVES

26 ENERO 1989

Tres días después del incidente en la fábrica Wathson, Jake todavía no había pasado lo peor. La noche anterior apenas había dormido por el dolor que le causaba la mandíbula y se había pasado las horas moviéndose de un lado a otro y cambiando de posición en la cama. Era insoportable.

Eran las siete de la mañana y en esos momentos se encontraba de rodillas sobre el colchón con los codos y la cabeza apoyados sobre ella. Una posición bastante extraña, sobre todo si alguien aparte de él reparaba en ella. Y ese alguien fue su hermano Derek.

Abrió la puerta y entró en la habitación cerrando tras de sí.

—Deduje que estarías despierto.

Dedujo bien, porque el dolor apenas lo dejaba dormir y porque Jake tenía el horario programado sin quererlo. Casi nunca se quedaba durmiendo después de las siete, ni siquiera los fines de semana.

—Pero no dedujiste que no quería compañía —replicó él.

—¿Cómo estás?

—¿Realmente te importa o es solo una pregunta para dar pie a otra?

Ambos se conocían demasiado bien.

—Ni siquiera bajaste a cenar anoche.

Jake se dio la vuelta y se sentó sobre la cama.

—¿Tengo aspecto de poder cenar o comer algo? —dijo, señalándose la cara.

—Zane y Ari dijeron que deberías ir al médico, pero no lo harás, ¿verdad? —Jake no contestó, le dolía demasiado como para decir nada—. ¿Podrías, por una vez, hacerles caso? ¿Cuántos días más crees que puedes aguantar con el dolor y sin dormir? Tienes ojeras y solo han pasado dos noches.

—Lo que menos me apetece en estos momentos es estar hablando contigo, ¿lo sabías?

—A mí me apetece lo mismo o menos, pero me preocupo por ti.

Jake se rio, irónico.

—Nadie te ha pedido que lo hagas, así que deja de actuar y vete de una vez. No querrás llegar tarde por mi culpa. Otra vez.

Derek no añadió nada más. Hizo un gesto de decepción y salió por la puerta. Entonces Jake se levantó y empezó a vestirse. Había decidido ir al centro médico más próximo, sin dar explicaciones. De hecho, había estado esperando el momento oportuno para hacerlo sin que nadie lo viese, y ese momento sería justo cuando Derek se marchase hacia la fábrica.

Tenía mal cuerpo, aparte del golpe de la cara. A cada día y hora que pasaba se sentía más débil y con la cabeza más cargada. Con todo, a las ocho y media salió sigilosamente de casa y cogió la bicicleta que hacía meses había tomado prestada de casa de los Wathson. Se dijo que iría a devolverla lo antes posible.

Las calles estaban mojadas.

Una hora estuvo esperando para que lo atendiesen. Mientras tanto, permaneció sentado en la sala de espera cambiando el peso de un lado a otro y observando a todos los que llegaban. Los niños le ponían de los nervios. Algunos lloraban porque estaban enfermos y algo les dolía; otros simplemente no dejaban de ir de un lado para otro haciendo ruido, gritando o llamando la atención de otras personas, incluido él. Los pocos que se le acercaron se cansaron pronto. Jake no estaba para chiquilladas.

—Jake Becker.

Cuando lo llamaron y se levantó para entrar en la consulta tuvo que apoyarse en la pared para no caerse. Sintió que le fallaban las piernas con cada paso que daba y hasta la auxiliar le preguntó si necesitaba ayuda.

La doctora que estaba sentada al otro lado de la mesa no lo miró, ni siquiera cuando tomó el asiento correspondiente al del paciente.

—¿Y bien? —dijo, sin levantar la vista de sus papeles—. ¿Cuáles son sus síntomas?

Jake no supo muy bien qué decir. Esperaba que le viese la cara y supiese qué recomendarle, directamente, sin preguntas.

—Eh..., bueno —comenzó—, llevo un par de días con mal cuerpo.

—Aha. Continúe.

Jake se molestó. Era una señora de mediana edad. Entre cuarenta y cuarenta y cinco años. Llevaba un moño recogido en la nuca, negro como el azabache. Usaba gafas y en esos momentos las tenía colocadas a media nariz y miraba a través de ellas hacia donde estaba escribiendo. ¿Qué podía ser más importante que un paciente? Jake se arrepintió inmediatamente de haber acudido allí.

Se levantó y caminó hacia la puerta.

—¿A dónde va? —preguntó la doctora.

Esta vez sí lo estaba mirando. Jake se alegró de que lo hiciera y aprovechó el momento.

—Voy afuera, a preguntar si hay algún otro médico disponible con ganas de trabajar.

Vio cómo le cambiaba la cara de indiferencia a sorpresa.

—¿Le parece que no estoy trabajando?

—¿Le parece a usted que necesito dar explicaciones de mi estado? Si me hubiese mirado hace un par de minutos no estaríamos manteniendo esta conversación.

Cuando terminó de hablar notó de nuevo que las piernas le flaqueaban. Una sensación de pesadez empezó a caerle por los brazos. La auxiliar se acercó a la doctora y le dijo algo al oído.

—Haga el favor de volver a sentarse.

A Jake no le dio tiempo ni a obedecer ni a desobedecer. Se desmayó y cayó al suelo. Perdió la noción del tiempo y de cualquier otra cosa.

Cuando se despertó estaba tumbado en una camilla, con una vía y un gotero. Le costó acostumbrarse a la luz, así que se preguntó cuánto tiempo habría estado sin conocimiento. Echó un vistazo a su alrededor cuando se acostumbró a la luminosidad.

En la sala en la que se encontraba había más pacientes, aunque muy alejados unos de otros.

—Ya estás despierto —dijo una enfermera—. ¿Cómo te encuentras?

—¿Qué me ha pasado?

—Te desmayaste dentro de la consulta de la doctora Rose. Tenías la tensión bajísima hasta hace muy poco. —La enfermera era de las que hablaba por los codos, pero era simpática y agradable, así que no le importó demasiado que lo entretuviese mientras se despertaba del todo—. Por el contrario, tu cara y tú tenéis el mismo aspecto penoso, si me permites el atrevimiento.

—Atrevimiento concedido... ¿Me puedo marchar?

—¿Estás seguro? Creo que no aguantarías más que unos cuantos pasos. Eso que tienes ahí puesto en la vía es suero. ¿Cuánto tiempo llevas sin comer?

Jake se hizo la misma pregunta.

—Llamaré a la doctora.

La enfermera se alejó y volvió tiempo después con la misma mujer de la consulta.

—¿Tensión? —preguntó después de comprobar el estado del gotero.

—Al ocho y al doce —respondió la enfermera.

—¿Fiebre?

—Ha bajado a treinta y siete y medio.

—No has comido mucho por el dolor de la boca, ¿me equivoco? —Esa vez la pregunta era para Jake—. ¿Me equivoco?

—No, no se equivoca.

—Pues le sugiero que haga un esfuerzo por hacerlo a partir de ahora. Sara —añadió, volviéndose hacia la enfermera—, asegúrate de que no se vaya sin las recetas.

—Por supuesto, doctora Rose.

Jake sintió una oleada de calor por todo el cuerpo cuando escuchó el nombre de la enfermera. Por supuesto que había coincidido con alguna que otra Sara más aparte de su madre a lo largo de su vida, pero con ninguna después del accidente.

—No te muevas —le dijo—. Voy a quitarte la vía.

Jake notó que estaba realmente débil cuando hasta el contacto de los dedos de la enfermera le causaron molestia en el brazo. Hacía mucho tiempo que no se sentía tan enfermo como durante los últimos días.

—Aquí tienes las recetas. Tienes que tomarte el antiinflamatorio por una parte y las aspirinas por otro. Eso te ayudará a sentirte mejor, sobre todo porque el antiinflamatorio relajará el dolor de la boca y podrás comer sin tantas molestias, además de dormir.

Cuando se incorporó de la camilla todo le daba vueltas. Tuvo que esperar un rato hasta que se adecuó al cambio de perspectiva.

—Gracias, Sara —le dijo a la enfermera, pronunciando su nombre con parsimonia.

Ella se le quedó mirando bastante extrañada.

—De nada —contestó.

Jake dedujo que pensaba añadir algo más, pero no lo hizo. Le sonrió y continuó hasta donde se situaba el paciente más cercano. A él le resultó agradable pronunciar su nombre. Al hacerlo, la imagen de su madre resultó dolorosa, pero se alegró de recordar todas sus facciones. Hubiese sido genial saber que al volver a casa ella estaría allí para cuidarlo, como cuando era pequeño.

Al salir del centro era tal añoranza que se alegró de que el frío de la mañana le despejase la mente. No podía respirar bien por la congestión, pero al menos sí podía sentir la brisa en la cara.

- - - - - - -

Arabia llegó a casa a las nueve de la mañana y se encerró directamente en el cuarto de baño. De haber tenido las llaves de su apartamento consigo se habría ido allí directamente para poder estar sola.

Estaba destrozada.

Se sentía engañada y usada. Y lo que más rabia le daba era sentir ese malestar por culpa de una persona que no merecía en absoluto la pena.

Zane no tardó en aparecer.

—Necesito estar sola —le dijo.

—¿Estás segura?

Arabia rompió a llorar de nuevo y, a pesar de que realmente quería estar sola para no tener que dar explicaciones, aceptó el apoyo de su amiga.

—En realidad, es una tontería —continuó, una vez que Zane estuvo dentro—. Pero es que... No puedo creer que me engañaran de ese modo. —Por supuesto, Zane la miraba sin entender una sola palabra—. Se han debido divertir mucho.

—Ari —le dijo Zane—. ¿A qué o a quiénes te refieres?

Arabia continuó llorando unos minutos más y luego se obligó a calmarse. Zane estaba realmente preocupada y se merecía una explicación. Se sentía culpable por no haber confiado en ella desde el principio.

—No sé por dónde empezar... —Arabia se secó las lágrimas, pero no podía evitar que siguiesen apareciendo—. Mi relación con Dave fue una farsa.

Zane la miró, expectante.

—Hoy me he enterado de que en realidad lo único que quería era acostarse conmigo, y de que Tina, una de mis compañeras, lo ayudó a conseguirlo mientras ella se acostaba con él. Se han burlado de mí, los dos.

—¿Tina se acostaba con Dave?

Zane estaba escandalizada.

—Sí, así es. ¿Y sabes por qué me he enterado? Porque resulta que Dave va a mudarse, y Tina cree que es porque no ha conseguido de mí todo lo que esperaba. Me ha dicho cosas horribles.

—¡No me lo puedo creer! —Su mejor amiga se puso de pie—. ¿Tu compañera de trabajo se ha enfadado contigo porque tú has dejado de estar interesada en Dave y él se marcha? ¿Me estás diciendo que a ella no le importaba que Dave y tú estuvieseis saliendo juntos si ella podía seguir acostándose con él?

—Sí, eso parece. Al menos es eso lo que me ha contado Bridget.

—¡Menuda zorra!

Arabia lanzó una exclamación de sorpresa. Zane nunca decía tacos. Por un momento, las dos se quedaron en silencio, mirándose. Después se echaron a reír.

—Hasta ahora no te había dicho nada, pero incluso había llegado a pensar en dejar el trabajo porque Dave estaba haciéndome la vida imposible con sus burlas. Al enterarme hoy de que se iba a marchar me alegré muchísimo, pero justo después me enteré de lo Tina.

—¿Dave ha estado molestándote? —preguntó Zane—. ¿Por qué no habías mencionada nada?

—Pensé que no eran más que tonterías y que no merecía la pena preocuparos. Pero ahora creo que todo esto ha llegado demasiado lejos. Siento que me hayas visto así, pero en algún momento tenía que explotar, supongo.

—Por mí no tienes que preocuparte, Ari.

Por supuesto que no. Arabia la había visto a ella el triple de descompuesta. Lo suyo no tenía comparación.

—En realidad —continuó—, no lloro porque lo mío con Dave solo haya sido un juego. Lo que siento es puramente rabia por haber sido tan tonta. Y también me siento traicionada, por Tina y por el resto de compañeros o compañeras que se suponía que lo sabían porque, tal y como ha dicho Bridget, era un secreto a voces. ¿Con qué clase de gente trabajo? Creía que eran amigos, ¿sabes? No sé con qué cara voy a presentarme ahora en el hospital...

—Pues con la misma de siempre —replicó Zane—. Y con la cabeza bien alta, ¿no crees? No eres tú la que tiene que esconderse. Además, si Dave se va, todo será mucho más fácil.

Arabia asintió con la cabeza, esperando que eso que había dicho fuese cierto. Sí, Dave se iba a marchar, pero todavía tenía que verse las caras con personas como Tina. Era horrible. Después de tanto tiempo trabajando juntas..., que le hubiese hecho aquello... No podría fiarse nunca más de ella, y puede que de nadie dentro del hospital. No entendía por qué había gente capaz de hacer cosas así, con maldad. Ella se consideraba una buena compañera, sin excepción, y creía que sus compañeros apreciaban eso. Los había juzgado demasiado pronto. Tal vez la ilusión de aquel nuevo trabajo en el hospital la despojó de prejuicios y decidió darle una oportunidad a todo el mundo. Pero no todo el mundo valía la pena... No, definitivamente no.

Se acordó de otras compañeras con las que apenas había tratado, de cuando se reunían porque alguna de ellas había tenido algún problema con Tina y la ponían a parir. Cuando Arabia se las encontraba y las escuchaba las tachaba de brujas por estar criticando a las espaldas. Nunca le decía nada a Tina de todo aquello porque quería mantener la paz en el ambiente, pero se decía a sí misma que las otras no eran chicas de fiar. Tal vez, lo que había pasado era que se había colocado en el bando equivocado.

—Chicas —dijo alguien, de pronto.

- - - - - - -

Jake se dirigió a la cocina nada más llegar a casa. Allí se quitó el abrigo y se dispuso a prepararse un chocolate caliente. Escuchó voces femeninas en el piso de arriba y supuso que serían Arabia y su hermana. Puso un cazo con leche a fuego lento y, mientras se calentaba, decidió subir a preguntarles si querían un poco. Había estado con un pésimo humor desde su despido y lo había pagado con todo el mundo, así que era hora de comportarse amablemente con quieres se habían preocupado por él.

Las voces provenían del cuarto de baño y la puerta estaba entreabierta. Jake se detuvo al final de las escaleras y antes de hablar no pudo evitar escuchar lo que decían.

—¿Con qué clase de gente trabajo? Creía que eran amigos, ¿sabes? No sé con qué cara voy a presentarme ahora en el hospital...

—Pues con la misma de siempre —replicó Zane—. Y con la cabeza bien alta, ¿no crees? No eres tú la que tiene que esconderse. Además, si Dave se va, todo será mucho más fácil.

El silencio reinó por unos instantes. Jake aprovechó entonces para dirigirse a ellas desde el pasillo.

—Chicas —dijo, intentando resultar lo más amable posible—. Voy a preparar chocolate, ¿os apetece?

Su hermana Zane asomó la cabeza con los ojos muy abiertos, como si se sorprendiese mucho de verlo.

—¿Dónde estabas?

—En el centro de salud.

—No. Me refería a ahora. ¿Has estado escuchándonos?

—Acabo de llegar. Escuché algo de que Dave se iba a alguna parte —Jake frunció el ceño—. ¿Ocurre algo?

—¡Cierra la maldita puerta, Zane!

El vocabulario de Arabia sorprendió tanto a Zane como a Jake. Su hermana obedeció al instante, así que él no tuvo más remedio que volver a la cocina.

—Nada de chocolate —dijo en voz alta, aun sabiendo que ya nadie podía escucharlo.

Media hora más tarde, Jake seguía solo en la cocina, pero se encontraba mucho mejor. El suero que le habían suministrado y la taza de chocolate lo habían reconfortado con extrema rapidez. Solo le faltaba comprar los medicamentos.

Al pensar en ello se acordó de Louis. Ahora que empezaba a

volver a la normalidad ya no necesitaba calmantes ni pastillas para poder dormir. Tal vez iba siendo hora de empezar a sacarlo del cuarto de vez en cuando. Decidió subir a ver cómo estaba.

Justo cuando se situó delante de su puerta con la llave de la cerradura en la mano, Arabia y Zane salieron del cuarto de baño. La primera tenía los ojos rojos e hinchados. Ambas se sorprendieron al verlo y Arabia salió corriendo escaleras arriba, hacia la buhardilla, seguida de Zane. Jake se quedó bastante extrañado, pero supuso que no conseguiría nada preguntando en ese preciso momento después de la respuesta recibida con anterioridad, así que metió por fin la llave y abrió la puerta.

Como siempre, se asomó primero, para comprobar que su hermano no se había escondido para intentar escaparse. Hacía tiempo que había dejado de hacerlo, pero siempre era mejor prevenir. Lo encontró tumbado sobre su colchón, con los ojos abiertos. Jake pasó y cerró la puerta. Luego se acercó.

—Hola —le dijo.

Louis empezó a lanzar una pequeña pelota de goma que tenía consigo. Era su único entretenimiento. Bola arriba, bola abajo. Jake miró a su alrededor para comprobar el estado de las cosas. El plato de comida de la cena del día anterior estaba vacío. Asintió para sus adentros, satisfecho. Desde que había decidido comer por su cuenta ya no tenían que estar vigilando durante horas para que lo hiciera.

Se dejó caer por una de las paredes y se quedó sentado y en silencio, a la espera de algún comentario por parte de Louis. Su hermano era impredecible. Había mejorado muchísimo, pero uno no sabía cuándo podía estallar de nuevo, a pesar de que cada vez los períodos de paz eran más largos. Además, el pequeño de los Becker había perdido mucho peso y estaba bastante débil físicamente.

—Así que te han despedido —dijo, al fin.

Jake se sorprendió de que conociese esa información. Vio cómo se incorporaba.

—Veo que Derek te mantiene bien informado.

—Sí... —Louis se encogió de hombros—. Pero no todo lo sé por él. Ahora mismo acabo de escuchar a Zane y a Ari en el cuarto de baño.

Jake sintió curiosidad. El hecho de que Arabia hubiese estado llorando era bastante intrigante.

Se quedaron en silencio unos segundos más.

—Bueno, ¿y vas a contármelo?

—Quizás... —Louis se levantó y empezó a caminar por la habitación. Se paró delante de una de las ventanas llenas de barrotes y miró al exterior—. ¿Vas a sacarme de aquí alguna vez?

—Ya hemos hablado sobre eso antes... No sé si puedo...

—Fiarte de mí, sí, ya lo hemos hablado. —Louis lo interrumpió, molesto—. Sé que pensáis que tenerme aquí es bueno para mí y todo eso, pero como siga dentro de esta habitación mucho más terminaré volviéndome loco.

—Puedo recordarte si quieres tu estado mental antes de que te trajésemos aquí. Entonces sí parecías un loco.

—Lo parecía, sí, pero porque estaba colocado, y después por el mono. Hace dos meses que no tomo nada de nada, ¡solo la mierda de cosas que me traéis!

Jake se levantó, dispuesto a marcharse. Había días que no merecía mucho la pena tratar de mantener una conversación con Louis. Al verlo encaminarse hacia la puerta, se llevó las manos a la cabeza y se estiró del pelo.

—Lo siento, no quería decir eso.

Jake lo miró sin ningún tipo de expresión. Nadie más que él quería ver de nuevo al Louis de siempre.

—¿Qué te ha pasado en la cara? —preguntó su hermano.

—Me han despedido, ¿recuerdas?

—No sabía que había sido por haberte peleado...

—Pues ya ves.

Louis lo miraba fijamente. Jake sabía que quería decirle algo.

—¿Qué más tengo que hacer para que dejes de tenerme encerrado?

—Hablas como si el hecho de que estés aquí fuese solo idea mía.

Louis desvió la mirada, aparentemente incómodo.

—Dime qué tengo que hacer, Jake, y lo haré. En serio, quiero salir. Necesito salir.

—Dos semanas. —Notó cómo Louis se volvía hacia él, esperanzado—. Aguanta dos semanas más, sereno, y entonces veremos qué pasa. ¿Crees que puedes hacerlo?

—Sí.

—Bien. —Jake volvió de nuevo hacia la puerta—. Pues no des problemas hasta entonces. Cumple tu palabra y yo cumpliré con la mía, ¿de acuerdo?

—Sí.

Abrió la puerta para marcharse, pero entonces se acordó de algo.

—A propósito. ¿Vas a decirme qué es lo que ha pasado con Ari? ¿Qué has escuchado?

—No. —Jake lo miró extrañado. Louis sonrió—. Quiero decir, podría hacerlo, pero no quiero. Además, eso no estaba dentro del trato. Deberías haber elegido mejor las condiciones.

Jake lo señaló con el dedo con intención de alegar algo más, pero se contuvo. Louis acababa de tomarse la libertad de jugar con lo pactado y eso lo molestó, y mucho. Sin embargo, puede que estuviese volviendo realmente a la normalidad, así que finalmente salió, sin más.

Supuso que tarde o temprano se enteraría.

DOMINGO

29 ENERO 1989

El día que Dave se marchó por fin fue un auténtico infierno. Arabia esperaba que ese día ella no tuviese que encontrarse con él, pues, de hecho, no habían vuelto a coincidir desde que se enterara de lo que hubo entre él y Tina. Pero no, vaya que si se encontró con él. Y no solo eso.

Estaba todavía muy afectada por las últimas novedades, así que también estaba altamente sensible. Notaba más que nunca las miradas del resto de sus compañeros. Se preguntaba qué pensarían ahora que ella había descubierto todo el pastel. Seguro que aún les hacía más gracia.

Sobre la una del mediodía, cuando algunos de los trabajadores de jornada intensiva se iban a comer a la sala de descanso —entre ellos Arabia—, Dave apareció. Quería despedirse de todos, así que no se contentó con ir hacia la zona de los médicos, sino que se paseó a sus anchas por todo el hospital y se despidió de médicos, personal de servicio, seguridad, auxiliares y enfermeros. Y lo mejor de todo: no se presentó solo.

Cuando irrumpió en la sala de descanso donde Arabia estaba, lo hizo acompañado de una rubia despampanante. Tina tiró por la boca la bebida nada más verlos. Y es que la chica que la acompañaba no solo era alta, guapa, rubia y despampanante, sino que también estaba embarazada, y no menos que en el tercer trimestre.

Lo único que le hizo sentir menos mal a Arabia fue la reacción de Tina.

—Yo también me alegro de verte, Tina —dijo Dave, con toda su fanfarronería. Ella por su parte no dijo ni hizo nada más, aunque Arabia vio cómo apretaba los puños desde donde estaba—. Me alegro de veros a todos y a todas. —Le dedicó una mirada a Arabia—. Como sabéis, ayer fue mi último día, pero todavía quedaba gente de la que quería despedirme. Ha sido un placer trabajar con vosotros, y espero que entendáis mi decisión de trasladarme a Canadá, el país natal de mi futura mujer, Mery.

La chica sonrió con timidez y saludó con la mano. Muchos de los presentes se levantaron para estrechársela o darle un abrazo. Tina salió precipitadamente por la puerta. Arabia simplemente se quedó sentada, destapó su fiambrera y empezó a comer en silencio. Era el colmo que Dave estuviese haciendo semejante abuso de su chulería.

—¡Bu!

Dave apareció tras ella, pellizcándole los hombros y sobresaltándola. Estuvo a punto de atragantarse, y también estuvo a punto de estallar de no ser porque Mery lo acompañaba.

—Mery —dijo—. Te presento a Arabia, una de las mejores enfermeras que voy a dejar atrás.

Mery sonrió y le tendió la mano. Arabia no pudo menos que levantarse y devolverle el saludo.

—Un placer conocerte —le dijo, lo más serena que pudo.

—¡Igualmente!

—Es toda una sorpresa saber que vais a ser padres.

Dave se percató de sus intenciones y reapareció en la conversación.

—Sí, se llamará Bill, como su abuelo, ¿verdad que sí?

A Arabia le dio la sensación de que la chica no estaba del todo cómoda con lo que estaba ocurriendo, e incluso creyó percibir una pizca de miedo en cada una de las miradas que se dedicaban.

Desparecieron de su lado antes de que ambas pudiesen intercambiar más palabras y no tardaron en marcharse. Nada más hacerlo, un murmullo recorrió toda la sala. La mayoría de las miradas se dirigieron a ella. Pero claro, Tina no estaba, así que a quién iban a dirigirse si no. Ella, por su parte, mantuvo la compostura lo mejor que pudo. Llorar habría sido lo más fácil, pero ya había llorado bastante, lo suficiente por una persona como él.

Pero a pesar de todos sus intentos por estar y parecer calmada, sabía que no sería capaz de levantarse y salir con dignidad antes de que todos los demás se hubiesen marchado. Así que esperó a que todos terminasen de comer y volviesen al trabajo para dirigirse a los vestuarios.

Una vez allí se sentó y trató de tranquilizarse. El corazón le latía con fuerza. Dave no solo había jugado con ella, sino que estaba prometido y sabía que iba a ser padre mucho antes de empezar a tantearla. Por no hablar de Tina. ¡Se había acostado con las dos! ¡Con las tres! Mery estaba incluida en el pack, y quién sabe cuántas más.

—Algo me dijo que te encontraría aquí.

La voz de Dave volvió a sobresaltarla.

—¡¿Qué haces aquí?!

Obviamente, se había colado en el vestuario de chicas. Por si fuera poco, también era un indecente.

—He venido a despedirme.

Arabia rio en voz alta.

—Ya lo has hecho. Y de qué forma.

—Me gustaría despedirme de una forma un poco más... íntima.

Arabia se levantó y se alejó de él lo máximo que pudo.

—Haz el favor de salir. No puedes estar aquí.

—Vamos... Estoy seguro de que lo deseas tanto como yo.

Hizo una mueca de asco. Pese a eso, Dave se acercó muy lentamente hasta que la acorraló en una de las esquinas. Arabia intentó escabullirse; él la sujetó por las muñecas. Acercó su cara a la de ella para intentar besarla, pero consiguió rehuirlo. Entonces le soltó una de las muñecas y con la mano libre le sujetó la cara. La besó, a pesar de que ella tenía los labios cerrados con todas sus fuerzas. Arabia trató de zafarse de nuevo, pero le resultó imposible. Él era mucho más grande y más fuerte. Sentía tal repugnancia que no era capaz de pensar.

De repente se le ocurrió algo. Abrió la boca y dejó que él llegase hasta ella, y entonces le mordió la lengua. Dave se apartó enseguida, rabiando de dolor.

Una vez libre, Arabia tardó tres segundos en recomponerse. Luego actuó a toda prisa. Sacó el bolso de su taquilla y salió corriendo de los vestuarios, todavía con la bata puesta y con los nervios a flor de piel. Continuó corriendo por el pasillo central y luego bajó por las escaleras dos pisos, hasta llegar al rellano de recepción. Continuó y llegó hasta su coche. Por último, arrancó y pisó el acelerador.

- - - - - - -

Emily estaba terminando de comer junto con Danielle, Zane y Jake. Justo habían estado hablando sobre lo que este último iba a hacer en relación a su trabajo.

—¿Piensas volver a buscar empleo? —preguntó Zane.

—Sí, claro —respondió él, restándole importancia.

—¿Cuándo?

La insistencia de Zane sorprendió tanto a Jake como a Emily.

—Cuando el aspecto de mi cara no haga parecer que soy un busca líos, ¿no te parece?

Zane quiso continuar, pero entonces la puerta se abrió y Arabia apareció. Al verlos se paró un segundo. Luego subió corriendo por las escaleras.

Emily y Zane se miraron e instintivamente se levantaron. Puso a Danielle en brazos de Jake y corrió justo por detrás de Zane. Cuando llegaron a la buhardilla, Arabia estaba acurrucada, llorando y temblando. Corrieron a su lado.

—¿Qué ha pasado? —preguntó Emily.

Lo único que obtuvo por respuesta fue una negación de cabeza y un llanto tan intenso que era estremecedor. Emily se puso nerviosa. Zane intentaba por todos los medios que se calmara, pero estaba terriblemente alterada.

—Tienes que explicarnos qué ha pasado —le decía—. ¿Ha sido Dave, otra vez?

¿Dave? Emily supuso que se había perdido parte de la historia. ¿Qué diantres pasaba con Dave? Su relación con él terminó unos tres meses atrás. No tenía ni idea de qué hacer ni qué decir. Nunca había visto a Arabia tan afectada por algo.

Zane y ella volvieron a mirarse, y se dieron cuenta de que era imposible conseguir que dijese una sola palabra sin que antes se calmara. Decidieron quedarse simplemente a su lado y, a pesar de que Arabia estaba encogida y se sujetaba las rodillas fuertemente, cada una le apretó una de sus manos. Así estuvieron durante un buen rato. Emily no supo predecir cuánto, pero después de ese tiempo los espasmos de Arabia empezaron a remitir. Temblaba, y el corazón le latía con fuerza —podía sentirlo a través del contacto de su mano—, pero se estaba tranquilizando.

Un balbuceo la hizo girarse instintivamente. Jake estaba parado en el umbral de la puerta con Danielle en brazos. Ambos tenían cara de susto. Emily le hizo señas con la mano para que bajase de nuevo y las dejara a solas. Sin más, Jake actuó en consecuencia y cerró la puerta suavemente.

Cuando por fin estaba más calmada, Arabia empezó a sorberse la nariz. Zane le acercó una caja de pañuelos y Emily le apartó el pelo mojado de la cara.

—¿Qué ha pasado, Ari?

Ella empezó a relatar los últimos hechos, aunque, para que Emily pudiese entender bien por dónde iban los tiros, Zane tuvo que hacerle un pequeño resumen de lo sucedido con anterioridad.

No le extrañaba, en absoluto, que Arabia hubiese llegado en aquel estado. Lo que le escuchó contar era aterrador. Nunca se habría imaginado tales actos por parte de Dave y no salía de su asombro. Ya habían descubierto que no era un gran tipo después de lo de Halloween, pero eso era peor. Mucho peor. Cuando se lo contase a Derek seguro que se iba a quedar tan sorprendido como ella. Sin embargo, después de pasar toda la tarde en compañía de Arabia mientras abría su templado corazón, esta les dijo algo:

—No quiero que habléis sobre esto con nadie. Y con nadie me refiero a nadie. Ni siquiera con Derek. —La miró directamente a ella—. Y mucho menos con Jake.

Emily no entendía muy bien por qué, pero estaba en todo su derecho de hacerlas prometer que guardarían sus confesiones.

—Pero, Ari —continuó Zane—. ¿Ni siquiera vas a denunciar los hechos?

—¿Denunciar? No quiero tener que volver a verlo nunca más en toda mi vida. —Esa frase rechinó en los oídos de Emily—. Lo único que quiero es que coja ese maldito avión y desaparezca en Canadá. Tengo que llamar al trabajo. —Arabia se levantó precipitadamente y empezó a recorrer la habitación—. ¿Qué voy a decir? Me he ido mucho antes de terminar mi turno y sin justificación alguna.

—Puedo llamar por ti —sugirió Zane—, y decirles que te encontrabas mal y has tenido que volver a casa inmediatamente. Les diré que estás indispuesta hasta nueva orden.

Arabia no respondió. Se limitó a sentarse sobre la cama con la vista fija en ninguna parte.

—Ha sido horrible.

Emily se sentó a su lado a la vez que Zane se disponía a salir para realizar la llamada.

—Vuelvo enseguida.

Poco después de marcharse, Jake volvió a aparecer, todavía con Danielle en brazos.

—¿Qué pasa? —preguntó, nervioso.

—No es el momento, Jake —le dijo Emily, con dulzura.

—Ari, ¿qué ha pasado? —insistió.

Ella ni siquiera lo miró. Se limitó a bajar la cabeza, tratando de contener las lágrimas que todavía le quedaban.

—Dime qué te ha hecho ese malnacido. —Jake dejó a Danielle en el suelo y se acercó un poco más—. Joder, Ari, dímelo. Tengo que saberlo.

—¡Cállate de una vez! —replicó ella, volviendo a estallar—. ¡Y vete por donde has venido!

Jake se quedó estupefacto.

—¿Quieres que te diga que tenías razón y que él no me convenía? ¿Es eso lo que quieres oír?

—No. Solo quiero que...

—¡Y yo solo quiero que te vayas! No quiero verte a ti tampoco.

Emily estaba en el punto intermedio entre ambos, alternando la vista entre uno y otro. Arabia había roto a llorar nuevamente y se había tirado sobre la cama de espaldas a todos. Jake se había quedado sin habla, parado frente a ellas y sin poder hacer nada. No le quedó más remedio que salir de allí.

Emily cogió a la asustada Danielle y se sentó de nuevo con ella en su regazo. La pobre no hacía más que mirar con sus bonitos ojos azules en dirección a la tía Ari.

Volvió a recordar la frase que minutos atrás había dicho Arabia: «No quiero tener que volver a verlo nunca más en toda mi vida». Ya había escuchado a una persona hacer un comentario de ese tipo en relación a un tal Dave. Esta vez las coincidencias no eran nada esperanzadoras. Si ese Dave resultaba ser la misma persona que el Dave que su hermana había conocido, eso significaba que había tenido delante de sus propias narices al padre de Jack. Estuvo a punto de preguntarle a Arabia por el apellido de aquel chico, pero le había jurado a su hermana que no indagaría sobre nada relacionado con él. Debía hablar con ella en privado lo antes posible. Era de vital importancia.

Cuando Zane regresó lo hizo diciendo que Jake se había marchado de muy mal humor y sin decir a dónde. A Arabia no pareció importarle, pero Emily temió que fuese en busca de Dave. Se suponía que eran viejos conocidos... ¡Claro! ¡Ellos ya se conocían! ¡Jake le había contado que habían sido rivales en fútbol en el instituto! Y Emma le dijo en su día que él y Dave se conocían de la universidad por el fútbol. Estaba clarísimo.

La verdad era que no le desagradó la idea de que Jake fuese en busca suya. Tal vez le diese su merecido. Tal vez también pudiese hablar más tarde con él, aunque tendría que encontrar la forma de hacerlo sin involucrar las confesiones que Arabia les había hecho.

Por la noche, mientras cenaban, Emily esperaba impaciente el regreso de Jake. Estaba ansiosa por enterarse de qué había estado haciendo. Entre ella y Zane le contaron a Derek lo poco que podían decirle sobre lo ocurrido en el hospital relacionado con Dave. Él también estaba sorprendido. Se había dado cuenta, igual que ella, que no era la clase de chico que habían pensado en un principio, pero tampoco se esperaba que hubiese podido traumatizar a Arabia de aquella manera. Obviamente, él no sabía ni la mitad, pero el hecho de que ella estuviese recluida en su habitación en ese estado daba mucho que pensar.

—Espero que se recupere para el día de la boda —dijo Derek, pensando en voz alta—. No quiero que se la pierda por nada del mundo.

—Yo también lo espero.

—Se recuperará —continuó Zane—. Arabia es dura como una roca.

Al mencionar la boda, Emily sintió nervios en el estómago. Faltaba menos de un mes para ello y ya estaba prácticamente todo preparado. Entre ella, su tía Aurora y Margarett lo habían organizado todo a pesar del poco tiempo del que disponían. No iba a ser una boda de excesos, sino todo lo contrario, a pesar de que el padre de Emily había puesto a su disposición los fondos de la familia.

Se casarían en el jardín de su propia casa, y después celebrarían el banquete nupcial en un salón de bodas que estaba en Brown. Era el mismo salón donde sus padres celebraron el suyo. Era genial solo por eso.

Después de todo lo sucedido en los últimos meses, parecía mentira que ese momento fuese a llegar. Por fin iba ser una Becker: Emily Becker, solía pensar cada dos por tres. Le gustaba cómo sonaba. Pero también había inconvenientes respecto a ese futuro inmediato.

Recordaba todos los años que había pasado en casa de su padre, con todas las comodidades y sin ningún tipo de complicaciones. Entonces le parecía una vida de lo más aburrida, y precisamente por eso decidió salir de allí una vez que empezó la universidad. Le encantaba vivir sola, gestionarse e ir a trabajar los fines de semana. En cuanto empezó a visitar a los Becker tras el accidente, empezó también a sentir una conexión especial con aquella familia. Ellos la querían, y lo cierto era que ella se sentía muy realizada cuando conseguía animar a Zane en alguno de sus peores días. Cuando Derek reapareció y empezó el cortejo, todavía se sintió mucho más feliz. Tenía muy claro que ese era su sitio, que esa era la clase de vida que quería llevar y que nunca echaría en falta tantas comodidades. Le gustaba tener que lidiar con alguna que otra complicación y finalmente conseguir salir adelante.

Entonces, después de todos los problemas acontecidos en los últimos meses, empezaba a preguntarse si no se había olvidado demasiado pronto de los lujos de los Wathson. Estaba segura de que, a pesar de que no consideraba que el dinero fuese de gran ayuda para la felicidad de una familia, sí se podían solucionar muchos problemas gracias a él. Por ejemplo, podrían haber llevado a Louis a una clínica de rehabilitación con total discreción, en lugar de tenerlo encerrado en su habitación dando alaridos y llamando la atención de los vecinos. Por suerte, hacía tiempo que ya no gritaba ni se quejaba tanto. También Zane habría podido recibir una mejor atención, a pesar de que ya estaba bastante bien tanto psíquica como físicamente. También tendrían un coche propio, en lugar de tener que pedir prestado el de Arabia cuando era de vital importancia. Y así sucesivamente.

A la hora a la que Jake regresó a casa ya estaban todos acostados. Emily estaba tapada hasta el cuello y acurrucada junto a Derek, que tenía a Danielle con él porque ese día no se quería dormir.

No escucharon la puerta de abajo, pero sí la de la habitación, pues estaba situada justo enfrente en el mismo pasillo. Emily estuvo alerta en todo momento. Supo cuándo entraba, cuándo salía de nuevo, el tiempo que pasó en el cuarto de baño y, finalmente, cuándo regresó a la habitación y cerró la puerta.

—Voy a ir a hablar con tu hermano —anunció.

Derek se dio la vuelta.

—¿Por qué?

—Quiero saber si ha ido en busca de Dave, y si al final lo ha encontrado.

Derek se quedó mirándola fijamente, en silencio. Emily no quería que se disgustase con ella.

—¿Te molesta que hable a solas con tu hermano? —le preguntó—. Puedes acompañarme, en ese caso.

—¿No podrías esperar hasta mañana? —Derek le respondió con otra pregunta—. Ya sabes que va a estar en casa. No tiene ninguna otra cosa que hacer.

—Sí, claro. —Emily volvió a acomodarse bajo las mantas—. Lo veré mañana. Tienes razón.

Danielle continuó haciendo sonidos con la boca tratando de llamar la atención de su padre. Era el único motivo por el que no estaban sumidos en el más absoluto silencio.

—De acuerdo. —Derek se volvió de nuevo hacia ella—. Ve.

Emily sonrió. Se incorporó y se acercó para darle un beso. Luego cogió su bata y salió de la habitación. Derek era increíblemente bueno con ella.

Se colocó frente a la puerta de Jake y llamó con suavidad. Notó cómo los pasos que había escuchado y los pequeños ruidos se congelaban.

—¿Puedo pasar?

Volvió a escuchar movimientos al otro lado.

—Sí.

Abrió la puerta con parsimonia para evitar hacer ruido y luego cerró de la misma forma. Jake estaba de espaldas a ella con las manos en alto y por detrás de la cabeza. Las soltó y giró ligeramente la cabeza para mirarla. Después volvió a quedarse quieto y con la cabeza gacha, con la mano derecha apoyada en su escritorio.

—¿Lo has encontrado? —Quiso saber ella.

—¿A quién?

A Emily le extrañó bastante su respuesta.

—A Dave.

Jake se quitó la chaqueta y avanzó hasta situarse en la repisa de la ventana, de cara a ella. Era ya una costumbre verlo ahí sentado.

—¿Qué te hace pensar que he ido en busca de Dave?

—Bueno... Lo supuse porque... —Jake se quedó mirándola de brazos cruzados y con una ceja arqueada—. Porque...

—No lo he encontrado —dijo él—. Ahórrate el mal trago.

Emily suspiró, aliviada. Sabía lo difícil que era comunicarse con Jake cuando estaba de mal humor.

—En el hospital me dijeron que ya no trabajaba allí, y que se trasladaba a Canadá esa misma tarde. La bicicleta no me daba para llegar hasta el aeropuerto.

Asintió, satisfecha con la explicación.

—¿Y has averiguado algo en el hospital?

—¿Qué es lo que tenía que averiguar, Emily? Te toca a ti contestar a mis preguntas.

—No puedo decírtelo. —Jake levantó ambas cejas—. Le he dado mi palabra a Ari.

—¿Y si hubiera averiguado algo?

—En ese caso me gustaría escucharlo.

Jake sonrió amplia pero irónicamente.

—Pues es una lástima —continuó—, porque no he obtenido nada. De hecho, me han invitado a que me marchara amablemente y dejara de molestar al personal.

—¿Y te has marchado amablemente?

—Por supuesto que no.

Emily rio por lo bajo. Jake era tan predecible... Pero le hacía gracia que él mismo supiera reconocerlo y se lo tomara con humor.

—¿Qué es lo que le molesta tanto a Ari de mí? —preguntó esta vez, después del intermedio.

La verdad era que hacía tiempo que existía una tensión inexplicable entre Arabia y Jake, pero Emily no pensaba que la reacción que ella había tenido con él fuese por algo en concreto. Estaba asustada, y lo había pagado con él.

—No creo que debas preocuparte por lo de esta tarde. No la has pillado en un buen momento.

—¿Acaso no has visto cómo me ha echado de la habitación?

Emily recordó entonces por qué tenía tanta urgencia en hablar con él.

—¿De qué conoces a Dave en realidad?

Jake la miró extrañado.

—Ya te lo dije, jugábamos a fútbol.

—Sí, en el instituto, lo recuerdo. ¿También en la universidad?

Jake la miró con pesar.

—¿A dónde quieres ir a parar?

—Sé que ahora eres un buen amigo de mi hermana y también sé que ella te confiaría cualquier cosa. Me gustaría saber si...

—Si hay algo con respecto a tu hermana que te gustaría saber, habla con ella.

Su respuesta cortante confirmó todas sus sospechas.

—Entonces, es él —afirmó, sin importarle la negativa de Jake.

—Todavía no sé de qué estás hablando.

—Sí que lo sabes. —Emily le sostuvo la mirada—. Estoy hablando de Dave Jefferson, y de Jack.

Jake volvió a quedarse callado.

—No sigas tratando de disimular que apenas lo conoces y que no tienes más ganas que nadie de darle su merecido. Sé que las dos te importan, de lo contrario no te habrías peleado con él la noche de Halloween, así como tampoco tratarías de encubrir el secreto de mi hermana.

—Te lo repito —dijo Jake—. Habla con tu hermana. No me hagas partícipe de tus dudas. No quiero saber lo que se te pasa por la cabeza, así que no me lo pongas más difícil. No sé si lo sabes, pero estás hablando sobre un tema bastante delicado, así que si vas a sacar tus propias conjeturas lo mejor es que lo hagas con ella o solo para ti. Pero con nadie más. Y mucho menos con...

—Ari. —Emily lo interrumpió—. Lo sé, no te preocupes. No voy a traicionar más los secretos de mi hermana a menos que sean de suma importancia, como lo fue lo de su embarazo.

—Me alegra saber eso.

Emily lo observó en silencio. Parecía bastante apurado por el asunto de su hermana. Pero había algo más en su semblante. Estaba abatido.

—A propósito, ¿cuándo crees que tienen que quitarte los puntos del labio?

—No lo sé, y supongo que ahora que Ari no quiere verme será todavía más difícil saberlo.

—Si tanto te preocupa Ari, ¿por qué no muestras un mínimo de interés de vez en cuando?

—Que me preocupe por Ari no significa que...

—Jake, por favor, sé sincero por una vez.

Después de lo dicho y tras la mirada recibida a causa de ello, Emily decidió que era hora de marcharse. Estaba segura de que Jake sentía algo por Arabia, y de que lo único que hacía era reprimir sus sentimientos, pero no tenía ni idea de por qué. Solo con que se hubiese mostrado un poco más amable de vez en cuando estaba segura de que Arabia no se habría alejado tanto de él, y tampoco se habría dejado embaucar por Dave.

Antes de dormirse volvió a pensar en los asuntos de su hermana. Recordaba bastante bien a Dave, y por supuesto tenía la imagen de su sobrino Jack bien presente. Por suerte, el pequeño se parecía mucho a Emma. Era difícil, en base a sus recuerdos, encontrar alguna similitud con el que tantos problemas había causado.

Lo último que pensó antes de dormirse de forma definitiva fue que Dave era despreciable.

MARTES

31 ENERO 1989

Jake no conseguía dormirse. Se incorporó en la cama y miró el reloj. Eran las tres de la mañana.

Su hermano Derek le había dicho por activa y por pasiva que no había tenido nada que ver con lo que Zack había estado aireando el día de la pelea en la fábrica, así que la teoría de descarte que quedaba era que se hubiese enterado de algunas cosas a través de Bill o de Edward, y eso le causaba un gran malestar.

Por otro lado, Arabia llevaba tres días recluida en la habitación de Zane y solo ella y Emily podían acercarse a ella. El mal trago que la tenía sin consuelo lo mantenía en vela. Solo podía pensar en lo mal que lo había tenido que pasar y en la rabia que sentía al no poder acercarse a Dave para darle su merecido. Ese malnacido siempre se salía con la suya. Pero ¿qué? ¿Qué demonios había hecho para que Arabia estuviese tan hecha polvo?

Salió del cuarto para echarse un poco de agua por la cara. Necesitaba refrescarse.

Al mirarse en el espejo comprendió que los días sin dormir habían hecho mella en él, y por primera vez en su vida comprendía el efecto de las ojeras. Se sentía extraño consigo mismo cada vez que pensaba en Arabia, y eso era prácticamente las veinticuatro horas del día. El hecho de pasar todo el día en casa sin mucho que hacer le daba demasiado tiempo para pensar.

Se había esforzado mucho por evitar aquel sentimiento, pero ahora era inevitable. Ella le importaba demasiado.

Se quedó un buen rato reflexionando, apoyado con los codos sobre el lavabo y con la puerta abierta, por eso escuchó un leve sollozo proveniente del piso de abajo. Salió del baño sin hacer ruido y sacó la cabeza por el hueco de las escaleras.

Por lo visto, había alguien más despierto aparte de él.

Bajó tratando de hacer el mínimo ruido posible para evitar que la persona de abajo se sobresaltase y notó que cada vez los sollozos eran más intensos. No se sorprendió al comprobar que se trataba de Arabia. Estaba de espaldas a él, apoyada en el mármol de la encimera con las palmas de las manos. Llevaba puesto un camisón de manga corta hasta casi la altura de las rodillas, blanco con un dibujo central. Se notaba a la legua que estaba alterada porque le temblaban los hombros. Más bien, le temblaba todo el cuerpo.

Después de tres días sin verla, encontrársela así le encogió el corazón.

—Ari —dijo, en un tono de voz que rozaba el susurro. Ella se sobresaltó y retrocedió lateralmente hasta quedarse pegada a los muebles de la cocina, abrazándose a sí misma—. ¿Estás bien?

Comenzó a caminar hacia ella.

—¡No te acerques!

Jake notó pánico en su voz, incluso súplica. Él avanzó un poco más, de todas formas.

—¡He dicho que no te acerques!

Entonces empezó a llorar, sin contenerse. Las lágrimas inundaron sus ojos y fue una imagen totalmente sobrecogedora para él.

Decidió acercarse a pesar de sus prohibiciones, y a pesar de que con cada paso que daba ella se ponía más nerviosa, porque necesitaba llegar hasta ella.

Y entonces, cuando solo estaba a un paso, la rodeó con los brazos.

Eso la alteró todavía más.

—Tranquilízate, Ari —le dijo—. Por favor...

Al final ella dejó de moverse y sucumbió al abrazo. Se quedó con las manos y la cabeza apoyadas en su pecho, llorando en silencio. El tiempo pasó entonces muy lentamente, en estado de incertidumbre, y no supo con exactitud cuánto transcurrió antes de que ella por fin hablase.

—Lo siento —dijo.

—¿Lo sientes? Ari, tú no tienes que sentir nada. ¿Cómo estás?

—La verdad es que no sé cómo estoy.

Arabia se percató de que seguían abrazados mucho antes de lo que Jake hubiese deseado, y volvió a separarse.

—Lo siento —dijo entonces Jake.

Ella rompió a llorar de nuevo. Estaba mucho más afectada de lo que Jake había imaginado. Y, sin embargo, al contrario que días anteriores, él ya no deseaba con todas sus fuerzas encontrarse con Dave, sino quedarse lo más cerca posible de Arabia. Y tampoco creía ya que mereciese la pena pensar en si alguno de sus dos amigos lo habían traicionado o no con respecto al asunto de Zack. Había cosas más importantes.

Volvió a acercase a Arabia y le apartó el pelo de la cara. Sus expresivos ojos grises estaban hinchados y rojos. Con total descontrol de sus instintos, bajó la cabeza hasta colocarse a unos centímetros de su frente, le levantó la barbilla lentamente e hizo el amago de acercarse a besarla. Al principio ella no se inmutó, pero luego miró en dirección a sus labios, y entonces fue ella quien se acercó a él. Y entonces sí, se besaron. Duró apenas unos segundos, pero Jake se sintió como muy pocas veces se había sentido. Ni siquiera podía describirlo.

Por desgracia para él, lo que fuera que fuese duró muy poco.

Arabia retrocedió un paso, frunció el ceño y empezó a darle pequeños golpes en el pecho con los puños, mezclados con gritos de rabia.

—¡¿Por qué has tenido que hacer eso?! —Jake estaba tan perplejo que ni siquiera se defendió—. ¡Vete! ¡Aléjate de mí! ¡Te dije que no quería verte!

Jake se sintió entonces miserable. Arabia se fue llorando y maldiciendo en dirección a su habitación y escuchó el portazo de la habitación de Zane con bastante claridad.

Se había aprovechado de la situación sin quererlo y había metido la pata hasta el fondo, espantándola por completo.

Cuando cruzaba el pasillo del piso superior para volver a su habitación, Derek apareció en pijama, seguido de Emily.

—¿Qué ha pasado? —quiso saber.

—Ari se ha enfadado conmigo —contestó Jake, sincero.

—¿Cómo? —dijo Emily—. ¿Has hablado con ella?

—Pero ¿qué le has dicho? —continuó Derek.

Jake se notaba increíblemente azorado.

—La he besado.

Su hermano y Emily se miraron y luego volvieron a mirarlo a él, estupefactos. Intentaron hablar los dos a la vez sin concretar nada hasta que al final Derek dijo:

—Pero ¿por qué?

—Por la misma razón que tú besas a Emily cuando deseas hacerlo. ¿Te pregunto yo por qué lo haces? —Jake seguía sincerándose sin saberlo—. La he cagado. Ahora ya no hay marcha atrás.

Dicho eso, se metió en su habitación y se tumbó boca arriba en la cama. Se echó las manos a la cabeza y trató de ordenar sus pensamientos, pero lo único que consiguió fue no pegar ojo en toda la noche.

Para no variar.

MIÉRCOLES

8 FEBRERO 1989

FEBRERO

SM	L	M	X	J	V	S	D
5			1	2	3	4	5
6	6	7	8	9	10	11	12
7	13	14	15	16	17	18	19
8	20	21	22	23	24	AR	26
9	27	28	3				

Derek y Jake se encontraban dentro de la habitación de Louis, cada uno en una silla, las cuales habían llevado consigo dada la inexistencia de mobiliario de la estancia.

Louis los miraba con cara de aburrimiento.

—No te lo tomes a cachondeo —le pidió Derek.

—No lo hago.

—Te sigue dando todo igual, ¿no?

Jake se levantó y empezó a pasearse por la habitación. Llevaban ya media hora allí dentro y no estaban llegando a ningún tipo de acuerdo. Se suponía que él y su hermano habían decidido poner fin al encierro de Louis, pues él había cumplido su promesa de demostrar que había vuelto a la normalidad. Sin embargo, Louis no estaba poniendo mucho de su parte y no se tomaba en serio las advertencias que le hacían con respecto a que si volvía a las andadas acabaría en la cárcel.

—Os recuerdo que yo no me fui de casa. Vosotros me echasteis. Bueno, en realidad, tú me echaste —le dijo a Jake—. Y tú no hiciste nada por evitarlo —continuó, girándose hacia Derek.

—¿Insinúas que todo lo ocurrido *a posteriori* ha sido a causa de mi decisión? —le espetó Jake—. ¿Acaso fuimos nosotros los que te incitamos a drogarte?

—Fue un cúmulo de cosas.

—Me niego a seguir escuchándote.

Jake salió y cerró tras de sí sin que Derek lo pudiese convencer de lo contrario. Entonces se quedó a solas con Louis. Tal vez fuese lo mejor. Entre los otros dos las cosas rechinaban demasiado.

Pese a eso, no podía entender el comportamiento defensivo que estaba tomando Louis. Se suponía que iban a hablar y a establecer unas condiciones para que pudiese ser libre de nuevo, y él no hacía más que hacer comentarios sarcásticos y burlones.

—¿Crees que te trajimos aquí y que colocamos un montón de barrotes para perjudicarte? —le preguntó, serio.

Louis no respondió inmediatamente. Se tomó su tiempo para reflexionar.

—No.

—¿Entonces? ¿Por qué te comportas así? ¿Acaso no quieres salir?

—Hace tiempo que estoy bien y me seguís teniendo encerrado.

—¿Qué te hace pensar que podemos tomarnos a la ligera tu conducta? Sabes tanto como nosotros que has actuado un montón de veces para hacernos creer que ya estabas bien cuando no era cierto. Esa escuela de teatro es buena, no me cabe la menor duda.

Esta vez Louis no replicó, así que se quedaron en silencio. A Derek empezaba a acabársele el ingenio. Faltaba muy poco para la boda y la idea de que alguno de sus seres queridos no asistiese a la ceremonia le causaba malestar. Bastante tenía con no poder tener a sus padres. El hecho de que Louis se resistiese a entrar en razón le dolía muchísimo.

Zane iba a ser su madrina, y eso le hacía muy feliz, pero necesitaba tenerlos a todos cerca ese día. Necesitaba volver a sentir que eran una familia. Y eso incluía a Arabia, que por suerte ya había vuelto a hacer acto de presencia en la casa. Ahora solo le faltaba Louis, y que él y su otro hermano se reconciliasen de una vez por todas.

—¿Por qué no me hablas de Laura?

Derek sabía que aquella chica misteriosa había sido en parte la causa de que su hermano hiciera todo lo que hizo. Al nombrarla notó cómo Louis empequeñecía. Sin duda, ella había sido importante para él.

Tan joven y tan enamorado, pensó.

—Sé que pensáis que ella tiene la culpa de que yo... Bueno, de que yo... De que yo me volviera un poco idiota. —Derek lo miró con ironía—. Está bien. Muy idiota. Pero no puedo guardarle rencor. Y sé que debería estar enfadado y odiarla, pero no soy capaz de albergar malos pensamientos hacia ella. No puedo explicar por qué.

—Inténtalo.

—¿El qué?

—Intenta explicarme por qué te hace sentir de esa manera.

Derek se alegró de encontrar el punto de inflexión de la conversación. Había descubierto que, a través de Laura y sin estar ella presente, podía comprender el estado de ánimo de su hermano, y el porqué de sus travesuras, por llamarlo de algún modo, dado que siempre había sido y sería el pequeño de los Becker. Había cumplido los dieciocho el pasado noviembre y Derek tenía recién cumplidos sus veinticuatro.

—Cuando conocí a Laura en la escuela me di cuenta de que ella era especial. Y no me refiero a lo especial que puede ser Emily para ti. No así. Me refiero a que ella no llevaba una vida normal, así como tampoco era una chica normal. Es un año mayor que yo, por cierto, y no tenía mucho trato con ella aparte del que manteníamos en los ensayos. Seguro que te suena de todas aquellas veces que dije que el ensayo había sido una mierda porque había vuelto a faltar una de las protagonistas.

—Lo recuerdo.

—Pues era Laura —continuó Louis—. Un día, tras una breve aparición que hizo para llegar, ensayar y marcharse de nuevo, yo decidí seguirla. Creo que ella ya sabía que lo haría, o mejor dicho, me pidió que lo hiciese con una mirada. Así que la seguí, a hurtadillas, a pesar de que ella sabía que yo andaba cerca. Así fue como llegué de nuevo al barrio Gris. Ya sabes que no era la primera vez que andaba por allí.

—Lo sé.

—Pues a pesar de que no era la primera vez que estaba allí, seguirla me llevó hasta una zona que para mí siempre había estado prohibida. Me condujo hasta el territorio de Bernard Hutton, uno de los traficantes más importantes del condado. Yo ni siquiera sabía que vivía en el barrio Gris. Quiero decir, sé que he trabajado para él, pero pensaba que estaría establecido en cualquier otra ciudad. Se me cayó el mundo encima cuando vi llegar a Laura hasta una las casas más imponentes de la zona y vi salir a Bernard de ella para darle un beso.

—Eso sí que es una sorpresa.

—Sí... Al día siguiente ella regresó a clase. Volvió a buscarme con la mirada y me indicó con un gesto de cabeza que nos viésemos afuera. Yo volví a hacerle caso y entonces ella me contó ciertas cosas, entre ellas, que sabía que yo había trabajado antes de camello. Y... pues... ella me confirmó que estaba en la organización, pero me juró que no había sido por su propia voluntad. Bernard la encontró en la calle y le abrió las puertas de su casa bajo ciertas condiciones. Una de ellas era que trabajase para él, y la otra te la puedes imaginar. Me pidió ayuda, Derek.

—¿Ayuda para qué?

—Para poder escapar de las garras de Bernard.

—Continúa.

—Me dijo que estaba embarazada.

Derek lo miró, atónito. No podía creerse que toda su familia estuviese metida en asuntos de embarazos ajenos. Primero Ashley, luego la hermana de Emily, y ahora la dichosa Laura.

—¿Por qué crees que lo estuve ocultando? No podía presentarme un día en casa con Laura y esperar que os hicieseis cargo de ella. Decidí hacer lo único que hasta ahora me había reportado algún beneficio. Con su ayuda no resultó difícil, a pesar de que no tenía buena reputación. Decidí que ahorraría lo suficiente y luego le buscaría un hogar. Para ambos. Supongo que no tengo que decirte que me enamoré de ella, y que pensaba que ella también lo estaba de mí. Tal vez lo estuvo en algún momento. No sé.

—Antes de continuar, dime. El día que te encontré y te traje de vuelta a casa, el día que encontramos el dinero escondido, ya entonces habías empezado a consumir droga. ¿Por qué?

—Es difícil estar dentro y no mezclarte con ellos —aclaró Louis—. Empezó como una tontería, por culpa de un compañero que me dio a probar un canuto en uno de los días que más desesperado estaba por los nervios que todo el asunto de Laura me provocaba. Eso me tranquilizó, así que lo utilicé como excusa siempre que estaba preocupado. Y una cosa llevó a la otra. La gente quiere garantías. Necesitan saber que la mierda que les vendes es también tu propia mierda para poder fiarse de ti, así que tuve que experimentar con la cocaína en más de una ocasión. No hay más.

Derek se alegraba de poder comprender un poco mejor a su hermano. Todo habría sido más fácil si se hubiese sincerado desde el principio, pero tenía razón, haber llevado a Laura con él no habría sido la mejor de las ideas, por no hablar de que, si tan apegada estaba a Bernard, puede que él hubiese ido a buscarla y los habría metido a todos en un buen lío. Jake y él eran muy parecidos con respecto a guardarse las cosas para sí mismos, todo lo contrario que él y Zane. Era curioso.

—¿Qué pasó entre Laura y tú? ¿Por qué te dejó?

—Cuando nos fuimos a vivir juntos ella no pasaba todo el tiempo conmigo. Según decía, en realidad, yo era para Bernard un pobre chico al que ella quería embaucar para que se ocupase de algunos asuntos, mientras que para mí Laura era una pobre chica que sufría a manos de Bernard. Puede que nunca sepa cuál de las dos versiones es la verdadera, pero el caso es que ella iba de aquí para allá, intercambiando la versión de su vida según estuviera en un bando o en otro. Yo tenía que hacer mi papel delante de Bernard, y ella me decía que era por mi propia seguridad. Jamás me imaginé que terminaría quedándose con él.

—¿Qué te dijo?

—Me dijo que tenía que pensar en el bebé, y que lo más seguro era quedarse con Bernard. No creía que yo pudiese hacerme cargo de ambos. Puede que llevara razón, pero me destrozó, Derek. Y entonces la cosa se me fue de las manos. En lugar de salir a hacer mi trabajo me quedaba en casa y me colocaba con la mercancía. Ella sabía que yo estaba mal y venía casi todos los días para recomendarme que volviera a casa, segura de que me perdonaríais a pesar de todo.

—¿Por qué no nos habías contado nada hasta ahora?

—Porque no he estado cien por cien lúcido hasta hoy. Primero tenía que estabilizarme y reorganizar mi mente, y después recordar.

—Y, a pesar de todo, no puedes odiar a Laura.

—No, pero no quiero volver a verla. No creo que pueda soportar un reencuentro. El estar aquí puede hacer que me recupere de mi adicción, pero no hay nada que hacer con lo que siento hacia ella.

Derek asintió, satisfecho. Su hermano se había explicado con total claridad.

—Y con respecto a la adicción, ¿crees que está controlada?

—Yo diría que sí. Hace bastante que el mono desapareció. Pero, siendo realista, he visto a gente que decía estar recuperada recayendo una y otra vez. Tendréis que vigilarme si finalmente me dejáis salir.

—Queremos dejarte salir.

—Ya, imagino. Causo más trabajo aquí dentro que fuera. Hablando de trabajo, necesitaré uno.

—¿Qué hay de la escuela de teatro?

—No quiero volver allí tampoco.

Derek se levantó y caminó hacia el colchón donde su hermano había estado sentado. Se dejó caer a su lado. Luego le revolvió el pelo y lo atrajo hacia sí para darle un beso en la cabeza.

—Eh, no te pases —replicó él.

—Sigues siendo mi hermano pequeño, ¿recuerdas? —Derek dejó que se apartara—. Me alegro de que por fin hayamos tenido esta conversación.

—Sí, yo también.

—Iré a buscar a Jake.

—No quiero hablar con Jake.

—¿Por qué no?

—Él y yo no vamos a entendernos.

—Créeme, yo también pienso eso muchas veces, pero poco a poco la paz entre nosotros se va restableciendo. Va y viene, pero al menos está en algunos momentos. Y te aseguro que entre tú y él no hay más diferencias que entre él y yo.

—Aun así...

—Tengo una idea mejor. ¿Qué tal si reúno a todos en el salón y charlamos un rato?

—No sé.

—Dame unos minutos. Volveré enseguida.

Derek llegó hasta la puerta y se dio cuenta de que las llaves de la cerradura estaban puestas.

—Adelante —le dijo Louis.

—No te importa, ¿verdad?

—No, ya no. Pero es todo un detalle que lo hayas preguntado.

Derek salió y cerró con llave, una vez más, con la esperanza de que fuese la última vez. Después bajó al salón, donde estaban la mayoría de los miembros de la casa.

—¿Dónde está Jake? —preguntó a las chicas.

—Se marchó hace rato. —Emily fue la encargada de contestarle.

Derek suspiró.

—He estado hablando con Louis. Parece que ya está en sus cabales. —Se sentó en el sofá al lado de Arabia antes de continuar—. Me ha estado contando por qué empezó de nuevo en todo eso de las drogas.

—Fue por esa tal Laura, ¿no? —Quiso saber Zane.

—Exacto. Intentaba ayudarla a ella para que pudiese tener una vida mejor, y estaba ahorrando para poderla mantener en otra casa que no fuera esta y así no darnos más quebraderos de cabeza. Por lo visto, la chica estaba embarazada de uno de los peces gordos.

Arabia soltó una risotada. Zane y Emily se quedaron mirándola, impactadas. Hacía unos días que había empezado a hacer acto de presencia, pero era la primera vez que la escuchaban reír desde entonces.

—Lo siento —dijo, disculpándose y evitando volver a reír. Se explicó al darse cuenta de que todos seguían mirándola—. Es solo que... Se me ha venido a la cabeza la facilidad que tienen las mujeres embarazadas para acercarse a los hermanos Becker.

Derek miró a Emily.

—Sé que no tiene ninguna gracia. —Esta vez se puso seria—. De verdad que lo siento.

Derek decidió no darle importancia.

—Creo que podemos fiarnos de él, así que le he dicho que tendríamos una reunión todos juntos.

—No sabemos cuándo volverá Jake —le comunicó Emily.

—Si os parece bien, podemos empezar sin él.

Las tres chicas estuvieron de acuerdo, por lo que Derek volvió a subir y a abrir la puerta. Louis esperaba de pie, al otro lado. Se había recolocado la ropa y echado el pelo hacia atrás, para adecentarse. Necesitaba un buen corte después de tanto tiempo recluido. Suerte que todavía era imberbe.

—¿Vamos?

Bajaron juntos hacia el salón.

- - - - - - -

Cuando Louis se presentó delante de Arabia, de Zane y de Emily, se sintió culpable por todas las barbaridades que les había gritado durante su cautiverio. Había conseguido convencer a Derek de que ya se había recuperado, pero todavía no estaba todo hecho.

—¿Y Jake? —preguntó nada más tomar asiento.

—No está en casa —respondió Derek—. Ya tendrás tiempo de hablar con él.

Que su hermano no estuviese presente le pondría las cosas más fáciles. Arabia lo miraba con indiferencia, Zane no conseguía sostenerle la mirada y Emily le sonreía abiertamente con Danielle en su regazo.

—Me alegro de volver a verte —le dijo esta última.

—Yo también. Delly ha cambiado un montón.

Louis agradeció la cálida bienvenida, aunque solo fuera por parte de un tercio de las presentes. Llevaba dos meses sin ver a nadie más que a sus hermanos varones.

—No sé si Derek os ha contado lo que en realidad sucedió para que yo me comportara de ese modo...

—No. —Zane se volvió hacia él—. Todavía no sabemos nada.

Sabía que su hermana estaba muy resentida con él. A ella también le había faltado a su promesa y era la que menos se lo merecía. Podía engañar a Jake, incluso a Derek, pero Zane era demasiado buena y él se había aprovechado de ello. Era lamentable.

Al igual que había hecho en la habitación media hora antes, empezó por el principio. Explicó lo del teatro, el teatrillo de Laura y las consecuencias que todo ello había acarreado. Esta vez se extendió un poco más. Ellas tenían ganas de saber todos los detalles y así lo demostraron interrumpiéndolo para hacerle preguntas. La única que no dijo nada fue Arabia.

Se sintió aliviado al terminar. Derek lo miró y asintió con aprobación.

—Y ahora ya podéis pensar lo que queráis sobre mí, pero al menos estoy tranquilo porque sé que os he contado toda la verdad.

—Te has quedado muy flaco.

Zane le sonrió tras lanzarle el comentario. Él le devolvió la sonrisa.

—Bueno... —Arabia intervino, al fin—. Supongo que todos pensamos, porque lo vemos, que has vuelto a la normalidad.

¿Lo crees tú? Y piénsatelo muy bien antes de responder, porque tienes que ser sincero contigo mismo.

Siempre tan clara, pensó Louis.

—Sí, Ari —le respondió con pesar—. Pero no puedo menos que deciros que, pese a todo, me vigiléis durante un tiempo. Y odio tener que decirlo. Supongo que es un favor que tengo que pediros.

—¿Y tienes planes de futuro? —continuó Emily—. ¿Volverás a las clases?

—No. Me gustaría encontrar un trabajo.

—Me parece una gran idea —sentenció Arabia.

Zane se levantó y fue hacia la cocina. Regresó con una caja de galletas para él. Jake llegó poco después de que empezara a devorarlas. Se quedó mirándolos a todos, pero especialmente a él. Luego miró a Derek.

—¿Qué significa esto? —dijo, aparentemente sereno.

—Decidí dejarlo salir para que les contara a todos lo mismo que me había contado a mí, pero tú habías salido, así que...

—Ya. ¿Y qué os ha contado?

Louis se sintió intimidado, una vez más. Odiaba que su hermano le causase ese sentimiento. Siempre tendía a elevarse sobre los demás. Llegaba e imponía su carácter por encima de todos.

Derek insinuó que hablaran en privado, pero Jake no tenía ninguna intención de hablar a solas con él.

—¿Se ha disculpado? —continuó.

Nadie dijo nada.

—¿Te has disculpado? —preguntó mirándolo a él.

No había pedido disculpas propiamente, pero creía que al justificarse... Su hermano dedujo la respuesta.

—Entonces, ¿para qué has bajado?

Louis se levantó, molesto, y se colocó frente a él. Jake no tenía ningún derecho a incriminarlo sin haber escuchado nada de la historia. Pensaba decírselo, pero entonces él habló de nuevo.

—Me importa una mierda que digas que ya te has recuperado y me importa otra mierda lo que fuera que hiciese que enloquecieras. Lo único que tienes hacer es pedir perdón a todos y a cada uno, especialmente a Zane. ¿Le has pedido perdón a Zane? ¿Te has parado a pensar en todo lo que ha tenido que soportarte? Puedo refrescarte la memoria, si quieres.

—Jake, ya está bien. —Derek intervino—. Esto estaba siendo una reunión pacífica hasta que tú has llegado. ¿Qué narices te pasa?

Louis sabía que su hermano tenía razón, pero eso él ya lo había reconocido para sus adentros. No tenía por qué atacarlo de esa manera.

—Quiero escuchar cómo se disculpa.

—Y si no, ¿qué?

Louis se arrepintió enseguida de haberle respondido de esa forma.

—Si no, te voy a subir de nuevo a la habitación, o tal vez te lleve de vuelta a la pocilga esa donde te encontramos.

—¡Bien, pues hazlo!

—¡Basta, Jake! —Zane también se levantó—. ¡Deja de estropear las cosas! Y tú, Louis, no seas tan orgulloso. ¿Qué es lo que ha pasado contigo? Tú no eres así.

Empezó a concentrarse una presión muy fuerte en su garganta. Sabía que no podía soportarlo, pero no quería estallar. Jake no se daba nunca por satisfecho.

—Pero ¿qué os pasa a vosotros dos? —Zane continuó.

—Te diré lo que me pasa —Jake habló de nuevo—. Me he pasado dos meses preocupado por este idiota, soportando sus comentarios hirientes y sus insultos. Me he tenido que callar cada vez que le apetecía escupirme en la cara o tirarme encima el plato de comida, y también he tenido que recoger su mierda esparcida por toda la habitación. Si ha vuelto en sí lo menos que quiero es que se disculpe.

Louis se dejó caer en el sofá y no pudo evitar que se le cayesen las lágrimas. Había luchado contra sí mismo para no llorar. No quería que sus hermanos pensaran que era un blandengue, porque en realidad sí que lo era. Había intentado hacerse el duro, como Jake, para tratar de defenderse, pero era imposible. A él se le daba mucho mejor ese papel: tenía más años de experiencia.

—Lo siento —dijo, como pudo—. Lo siento, Jake; lo siento, Zane; lo siento, Derek...

No pudo continuar. El peso de los remordimientos era insoportable y le temblaba el pulso de los nervios.

—Tranquilo, Louis.

Zane se puso a su lado.

—¿Era esto lo que querías? —Escuchó decir a Derek.

Emily también se le acercó, pero él no podía dejar de llorar, aunque en silencio. Había estado demasiado tiempo tratando de controlarse, desde el mismo instante en que todos lo echaron de casa. Al recordar ese momento todavía se sintió más desgraciado. Sus hermanos se habían deshecho de él de la noche a la mañana, pero tenían todo el derecho del mundo: él les había mentido, día tras día, aparentando normalidad.

Louis continuó escuchando los reproches de Derek hacia Jake, pero no podía ver nada. Tenía la mano en la cara intentando evitar que lo viesen llorar.

De repente, Jake se agachó frente a él y le cogió la cara.

—Eh —le dijo, tratando de que lo mirara a los ojos—. Tranquilízate, ¿vale? No quería decir eso. No quiero llevarte a ninguna parte. Quiero que estés aquí.

Louis empezó a serenarse. Cuando pudo mirar por fin a su hermano, vio a un Jake lleno de pesar. Derek seguía maldiciendo en voz alta mientras Emily intentaba calmarlo.

—Yo no soy como tú —le dijo a Jake.

—No tienes que ser como yo.

—Pensé que podía hacerme cargo de todo, pero no...

—Está bien, Louis. Eso ya ha quedado atrás. Ahora estás en casa.

—Solo quería demostrar que podía cuidarme solo... Quería demostrar que era tan capaz como cualquiera de vosotros... Y sé que papá nunca me hubiese dejado matricularme en la escuela de teatro, pero no soy un marica...

—Oh, vamos. —Jake empezó a quitarle las lágrimas de la cara—. Olvida eso, fue un comentario estúpido. De los más estúpidos que he hecho en toda mi vida.

No pudo evitar continuar llorando. Le dolía más contenerse que dejar que las lágrimas salieran.

Nunca había sido su intención enfrentarse a Jake, más bien, había tratado de plantarle cara para sentirse igual de ducho que él. Pero la verdad era que no se sentía satisfecho con nada de lo que había hecho en el último año. Solo había estado actuando. Más en casa que incluso en la escuela de teatro.

Había intentado construir su personalidad según los ejemplos más cercanos: su padre y sus hermanos, en especial Jake, que era el que siempre había estado al pie del cañón, a pesar de que Derek siempre había sido su hermano favorito por ser el más comprensivo. Jake siempre se quejaba de que las cosas no le salían bien, pero era sin duda el que más experiencias había vivido y el que mejor sabía superar los baches. Él siempre estaba cuando se le necesitaba, daba igual que estuvieses enfadado con él o no, justo como estaba haciendo en ese mismo instante. Louis lo había decepcionado y, sin embargo, allí estaba, tratando de consolarse y disculpándose por lo que le había dicho.

—Ven aquí. —Jake lo atrajo hacia sí para abrazarlo—. Voy a cuidar siempre de ti, aunque a veces me comporte como un imbécil y no sepa controlar eso.

Cuando por fin pudo calmarse observó que Zane y Emily también habían estado llorando. Louis se separó de Jake y se secó la cara con la manga de la camiseta.

—No quiero causaros más problemas ni más preocupaciones —dijo para que todos lo escuchasen. Jake se levantó y se sentó también en el sofá, a su izquierda. Mas allá continuaba estando Arabia sin decir una sola palabra—. Supongo que te interesará saber quién es Laura y qué fue lo que pasó.

—No necesito saber lo que pasó con Laura —respondió Jake—. Eso es cosa tuya. Lo que quiero es que me prometas que no volverás a buscarla, de ninguna manera. Y que me lo prometas de verdad.

—Lo prometo. Ya lo había hablado con Derek.

De repente, todos se volvieron hacia Zane. Estaba en un estado bastante peculiar. Lloraba y reía a la vez. Louis se preguntó cómo podía ser eso posible.

—Estoy tan feliz —expresó.

—Cualquiera lo diría con esos lagrimones —comentó Arabia.

—Pues lo estoy.

Zane se quedó mirándolo con una sonrisa de oreja a oreja. Él sabía que era una hermana genial y que era buena hasta el extremo. Se alegró muchísimo de verla sonreír a pesar de todo. Eso solo podía significar que ya lo había perdonado.

SÁBADO

18 FEBRERO 1989

La boda había sido preciosa. Emily y Derek ya eran oficialmente marido y mujer, y la pequeña Danielle se había ocupado de llevar los anillos con ayuda de Zane. Esta, a su vez, había sido la madrina, y Frederic Wathson el padrino más orgulloso del mundo al llevar a su hija Emily al altar.

Después de las fotos se habían repartido en coches para llegar al salón de bodas, que era el mismo salón donde el matrimonio Wathson había celebrado su banquete. Por eso mismo uno se podía imaginar de antemano el tipo de menú que se serviría y se sirvió, y el tipo de mobiliario y adornos que Arabia se encontró una vez llegó. Todo era increíblemente elegante y lujoso.

Ese día fue el primero en toda su vida que decidió beber vino. Estaba harta de los quebraderos de cabeza que los hombres le habían provocado en los últimos meses y estaba decidida a dejarse llevar, aun sabiendo las posibles consecuencias. En su misma mesa estaban Louis, Zane, Jake y un puñado de amigos de la universidad de Derek y de Emily. Había sido genial que los pusieran a todos juntos. Así era como lo habían pedido Zane y ella cuando Emily les preguntó si preferían una mesa aparte.

Jake estaba justo enfrente. Sabía que esta vez era él quien la vigilaba a ella. Lo veía por el rabillo del ojo cada vez que volcaba la botella de vino sobre su vaso. Zane se reía cada vez que lo hacía. Se sorprendió de que aquello la divirtiera tanto.

Hubo muchos brindis a lo largo de todo el banquete y Arabia estuvo totalmente desinhibida charlando y riendo con el resto de los presentes que tenía más cerca. Zane y ella habían hecho buenas migas con los dos chicos más próximos, pero ni siquiera recordaban cómo se llamaban.

Una hora más tarde empezó a sentirse ligeramente mareada, y le dolían los músculos de la barriga de tanto reír. La banda de música invitada llevaba tocando ya unos quince minutos, así que tanto ella como Zane se alegraron cuando la gran mayoría de jóvenes de la mesa se levantaron a bailar. Tenía ganas de bailar, y de lucir su nuevo vestido y de olvidarse de todo lo malo que se le había estado amontonando desde el verano. Vio cómo Emily les sonreía desde donde estaba con Derek. Y vio también cómo Jake la miraba desde la mesa en la que se había quedado sentado con su hermano Louis.

No podía olvidar que él la había besado, y que no había podido escoger un peor momento para hacerlo. Los días que habían pasado *a posteriori* habían resultado un tanto incómodos, pero más por parte de él que de ella, pues estaba decidida a sentenciar y alejar a cualquier hombre que quisiera volver a acercársele.

Uno de los dos chicos que había estado sentado a su lado llegó con un cubata en cada mano. Le ofreció el de su derecha.

—¿Qué es? —Quiso saber.

—Te prometo que te gustará.

Arabia miró a Zane y se encogió de hombros. Luego probó la bebida. Notó el sabor amargo del alcohol mezclado con tónica. Obviamente, no le gustó, pero aquella era una noche loca. Su mejor amiga y ella continuaron bailando, mezclándose con el resto. Ya no sentía vergüenza al bailar con desconocidos y supuso que era uno de los efectos del alcohol. El chico del cubata llegó de nuevo poco después con una nueva adquisición. Sabor a alcohol y limón. Una combinación mucho más dulce.

Empezaba a pensar que todo eso de beber alcohol no podía ser tan malo si podía hacer que se divirtiera tanto. Y sostuvo ese pensamiento hasta casi una hora más tarde.

Jake se había acercado en una ocasión para decirle que ya era suficiente, y que no aceptara más bebidas así porque sí. Ella se rio ante ese comentario. Luego continuó bailando, hasta que todo empezó a darle vueltas. Se apoyó en el hombro de Zane para descansar.

—¿Estás bien? —Había preguntado su amiga.

—Creo que sí —le respondió, riendo.

Volvió a recorrerse la pista de baile de aquí para allá, bailando con unos y con otros, con chicos y chicas, hasta con Emily. Se quitó los tacones y continuó descalza jugando con ellos en las manos. Empezó a dar vueltas sobre sí misma con la cabeza hacia atrás. Chocó con una persona que la hizo parar y entonces sintió que no podía quedarse erguida y quieta. Fue tropezando y apoyándose en todos los que encontraba a su paso.

Uno de los amigos de Derek la sujetó y exclamó:

—Oh, là là.

Lo reconoció por la divertida frase. Era el mismo que había estado contando durante el banquete su experiencia de todo un año en una universidad de Francia.

—Hooooola —le dijo Arabia, sonriéndole.

Estaba tan mareada que le era imposible ya mantenerse de pie. En realidad, quería sentarse. Lo necesitaba. Pero aquel chico la mantenía sujeta para que pudiese bailar a su lado, así que continuó junto a él, bailándole, insinuándosele y casi besándole. Se dio cuenta entonces de que no, que todo menos besar a alguien. Estaba borracha, sí, pero tenía muy claro que no iba a sucumbir a los encantos de nadie. Se rio en voz alta cuando el chico se apartó, avergonzado. Ella continuó bailando para hacerle sentir mejor y él se contentó con eso.

De lejos vio cómo Jake volvía a acercarse. La cogió de la mano y la sacó de la pista.

—¿Qué estás haciendo?

—Estoy bailando, ¿bailas?

—No.

—Qué lástima...

—No quiero que hagas nada de lo que puedas arrepentirte.

—¿Qué te hace pensar que voy a arrepentirme?

Arabia se alejó de él y volvió con Zane.

Continuó pavoneándose un rato más, el suficiente para que otro grupo de jóvenes se les acercaran a ella y a su amiga. Empezó a pasar de mano en mano hasta que se dio cuenta de que ya no podía más. Necesitaba que le diera el aire de inmediato. Sin más, se apartó del grupo y se dirigió a la salida, todavía con los tacones en la mano. Afuera llovía, pero no le importó. Se colocó los zapatos y empezó a caminar calle abajo. No llegó demasiado lejos. Paró en seco cuando notó en el hombro algo más intenso que una gota de lluvia. Estaba empezando a granizar.

Se sentía tan mareada que tuvo que pararse y mirar al suelo para encontrar un punto cercano en el que fijarse y estabilizarse. Fue en vano. Todo empezó a darle vueltas. Entonces observó una silueta acercándose hacia ella a gran velocidad. No opuso resistencia cuando la cogió en brazos y se la llevó a cubierto porque sabía muy bien quién era. Se alegró de que hubiese aparecido y, sobre todo, de estar a cubierto.

Jake la había llevado a una especie de hueco en un edificio, que se situaba a metro y medio de altura del suelo detrás de un montón de arbustos y árboles. Desde el otro lado nunca se habría imaginado que ese sitio estuviese allí escondido. Era como una pequeña cueva, pero de ladrillo. La dejó tumbada en la fría superficie y luego él se sentó enfrente. No supo calcular la altura que habría del suelo al techo, pero se fijó en que Jake no podría ponerse de pie sin golpearse la cabeza. Tal vez ella tampoco.

Instintivamente, Arabia se encogió sobre sí misma para apaciguar la sensación de frío. El pelo, la ropa y, lo peor de todo, las medias mojadas. Jake se quitó la chaqueta y se la puso por encima, y durante unos minutos se quedaron cada uno por su lado, sin decir nada. Por desgracia, el frío aumentó en lugar de disminuir y el temblor de su cuerpo se hizo insoportable.

—Estás congelada —dijo Jake, interrumpiendo el silencio.

El cuerpo y la mente de Arabia estaban sumidos en un profundo caos por culpa del frío y del vino, así que asintió con la cabeza sin preocuparse por lo que él estaría pensando.

—Quítate la ropa.

Cuando lo miró de nuevo, estupefacta, él ya estaba desabrochándose el chaleco y la camisa al mismo tiempo.

—¡¿Qué haces?! —gritó, alterada. Incluso se cerró todavía más la chaqueta.

Jake se dio la vuelta para darle la espalda y siguió hablando.

—La única forma de entrar en calor en este momento es el calor corporal. Quédate en ropa interior dentro de mi chaqueta. —Mientras hablaba, terminó de quitarse la camisa y luego se sacó también la camiseta interior. Se arrastró hacia atrás y se la ofreció, sin girarse—. Ponte esto por encima.

Arabia cogió la camiseta y sintió la calidez de inmediato. Con extrema torpeza por el temblor de su cuerpo, procedió a quitarse todo lo que tenía mojado, incluidas las medias. Luego se colocó rápidamente la camiseta que él le había ofrecido.

—¿Mejor? —le preguntó, sin mirarla.

—Abrázame, Jake. —La voz de Arabia seguía temblorosa. Necesitaba más calor, lo sabía perfectamente. Y lo necesitaba con urgencia—. Por favor...

Jake se agachó a su lado. Se quedaron sentados muy juntos hasta que Jake le pidió que se recostara. Le colocó, con mucha delicadeza, el brazo derecho dentro de la manga de su enorme y acolchada chaqueta. Luego él se acercó mucho más para poder meter su brazo izquierdo por dentro de la otra manga y, cuando por fin lo consiguió, se quedaron tumbados y envueltos por ella, en dirección a los árboles que los escondían del mundo.

Arabia no tardó más que unos instantes en empezar a sentir el calor del pecho de Jake, que se colaba por la camiseta que le había prestado. Además, había colocado un brazo por debajo de su cuello y otro por encima de su cuerpo, para arroparla todavía más. Los temblores fueron remitiendo lentamente hasta extinguirse por completo. Luego la acogió una sensación de paz que, por desventura o suerte, acabó pronto. Se debía, en parte, a que el alcohol por fin le había dado tregua y su mente volvía a funcionar casi con total normalidad. Pero agradeció sus efectos, pues de lo contrario no habría acabado nunca tan cerca de Jake como se encontraba ahora.

Él se mantenía en silencio y su respiración era constante.

—Gracias —le dijo Arabia en un susurro.

No contestó. En lugar de eso, movió el brazo que tenía echado sobre su cintura y con suavidad le apartó unos cuantos mechones de la cara en forma de caricia. Ella notó cómo su respiración se aceleraba por la sensación, pero también notó el cambio de ritmo en los latidos de Jake.

La temperatura había subido tanto entre ambos que empezó a tener calor. Un calor sofocante. Y a pesar de que nunca en su vida había estado tan nerviosa, sacó el brazo de la manga de la chaqueta y se giró hacia él. Entonces Jake la atrajo más hacia sí.

Arabia puso las manos sobre su pecho y su deseo aumentó aún más. Sus emociones se habían descontrolado después de la primera copa de vino y todavía seguían actuando sin control. Por suerte, Jake tomó las riendas de la situación y no se anduvo con rodeos. Se incorporó levemente para sacar también la manga de la chaqueta y luego sujetó su nuca con la mano para acercarle la cara y besarla.

No era la primera vez que se besaban, pero en esa ocasión fue muy diferente y ella pensó que ya no existía otra cosa que ese beso. Nada antes de él.

La pasión fue apoderándose de ambos y Arabia se dejó llevar. Jake continuó con las caricias durante un buen rato y, a pesar de que le temblaba la mano, con ella se acercó hasta el borde de la camiseta que le había prestado y la introdujo en su interior para contactar con su piel, con su cintura, con su ombligo... Y justo cuando se atrevió a seguir subiendo, Arabia hizo desaparecer el mágico momento.

—Será mejor que paremos.

Se bajó la camiseta y la volvió a colocar por debajo de sus caderas. El corazón le latía con fuerza, pero no debían seguir adelante. Primero por su propio miedo, y segundo porque era una locura.

Al retirarse, Jake pasó su mano izquierda una vez más por su cintura, haciendo vibrar sus emociones a pesar de la camiseta, y luego rodó y se retiró a un lado, dejando los codos apoyados en la fría piedra.

Ambos tenían la respiración agitada. Arabia notó los músculos de su espalda moviéndose enérgicamente hacia arriba y hacia abajo. Y también observó su pelo alborotado, todavía húmedo, y sus mejillas encendidas a pesar del frío. Se obligó a dejar de pensar en todo eso. Tenía que calmarse. Eso era lo primordial.

La normalidad se estableció muy lentamente.

El calor que había generado su cuerpo por la fuerte atracción empezó a desaparecer y Arabia notó cómo el frío subía por sus pantorrillas. Entonces se encogió sobre sí misma y se hizo un ovillo, esperando, tal vez, otro abrazo.

—Será mejor que volvamos —sugirió Jake—. Ya ha dejado de llover.

Después de esa afirmación, Arabia cerró los ojos y volvió a luchar en contra de sus sentimientos. Ella no quería volver, se habría quedado allí con Jake a solas durante horas. Pero era obvio que la razón había vuelto a vencer y que había actuado correctamente antes de llegar a más.

Jake se incorporó y se quedó sentado de espaldas a ella. Cogió su camisa y se la puso de nuevo. El chaleco ni siquiera se lo abotonó. Luego se quedó allí, con los brazos sobre las piernas y la cabeza gacha. Entonces Arabia aprovechó para quitarse la camiseta y volver a colocarse su vestido. El frío fue entonces más estremecedor y dejó escapar un grito ahogado. Las medias las sujetó con la mano, sin intención de volver a ponérselas.

—Ya estoy lista —dijo, con la mayor entereza que fue capaz.

Jake se giró para mirarla apenas un segundo. Luego volvió a su misma posición.

—Ponte la camiseta por encima —le dijo—. Así mantendrás un poco más el calor.

Arabia procedió rápidamente a hacer lo que le dijo y, efectivamente, su camiseta interior todavía conservaba algo de calidez.

—Llévate también mi chaqueta —añadió.

¿Llévate? ¿Acaso pensaba quedarse allí solo?

—¿No vas a volver al salón?

—No. Todavía no.

—¿Te vas a enfadar ahora? —le preguntó, molesta.

—No es eso, Ari. Necesito quedarme un rato más. Eso es todo.

Pero ella no parecía entenderlo o, más bien, no quiso molestarse en pensar en lo que le decía. Dio rienda suelta a sus emociones y empezó a hablar descontroladamente.

—Siempre me das a entender que has cambiado, que eres diferente y que mereces la pena. Luego vuelves a la normalidad.

—No vayas por ahí, por favor —le pidió—. Necesito relajarme antes de volver, eso es todo.

Pero Arabia no le hizo caso, se podría decir que ni siquiera lo escuchó.

—Durante años he aprendido a contener al corazón y a hacerle un poquito más de caso a lo que dice mi cabeza, para evitar situaciones como esta —explicó, primero para desahogarse y luego para darle un poco más de sentido a lo que acababa de ocurrir—. Y créeme, Jake. He deseado este momento desde hace muchísimo tiempo, pero ahora...

—Y todo ese tiempo yo me he esforzado por evitarlo.

Arabia se quedó pasmada tras la interrupción, mirándolo con cara de idiota y tratando de entender bien lo que había dicho. Él se dio la vuelta, al fin, aunque no hizo amago de levantarse.

—¿Lo dices en serio? —Jake se limitó a asentir muy lentamente, como si el sentimiento de culpa se agolpase en su cabeza—. ¿Por qué?

—Por la misma razón que tú ahora, supongo. Porque evitas hacerle caso a lo que sientes para evitar un mal mayor.

Arabia estaba descompuesta. Lo que Jake acababa de decir le había llegado al alma. «Para evitar un mal mayor». Qué razón tenía, y qué bien había guardado él su secreto, si es que no mentía.

Pero Jake no solía mentir. De hecho, era una de las personas más sinceras que conocía, al menos con respecto a la gente que le importaba.

—El mal que yo evitaba era no ser correspondida —continuó Arabia—. ¿Qué mal era el que intentabas evitar tú, si puede saberse?

Estaba molesta, aliviada, intrigada y expectante. Todo a la vez.

—Evitaba enamorarme, claro.

—¿Has luchado contra tus sentimientos para evitar enamorarte de mí?

—Mira, no quiero hablar de esto ahora. No me parece que sea el momento ni el lugar. —Jake fue claro—. No me apetece cabrearte ni decepcionarte. Nada de eso. Y tampoco quiero que me malinterpretes ni que pienses cosas de mí que no son ciertas.

—¿Qué sentido tiene todo esto? —preguntó Arabia, más para sí misma que otra cosa.

Pero Jake le contestó al instante.

—Ninguno, pero ha pasado. Y no pienses que he intentado aprovecharme de ti o de la situación porque creo que para mí ha sido tan espontáneo como para ti. Así que lo siento si realmente te he decepcionado.

—¿Por qué ibas a decepcionarme? En cualquier caso, soy yo la que ha decidido ponerle fin. ¿Por qué tienes que sentirte culpable? Haces que me sienta estúpida.

—Porque sé lo que piensas de mí. —Jake se estaba sincerando, Arabia lo vio en sus ojos—. Sé que crees que no valoro las cosas, pero no soy tonto. Sé cuándo te he hecho daño. Soy consciente de todas las veces que ha sido así. Tal vez no he sabido darme cuenta a tiempo para enmendarlo, pero de una forma u otra he terminado entendiéndolo. Y puede que pienses que he jugado con tus sentimientos, acercándome unas veces y alejándome otras. Pero todo lo que he hecho que haya podido molestarte no ha sido a propósito. Si me acerqué a ti en un determinado momento era porque mis impulsos son más fuertes que mi razón, y tú lo sabes. Me he esforzado por verte como una hermana desde el primer día, pero es imposible. Y puede que lo que ha pasado hoy se deba solo a la embriaguez de ambos, pero pese a que el alcohol es un gran generador de situaciones embarazosas, sé que nunca hará que hagas algo que no desees. Eso es algo que aprendí hace mucho tiempo.

—¿Cuando te acostaste con la hermana de Emily?

Jake no pudo evitar dejar escapar una mueca risueña e irónica.

—Sabía que tarde o temprano iríamos a morir ahí.

—Lo siento.

Por un momento se sintió avergonzada.

Jake se había sincerado con ella y, en cambio, ella solo tenía reproches para él.

—No lo sientas, pero no hay nada que pueda decir en mi favor sobre eso en relación contigo. Ya intenté explicarte en su día lo que pensaba respecto a lo que Ashley me hizo, pero no me creíste entonces y tampoco vas a hacerlo ahora.

Arabia no dijo nada para rebatirlo. Era cierto que no lo creía, así como también era cierto que no tenía por qué poner excusas.

Estuvieron un buen rato sin decir nada, hasta que ella habló de nuevo.

—Sigo sin entender por qué has estado evitándome todo este tiempo si realmente tenías tantas ganas de acercarte a mí como dices.

—¿Acaso crees que yo no tengo miedo a que me rechacen? —Jake elevó un tanto la voz—. ¿Qué crees que acaba de ocurrir y cómo crees que me siento ahora?

—Yo... —Arabia se sintió muy culpable—. Lo siento. No era mi intención...

—No hace falta que te justifiques. Sé cómo aceptar un no por respuesta.

Estaba dolido, era obvio, así que no tenía sentido seguir hurgando más en la herida. Por esa noche era suficiente.

Arabia hizo un esfuerzo por dejar de hablar de lo sucedido y se obligó a volver.

—¿Vienes?

—Sí. —Jake se frotó el pelo—. Vayamos.

Zane la abordó nada más entraron en el gran salón lleno de invitados.

—¿Dónde te habías metido? —le preguntó, momentos antes de ver aparecer a Jake tras ella y de fijar la vista en la camiseta interior que llevaba encima del vestido. Una sonrisa de oreja a oreja apareció en su cara—. ¿Estabas con Jake?

La música estaba tan alta que les costaba comunicarse.

—Salí a tomar el aire porque el vino me había dejado mareada —respondió Arabia—. Tu hermano me encontró y me dejó su chaqueta y su camiseta para no morir de frío. Creo que no volveré a beber vino nunca más.

—La verdad, ¡nunca te imaginé haciéndolo! Ahora será mejor que te quites esa enorme camiseta que te tapa el vestido, a menos que quieras que te miren raro en la pista de baile.

Arabia se avergonzó por el comentario de su amiga y trató de excusarse.

—No pienses que entre tu hermano y yo...

—Hoy no tienes que darme explicaciones, Ari. Ya me contarás mañana. ¡Ahora es hora de bailar!

Cuando Arabia volvió del cuarto de baño con la camiseta en la mano y el pelo adecentado, Jake estaba sentado en la mesa de los familiares con los tres primeros botones de la camisa abiertos y el chaleco completamente desabrochado. Sujetaba con ambas manos una copa de vino blanco con menos de la mitad del contenido.

—No irás a emborracharte ahora, ¿verdad? —le preguntó, con diversión, tratando de restarle importancia a lo que había ocurrido.

Jake le devolvió una mirada un tanto sombría y eso la asustó. Se preguntó si realmente tenía intenciones de hacerlo. Dejó en la silla de al lado la camiseta plegada y la chaqueta antes de marcharse a la pista de baile, y después se obligó a no prestarle atención mientras se divertía con el resto de los invitados.

Los amigos de Derek eran guapos y extrovertidos, como él, y parecían estar disfrutando de la fiesta como los que más. Unos pocos habían acudido con sus novias, pero la gran mayoría estaban solteros y de ahí que fueran los más divertidos. Más de uno le había echado el ojo durante el banquete y volvió a bailar con unos cuantos de ellos con un poco más de cabeza, hasta que algo empezó a preocuparla.

Cuando volvió a mirar hacia la mesa donde Jake se encontraba, Emma Wathson estaba a su lado. Le hablaba muy de cerca, al oído. Tal vez fuese por el ruido de la fiesta o tal vez porque se le estuviese insinuando. Solo de pensarlo el corazón se le aceleró.

Mientras bailaba con uno de los chicos divertidos no pudo dejar de observar de reojo.

Al final acabó tropezando.

—¿Estás bien? —le preguntó Brad. Así era como se llamaba el chico.

—Vaya, lo siento mucho —se disculpó ella—. ¿Te he hecho daño?

Arabia le había pisado con el tacón en su pie derecho. Sabía por experiencia que era una sensación bastante desagradable y, sobre todo, dolorosa.

—Creo que sobreviviré si seguimos bailando.

No podía decirse que Brad fuese uno de los amigos más apuestos de Derek. De hecho, ni siquiera era un poco agraciado. Tenía el pelo negro y una nariz respingona sobre la que descansaban unas gafas de pasta de color marrón jaspeado. Era corpulento y solo un poco más alto que ella. Pero desbordaba simpatía y buen humor, así que no pudo decirle que no a otro baile.

Aun así, fue poco el tiempo que pasaron con la nueva canción porque Arabia volvió a ver algo que la inquietó.

Jake se había levantado y andaba en dirección a los cuartos de baño. Justo después de que desapareciese por la puerta, su mirada volvió hacia la mesa, donde ya solo estaba Emma. Para su sorpresa, ella la estaba mirando. Además, lo hacía de una forma muy desafiante mientras mascaba chicle. Se levantó también, de forma elegante y sensual, y luego, sin dejar de mirarla, siguió la estela de Jake hasta el mismo lugar.

Fue, sin duda, una provocación que surtió efecto.

Arabia empezó a sentir un calor ardiente por el pecho que hizo que dejara de bailar y se apoyase sobre el pecho de Brad.

—Belleza, ¿estás bien? —le preguntó.

Jake y Emma.

Era el único pensamiento que le venía a la mente en esos momentos. Eso, y la mirada socarrona de ella.

¿Acaso Emma sabía de su interés por él como para desafiarla de ese modo?

Y respecto a Jake, ¿realmente había accedido a encontrarse con ella en el baño, después de todo? Se sentía extremadamente ridícula.

¿Por qué siempre la decepcionaba y pese a eso seguía enamorada de él?

Enamorada.

—Estás un poco pálida.

Brad parecía preocupado.

—Solo estoy cansada —replicó Arabia, en un intento de mantenerse sociable y amable.

En realidad, lo único que quería en ese momento era gritar.

—Creo que deberías ir a echarte un poco de agua. —Arabia lo miró con cara de admiración. Había dado en el clavo sin tener ni idea de lo que le pasaba por la mente. ¡Qué obvio! Solo si iba al baño podría comprobar lo que se temía, aunque no sabía si tenía valor suficiente para hacerlo—. ¿Quieres que te acompañe?

Rotundamente, no.

Aunque le agradaba la compañía de Brad y sus buenos modales, no podía permitirse que él la acompañase, y mucho menos que la viese descompuesta si se confirmaban sus sospechas. Tenía que ir sola. Era la última oportunidad para desencantarse definitivamente de Jake si la traicionaba de ese modo, porque se sentía con todo el derecho del mundo a sentir que él la estaba traicionando, claro.

El corazón le latía tan fuerte que respiraba con dificultad solo de pensarlo.

—No te preocupes —dijo, lo más serena que pudo—. Volveré enseguida.

Arabia respiró profundamente y se dirigió hacia los cuartos de baño. Notó cómo las piernas empezaban a temblarle conforme llegaba a su destino y una vez allí se encontró con las dos puertas bien diferenciadas: «Caballeros» y «Señoras». Tenía que admitir que no había pensado en eso. Era muy probable que Jake hubiese entrado al de hombres, pero, obviamente, Emma no podía entrar ahí, así que se quedó plantada en el espacio entre ambas puertas con la mente en blanco.

Había un modo fácil de confirmar sus sospechas: si accedía al baño de chicas y no encontraba a Emma allí, se resolvería el misterio. Pero la opción la aterraba solo de personarlo.

De repente, la puerta de su derecha se abrió y una chica morena salió del interior. Arabia dio un respingo y se apartó para dejarla pasar. Con el sobresalto, su nerviosismo solo hizo que aumentar.

Era tal el agobio y la ansiedad que sentía por dentro que tenía ganas de echarse a llorar. Había llegado al límite de sus emociones y se le nublaron los pensamientos, así que entró al servicio sin pensárselo para refrescarse en el lavabo, tal y como había sugerido Brad, y entonces se encontró cara a cara con Emma, que estaba apoyada en el mármol, de brazos cruzados.

—Por fin —dijo—. Llevo un rato esperándote.

Encontrarse con ella de frente era lo último que había esperado.

Emma se volvió frente al espejo y cogió un pintalabios de su bolso.

Con precisión y detenimiento se marcó los labios en un tono rojo pasión. Luego se lo ofreció.

—¿Quieres? —Arabia negó con la cabeza. No sabía qué hacer ni qué decir—. Pues deberías. Te quedaría bien.

Dicho eso, Emma se apoyó con las manos en el mármol y dio un salto para terminar sentándose en el lavabo, de cara a ella. Cruzó las piernas y luego lanzó un largo suspiro.

—Bien, te lo diré solo una vez, así que préstame atención —comenzó—. Tú y yo nunca hemos sido amigas y, sinceramente, no creo que lleguemos a serlo. Si bien no empezamos con buen pie el día que nos vimos por primera vez, prometo no volver a comportarme del mismo modo, siempre y cuando tú tampoco lo hagas. ¿Queda claro hasta aquí?

Emma Wathson era una chica altiva y orgullosa que hablaba con mucha seguridad. Quiás Arabia tenía esa misma seguridad cuando su corazón no estaba destrozado, pero no tenían, ni de lejos, un carácter similar. Era por eso que le molestaba tanto su forma de dirigirse a ella, pero no dijo nada. Prefirió escuchar tras asentir con la cabeza.

Quería conocer todo lo que tenía que decirle.

—Por lo que sé, llevas varios años ya como amiga de la familia Becker, y todos te consideran como una hermana. Tú también a ellos, claro. Pero hay alguien que por lo visto no puede verte solo de ese modo y hace unos meses que me di cuenta de por qué. Por supuesto, estamos hablando de Jake. Estoy segura de que ni siquiera él entendía qué era lo que sentía por ti, y ahora que por fin se había aclarado le has dado calabazas.

—No era mi intención, quiero decir...

—No hace falta que te defiendas. Tú estás resentida y es normal que no confíes en él ni en ningún hombre. Si no me equivoco, no hace mucho que terminaste una relación con un tal... Dave.

Arabia se sintió traicionada.

¿Por qué Jake le había contado sus intimidades a una desconocida? Si bien era cierto que no era una desconocida para él, sí lo era para ella.

—Pero no lo malinterpretes por habérmelo contado —continuó Emma, consciente de que se había ido de la lengua—. Créeme que con ello solo intentaba protegerte.

—¿Protegerme? ¿De qué, si puede saberse?

Vio dudar a Emma antes de contestar.

—Vino a mí con la intención de que yo fuese a hablar contigo porque, bueno..., digamos que había estado en una situación... similar, por así decirlo.

—¿Una situación similar? ¿De qué estás hablando? No sé a qué te refieres y no entiendo a dónde quieres ir a parar.

—Tienes razón, creo que me estoy yendo por las ramas, así que volveré a centrarme en lo que había venido a decirte. —Emma volvió a suspirar—. Me he fijado en cómo has mirado a Jake durante todo el día, es obvio que te gusta. Supongo que de haber coincidido contigo antes también habría llegado a la misma conclusión. Y bueno, lo único que pretendo decirte con todo esto es que la has cagado, y mucho.

—¿Crees que me conoces de algo, acaso?

—No te pongas a la defensiva. Lo único que pretendo es ayudarte a conseguir a Jake antes de que se te escape por completo y, por cómo habla de ti, mejor que seas tú quien se quede con él a cualquier otra. Por cierto, tienes razón en eso de que no te conozco de nada, pero Jake no se equivocaba en absoluto cuando hablaba de tu carácter. Sé por qué has venido hasta el baño. Sé lo que pensabas que íbamos a hacer Jake y yo, y por eso he aprovechado la ocasión para provocarte y atraerte hasta aquí. Después de todo, crees que tienes derecho a desconfiar de él.

Arabia tenía ganas de saltarse el acuerdo que había pactado con Emma de tratarse con mutuo respeto y educación, pero no podía, porque ella no lo estaba haciendo. La muy descarada sabía cómo dirigir sus palabras para causar el mismo efecto sin dejar escapar ningún insulto.

—Conozco mucho más a Jake que tú, ¿sabes?

—Estoy segura de que conoces cómo es y cómo actúa, pero no sabes lo que piensa ni cómo se siente siempre que acaba siendo el malo de la película.

—¿Y tú sí?

—Algo más que tú sí que sé. Al igual que él sabe algo de mí que ninguna otra persona sabe.

—Te ha contado lo que ha pasado cuando nos hemos ido, ¿verdad?

—No, y agradezco que así sea, créeme. Pero aun sin saber cómo han concurrido los hechos, sé que por fin se ha dejado llevar y que tú lo has rechazado, y es por eso que ahora se siente miserable. Aunque miserable no sería la palabra adecuada, yo más bien diría... que se siente como una auténtica mierda. Y, al contrario de lo que puedas imaginar, Jake es una persona a la que aprecio mucho y a la cual le deseo lo mejor en la vida. Y me pone triste saber que se siente así.

—Te sorprendería saber cómo me siento yo —replicó Arabia, molesta.

—Sí, tanto como has demostrado en la pista de baile hace unos minutos, mostrando lo poco que sabes menear las caderas con todos los amigotes solteros de su hermano, la persona a la que Jake más envidia. —Emma acababa de meter el dedo en la llaga—. Lo que todavía me pregunto es cómo has sido capaz de rechazar a alguien como él. Conozco a más de una veintena de chicas que pagarían por pasar una noche con Jake, pero que nunca lo conseguirían.

—A ti no te resultó muy difícil —se defendió Arabia, con ironía.

Ella se echó a reír.

—Sí, es cierto. Pero estaba drogado y bebido, lo que viene a significar que no estaba muy en sus cabales. Además, no se acuerda prácticamente de nada...

La versión de Emma volvía a poner la balanza a favor de Jake.

—¿Has dicho que estaba drogado? —le preguntó. Ella se limitó a asentir—. Aquel día no tomó nada de droga, a menos que se la dieses tú.

—¿Yo? —Emma se echó a reír de nuevo—. ¿Acaso no viste cómo se me echó encima en mitad de la discoteca? Por supuesto que yo no le hice nada. Ni siquiera sabía que él ni ninguno de vosotros estabais allí. Las drogas no son mi estilo, y persuadir con sustancias a un hombre para que caiga rendido a mis pies, tampoco. Hace mucho que entendí que no merece la pena. Además. —Echó los hombros para atrás para resaltar su pronunciado escote—. Tengo otros muchos encantos que, como comprenderás, puedo usar y uso muy bien. Y, aparte de eso, sé distinguir cuándo una persona va bebida o drogada, o ambas. Si tú te hubieses fijado en las pupilas de Jake aquella noche también te habrías dado cuenta.

Cómo habían cambiado las tornas.

Hacía muy poco estaba pensando que Jake era la persona más horrible del mundo y ahora sentía que era ella.

Emma tenía un gran poder de persuasión, pero no había dicho nada que no fuera cierto. Recordó cuando Jake apareció en el Purist Coffee dos años atrás para decirle que creía que Ashley lo había drogado, y que había acudido a ella porque pensaba que era la única persona capaz de creer su versión. Pero ella se negó a hacerlo. Se negó en rotundo y, además, le dijo que era un imbécil por pensar algo así.

—Que sepas que no te contaría esto si no fuese porque él de verdad me importa. Así que si no quieres perderlo para siempre, deberías ponerle remedio, y pronto.

—A mí también me importa demasiado —confesó Arabia—. Y es por eso que no quiero estropearlo cometiendo alguna estupidez. Si no funcionase, no podría soportar la convivencia con él. Ni siquiera podría volver a mirarlo sin morirme de vergüenza. Tal vez tú puedas acostarte con un chico y luego hacer como si nada, pero yo no.

—Eso es por la falta de costumbre. —Emma le guiñó un ojo—. Pero, si te sirve de ayuda, no creo que lo tuyo con Jake salga mal, siempre y cuando sepáis soportaros. No sois las personas más fáciles de tratar del mundo.

—¿Te parezco una persona difícil de tratar?

—Tienes muchos prejuicios hacia las personas y son esos prejuicios precisamente los que no te dejan ver más allá. —Arabia la miró extrañada—. Crees que Jake es como los demás, de los que solo se fijan en el físico y no pueden resistirse a una mujer bonita. Tienes miedo de su fidelidad. Y supongo que crees que yo soy una zorra solo porque tengo pinta de serlo. Pero voy a decirte algo: las personas podemos cometer muchos errores a lo largo de nuestras vidas, pero ninguno de esos errores pesa tanto como cuando tienen algo que ver con personas a las que queremos de verdad. Y sí, los hechos pasados no los podemos borrar de nuestra historia, pero sí podemos hacer que carezcan de significado si encontramos a la persona adecuada, sobre todo si esa persona está decidida a acompañarnos desde el presente. —Las palabras de Emma le recordaron mucho a una conversación pasada que mantuvo con Emily respecto al pasado de Derek—. Mi madre me enseñó eso —puntualizó.

Se quedaron en silencio durante unos instantes después del discurso de Emma.

—Creo que no tengo nada más que decir —continuó la susodicha—. Bueno, tal vez sí... Me gustaría decirte que lo que pasó entre Jake y yo fue solo aquella noche, pero te aseguro que al día siguiente tuve muy claro qué era lo mínimo que debía esperar de un hombre. Y el listón sigue igual de alto desde entonces. —Arabia pensó en que, lo que acababa de decirle, se podía interpretar de varias maneras, pero no le dio tiempo a preguntar a qué se refería exactamente—. Espero que toda esta charla haya valido la pena y que no tardes en quitarte de encima ese miedo que tienes hacia Jake. ¡Ah! Y esta conversación entre tú y yo nunca ha existido, ¿de acuerdo?

Emma regresó al suelo y se acercó a la salida. Arabia la interrumpió con una última pregunta.

—¿Por qué has dicho antes que tú y yo no podíamos ser amigas?

Se volvió hacia ella con el pomo de la puerta en la mano.

—Porque las dos tenemos los mismos intereses, solo que, por ahora, tú llevas la ventaja. —Abrió la puerta ligeramente y añadió—: Así que yo en tu lugar no me lo pensaría demasiado.

Dicho eso desapareció, y Arabia volvió a quedarse sola con sus pensamientos.

La conversación con Emma la había dejado trastocada y había empezado a dolerle la cabeza. Saber cómo se sentía Jake hacía que temiese el encuentro con él cuando saliese del baño. De hecho, se sentía como una vez cuando era pequeña y se enamoró de un niño de su clase llamado Ekrem. Poco después sus amigas le dijeron que él también lo estaba de ella y, desde entonces, cada vez que se veían, se sonreían y apartaban la mirada avergonzados. ¿Por qué tenía que sentirse ahora como si tuviese nueve años? Por el amor de Dios, era una mujer adulta.

Arabia volvió a retocarse. Respiró y luego salió de nuevo hacia la fiesta. Justo cuando abrió la puerta del baño, la de enfrente también se abrió y fue precisamente Jake quien salió detrás de ella. Debió de quedarse blanca como una pared, porque notó cómo se le enfriaba todo el cuerpo de golpe. Él también se detuvo y la miró una milésima de segundo. Después le hizo una de sus muecas de media sonrisa, agachó la cabeza y siguió caminando hacia el salón. Arabia se ruborizó al pensar lo que debía haber estado haciendo todo ese tiempo en el baño. Recordó la vez en la que Dave se enfadó y dijo cosas de las que luego tuvo que disculparse por haberle dejado con un buen calentón. A pesar de que Jake no había hecho ningún comentario al respecto, se sintió igual de avergonzada que entonces.

Y todavía quedaba mucha noche.

Jake quería que se lo tragase la tierra. Acababa de salir del baño después de haberse pasado un buen rato allí metido a causa de toda la cantidad de comida y bebida que había tomado durante la cena, y justo se había topado con Arabia.

Los efectos del alcohol no le habían desaparecido del todo y se sentía ligeramente mareado mientras caminaba hacia su asiento. Se prometió que no bebería más durante el resto de la noche para no hacer ninguna otra tontería. Se sentaría y miraría al resto de la gente divertirse hasta que considerase que era hora de marcharse a casa, aunque fuese solo.

Derek lo abordó a medio camino. Él también llevaba unas cuantas copas de más. Lo agarró por el brazo y lo arrastró tras él hasta el pequeño escenario que habían preparado para los discursos previos al banquete. Louis también estaba allí arriba.

—¿Qué estás haciendo?

—¡Intentar que te diviertas! Llevas toda la noche con la cara muy larga. ¡Chicas! —exclamó, llamando la atención de la multitud—. Aquí tenéis a los hermanos Becker. Los solteros de oro de esta noche, sin contar conmigo, claro.

Un montón de gritos se alzaron sobre la música. Jake miró a Louis, que miraba con la misma cara de asombro que él a su hermano mayor.

—¿Te has vuelto loco? —le preguntó Louis.

—¡Vamos, chicas!

De repente, Emily, Emma y otra chica que no conocía de nada subieron al escenario y se pusieron frente a Derek, Jake y Louis respectivamente. Entonces empezaron a desabotonarles las camisas.

—Emma, ¿qué demonios haces? —dijo Jake, resistiéndose.

—Hemos pensado que era hora de calentar un poco el ambiente.

—Sabes que no estoy de humor, y menos para esto.

—Tú sigue resistiéndote, así solo conseguirás parecer más tímido de lo que ya eres y, por tanto, más sexy. —Emma se volvió hacia las espectadoras—. Señoritas, aquí tenemos a un chico muy muy tímido.

Jake miró a sus dos hermanos en busca de auxilio. Louis se había dejado llevar. Por otro lado, Emily ya había terminado con Derek y ahora se besaban apasionadamente en medio de todo el mundo mientras la gente contaba los segundos de ese beso.

—No me hagas quedar en ridículo —le dijo Emma, por lo bajo—. No quiero ser la única que no lo consiga. —Jake tenía sujetas las manos de ella para evitar que cumpliese su objetivo. Lo que más le fastidiaba era que hubiesen planeado ese acto sin preguntarle siquiera—. Colabora y deja que las demás me envidien un poquito, anda. —Emma sabía poner caras a las que uno no podía decirle que no. Además, ellos dos se habían convertido en el centro de atención ahora que Derek y Emily por fin habían terminado su interminable beso de quince segundos—. Te prometo que no dejaré que ninguna babosa se te acerque.

Jake retiró sus manos de las de Emma, no sin antes hacer una advertencia.

—Solo desabrochar, no quitar.

Emma sonrió ampliamente y se giró hacia su excitado público para guiñarles un ojo. Luego fue desabrochando la camisa botón a botón mientras bailaba al ritmo de la música para hacerlo más interesante. Jake se limitaba a mirar hacia el techo, impaciente por que todo aquel espectáculo improvisado terminase. Notaba cómo el aire se filtraba por su piel, aunque la temperatura del ambiente era cálida.

Y entonces, cuando Emma por fin llegó al último botón, le agarró la camisa por los extremos del centro y lo miró con picardía.

—No —dijo Jake.

—Ya lo creo que sí —respondió ella.

Acto seguido abrió de par en par la camisa para mostrarle al público su torso desnudo. Las chicas aplaudieron con fuerza y él volvió a sentir las inevitables ganas de que se lo tragase la tierra. El Jake de siempre habría reaccionado con violencia apartando a Emma hacia un lado, bajando de la tarima y dirigiéndose con presura hacia la mesa, donde posteriormente habría cogido su chaqueta y se habría largado de allí, harto de todo.

El Jake de ahora, el que estaba llamando la atención de la mayoría de los invitados, se sentía como un perro abandonado, y tal era la sensación que todo a su alrededor se convirtió en algo insignificante. No había nada que le importase lo suficiente como para que su mente se activase y empezase a actuar de un modo u otro. Así que se quedó allí parado, avergonzado, dejando que Emma continuase jugando con él como si fuese un chico que hubiesen contratado para una despedida de soltera. Se detuvo detrás de él y colocó las manos sobre sus pectorales, asomando la cabeza por detrás para ver la reacción de las chicas. Después del sobeteo, las manos de Emma subieron hasta su boca, concretamente hasta las comisuras exteriores de sus labios, y las hizo subir con fuerza.

—Ahora no estaría mal una pequeña sonrisa —le dijo.

Jake reaccionó, al fin. Se dio la vuelta y empezó a abrocharse de nuevo la camisa.

—Pero ¿qué haces? —le dijo Emma, indignada.

—Ya ha sido suficiente —contestó él—. Te recuerdo que quedamos en que solo ibas a desabrocharme la camisa, nada de exhibirme como a un mono de feria.

—Con lo bien que nos lo estábamos pasando... En fin. —Emma se dirigió al extremo de la tarima e hizo un gesto con los brazos para que las chicas se tranquilizaran—. Vamos a buscar a un nuevo candidato —anunció—. Veamos... ¿Algún voluntario?

No tardó en conseguir a unos cuantos de los amigos de Derek para la exhibición, y para entonces Jake ya estaba de vuelta a la mesa, sentado y azorado. Había decidido irse a casa, pero estaba esperando el momento adecuado. No quería aguar la fiesta, así que esperaría media hora más y se marcharía sin llamar mucho la atención.

Zane se acercó hasta donde estaba.

—¡Venga, Jake! —le dijo—. Ven a bailar un poco conmigo.

—No, Zane, estoy agotado. No me apetece hacer nada más.

—He pedido la canción que tanto te gustaba —insistió ella—. ¿Te acuerdas? La que bailabas con mamá en el salón de casa, en Filadelfia.

—De verdad que no y, por favor, no te lo tomes como algo personal. Ahora mismo estaba pensando en irme a casa.

—¿A casa? ¡Pero si todavía queda toda la noche por delante! Estamos en la boda de Derek y Emily, ¿no podrías divertirte o simular que te diviertes, como hace unas horas?

—Tú lo has dicho, Zane: simular que me divierto. Y no, no me apetece.

—Desde luego..., no tienes remedio.

Ese último comentario no había salido de su boca con tono de reproche. Más bien, se podía decir que su hermana se había rendido y que lo dejaba allí con todas sus penas.

Se preguntó dónde se habría metido Arabia. No la había vuelto a ver desde la salida del cuarto de baño.

¿Lo habría visto hacer el ridículo con el numerito de Emma? ¿Se habría enfadado por ello?

Se había obsesionado demasiado con ella, lo sabía, pero no sabía qué hacer para remediarlo. El hecho de que hubiesen intimado en el exterior no ayudaba en absoluto a que dejase de pensar en ella.

Vale. Hora de irse a casa, se dijo a sí mismo.

Una vez allí se ducharía, se tumbaría en la cama y esperaría a que llegase un nuevo día. Y ya entonces decidiría qué hacer, si es que podía decidir ese tipo de cosas.

No se despidió de nadie, ni siquiera de Zane o de Emma, las únicas dos personas que se habían preocupado de subirle el ánimo en un momento u otro del día. Agarró su chaqueta y se dirigió a la salida, rezando por que la lluvia se hubiese disipado.

Por suerte, no llovía. Por desgracia, el viento soplaba con muchísima fuerza y le costó bastante caminar por algunas de las calles que pillaban a contraviento.

Su casa estaba a doce manzanas del salón de bodas, así que calculó que tardaría aproximadamente veinte minutos en llegar a pie. Relativamente poco para lo que estaba acostumbrado, aunque hacía tiempo que no andaba a ninguna parte.

Jake se detuvo a mirar de cerca algunos de los coches aparcados en las aceras públicas, fijándose en los que más le llamaban la atención. Memorizó modelos y marcas y entonces se planteó el tema del color. Su madre siempre decía que los coches debían ser blancos. Cuando Derek y él cumplieron los dieciséis, sus padres estuvieron estudiando la posibilidad de comprar un coche para ellos y Sara no hacía más que discutir con Paul sobre el color. Ella le explicaba una y otra vez que el blanco era el color más visible en la carretera durante la noche y él que, del mismo modo, el negro era el más visible durante el día. Y así cada día, hasta que finalmente se descartó la idea del coche nuevo, por culpa del dinero, como siempre.

Por algún motivo, al pensar en sus padres, empezó a escuchar en su cabeza la canción que su hermana había pedido para él en el baile y que sonaba de fondo cuando empezó a alejarse de allí.

Whatever you want
Whatever you like
Whatever you say
You pay your money, you take your choice...

Había pasado muy buenos momentos con esa canción. Momentos cálidos y tranquilos, en días cálidos y tranquilos. Esos eran sus recuerdos favoritos. No recordaba muchos que fueran felices durante su infancia.

De repente, lamentó el hecho de no haber bailado con Zane, y por eso y porque el aire frío le impactó con ganas en el rostro, unas pocas lágrimas se le acumularon en los ojos. Se frotó con la manga de la chaqueta para evitar que cayeran y se obligó a recomponerse.

No quería llorar. Era lo último que quería en ese momento y empezó a creer que estaba deprimido.

Nunca se había sentido tan sensible en toda su vida.

Cuando llegó a su casa y abrió la puerta sintió alivio por dos motivos. Uno porque acababa de dejar el manto de frío y otro porque estar en casa le transmitía cierta paz.

Le gustaba estar allí.

Al contrario que la mayoría de los chicos durante la adolescencia y a pesar de las incesantes disputas con su padre, a Jake le gustaba estar en casa. Era el único lugar en el que siempre se había sentido protegido.

Ni siquiera se le pasó por la cabeza ducharse. Subió las escaleras y se dirigió a la habitación con la clara intención de meterse bajo las mantas y reconfortarse.

Por la mañana había dejado tirado el pijama en el suelo y la cama sin hacer por el estrés y las prisas que Derek les había infundido a todos justo antes de marcharse hacia la iglesia. Además, la habitación olía a rancio. La ventana había permanecido cerrada a cal y canto durante todo el día, así que, muy a su pesar, la abrió para ventilarla un poco. Se le erizó el vello del cuerpo cuando se quitó la camisa, se colocó después la sudadera de cremallera que usaba a modo de pijama y se frotó los brazos para entrar en calor.

Qué puto frío, pensó.

Un ruido procedente de la parte superior lo sobresaltó.

Se quedó parado para evitar que sus movimientos se escuchasen y prestó atención al silencio de la casa. Al principio no pasó nada, pero poco después escuchó unos pasos bajando a toda prisa de la buhardilla. Jake no era una persona cobarde, pero el instinto lo llevó a abrir más la ventana y a quedarse parado junto a ella.

Los pasos continuaron hasta la puerta de su habitación y luego se abrió de golpe. Arabia apareció ante él. Tuvo que llevarse la mano al pecho porque el corazón le latía con muchísima fuerza.

—¡Joder! —exclamó.

—Oh, vaya, lo siento —dijo Arabia—. No pretendía asustarte.

—¿Por qué no me has avisado de que estabas en casa cuando he llegado?

Jake tenía las pulsaciones a mil, podía notarlas en el cuello.

—Estaba en la cama, pensando... Ni siquiera tenía pensado bajar.

Arabia se puso las manos en la cabeza y se echó el pelo hacia atrás. Luego se apoyó de espaldas en la pared. Jake, por su parte, cerró de nuevo la ventana y se apoyó en la repisa interior, en silencio. La miró de reojo y reparó en que también se había puesto el pijama, con la bata por encima.

¿Cuándo habría llegado? No se había dado cuenta de que se había marchado antes que él.

—Necesito hablar contigo —dijo Arabia, al poco—. Necesito hacerlo para aclarar algunas cosas, pero sobre todo para aclararme yo.

—Si te refieres a lo que pasó en el instituto...

—¿Qué instituto?

—El agujero en la fachada del edificio donde nos refugiamos.

—No tenía ni idea de que eso fuese un instituto.

—De hecho, era mi instituto. Ahí estudié con Derek el último año antes de la universidad, cuando nos mudamos aquí.

—¿Y puedo preguntar cómo llegaste a ese sitio o para qué ibas allí? ¿Era el sitio donde los chicos malos se llevaban a las chicas a pasar un buen rato?

—Solo a las más bonitas.

—Ya...

Arabia volvió a apoyarse en la pared. Empezó a mirarse las uñas y poco a poco fue perdiendo la sonrisa que ambos habían disfrutado. Entonces volvió a ponerse muy seria y Jake consideró oportuno hacer algunas aclaraciones.

—Ese sitio era donde me escondía cuando no quería ir a clase, o donde me quedaba haciendo los deberes atrasados durante los recreos.

—¿Y por qué no querías ir a clase, si puede saberse?

Esa pregunta le hizo pensar de nuevo en cosas dolorosas. El haber cambiado de ciudad casi a final de curso hizo que Jake tuviese que dejar su equipo de fútbol. Fue por eso que las disputas con su padre en aquel entonces fueron de las peores que recordaba, y eso había derivado en la falta de interés en las clases. Prefería pasarse las mañanas allí tirado sobre la fría roca odiando a su padre que soportar a los nuevos profesores y compañeros. Su hermano Derek le guardaba las espaldas, pero cuando las ausencias se hicieron constantes y llamaron a su madre, él se lavó las manos y se hizo la víctima. Las consecuencias para Jake fueron desastrosas.

—Preferiría no hablar de eso —dijo.

—Claro. —Arabia volvió a sonreír—. ¿Te has dado cuenta? Siempre acabamos yéndonos por las ramas...

—Habías dicho que necesitabas hablar para aclararte y yo te he interrumpido para decir que si se trataba de lo ocurrido en el instituto no tenías que molestarte.

—¿Ah, no? ¿Y por qué?

—Porque es mejor que hagas como si no hubiese pasado nada. Tú evitas justificarte y yo me evito el bochorno.

—No. Porque yo no puedo dejar de pensar en ello, Jake. —Arabia habló muy seria—. Necesito que sepas por qué te he parado los pies, a pesar de que lo deseaba con todas mis fuerzas. —Jake la miró directamente a los ojos. Estaba parada frente a él a dos metros de distancia. Tenía el cuerpo echado ligeramente hacia delante y los puños apretados—. Tengo miedo a decepcionarte, a no ser lo que esperas que sea, a que todo cambie y dejemos de ser amigos por una tontería. Porque me importas demasiado.

—¿Y por qué ibas a decepcionarme?

Jake lanzó la pregunta porque realmente se lo preguntaba. ¿Por qué se le había pasado semejante cosa por la cabeza?

—Empezaré desde el principio. —Arabia se sentó a los pies de la cama, el lugar más alejado posible de él. Hizo varios intentos de empezar la conversación, pero hicieron falta tres para que se decidiera a decir algo—. Estuve saliendo con Dave durante..., no sé, ¿tres meses? Al menos ese es el tiempo que yo contabilicé. Seguramente él lo cuente desde el primer día que nos acostamos, que fue dos meses después. —Hizo una pausa y volvió a mirarlo directamente a los ojos. Jake afirmó con la cabeza. No se le ocurrió ninguna otra cosa que hacer o decir—. Mi primera vez fue un auténtico desastre. Yo... pensaba que sería mucho más sencillo y... menos doloroso. No entraré en detalles. —Jake se ruborizó tanto como ella. No esperaba tanta sinceridad—. Por otro lado, Dave no resultó ser la persona más romántica del mundo para ese tipo de cosas, o puede que yo haya visto demasiadas películas... Pero, según las películas, el sexo es algo que hace que te sientas bien, ¿no? Y yo nunca he llegado a sentir nada bueno... Siendo sincera, solo lo hicimos dos veces, y las dos fueron muy incómodas y a regañadientes por mi parte. No le niego a Dave que haya ido diciendo por ahí que soy una estrecha, pero, tal vez, si hubiese sido más cuidadoso...

—¿Te obligó a acostarte con él?

Jake le hizo la pregunta porque había empezado a preocuparse. Lo que Arabia le estaba contando le hacía sentir incómodo, pero ahora que habían empezado a sincerarse, quería saberlo todo. Tal vez ese fuese uno de los motivos por los que ella lo había pasado tan mal.

Arabia lo miró y no puso muy buena cara. Titubeó antes de contestar.

—No puedo contestarte a eso —le dijo—. Las dos, y ninguna. Supongo que no puedo reprocharle que quisiera más de mí y por eso fue un poco brusco.

—¿Has hablado de esto con alguien más aparte de conmigo?

—No. Nunca. Las chicas saben algo, pero, como comprenderás, es un tema bastante embarazoso.

—Joder, Ari. Pues deberías haberlo hecho. —Jake empezó a notarse a alterado y trató de relajarse—. No sé, podrías haber hablado con Emily, por ejemplo.

—No me hagas sentir peor. —Jake pasó por alto su tono de súplica y continuó pensando en que no veía el momento de volver a encontrarse cara a cara con ese sinvergüenza—. Solo trato de explicarte por qué no he querido acostarme contigo. No quiero decepcionarte a ti también, ¿entiendes? Creo que no estoy hecha para... eso.

Había estado tan abstraído pensando en Dave que había pasado por alto los sentimientos de Arabia. Al mirarla de nuevo vio lágrimas en sus ojos y se quedó allí parado, en la repisa de la ventana, sin saber cuál era el siguiente paso.

—Lo siento —le dijo—. No sé qué decir.

—Ya, bueno, no importa. Me basta con que lo entiendas.

—No, Ari, es que no basta con eso. —Jake volvió en sí—. Lo que me acabas de contar no es algo que pueda tomarse a la ligera. Tú no te mereces haber pasado por eso y créeme que pienso aclararlo en cuento pueda.

—Sabes igual que yo que Dave está ahora en Canadá, felizmente casado y quién sabe si ya habrá tenido a su bebé.

—Esto no puede quedar así. No deberías sentirte como te sientes, ni pensar que no estás hecha para "eso", como tú lo has llamado, solo porque un imbécil te haya hecho pensar que el sexo no es algo mucho más... pasional. Joder, no sé cómo explicarlo, pero lo que quiero decir es que ni siquiera el sexo de una noche es así. Nunca, nadie, debe forzar a otra a tener relaciones. —Era la primera vez que Jake hablaba sobre ese tema con Arabia y básicamente con cualquier otra persona—. Y no puedo quitarme de la cabeza que ese gilipollas te haya puesto las manos encima. Ya bastante difícil se me hacía soportar que salieseis juntos aun sin conocerlo, pero esto... Esto es peor que cualquier otra cosa. Evité a toda costa encontrarme con él y ahora me arrepiento de haberlo hecho. No puedo creer que Dave haya llegado tan lejos. —Pensó en Emma. ¿Se habría portado tan miserablemente con ella también? No podía creerlo—. Sabía que era mala gente, pero nunca habría imaginado que sería capaz de...

—¿Puedes parar? —Arabia estaba llorando—. No quiero seguir hablando de esto, ni siquiera pensarlo. Yo solo quería que no te sintieras mal por lo ocurrido, nada más. No necesito que te preocupes por ello ni que trates de encontrarle sentido a algo que ya es pasado. ¡No menciones más su nombre ni lo que ha hecho!

Jake se quedó parado, observándola. Había estallado por completo y se había quedado allí sentada, con las manos en las rodillas y la cabeza agachada. Las lágrimas le recorrían la cara y luego goteaban hasta sus muslos.

Soy un desastre, se dijo.

Con cuidado y con prudencia, se acercó hasta donde estaba. No guardaba muy buenos recuerdos de la última vez que la había encontrado llorando y se había acercado a ella, pero no podía dejarla ahí sentada sin hacer nada. Se sentó a su lado y muy poco a poco colocó su mano derecha sobre la de ella. Cuando Arabia sintió el contacto, se deshizo de él y se echó hacia atrás, acurrucándose en la pared de la cama.

Verla tan desolada hacía que se le oprimiese el pecho.

—Ari, por favor... Sé que soy un bocazas y que me he pasado de la raya, pero no soporto verte así. —Estaba realmente agobiado por la situación. Tenía que decirle algo que fuese lo adecuado, pero ¿qué? ¿Qué?—. ¿Sabes? Agradezco que me hayas contado todo esto para justificarte, pero tú nunca tienes ni tendrás que justificarte ante mí ni ante nadie por lo que quieras o no quieras hacer. Tú decisión es sagrada y no mereces que alguien te haga pensar que no es así. ¿De verdad creías que me habías decepcionado? Todo lo contrario.

Arabia sollozó un poco más y poco a poco fue serenándose. La velocidad de la respiración de Jake estaba acelerada. Había conseguido decir todo lo que sentía, pero todavía estaba nervioso. Entonces ella lo miró y, sin apartar la mirada de él, volvió a hablar.

—¿Sabes? Cuando Dave empezó a ligar conmigo creí haber descubierto por primera vez lo que era el amor. Tardé más tiempo de lo que me hubiese gustado en darme cuenta de que no era así, por la sencilla razón de que el amor ya lo había conocido mucho antes, solo que se había dado de una forma muy distinta. —Bajó la cabeza un instante para volver a mirarse las uñas, pero luego la levantó una vez más—. Tú fuiste mi primer amor.

Y ante eso, Jake no pudo resistirse más.

La atrajo hacia sí y la besó con ternura. Y lo hizo así, sin pensar, porque de haberlo pensado no se habría atrevido a hacerlo, o habría barajado la posibilidad de que ella lo apartase y le diese una de sus bofetadas, por descarado. Pero la pilló desprevenida, tanto como a él la respuesta de ese beso. Y entonces volvió a sentir la misma sensación que lo había recorrido de pies a cabeza bajo la fría roca del instituto.

Pero fue cauto, porque no quería volver a ahuyentarla. Se obligó a controlarse y se apartó muy despacio de ella.

—A mí con esto me vale —le dijo.

Ella sonrió.

Qué sonrisa más bonita, pensó.

Se ofreció para quitarle los restos de lágrimas que aún tenía acumuladas en la cara. Sus ojos se habían quedado especialmente bonitos con las pestañas humedecidas, aunque daría lo que fuera por no volver a verlos así nunca más.

Ella le acarició la mano.

—Tengo sueño —dijo, bajito—. Llorar da sueño, ¿lo sabías?

—Por desgracia, sí.

Su respuesta consiguió que ella pusiera cara de asombro.

—¿Puedo quedarme a dormir aquí?

Sintió que le llegaba una sensación muy agradable tras la pregunta. Le costó reconocerla, pero de repente lo supo: era felicidad.

Tenía muchas ganas de abrazarla bajo las mantas, de protegerla, de cuidarla.

—De hecho, me sentiría estúpido si ahora te fueses arriba y me quedase aquí solo. Métete en la cama. —Jake se apresuró a levantarse y recolocar la colcha—. Yo no te molestaré, mira. —Se dirigió al altillo de su armario y sacó una manta. La desplegó y tendió en el suelo, al lado de la cama. Luego se tumbó en ella—. ¿Ves?

Arabia se levantó y se quitó la bata y, para su sorpresa, se agachó y se recostó a su lado.

—No sabía que te gustaba dormir en el suelo —le dijo Arabia.

—Pensaba que preferirías...

—Anda, calla y abrázame.

Arabia se recostó hacia la izquierda y Jake se quedó de espaldas, incorporado con los codos. La miró y comprobó que ella ya había cerrado los ojos. Después de asimilar que pasarían la noche juntos, pegó un estirón al edredón y lo echó por encima de ambos. Se giró también hacia la izquierda y se quedó con los brazos encogidos, incómodo. Entonces ella echó su brazo derecho hacia atrás, en busca del suyo, y cuando lo localizó lo estiró para que lo pasara por encima y la abrazara por detrás. Jake lo hizo encantado, aunque le temblaba todo el cuerpo. Por último, hizo presión bajo su cuello con el brazo que le quedaba para que

Arabia levantara la cabeza un poco y así terminar de colocarse.
—Déjame cuidarte. —Fue lo último que le dijo.

DOMINGO

19 MARZO 1989

MARZO

SM	L	M	X	J	V	S	D
9			1	2	3	4	5
10	6	7	8	9	10	11	12
11	13	14	15	16	17	18	19
12	20	21	22	23	24	25	26
13	27	28	29	30	31		

La paz y buen humor en casa de los Becker se había restablecido. Más de lo que la propia Emily hubiera imaginado. El hecho de estar casada con Derek era lo de menos, al fin y al cabo, era un hecho que se sabía desde mucho antes de que acabase el año anterior. Había muchas otras buenas nuevas.

A Derek le iba genial en el trabajo. Poco a poco se estaba convirtiendo en el consejero de muchos de los socios. Danielle se había convertido en la alegría de la casa, en dos meses cumpliría dos años y estaba encantadora y ocurrente. Zane estaba feliz, y todos sabían que tenía a alguien especial a quien iba a ver una vez a la semana. Louis estaba buscando empleo y había vuelto completamente a la normalidad. Y con respecto a Jake y a Arabia... Quién lo iba a decir. Poco después de la boda, Emily se dio cuenta de que entre ellos había ocurrido algo, al fin. No habían anunciado nada oficialmente, pero saltaba a la vista que se habían enamorado. Sus miradas eran demasiado comprometedoras. Jake sonreía a menudo, y eso que todavía no había conseguido que lo llamasen para ninguna entrevista de trabajo.

Pero Emily tenía una buena noticia para él.

—Mi padre ha llamado esta mañana —le dijo.

Ambos estaban recogiendo y plegando la ropa limpia. Jake no dijo nada. Supuso que esperaba que ella continuase, pero decidió esperar a ver si a él le picaba la curiosidad.

—Estás sonriendo —le dijo—. ¿Qué es lo que pasa?

—¿No vas a preguntarme qué es lo que quería mi padre?

Jake la miró extrañado.

—¿Tiene algo que ver conmigo?

—Pues claro.

Emily terminó de clasificar la ropa y lo cogió del brazo para que la acompañara al sofá.

—Mi padre me ha dicho que quiere que vayas a verlo.

—¿Para qué?

—¿Cómo que para qué? Estoy segura de que tiene algún trabajo que ofrecerte.

—¿Trabajo? Por muy influyente que sea tu padre, Emily, jamás me dejarían volver a la fábrica.

—No creo que tenga algo que ver con la fábrica Wathson, pero tal vez haya hecho algunas llamadas.

—¿Has tenido algo que ver?

Emily se echó a reír. Por supuesto que había tenido algo que ver.

—Por supuesto que no —le dijo, sin embargo—. Solo me ha llamado y me ha dicho que vayas a verlo. Yo que tú no me lo pensaría demasiado. A mi padre no le gusta que lo hagan esperar.

Jake se levantó y ella comprobó que estaba emocionado.

—¿De verdad crees que...?

—¡Vamos! Ve a cambiarte.

Poco después de que Jake se marchara a coger el autobús, Arabia volvió del trabajo. Dejó las llaves de casa en la entrada y se quitó el suéter. Emily corrió hasta ella.

—Tengo una buena noticia.

Arabia abrió mucho los ojos ante tal recibimiento.

—Jake ha ido a ver a mi padre —continuó Emily—. Parece que ha funcionado.

Su amiga sonrió. Ella también sabía lo que eso podía significar, ya que fue ella a quien Emily consultó antes de pedirle a su padre que intercediera por Jake. Si de verdad había conseguido empleo para él, iba a ser genial. Ambas sabían que era lo único que necesitaba para estar completamente feliz. El hecho de estar en casa sin poder hacer nada le entristecía muchísimo.

—¿Hace mucho que se ha marchado?

—No. Apenas diez minutos.

—Hum... Podría haber ido con él.

—No te preocupes, no creo que tarde mucho en volver.

- - - - - - -

Jake acababa de bajar del autobús y se encontraba caminado hacia la casa de Frederic Wathson. Emily le había dicho que él había pedido verlo y eso le tenía esperanzado. No le gustaba la idea de que se tomasen molestias por él, pero si realmente esa llamada tenía que ver con algún tipo de oferta de trabajo, Jake se sentiría muy afortunado. Y agradecido.

Margarett le dio su acogedora bienvenida y lo acompañó al despacho, alegando que Frederic lo estaba esperando.

—Buenas tardes, señor Wathson.

—Buenas tardes, Jake. Toma asiento.

Frederic estaba ordenando un montón de papeles de su mesa. Tardó unos minutos en empezar a prestarle atención y, mientras tanto, él se dedicó a frotarse las manos, nervioso.

—Supongo que sabrás por qué te he llamado —le dijo, al fin.

—No, señor. Emily me ha dicho que le había pedido que viniera, así que aquí estoy.

—¿Has encontrado trabajo ya?

—No, señor.

—Bien...

Frederic volvió a remover unos cuantos papeles. Buscaba algo en concreto: una hoja tipo formulario que le colocó delante.

—Esto es un formulario de solicitud para una empresa. Esto otro es una carta de recomendación que me he tomado la molestia de hacer para ti. Espero que sepas aprovechar esta oportunidad.

Primero leyó el nombre de la empresa: Conrad Rails; luego la carta de recomendación firmada y sellada por el propio Frederic.

Se quedó sin habla.

—¿Qué te parece?

—No sé cómo agradecérselo.

—No lo hagas todavía. Les he dicho que pasarás mañana a primera hora.

—Claro. Allí estaré. ¿A qué se dedican exactamente?

—Se ocupan de la construcción de vías de tren, entre otras cosas, y la empresa está dividida en tres. Por un lado, están los soldadores y los que trabajan en la cadena de montaje. Por otro, los que transportan las piezas a los tráileres. Y, por último, los conductores. Supongo que podrás encajar en cualquiera de los dos primeros sectores.

—Eso espero.

Frederic apoyó los codos sobre la mesa y se quedó mirándolo.

—¿Estás seguro de que no conoces nada de la empresa?

—No, señor. Nunca había oído hablar de Conrad Rails.

—En ese caso, me siento en la obligación de informarte. Lo primero que tienes que saber es que está a unos treinta kilómetros tomando la carretera del oeste. Necesitarás levantarte temprano.

—No es problema.

—Déjame hablar, chico.

Jake estaba tan emocionado que era incapaz de ver inconvenientes.

—Lo segundo es que es una empresa especializada en la contratación de exconvictos. Supongo que sabes a lo que me refiero.

—Que tendré compañeros exconvictos.

—Que tienes que llevar mucho cuidado.

Entendía perfectamente lo que eso significaba, pero no veía que fuese ningún problema. La mayoría de los exconvictos buscaban trabajo para poder reinsertarse en la sociedad. Le parecía bien que hubiese empresas especializadas en eso.

No todos los que pasan por la cárcel son unos criminales, se dijo.

—Espero tener noticias tuyas pronto.

—Y yo espero poder dárselas.

—¡Ah! Y una cosa más: sé honesto, Jake. Ante todo, sé honesto.

Dicho lo cual, Frederic lo despachó.

Jake salió hacia la gran sala de los Wathson con los dos folios en la mano. No quería doblarlos.

- - - - - - -

Emma había estado esperando todo el tiempo a que Jake terminase en el despacho de su padre. Sabía lo que le iban a ofrecer y se alegraba por él.

—Hey —le dijo, para llamar su atención.

—¡Hola, Emma! ¿Sabías que...?

—Sí, lo sabía. Espero que te acepten.

—Yo también lo espero.

—¿Te quedas a tomar un café?

Caminaron juntos hacia la biblioteca y allí se acomodaron. Jake le preguntó por su hijo y ella le respondió que estaba en casa de una amiga y que más tarde volvería a buscarlo. En realidad, lo había arreglado ella misma para que así fuese. Tenía que hablar con él a solas.

No dejaba de sonreír embobado mientras observaba las hojas de papel que tenía delante.

—Estas contento, ¿eh?

—Mucho —le dijo, mirándola—. Es que no puedo creer que casi de un día para otro las cosas empiecen a salirme bien. ¿Sabes que Arabia y yo...?

—Sí, también lo sé.

Emma le sonrió amablemente. Comprobó que tenía esa mirada de idiota enamorado. Era una lástima. Si aquella chica hubiese seguido tan remilgada como hasta el mismo día de la boda de Emily, él todavía seguiría disponible. Pero no podía menos que alegrarse por él. Se merecía ser feliz.

—Quería hablarte sobre Jack. —Emma sirvió el café y empezó con la conversación sin andarse con rodeos. Lo había estado pensando durante mucho tiempo y no había ninguna otra forma de comunicarlo—. Me gustaría saber si querrías ser su tutor legal.

Jake se quedó mirándola con cara de atontado.

—Sé que es un asunto delicado, y por eso voy a darte tiempo para pensártelo, pero quiero que sepas que no es mi intención que te comprometas a nada. Es solo por la seguridad de Jack. Para que legalmente tenga a dos personas a su cargo.

—Ya sabes que adoro a Jack, Emma. Pero... yo soy el tío Jake, ¿recuerdas? No puedo ser su tutor, por mucho que digas que solo es un tema burocrático. Ser tutor de alguien, si no me equivoco, es mucho más que firmar un papel.

—Eso no tiene por qué ser así. Ya sabes que estoy sola, Jake. Lo único que quiero es asegurarme de que Jack estará siempre en buenas manos.

—Joder, hablas como si fuera a pasarte algo malo.

—No va a pasarme nada malo.

—Además, tienes a tu padre, y a Margarett. Incluso a Emily. ¿Por qué yo?

Emma se contuvo. Pensaba que iba a ser mucho más fácil.

—No tiene ninguna explicación. Somos amigos, ¿no? Pensé que te gustaría la idea.

—Lo siento, Emma, es que es una responsabilidad tan grande... ¿Qué pasa si dentro de un tiempo conoces a alguien y os van bien las cosas?

—Pues en ese caso, dejarías de ser su tutor, obviamente.

Emma no creía que eso fuera a pasar, pero evitó mencionarlo.

—No sé cómo se lo tomaría Ari —dijo—. Sería raro para ella, ¿no crees?

—Venga, hombre, Arabia ya te tiene todo para ella. Que comparta un poquito. Con Jack, quiero decir.

Jake hizo una mueca con la boca en forma de desaprobación. Le hubiese gustado saber qué estaba pensando. Tal vez había sido una mala idea proponérselo, pero..., si él no aceptaba, no había ninguna otra persona en la que confiara más. Sí, tenía razón, tenía a Margarett y a su padre y a su hermana, pero ella quería que fuera Jake. Quería que él fuese su ejemplo a seguir.

—Al menos dime que lo pensarás. Me conformo con eso.

—No quiero que te enfades, Emma.

—No me enfado.

—Sé que estás enfadada. No soy el único al que se le nota.

Emma le dedicó su mejor sonrisa. Jake se la devolvió y ella se sintió afortunada. Cada vez que lo veía se sentía más atraída por él, y cada vez tenía que disimularlo con más fuerza. El pelo alborotado era uno de sus muchos puntos a favor. Además, él se frotaba constantemente la cabeza, por eso siempre tenía ese aspecto. Pero, sobre todo, Emma sentía que se derretía cada vez que sonreía. Tenía una sonrisa preciosa y era muy difícil verla con tanta naturalidad.

—Aunque decidas que no quieres ser el tutor, y aunque yo me enfurruñe contigo por eso, espero que al menos sigas queriendo al niño como siempre.

—Eso no va a cambiar, y te prometo que pensaré en ello. Ahora tengo que irme.

Jake le explicó que quería volver a casa a rellenar la solicitud y a pensar en el próximo día. Era la primera vez que tenía que acudir a una verdadera entrevista de trabajo.

Emma no se esforzó en retenerlo por más tiempo. Estaba segura de que de haber querido lo habría conseguido, pero no quería actuar así. Había dejado de hacerlo desde el nacimiento de Jack. Y Jake le importaba demasiado como para usarlo como a un juguete.

Tiempo al tiempo, se dijo.

- - - - - - -

A pesar de que Emily le dijo que Jake no tardaría mucho en volver, acabó llegando pasadas las seis.

Arabia le estaba esperando desde hacía rato. La verdad, no le hacía ninguna gracia que fuese de visita a casa de los Wathson. Sabía que Emma estaba allí, y tenía que aparentar que no le importaba, pues sabía que ella se había convertido en una buena amiga de Jake y su hijo, en un sobrino para él. No tenía derecho a recriminarle que de vez en cuando fuese a visitarlos. Después de todo, ella le había abierto mucho los ojos respecto a Jake, respecto a que no debía dejarlo escapar. Pero también le había hecho una advertencia que venía a significar que, si no lo quería para sí, ella se lo quedaría. No podía evitar sentirse insegura tratándose de Emma Wathson.

Se alegró muchísimo cuando él se acercó a ella nada más llegar. La cogió por debajo de las caderas y la elevó del suelo.

Luego la besó.

—Hola.

Arabia seguía sorprendiéndose de esos arrebatos que Jake hacía tan de repente. No eran muchos, pero cuando llegaban la dejaban feliz para el resto del día.

—Hola. —Le sonrió desde las alturas—. Estaba preparando la cena.

Jake miró a Emily y también la saludó a ella. Después de eso la bajó de nuevo.

—¿Qué tal ha ido con mi padre? —le preguntó desde el sofá.

Jake levantó los dos papeles que había traído consigo y los colocó encima de la barra de la cocina.

—Mañana tengo que ir a una entrevista. —Miró a Arabia y le sonrió—. El padre de Emily me ha dado este formulario y también una carta de recomendación. Me presentaré a primera hora.

—¡Es genial!

—Todavía no es seguro que vayan a cogerme, pero algo es algo.

Emily se acercó.

—Con una recomendación de Frederic Wathson estoy segura de que tendrás muchas posibilidades.

—¿Y dónde es? —Quiso saber Arabia.

—En Conrad Rails, una fábrica de las afueras. Frederic me ha dicho que tengo que coger la carretera del oeste.

—¿La carretera del oeste? —continuó Emily—. Eso quiere decir que la empresa está a las afueras, ¿no?

—Me las apañaré.

—Mañana no trabajo —anunció Arabia—. Puedes llevarte mi coche.

—¿Sí? Eso sería genial... Cuando vuelva de la entrevista, si todo va bien, me acercaré a la estación de autobuses para consultar las líneas y los horarios.

Por la noche, cuando todos se empezaban a acostar, Arabia se puso el pijama y la bata en compañía de Zane. Luego preparó ropa para el día siguiente.

Su amiga la miraba con diversión. Arabia se rio.

—Jamás pensé que me alegraría por el mismo motivo que te echaría de menos —le dijo Zane.

Llevaba ya más de una semana bajando a dormir con Jake siempre que tenía la noche libre. Al principio solo pasaba allí algunas de ellas, pero cada vez tenía más necesidad de estar cerca de él. Y eso que todavía no habían intimado demasiado.

—Solamente te abandono en las horas en las que ni tú ni yo somos realmente conscientes de si estamos o no estamos juntas. Para que no digas que no soy considerada.

—Ari. Sé que Jake es mi hermano y que por eso mismo te sientes un poco cohibida hacia mí, pero... ¿vas a contarme alguna vez si...?

—Todavía no. —Arabia la interrumpió intencionadamente. Sabía perfectamente lo que quería saber—. Pero te prometo que te lo diré.

Zane asintió, satisfecha, aunque ella sabía que a su mejor amiga le hubiese gustado que se explayase un poquito más.

—Creo que todavía no estoy preparada —añadió.

Después de eso bajó a la primera planta y llamó a la puerta de Jake.

—¡Ven! —le respondió él desde el otro lado.

Jake estaba sentado delante de la mesa de su escritorio con las dos hojas de papel delante. Una era la solicitud y la otra la recomendación. Le mostró la primera de ellas y le pidió su opinión.

Arabia la leyó con la misma ilusión que él tenía. Nombre completo, edad, estado civil, disponibilidad, domicilio y experiencia. Eso era todo lo que se pedía para que quedase completa.

—Está perfecta. A propósito, te he traído las llaves de mi coche. ¿A qué hora piensas irte hacia allí?

—Voy a poner el despertador a las cinco y media.

—En ese caso, ¡vamos a dormir!

Jake se levantó a por ella. La cogió en brazos y la llevó hasta la cama, colocándose a su lado con el codo izquierdo apoyado sobre el colchón. Arabia le estiró de la camiseta para que se acercara y poder besarlo. Luego se separaron y se sonrieron. Lo empujó hacia atrás e invirtieron las posiciones. Se quedó mirando embobada las facciones de su cara. Después le pasó la yema de los dedos por las cicatrices de la boca.

Tenía dos. Una en el labio inferior, que apenas se notaba si no sabías dónde estaba. Era la de la pelea con el cantante en el baile de invierno de hacía dos años. La otra era mucho más reciente y le nacía de la comisura izquierda en dirección a la oreja, pero por suerte apenas medía un centímetro de largo. Tenía alguna que otra marca más en varios sitios de la cara. Era lo que tenían los chicos brutos.

—¿Qué has hecho en casa del padre de Emily? ¿Has visto a Jack?

Jake negó con la cabeza y apartó la mirada.

—No. No estaba en casa.

—¿Y Emma?

—Estuve charlando un rato con ella en la biblioteca. Le dije que tú y yo... Ya sabes... Y me dijo que lo sabía. Supongo que Emily se lo ha contado.

Arabia notó que le resultaba incómodo hablar de Emma. Cualquiera se hubiese dado cuenta dada la forma en que él evitaba mirarla a los ojos.

—¿Y nada más? —insistió, consciente de que probablemente le ocultaba algo.

—No, nada importante. Margarett nos hizo café.

—¿Y qué hay de ella?

—¿Qué es exactamente lo que quieres saber?

Jake se incorporó para quitarse la ropa. Ella hizo lo propio con la bata y volvió a meterse en la cama.

—Me preguntaba si tal vez había conocido a alguien últimamente. A veces pienso en Jack. Supongo que a ella también le gustaría que tuviese un padre.

—Pues que yo sepa —dijo Jake al mismo tiempo que se colocaba los pantalones de chándal— todavía sigue soltera y sin compromiso. Pero no creo que eso sea un problema para Jack.

Se metió también en la cama, acomodándose para dormir. Dedujo que le había molestado que sacase el tema, aunque no lograba comprender por qué. Se dio la vuelta y se hizo un ovillo, pero se quedó con los ojos bien abiertos. Jake apagó la luz y se giró hacia ella. Pasó su mano por encima y la atrajo hacía sí.

—Ven aquí.

Eso la reconfortó muchísimo. De no haberlo hecho estaba segura de que no habría podido pegar ojo en toda la noche.

LUNES

20 MARZO 1989

Jake se despertó antes incluso de que sonase el despertador. Se incorporó de la cama tratando de no despertar a Arabia y luego canceló la alarma. Miró los dos papeles que tenía que llevar consigo y empezó a ponerse nervioso. Cogió su ropa del armario y se dirigió al baño.

Se duchó en cinco minutos y después se vistió. Se preguntó si su atuendo sería apropiado. Un vaquero y una camiseta negra. ¿Demasiado informal? Se convenció a sí mismo de que no. Iba a una fábrica a trabajar como operario. Se secó el pelo con la toalla y se dio cuenta de que tendría que cortárselo pronto. Decidió no hacer nada con respecto al escaso rastro de barba de tres días que tenía por los laterales de la cara, para aparentar un poco más de edad.

Volvió a la habitación a por su chaqueta y después de ponérsela se acercó a Arabia para darle un beso. Ella no se inmutó. Dormía profundamente. Una horrible sensación de pánico se apoderó de él. No había sido capaz de confesarle lo que Emma le había propuesto con respecto a la tutela de Jack. ¿Por qué? Pensaría en ello más tarde.

Recogió las hojas de la mesa y cogió las llaves del Ford Escort.

La Conrad Rail estaba más lejos de lo que él había imaginado. Por suerte, un par de kilómetros antes de llegar vio una parada de autobús.

Aparcó el coche de Arabia en el enorme descampado de las inmediaciones y miró el reloj. Eran apenas las seis y veinte de la mañana y el único coche que había en ese momento era el suyo. Hacía un poco de frío, así que se apretujó dentro de su chaqueta a esperar, ansioso por poder entrar. Frederic le había dicho que era una empresa donde trabajaban muchos exconvictos. Se preguntaba cómo serían.

A pesar de que sentía que tenía sueño, le era imposible dar siquiera una cabezada. Tenía los ojos abiertos de par en par y no dejaba de mirar en busca de señales de vida.

Hasta las siete menos cuarto no empezaron a llegar los primeros vehículos.

Jake se animó al verlos. Eso significaba que abrirían a las siete, igual que la fábrica Wathson. Decidió bajar del coche y acercarse a preguntar. Había varios hombres esperando en sus coches y algunos de ellos en la parte de fuera, casi todos fumando. Se acercó a un vehículo donde había dos de ellos charlando con las manos en los bolsillos.

—Buenos días —dijo.

Los dos hombres se giraron y le hicieron un simple gesto con la cabeza para devolverle el saludo.

—¿Sabéis a qué hora se puede empezar a entrar?

—¿Quién diablos eres tú? —respondió uno de ellos, sin quitarse siquiera el cigarrillo de la boca.

—Jake Becker.

Le tendió la mano tal y como correspondía según el protocolo de presentación, pero el hombre no se inmutó.

—¿Y qué es lo que quieres, Jake Becker?

—He venido en busca de trabajo —continuó, retirando la mano y guardándosela en el bolsillo—, y quería saber cuándo...

—Trabajo, ¿eh? —Tiró el cigarrillo al suelo y luego lo pisó con la bota—. No puedes entrar hasta que llegue el furgón, y ahora déjanos en paz.

Jake regresó al coche y continuó mirando la hora. A las siete ya habían llegado muchísimos otros coches. Diez minutos más tarde apareció un autobús blindado, por lo que supuso que sería el furgón al que se refería el del cigarrillo. Detrás iban dos coches de policía que automáticamente se colocaron en la parte de delante. Jake cogió su mochila y decidió acercarse. Prácticamente, todos lo hicieron.

Cuando se situó lo bastante cerca del autobús, se mantuvo a la espera. Varios de los hombres que también se habían congregado allí empezaron a quejarse y a hacer comentarios del tipo: «Ya era hora»; «Todos los lunes igual», etc...

Entonces los policías se situaron cerca de las puertas del autobús, que se abrieron a la vez que las de la fábrica, y empezaron a bajar hombres esposados que se encaminaban hacia el interior haciendo algún que otro saludo de cabeza a varios de los presentes. Eran presidiarios, sin lugar a duda.

Una vez estuvieron dentro, todos los demás empezaron a pasar. Jake no se quedó atrás. Miró de reojo a los policías y se dio cuenta de que empezaban a acomodarse. No parecía que fueran a marcharse de allí.

En el interior todos sabían lo que tenían que hacer. Jake se quitó la chaqueta y fue dando tumbos de un sitio para otro sin saber muy bien a quién debía preguntar. No lograba localizar a nadie que pareciese estar al mando.

—Aparta.

Chocó con uno de los hombres de aspecto llamativo. Era un tipo grande lleno de tatuajes y con la cabeza rapada.

—Disculpa. —Jake hizo que se parara un momento captando su atención—. Estoy buscando trabajo y no sé exactamente con quién tengo que hablar, o a quién buscar. —El hombre se irguió y se cruzó de brazos, impacientado—. Lo siento, no era mi intención molestarte o entretenerte...

—¡Eh, Joe! —exclamó de repente, antes de que Jake pudiese hacer alguna otra alegación.

Otro hombre se acercó hasta ellos. Rondaría los cincuenta y era de mediana estatura. Jake dedujo por su aspecto que su comida favorita no era precisamente la ensalada.

—¿Qué quieres, McKein?

El tal McKein apoyó una de sus enormes manos en el hombro de Jake y lo zarandeó.

—Aquí tienes carne fresca. Mira qué corderito.

Jake frunció el ceño. No le gustaba McKein.

—¿Quién demonios te ha dejado pasar? —preguntó Joe. Parecía enfadado.

Jake miró hacia la puerta y la señaló. Empezó a mover los brazos intentando que se le ocurriese algún tipo de explicación, pero era obvio que la puerta estaba abierta.

—Bueno, tampoco nadie me lo ha impedido —dijo por toda respuesta.

Joe y McKein se miraron durante unos segundos. Después se echaron a reír escandalosamente.

—Muy bien, muy bien. —Joe lo cogió también por el hombro y lo obligó a moverse—. Ven conmigo.

Caminaron juntos por toda la planta baja de la nave. Al final había unas escaleras que conducían a unas pequeñas oficinas y por allí se desviaron. Joe le indicó que entrara en una de las salas donde precisamente estaban todos los hombres esposados que habían bajado del autobús.

—Espera tu turno —añadió antes de desaparecer por una puerta de esa misma sala.

Los presos estaban sentados cómodamente. La mayoría usaban tres de las butacas para colocar las piernas encima de ellas, así que apenas quedaba sitio disponible. Se quedaron mirando a Jake con cara de pocos amigos. Él, por su parte, se quedó en silencio apoyado en la pared. Llevaba consigo las dos hojas de papel y empezó a revisarlas para entretenerse. Las unió y las enrolló en tubo. Luego se recordó a sí mismo que debía presentarlas, así que las planchó contra su pecho con la esperanza de que volvieran a su estado original. Las había arrugado. Maldijo para sus adentros. Debería habérselas entregado a Joe antes de que se alejase.

Justo en ese momento apareció de nuevo con una lista. Carraspeó y nombró al primero en voz alta. Uno de los hombres se levantó y empezó a caminar con exagerada parsimonia hacia él. Jake se dio cuenta de que aquella era su oportunidad y se acercó a Joe.

—Aquí tiene mi formulario —le dijo. Joe se lo quitó de las manos sin ni siquiera mirarlo—. Y esto de aquí es la hoja de recomendación.

—¿La hoja de qué?

—De recomendación.

Volvió a reír de forma exagerada y a Jake le molestó. Después se giró para volver a entrar en la sala contigua sin coger el segundo folio. Jake lo escuchó murmurar mientras se alejaba: «Una hoja de recomendación... Conrad, no te vas a creer lo que me acaba de pasar ahí fuera...».

Sin más opción, se giró de nuevo hacia el resto y decidió ocupar la butaca que se había quedado libre. El hombre de al lado lo miró con una sonrisa un tanto inquietante.

Estuvo esperando más de una hora hasta que al final se quedó solo en la habitación. Todos los demás hombres habían estado entrando y saliendo por orden, según se les iba nombrado.

Cuando salió el último, Joe se dirigió a él.

—Tu turno, muchacho.

Jake se levantó rápidamente y pasó al interior. Allí había tres hombres más aparte de Joe. Uno estaba sentado detrás de una amplia mesa de despacho, y los otros en dos de las butacas de la estancia, con una carpeta.

—Vaya panda de inútiles... —Le escuchó decir al de la mesa. Debía de ser Conrad—. Por Dios... ¿Y tú quién eres?

Le sorprendió que se dirigiese a él tan de repente.

—Este es el de la carta de recomendación —explicó Joe.

Conrad levantó la vista y lo miró con seriedad.

—¿Sabes lo que se me ocurre que podría hacer con esa hoja de recomendación?

Jake levantó las cejas, intrigado.

—Creo que podría limpiarme el culo con ella. Sí..., es lo que voy a hacer. Dámela.

—No será necesario. —Jake se dispuso a meterla en la mochila—. Si no la quiere puedo guardarla.

—Te he dicho que me la des.

Joe rio. Jake, por su parte, se preguntó si no sabría hacer otra cosa aparte de reírse de forma sarcástica. Pero hizo lo que Conrad le dijo y le dejó la hoja sobre la mesa. Este la recogió y la miró por encima. Jake creyó que realmente la estrujaría y más tarde la usaría como papel higiénico.

Sin embargo, algo llamó su atención.

—¿Has estado trabajado para los Wathson? —le preguntó.

—Sí, señor.

—Los Wathson... —Conrad se repantigó sobre su asiento—. Los Wathson creen que son los reyes del mambo, ¿eh? —Era una pregunta retórica, así que no contestó—. Creen que pueden enviar a sus despojos aquí con una carta de recomendación, porque creen también que hasta los que les sobran son mejores que mis trabajadores... Pero, espera un segundo, esta es la firma de Frederic. Y Frederic nunca se ha tomado la molestia de hacer una estupidez como esta. Aquí dice que has estado trabajando para él un año y medio... y que sabes soldar... Interesante...

Jake se sintió esperanzado. Miró a los otros para ver su reacción, pero todos parecían bastante aburridos.

—Dime, ¿qué te hacía pensar que una carta de Frederic Wathson te serviría de algo?

—En realidad, lo que no sabía era que podía llegar a ser un inconveniente. Él me dijo que viniera aquí con la hoja de inscripción y luego me dio la carta y... pensé que sería una buena idea. Nada más.

—Pues ha sido un error —le corrigió Conrad.

—Sí, ya lo veo. Siento haberle molestado.

Jake recogió la hoja de la mesa y se dispuso a salir de allí.

—Todavía no te he dicho que te vayas. Siéntate.

Se dio cuenta de que Conrad le había ofrecido sentarse frente a él. Jake lo dudó. La verdad era que no le apetecía seguir allí ni un minuto más. Aquellos tipos eran arrogantes, sobre todo Conrad.

Pero necesitaba un trabajo, así que se sentó.

—Quiero que me cuentes por qué dejaste de trabajar en la fábrica Wathson.

Sé honesto.

Jake se sorprendió recordando tan claramente el consejo de Frederic. No podía mentir, pero tampoco quería contarles lo que sucedió en realidad. ¿Quién iba a querer contratar a alguien a quien habían echado por una pelea? Empezó a sudar.

—Estuve involucrado en un pequeño incidente —dijo.

—Un pequeño incidente... —Conrad sonrió—. Continúa.

—Me peleé con uno de mis compañeros.

Conrad se le quedó mirando fijamente. Después miró a los dos que tenía a su derecha, y finalmente a Joe. Fueron los diez segundos más incómodos de toda su vida. Después, todos se echaron a reír.

—Una pelea —comentó Joe, al borde de las lágrimas.

—Estos Wathson... Siempre tan puristas... —Conrad comenzó a hablar de nuevo después de recuperarse—. Pensaba que no lograrían mantener esa política de empresa por mucho tiempo y mira, aquí tenemos a uno despedido por una pelea. Dime... —Miró la hoja para leer su nombre—, Jake Becker, ¿a cuántos más han puesto de patitas en la calle por una pelea? Eres el primero que me mandan por algo así... Generalmente solo me envían a fracasados... Como si yo no tuviese ya suficientes fracasados...

—Desde que estoy allí yo he sido el único.

—¿Y dices que fue con un compañero?

—Sí.

—¿Y qué le pasó?

Conrad lo miraba con malicia. Estaba realmente interesado en conocer los detalles.

—Él me golpeó en la cara con una varilla de hierro, así que después se la quité y le rompí la nariz con ella.

—Crees que eres un tipo duro, ¿eh?

—Hubiese preferido no hacerlo y conservar el empleo.

Conrad se le quedó mirando de una forma extraña.

—Te diré una cosa —continuó después—. Todos los putos días desde hace meses me mandan a un puñado de presidiarios para que les dé trabajo. ¿Crees que no tengo ya suficiente con ellos? Me obligan a contratarlos a cambio de unas pequeñas ayudas, ya me entiendes... Y tú despedido por una pelea... Lo que me faltaba por ver... Los Wathson siempre preocupados por bobadas.

A Jake no le gustaba la forma de hablar de Conrad, y mucho menos la forma de referirse a cualquiera de los Wathson. Frederic se había portado bien con él y con su familia desde hacía varios años. Pero estaba claro de que en Conrad Rails envidiaban muchas de las cosas de los Wathson, entre ellas su buena reputación.

Obviamente, no hizo ningún comentario al respeto sobre lo que él pensaba.

—Lo único que quiero es trabajar, señor. —Fue lo que dijo.

—Oh, vaya, no me había dado cuenta. ¿Y tienes alguna sugerencia? ¿Tienes idea acaso del tipo de trabajo que hacemos aquí?

—Me puedo adaptar a cualquier cosa.

—¿Ah, sí? ¿Te gustaría pasarte el día limpiando retretes?

Saltaba a la legua que lo estaba provocando.

—Haré lo que a usted le parezca que tengo que hacer. Si cree que lo mejor que puedo hacer es limpiar retretes, lo haré.

Conrad se rio de nuevo. Por lo visto le hizo gracia el atrevimiento. Se puso a revisar de nuevo su formulario.

—Te diré lo que vamos a hacer —dijo, cuando volvió a levantar la vista al frente—. Te quedarás con Joe una temporada, ¿qué te parece, Joe?

—¿Bromeas? Tiene cara de corderito degollado... No me durará ni una mañana. Que se lo quede Milton. Se supone que sabe soldar, ¿no?

—Yo no quiero la basura de los Wathson —respondió el tal Milton.

A Jake se le empezaba a notar que estaba molesto. Hablaban de él como si no estuviese allí.

—Joe, lo dejo en tus manos. —Conrad volvió a tomar la palabra—. Quédatelo durante todo el día, a ver si es tan duro como él cree.

—Como quieras...

—A propósito, Jake. ¿Has jugado alguna vez al fútbol?

—Sí, señor. Toda la vida. En el colegio, en el instituto y en la universidad.

—Conque has jugado en la universidad...

—Sí, en la VSU.

—¿Línea de ataque o de defensa?

—Las dos últimas temporadas en defensa. Tackle.

—Ahí lo tienes, Joe. Te regalo un *tackle* defensivo.

—Pero qué dices —protestó Joe, cruzándose de brazos—. No necesitamos a ningún *tackle*. Necesito un buen *quarterback*.

Jake se sorprendió de que estuviesen manteniendo esa conversación.

—¿Todavía crees que conseguirás un *quarterback* para trabajar en tu equipo? No te duraría ni la mitad de lo que va a durarte este. Y ahora salid todos de mi despacho. Ocúpate de él.

Salieron, tal y como Conrad había ordenado.

—Ven conmigo —le dijo Joe, sin dejar de refunfuñar—. Así que *tackle*, ¿eh?

Jake lo estuvo siguiendo por toda la fábrica hasta que llegaron a la zona de almacenaje. Allí había un montón de hombres cargando y transportando los raíles terminados, casi siempre por parejas. Aunque no había solo raíles, también piezas alargadas de todos los tamaños.

—Deja tus cosas a un lado —le dijo Joe.

Se descolgó la mochila y la dejó apoyada en una pared, junto con la chaqueta. No le pareció muy seguro, pero tampoco sabía muy bien en qué otra parte dejar sus cosas.

De pronto sitió un golpe en la cabeza. Joe le acababa de colocar un casco blanco sobre ella, y también le entregó un par de guantes.

—Vamos. No tenemos todo el día.

Jake se dio cuenta de que iba a empezar a trabajar en ese preciso momento. Miró al resto de trabajadores. Todos llevaban pantalón gris y camiseta azul. Los había que también usaban chaleco. Los cascos eran de dos colores: o blancos o amarillos. Dependiendo de la zona también había quienes llevaban gafas protectoras. Todos usaban guantes.

—Eh, Williams, acércate.

Un hombre se aproximó hasta ellos. Era algo más bajo que él, pero bastante corpulento. Tenía el pelo castaño y la barba abundante y bien arreglada.

—Te presento a Jake Becker. Becker, este es Williams.

—Aaron Williams —dijo el hombre, tendiéndole la mano.

—Deja lo que estabas haciendo y cambia a raíl. Y tú. —Se volvió hacia Jake—. Te quedarás con él hasta que te canses lo suficiente y decidas marcharte a casa. Quiero que sepas que no necesito a un estúpido *tackle*, así que métete en la cabeza que Conrad te ha dado una oportunidad, pero yo no. Vuelve al trabajo, Williams.

Jake acompañó a Aaron hasta un montón de raíles apilados en una especie de contenedor. Su nuevo compañero le explicó que debía cargar al hombro el extremo posterior al mismo tiempo que él lo hacía por delante. A la de tres. Así era como se hacía. Tenían que llevarlas hasta uno de los camiones que había esperando. Jake asintió con la cabeza y Aaron le dio unos golpes en el hombro en señal de apoyo.

—Lo harás bien.

Le pareció agradable que alguien se molestara en brindarle un poco de ánimo. No esperaba poder ponerse a trabajar ese mismo día después de que Joe, Conrad, Milton y el otro hombre que ni siquiera se pronunció durante la entrevista lo tratasen como si fuese escoria.

Al cabo de media hora se paró unos segundos para quitarse la camiseta y continuó trabajando con la interior. Por suerte, era de manga corta y eso hizo que los hombros se le resintiesen un poco menos. Era un trabajo extremadamente rutinario y pesado. Se preguntó si todos los días serían así. De vez en cuando, Aaron lo miraba y sonreía de una forma bastante peculiar, pero no decía nada.

Más tarde, algunos de los hombres que había a su alrededor empezaron a estirar las extremidades, sobre todo la espalda y los brazos. Aaron miró su reloj y le dijo que no se colocara para la siguiente.

—Hora de almorzar.

Se quitó los guantes y el casco y los dejó al lado del montón que todavía quedaba por transportar. Jake lo imitó y a continuación fue tras él hasta la zona de los vestuarios. Aunque, en realidad, no eran lo que él entendía por vestuarios. Se trataba de una zona más apartada pero que ni siquiera tenía puerta. En una de las paredes había un montón de pilas de piedra donde poco a poco iban llegando los trabajadores para lavarse las partes visibles de sus cuerpos: manos, brazos, cara y cuello. Al otro lado había también unas cuantas duchas y un montón de urinarios.

Se quedó observando con detenimiento a su alrededor y sin quererlo lanzó una pregunta al aire.

—¿Y las taquillas?

Aaron estaba a su lado y giró el cuello al escuchar la pregunta. Negó con la cabeza.

—Si quieres puedes pedir una consigna por dos dólares al día —le dijo—, pero la mayoría dejamos nuestras cosas apiladas por ahí. Aquí está mi bolsa.

Se agachó para abrir un macuto y luego sacó un bocadillo envuelto en papel de aluminio de su interior. Todos los que ya se habían lavado empezaron a hacer lo mismo que él.

—¿Me lo sujetas un momento?

Jake se quedó con el bocadillo en la mano viendo cómo Aaron se acercaba a unas de las pilas y charlaba con otros compañeros. No tardó en volver.

—Gracias.

Se lo devolvió y se quedó con cara de circunstancia. Allí no había comedor. No era como en la fábrica Wathson, y se sintió estúpido solo de pensar que en el anterior trabajo eran en realidad unos privilegiados.

—¿No has traído comida?

—No pensaba que tendría que trabajar hoy, y tampoco sabía que...

—Bueno, ve a lavarte, te daré un poco del mío.

—No, no es necesario.

—¿Crees que aguantarías lo que queda de día sin probar bocado? Yo no apostaría por ti. Y te diré una cosa más: espero que tengas quién te prepare los bocadillos, porque te aseguro que este es el mejor momento del día. —Después señaló su bocadillo—. Nadie como mi Adeline para que estos veinte minutos sean gloriosos.

Después del almuerzo volvieron al trabajo. A Jake le sorprendió que la clase de hombres que había por allí fuesen al menos ordenados para realizar las tareas. La gran mayoría se pasaban las horas discutiendo con sus compañeros o lanzando insultos a alguien de más allá. Por suerte, Aaron se limitaba a hacer el trabajo, sin más.

No volvieron a hablar después del almuerzo.

Jake sentía que de un momento a otro cualquiera de sus hombros se le desencajaría, pero se obligó a continuar. Joe pasó dos veces por su lado, observándolo. Se preguntaba qué hora sería. Hacía tiempo que el sol había empezado a bajar.

Poco después el sonido de una bocina recorrió la nave. Los que tenían piezas a medio transportar se pararon y las dejaron en el suelo. Se empezó a formar un pequeño alboroto, y entonces Jake se dio cuenta de que ya habían terminado. Se miró y comprobó que estaba muchísimo más sucio que la primera vez que fue a lavarse a las pilas. Joe apareció acompañado de otro hombre que llevaba consigo una carpeta. Iban acercándose a los grupos, preguntando y anotando.

—Ciento setenta —dijo Aaron, una vez que Joe llegó a donde estaban.

Joe levantó la vista hacia Aaron y Jake vio cómo este sonreía. Después lo miró a él, con cara de pocos amigos. Se preguntó cuál sería el problema. Estaba claro que estaban contabilizando el trabajo de cada grupo. A él ni siquiera se le había pasado por la cabeza que tuviesen que contar. Aaron seguía sonriendo.

—No necesito un maldito *tackle*. —Eso fue lo que Joe le dijo después de pasarse un buen rato alternando la vista entre él y Aaron—. ¿Crees que puedes ser un *quarterback*? Porque necesito uno.

Otra vez el tema del fútbol.

—No sé exactamente a qué se refiere, pero... Podría ser un *tackle* ofensivo si lo que quiere es que esté en línea de ataque, sea lo que sea lo que eso signifique.

—Yo creo que será un buen *quarterback* —intervino Aaron.

Jake lo miró, sorprendido.

—¡Eh, inútiles! Acercaos. —Joe alzó la voz y los brazos y empezó a hacer gestos para que todos se acercaran—. Quiero deciros algo. Vamos. Daos prisa, maldita sea.

Se congregaron alrededor de ellos con cara de estupor. Estaba claro que si el turno había acabado lo que querían era irse a casa.

—¡Dad la bienvenida a nuestro nuevo *quarterback*!

Hubo unos cuantos gritos de júbilo acompañados de aplausos. Joe le estrechó la mano.

—Mañana a las siete, Becker.

Y, dicho lo cual, se fue charlando animadamente con su asistente.

—No pongas esa cara —le dijo Aaron—. Lo harás bien.

—Oye, sé que no hemos hablado mucho, pero ¿te importaría explicarme qué es todo este asunto del fútbol?

—¿Todavía no lo sabes? —Aaron empezó a caminar en dirección a los vestuarios. Jake cogió sus cosas y fue tras él—. Tenemos equipos. Cuatro equipos, para ser exactos. Y tú acabas de conseguir un puesto en el equipo de Joe.

—¿Jugáis a fútbol aquí dentro?

—No, hombre. Aquí dentro no. El día de los partidos es el jueves por la tarde, así que ese día notarás un pequeño cambio en el aparcamiento.

Jake continuó mirándolo extrañado.

—Yo no puedo jugar de *quarterback*.

—Pues tendrás que hacerlo si quieres conservar el empleo. No es fácil impresionar a Joe y he de reconocer que has trabajado duro, pero no estarías dentro y no lo estarás si no empiezas a poner un poco de tu parte.

—¿Y los entrenamientos?

—¿Qué entrenamientos? El jueves es el único día que podemos jugar a fútbol. Confórmate con eso y tu espalda y tus hombros te lo agradecerán... Nos vemos mañana, ¿no?

Jake le devolvió el saludo estrechando la mano que le ofrecía.

—Sí, hasta mañana —le dijo—. Dile a tu mujer que el bocadillo estaba riquísimo —añadió.

—Sí, sí... Pero asegúrate de que mañana tienes el tuyo propio.

Aaron le respondió desde la lejanía. Jake se quedó un rato allí de pie observando las instalaciones y luego se unió al río de gente que caminaba hacia el aparcamiento. Ya se había dado cuenta de que el suelo era de tierra, pero se aseguró de examinarlo bien de camino al coche. Tierra y piedras pequeñas. Todavía no podía creer que toda esa historia del fútbol fuese cierta.

Tendría que esperar al jueves para averiguarlo.

JUEVES

27 ABRIL 1989

ABRIL

SM	L	M	X	J	V	S	D
13						1	2
14	3	4	5	6	7	8	9
15	10	11	12	13	14	15	16
16	17	18	19	20	21	22	23
17	24	25	26	27	28	29	30

Después de dos meses de ensueño, las cosas habían empezado a volver a la normalidad. A la normalidad que Arabia no soportaba. Jake empezaba a comportarse de forma extraña, ¿o tal vez era ella?

Se habían acostumbrado a la rutina.

Cada vez que coincidían ella iba a su habitación. Compartir momentos con Jake era una sensación extraña a la vez que agradable, y estaba prácticamente enganchada a él. Había pasado tanto tiempo ocultando lo que sentía que ahora era extraño. Por no hablar del sexo. Había empezado siendo complicado por el trauma que Arabia tenía por culpa de Dave, pero una vez superado, sus relaciones eran increíbles.

La primera vez no fue en casa de los Becker, ni mucho menos. Ella se sentía insegura por el hecho de que siempre hubiese alguien más en casa y Jake le aseguró que pensaría en algo. Ese algo terminó siendo una cabaña de alquiler a las afueras de la ciudad, hacía exactamente dos semanas, y se había convertido en la noche más intensa de su vida hasta el momento, y también en la más divertida. Había sido realmente gracioso ver a Jake abochornado al pensar en lo que estaban dispuestos a hacer. Sabía que tenía su lado tierno, pero hasta el momento no lo había podido ver en todo su esplendor.

Después de eso, Arabia se pasaba el día pensando en volver a casa para poder bajar a su habitación y meterse en su cama. El Jake enamorado, sin embargo, no parecía una persona muy distinta.

Arabia veía siempre a Emily y a Derek besándose en cada rincón de la casa, a cada instante. Su amor parecía igual de intenso que el primer día, y apenas habían tenido unas pocas discusiones sin importancia.

Sin embargo, cuando Jake llegaba de trabajar solo le daba un beso en la mejilla antes de huir a hacer cualquier cosa irrelevante. Tenía la sensación de que le avergonzaba demostrar que podía ser cariñoso. Le había sacado el tema varias veces, en su habitación, pero él siempre acababa restándole importancia y hablando sobre cualquier otro asunto. Simplemente no le gustaba hablar de ello.

Para ella todo lo que estaba sucediendo era algo realmente especial. El hecho de que él se comportase como si nada hubiese cambiado, excepto algunos pequeños gestos, la hacía sentir insegura. No era lo que había esperado ni lo que le habían contado acerca del amor. Tal vez, pensaba Arabia en ese preciso momento, ni siquiera tuviese muy claro lo que sentía por ella. Porque... tenía que haber algo más, ¿no?

—¿Puedo sentarme?

Emily interrumpió sus pensamientos y lo agradeció de verdad. Estaba dándole demasiadas vueltas a un tema que seguramente no tenía tanta importancia. Para ella era, por así decirlo, su primera relación de verdad sin contar con Dave. Jake no tenía la culpa de tener más rodaje que ella.

Arabia continuó tumbada en la cama cuando Emily se dirigió hacia el escritorio para coger una silla. Parecía preocupada.

—¿Ocurre algo? —le preguntó.

Emily sonrió para restarle importancia a su preocupación, pero de nada sirvió. Era transparente, queriéndolo o no.

—Me preguntaba si Jake te había hablado sobre una cosa.

—¿Sobre qué?

—Sobre el hecho de que mi hermana le haya propuesto ser el tutor de Jack.

Arabia se incorporó inmediatamente.

—¡¿Qué?!

Emily la miró, con pesar.

—Es que... mi hermana me lo comentó hace unos días, pero no he oído a Jake mencionar nada al respecto, así que me preguntaba si al menos a ti te lo había contado, pero ya veo que no.

—¿Me estás diciendo que Jake va a ser el tutor del hijo de tu hermana?

—En realidad, aún no lo ha decidido. Por lo que sé, ella simplemente se lo propuso, pero lleva más de un mes esperando que le dé una respuesta definitiva.

Escucharon pasos en las escaleras y poco después Derek apareció.

—¿Interrumpo?

Emily miró a Arabia, que se había quedado sin habla. Y lo hizo como pidiéndole permiso para decirle a Derek una cosa u otra.

—No, tranquilo. Pasa.

—Es que Delly se ha quedado dormida y me preguntaba si os apetecería salir a cenar por ahí. Louis me ha dicho que puede hacerse cargo hasta que vuelva Zane.

—En este momento lo que menos me apetece es pensar en la cena...

Arabia se sintió profundamente decepcionada. Si lo que Emily le había dicho era cierto, y era imposible que no lo fuese, Jake le había estado ocultando lo de ser el tutor de Jack. ¿Por qué?

—Adelante —dijo Arabia—. Puedes contárselo.

—¿Estás segura?

—Sí, y de paso me gustaría saber qué opináis ambos. Estoy muy confundida.

Emily le contó a Derek lo mismo que poco antes le había contado a ella. Derek se sorprendió tanto o más. No solo por el hecho de que Jake hubiese ocultado esa proposición, sino porque Emma se lo hubiese pedido. Arabia tampoco podía creerse que Emma se lo hubiese insinuado siquiera. Le había dejado claras sus intenciones el día de la boda, o, mejor dicho, sus sentimientos... Pero también le había dejado claro que era su oportunidad y que, a menos que ella lo echase todo a perder, no actuaría ni haría nada para seducir a Jake.

—¿Con qué intenciones le pide que sea el tutor legal de su hijo? —preguntó Derek.

Arabia agradeció que lo preguntara en voz alta porque era justo lo que ella había estado pensando. Los dos miraron a Emily.

—Mi hermana es bastante impredecible —repondió ella—. La verdad, me ha sorprendido tanto como a vosotros cuando me lo ha dejado caer como si diese por hecho que ya lo sabía.

—¿Y le has dicho que no lo sabías?

—Claro.

—¿Y qué ha dicho ella?

—Nada. Ha actuado con bastante indiferencia. Ha dicho algo así como: «Oh, vaya, esperaba que lo supieras».

—De todas formas —continuó Derek—, ¿para qué quiere un tutor? No lo necesita porque está con ella, y ella es su madre. Basta con que tenga a un adulto a su cargo. ¿Desde cuándo está Emma tan interesada en Jake?

—Desde siempre...

Fue Arabia la encargada de contestar a esa última pregunta. Emily la miró, pero no dijo nada. Era obvio que también se había dado cuenta.

—¿Vas a hablar con él? —le preguntó.

—No lo sé.

Y la verdad era que no lo sabía. ¿Debería preguntarle sobre ello? Tal vez él ni siquiera hubiese barajado la posibilidad de aceptar y simplemente estuviera dándole largas a Emma. Eso también podía ser cierto, pero... ¿por qué no había mencionado nada? Se suponía que hablaban de cualquier cosa y que podían confiar el uno en el otro, fuera lo que fuese. Se conocían demasiado como para no ser así.

—A lo mejor estamos dándole más importancia de la que tiene —sugirió Emily, leyéndole la mente—. ¿Por qué no hablas con él esta noche y le preguntas sobre este asunto? Puede que ni siquiera lo haya considerado importante como para contártelo. Tal vez ni se plantee aceptar la proposición.

—Puede que tengas razón...

—Chicas, lamento discrepar, pero a mí sí que me parece un tema serio como para que no nos lo haya mencionado a ninguno de nosotros. Estamos hablando de responsabilizarse de un niño para el resto de su vida. Un niño que, en teoría, no es suyo.

—No lo es —respondieron Emily y Arabia al unísono.

—Derek, cariño. Si tu hermano fuese el padre de Jack, mi hermana no se molestaría en pedirle que ejerza como tutor. Simplemente le diría la verdad y eso ya le comprometería, ¿no crees?

—Sí, en realidad sí.

Los tres se quedaron un buen rato más charlando sobre el pequeño Jack y especulando sobre su verdadero y desconocido padre. Arabia se dio cuenta de que Emily trataba de evitar que ese tema de conversación se mantuviese abierto por mucho tiempo. Eso la inquietó.

Recordó la noche en la que Jake volvió de casa de los Wathson con el formulario de trabajo de la Conrad Rails. Se había comportado de una forma extraña cuando le preguntó por Emma. Puede que hubiese sido ese día cuando ella le propuso lo de ser el tutor.

Cuando Jake llegó a casa, Emily y Derek estaban sentados en el sofá viendo una película de dibujos animados con Danielle mientras le daban de cenar. Arabia le sonrió, como siempre, y esperó a que fuera a su encuentro. Eran las ocho y media. Los jueves llegaba más tarde de lo habitual porque se suponía que era el día del fútbol. Todavía no podía creerse que fuese cierto lo de que hubiese cuatro equipos en la empresa donde ahora trabajaba, y que se disputasen una pequeña paga extra al mejor de cuatro.

—Hola —le dijo, cuando ya estaba próximo a ella—. ¿Qué tal el día? —añadió.

Trató de mantenerse serena a pesar de todo el asunto de Jack y Emma.

—Bien.

Jake se apoyó en la barra americana dedicándole una media sonrisa. Eso le molestó. ¿Hoy tampoco se atrevería a darle un beso solo porque su hermano y Emily estuviesen allí? Ni siquiera les estaban prestando atención y, sin embargo, él no dejaba de echar la vista atrás para comprobarlo.

—Voy a subir a dejar las cosas y a pedirle a Zane su pomada mágica para los golpes.

—No ha llegado todavía.

—Oh...

Tal vez esperaba que ella se ofreciese a buscar la pomada, pero no lo hizo. Lo que hizo fue justamente hacer como si no se hubiese dado cuenta de que realmente le dolía alguna parte de su cuerpo.

—Luego bajo a cenar, ¿vale?

—Como quieras.

Su tono de voz cambió notablemente, tanto que hasta él debió darse cuenta.

—Hoy estás muy guapa —le dijo, por lo bajo, como intentando arreglar lo mucho que le molestaba que actuase de esa manera.

Ella, por su parte, le dedicó una mirada de exasperación.

—¿Hasta cuándo vas a seguir con esa actitud? —le preguntó, por lo bajo.

—¿Qué actitud, Ari?

—La de como si estuvieras flirteando conmigo.

—¿Qué hay de malo en eso?

¿Qué había de malo en eso?, se preguntó. En realidad, nada, absolutamente nada.

—Olvídalo.

Jake se marchó dedicándole una mirada de confusión extrema y Arabia no pudo hacer otra cosa que suspirar. Se dio cuenta de que Emily y Derek la miraban, pero no dijeron nada. Estaba claro que esperaban que fuese ella la que sacase el tema de Emma. Sentía que estaba enfadada, pero no quería estarlo. Lo único que tenía que hacer era sentarse con Jake y aclarar aquel asunto.

¿Por qué no me ha dicho nada en todo este tiempo?, pensó, sin embargo.

¿Por qué he tenido que enterarme a través de Emily?

Se sentía ridícula.

- - - - - - -

Jake notaba como si el dorsal izquierdo fuese a explotarle de un momento a otro. Lo de que lo obligasen a colocarse en la posición de *quarterback* había sido una auténtica confabulación. Todos los equipos adoraban cebarse con el *quarterback* y por eso nunca nadie quería ese puesto.

Pensó en la de años que se había pasado de pequeño soñando con ser el líder del equipo y lo mucho que lo estaba odiando ahora. Cómo echaba de menos el equipo de la universidad, incluso los del instituto. Cómo echaba de menos salir a jugar de *tackle* y ayudar a su equipo a obtener la victoria de una forma que realmente se le daba bien, desde la defensa. Por si fuera poco, se suponía que Joe era el entrenador y no hacía más que gritarle cada jueves lo mucho que se arrepentía del nuevo *quarterback*, y que tenía que empezar a espabilar porque, si no conseguían la próxima extra, estaría en la calle.

Hizo unos cuantos estiramientos en su habitación tratando de que la zona dolorida le diera un poco de tregua. Arabia ni siquiera se había molestado en preguntarle qué era lo que le dolía. La había encontrado bastante rara, pero prefirió no preocuparse demasiado, achacándolo a que podía tratarse de algo puramente hormonal que él no había aprendido a controlar aún.

En el piso de abajo anunciaron que la mesa estaba lista, así que volvió a colocarse la camiseta y bajó al comedor. Louis lo siguió al encontrarse con él en el pasillo.

Se sentó en la mesa de forma que el respaldo de la silla se quedase bien atrás. Zane, que había llegado hacía escasos minutos, le preguntó por su posición y después le preparó una bolsa de hielo que él agradeció. Arabia se sentó a su lado sin mediar palabra. Él le sonrió, aunque estaba realmente cansado.

Cuando Arabia trabajaba con turno de tarde o de noche apenas podía disfrutar de su compañía durante la cena. Por la mañana no se veían porque él salía de casa todos los días a las cinco y media. Así que los días que coincidían todos en la mesa, sobre todo los que podía coincidir con ella, eran geniales. También era agradable que pudiesen estar todos juntos, en familia. Estuvo absorto un buen rato pensando en eso, y también en el trabajo. Había sido relativamente fácil conseguir el empleo y, aunque el sueldo era bastante mediocre, se alegraba de poder estar de nuevo en activo. Necesitaba una rutina.

El único problema era el fútbol, quién lo iba a decir.

—Oye, Derek. —Jake interrumpió la conversación que ni siquiera había estado escuchando—. Sé que te resultará extraño, pero necesitaría unos cuantos consejos de un *quarterback*.

—No juego a fútbol desde la secundaria, Jake.

—Ya, pero... se te daba bien, ¿no?

—¿Vas a ponerte a hablar de fútbol ahora?

—Solo necesito unos cuantos consejos, de lo contrario acabarán conmigo. Cada viernes me levanto peor. No sé por qué se les ocurrió poner los días de partido los jueves por la tarde.

—¿Te das cuenta de lo estúpido que me resulta que me hables de que en tu trabajo jugáis al fútbol?

—A mí también se me hace bastante extraño, pero es lo que hay. Al menos es la primera vez que me pagan por jugar a fútbol.

Jake rio, esperando que el resto de los presentes lo acompañasen.

El único que le correspondió fue Louis.

—Estáis todos un poquito raros hoy, ¿no?

El silencio reinó en la mesa. Se dio cuenta de que Derek y Emily miraban a Arabia.

—¿Pasa algo, Ari?

—Dímelo tú —respondió rápidamente.

Jake se sintió acorralado. Por lo visto, todos estaban esperando que hablase de alguna otra cosa, pero no alcanzaba a entender las indirectas. Arabia se levantó, cogió su plato y fue directamente al fregadero. Él fue tras ella.

—Oye, espera. Dime qué ocurre.

—No, Jake. ¡Estoy esperando que me lo digas tú!

Estaba realmente enfadada, de eso no cabía ninguna duda.

Jake comprendió que sí tenía motivos para preocuparse. Fuera lo que fuese, era importante.

Arabia echó el resto de su cena a la papelera y luego se dispuso a fregar el plato.

—¿Podrías parar con eso un segundo y explicarme...?

—¡No me grites!

—Que no te... Tú eres la que está gritando. ¿Acaso no te oyes?

—Tanto tiempo esperándote para nada...

Derek se levantó y se llevó a su hija al piso de arriba. Zane y Emily trataron de que las cosas no se pusieran peor de lo que se estaban poniendo.

—Te ayudaré con los platos —dijo Emily.

—Yo recojo la mesa —dijo también Zane.

Arabia se había quedado en el fregadero a la espera de que le llevasen el resto de cosas. Mientras tanto, repasaba su plato una y otra vez. Jake recordó lo último que le había dicho: *Tanto tiempo esperándote para nada...*

No entendía esa actitud, tan de repente.

—Dime una cosa, Ari, ¿qué es lo que esperas de mí?

—¿Acaso no lo sabes?

—¡No! ¡No lo sé! —Esta vez sí que gritó. No era la primera vez que ella le insinuaba que quería que se expresase un poco más con ella, sobre todo delante de los demás. Pensó que se trataba de eso, porque no se le ocurrió ninguna otra cosa—. No sé qué más quieres. No sé qué es lo que estoy haciendo mal y tampoco por qué te pones así conmigo.

Arabia dejó lo que estaba haciendo y se situó frente a él.

—¡Se suponía que podía confiar en ti! Y también que tenemos una relación. Pero tú te comportas como si todavía fuésemos solo compañeros de piso.

—¿Crees que me comporto como si fuésemos compañeros de piso? ¿Si fuésemos solo compañeros de piso te meterías todos los días en mi cama?

—¡¿Cómo te atreves?!

Le lanzó una bofetada, que acertó perfectamente en su mejilla.

—¿Por qué has hecho eso? —Empezó a notar cómo su rabia iba aumentando. Intentó controlarlo—. ¿Sabes? —Jake retrocedió unos pasos acompañándose de los brazos. Explotar y pagar su pésimo día con Arabia era lo que menos le apetecía—. No pienso entrar en este juego.

—¡Oh, claro! Y así es como esperas que se resuelvan los problemas.

—¿Qué problemas, Ari?

—¡Tus problemas! ¡Estoy harta de tus inseguridades!

—Está bien —dijo mientras volvía a acercarse a ella. No sabía qué era lo que le pasaba, pero tal vez solo hubiese tenido un mal día, como él—. Cálmate y vamos a dejar de gritarnos. Podemos arreglar esto de otra...

Le espetó otra bofetada. Y esta vez tampoco se la esperaba.

A ella le gustaba la violencia tanto o menos que a él, así que no entendía nada de lo que estaba pasando. Se quedó con la cara ladeada unos segundos, tratando de asimilar tanto el dolor exterior como el interior.

—No vuelvas a hacerlo —le dijo, simplemente.

—¿Ahora me amenazas?

—¡No! ¡Joder! No te estoy amenazando. —Elevó la voz, una vez más—. Solo digo que no lo hagas, que no es necesario que me golpees. Ni siquiera sé por qué te estás poniendo tan histérica. Lo único que quería era llegar a casa y estar tranquilo.

—Muy bien, pues a partir de ahora volverás a poder estar tranquilo cuando llegues a casa. Hemos terminado.

Arabia pasó por delante de él y empezó a alejarse.

—Quería decir estar tranquilo contigo. ¿Qué mosca te ha picado hoy?

Entonces ella se volvió, aunque después de escuchar lo que tenía que decirle casi hubiera preferido que no lo hiciese.

—Pues que pensaba que eras un príncipe azul de cuento, pero solo eres uno más, como todos los demás: idiota y bruto. No sé por qué pensé que podría cambiarte.

Jake no entendía nada. De la noche a la mañana Arabia había dado un giro radical de ciento ochenta grados. Finalmente, la ira le salió a borbotones de su cuerpo y de un solo movimiento con el brazo tiró toda la vajilla que había fregada encima del mármol. No se cortó, pero lo hizo todo añicos.

—¡Maldita sea! —exclamó en voz alta.

Luego se quedó apoyado sobre la encimera con las manos. Su respiración estaba agitada, y sabía que tenía que calmarse. De lo contrario podría arrasar con toda la casa. Emily se acercó a toda velocidad y Derek no tardó en aparecer de nuevo.

—¿Qué narices has hecho? —le espetó.

—Nada. Ahora lo recojo.

¿Por qué había tenido que acudir?

—Tenías que montar un numerito de los tuyos, ¿no? —continuó su hermano.

—Basta, Derek —dijo Emily mientras le colocaba una mano en el pecho.

—¿Cuándo vas a sentar la cabeza? Ari no va a esperarte eternamente.

—No, tienes razón, porque ya me ha despachado.

—Pues no sabes cómo me alegro, porque no la mereces.

Se rio. Eso podría ser lo único en lo que iban a estar de acuerdo en la discusión que se avecinaba, pero decidió no hacer caso a las intenciones de su hermano, así que cogió la escoba y empezó a recoger los trozos de cerámica. De reojo vio cómo Emily tiraba de Derek para volver a llevárselo al piso de arriba.

—Por favor, no discutáis vosotros ahora —le pidió.

—Creéme, Emily, discutir con él no es lo que más me apetece, pero si no se lo digo yo no se lo vais a decir ninguna de vosotras.

—¿Decirme qué?

—Apuesto a que ni siquiera sabes por qué Ari estaba tan cabreada —continuó Derek.

Jake respondió al desafío.

—Pues no, no lo sé. ¿Acaso lo sabes tú porque te lo ha contado? ¿O te has enterado a través de Emily?

Ella puso cara de sorpresa.

—No. Yo no necesito enterarme de las cosas a través de mi mujer. Me considero lo suficientemente amigo de Ari como para que pueda venir a hablar conmigo abiertamente sobre cualquier cosa, incluida vuestra relación.

Aquello le sentó bastante mal. ¿Arabia había hablado con Derek de su relación con él? ¿Realmente había cosas que la inquietaban tanto como para hacerlo? ¿Por qué narices había acudido a ellos para hablar de los problemas en lugar de hablarlo con él?

—Enhorabuena, Derek —le dijo a su hermano, sereno—. Me alegro de que todos podáis hablar abiertamente de vuestras cosas con el resto. A mí podéis seguir obviándome, como siempre.

—Tú solo te lo has buscado.

Jake continuó barriendo e hizo caso omiso a la presencia de su hermano. Emily ya se había marchado.

—Creo que nos harías un favor a todos si te marcharas de esta casa.

Se paró en seco. Petrificado, escoba en mano.

—Perdona, ¿qué has dicho?

—Ya me has oído.

—¿Crees que puedes echarme de la casa en la cual tengo el mismo derecho o más que cualquiera de vosotros?

—No. Te pido amablemente que te marches, por voluntad propia.

No pudo hacer otra cosa que agachar la cabeza. No podía continuar sosteniéndole la mirada a su hermano, que le había hablado en todo momento muy claro, ni pasar por alto lo último que le había dicho.

Tal vez tuviese razón. Tal vez debería haberse marchado hace mucho tiempo, cuando él regresó de Florida y empezó a sentir que no lo necesitaban, que podían apañárselas perfectamente sin él, pese a lo mucho que había luchado por mantener a la familia a flote. Y en cuanto a Arabia... Habían pasado demasiadas cosas entre ellos como para que la relación funcionase. Ojalá hubiese pensado en eso antes.

Jake vació en la basura buena parte de los escombros que había almacenado en el recogedor y luego volvió a mirar a su hermano.

—De acuerdo —le dijo, y asintió con la cabeza.

Derek hizo un movimiento con los labios como para decir algo, pero se quedó callado. Tal vez estaba esperando otra evasiva por su parte y aquello le sorprendió.

—Me iré una temporada —continuó Jake mientras volvía a ponerse manos a la obra con lo que le quedaba—. Buscaré algo de alquiler y me marcharé cuanto antes. Puedes decírselo a los demás a partir de mañana. Esta noche no quiero tener que hablar con nadie más del asunto.

—Bien.

Eso fue lo único que dijo su hermano antes de subir por las escaleras. Entonces Jake tuvo que hacer un gran esfuerzo para contener las lágrimas y, después de conseguirlo, se dijo que esa misma noche saldría de allí.

Cuando llegó a la primera planta escuchó sollozos en la buhardilla acompañados también de algunos improperios. Se metió rápidamente en su habitación y preparó dos mochilas: una de ellas era la que acostumbraba a llevar a trabajar, con el uniforme, la toalla, la bolsa de aseo y la muda de cambio. Añadió cinco mudas más y la cerró a presión. En la otra colocó ropa al azar: dos pantalones, una sudadera, dos camisetas y otras zapatillas. De debajo del escritorio sacó un sobre con dinero: era todo el que había estado ahorrando para comprarse un coche. De la estantería cogió una cajita metálica que también contenía dinero en el interior: era el que solía apartar para los gastos personales, el autobús y la casa. Lo cogió todo, lo echó en un sobre y lo metió en la mochila. Tenía muchas cosas en la habitación para llevarse, pero ya volvería a por todas ellas más adelante, cuando hubiese encontrado otro lugar donde ponerlas.

Pensó en alguien a quien pudiese llamar para poder pasar la noche, pero no podía contar con ninguno de sus compañeros de trabajo. Ni siquiera tenía sus números y mucho menos la confianza suficiente como para pedirles un favor. Pensó en llamar a Emma, pero descartó la idea. No podía presentarse en la casa de los Wathson, sin más. Pese a eso, sentía que era la única persona en la que podía confiar en ese momento.

Se colocó cada mochila en un hombro y bajó al salón. Lanzó sobre el sofá sus llaves de casa, abrió la puerta de la entrada y se paró un instante a echar la vista atrás. Otra puerta se abrió entonces en el piso de arriba, así que eso le hizo ponerse nervioso y cerró tras de sí, con presura. Cogió la bicicleta del padre de Emily, salió del portal y se subió en ella, pedaleando calle abajo. Tenía que alejarse de allí.

Debía hacerlo.

MARTES

9 MAYO 1989

MAYO

SM	L	M	X	J	V	S	D
18	1	2	3	4	5	6	7
19	8	9	10	11	12	13	14
20	15	16	17	18	19	DN	21
21	22	23	24	25	26	27	28
22	29	30	31				

Aaron lo estaba esperando apoyado en la pared.

—Acabo enseguida —le dijo.

—No te preocupes.

Aquella iba a ser la tercera noche que pasaría en casa de Aaron y su familia.

—Estoy seguro de que Lili y Shannon te esperan hoy con alguna sorpresa —dijo su amigo y compañero.

Había pasado muy poco tiempo, pero ya les había cogido cariño a las niñas. Las hijas de Aaron eran adorables y, a pesar de que a Jake no le gustaban los niños, ellas eran realmente encantadoras a sus tres y cinco años.

—Tienes unas hijas preciosas, lo sabes, ¿no?

—¡Por supuesto!

Salieron riendo del vestuario después de que Jake terminase de recoger las últimas cosas. La verdad, se alegraba de poder contar con alguien como Aaron. Tenía la sensación de que por fin había conseguido a un amigo de verdad, y en muy poco tiempo.

Una vez en el aparcamiento, caminaron hasta el lugar en el que Aaron tenía su coche, pero, antes de llegar a su destino, una bocina los sobresaltó. Jake se volvió hacia el lugar donde le había parecido escuchar el claxon y fue entonces cuando vio el impoluto coche rojo.

Una radiante Emma salió de su interior y se dirigió decididamente hacia él.

—¿Qué estás haciendo aquí? —le preguntó Jake, muy extrañado.

—¿A ti qué te parece? —respondió ella—. He venido a por ti. Tengo a Jack esperando en el coche.

—No sé qué quieres decir...

—Mi hermana me contó anoche que te fuiste de casa.

—Sí... Pero lo cierto es que Aaron me ha acogido por unos días hasta que consiga algún apartamento en la ciudad. Ahora íbamos hacia allí.

—Pues cambio de planes. Te vienes conmigo.

Jake miró a Aaron, que lo miraba con cierta diversión.

—No puedo, Emma, tengo la bici en su casa. Sin ella no tendría cómo volver después.

—Por Dios, Jake, lo que trato de decirte es que te vienes a casa. Puedes quedarte con nosotros el tiempo que necesites, ya lo he hablado con Margarett. La verdad, he llegado a pensar que estarías durmiendo en la calle.

—No creas que te alejas mucho de la realidad. —Aaron se acercó para intervenir en la conversación—. Hace tres días lo encontré dormitando en la puerta de la fábrica. Me dijo que había venido con horas de antelación porque se había programado mal la alarma. El pobre no sabe mentir.

—Créeme, lo sé.

Jake estaba desconcertado.

—Vamos, coge tus cosas y sube al coche —le ordenó. Luego se acercó a su compañero—. Soy Emma, un placer.

—Lo mismo digo. Yo soy Aaron.

—Gracias por haberte hecho cargo de él por unos días.

—Ha sido un placer. Te veo mañana entonces, Jake.

Por lo visto, ellos acababan de decidir por él.

Aaron le leyó el pensamiento.

—No te preocupes. Les diré a las niñas que vendrás otro día. Te esperarán con mucha ilusión.

—Eh... Bueno, gracias por todo y...

—Sí, sí, no hay de qué. ¡Hasta mañana!

Emma lo agarró entonces por el brazo y comenzó a tirar de él.

—Mira, Jack ya se alegra de verte.

El pequeño estaba sentado en su sillita para bebés en el asiento de atrás. Los miraba sonriendo, dejando ver sus pequeños dientecitos.

—Saluda al tío Jake —le djo Emma cuando subieron al interior.

—*Jik* —dijo el pequeño.

Jake se giró y le hizo cosquillas en la barriga.

—Hola, grandullón. —La verdad, era un niño muy guapo. Le faltaban pocos meses para cumplir los dos años y tenía la misma cara de pillo que su madre—. ¿Sabes una cosa? Con esos ojos azules que tu madre te ha dado vas a arrasar cuando seas mayor.

—Que no te quepa la menor duda —contestó Emma por él.

Durante todo el trayecto no dejaron de hablar.

—¿Qué pasa con tu padre? —fue lo primero que Jake preguntó.

—¿Qué pasa con él?

—¿Le has dicho que has venido a por mí?

—¿Bromeas? Por supuesto que no. Se ha ido a Alemania por asuntos de negocios y estará fuera dos semanas. Por eso he venido a por ti. Vas a ser el tutor de Jack, ¿recuerdas? Es hora de que pases más tiempo con él.

—Lo siento. —Jake se sintió realmente culpable por eso—. Debería haberte dado una respuesta, pero...

Emma se echó a reír.

—Estaba bromeando. Ya te dije que no tendrías ninguna obligación respecto a él, que era únicamente por temas legales. Pero nos conformaremos con que seas el tío *Jik*.

—De todas formas, tengo que empezar a comportarme como un tío de verdad.

—Sí, en eso te doy la razón. Pero tienes más sobrinos aparte de Jack, ¿recuerdas?

El dulce y angelical rostro de la pequeña Danielle le vino de pronto a la mente.

—Preferiría no hablar de eso ahora.

—Claro. Háblame de lo que pasó en tu casa. ¿Por qué te fuiste?

—¿Qué es lo que te han contado?

Emma le hizo un resumen exhaustivo de lo que Emily le había dicho. Por lo visto, Arabia llevaba varios días enfadada con él sin que él hubiese sido capaz de darse cuenta, y por eso había explotado aquella noche. Y no solo ella. Todos estaban bastante molestos con su comportamiento. Según lo que Emma le contaba, estaban hartos de que no se implicase con nada ni con nadie, y pensaban que para pagar facturas y pasar de todos, lo mejor era que se fuese.

—Es duro enterarse así —dijo Jake, después de asimilarlo todo.

—Ya me imagino.

—La verdad, no entiendo qué es lo que ha pasado entre Arabia y yo. El resto me preocupa, pero no tanto como ella. —Jake se frotó la cara. Había pasado todo el día evitando pensar en ello, pero ahora volvía a nublársele la mente—. Te sorprenderá escucharlo, pero llevo unos días bastante jodido.

—Lo que me sorprendería es que no lo estuvieras. Eso significaría que no era importante para ti.

Emma llevaba razón.

—No sé qué esperaba de mí —continuó diciendo—. Nos conocemos desde hace años, hemos vivido bajo el mismo techo. ¿Acaso pensaba que descubriría algo diferente si salíamos juntos? Yo tenía muy claro quién era y por qué me gustaba. Es decepcionante saber que no ha sido igual para ella.

—No deberías tomártelo tan a pecho. Yo no creo que no te quiera, ni siquiera que hayas dejado de gustarle. Solo creo que estaba agobiada y que la ha tomado contigo.

—¿Agobiada? No creo que tenga motivos para estar agobiada.

—Eso nunca se sabe.

—¿Qué insinúas?

—No lo sé, Jake. Solo digo que las mujeres a veces nos agobiamos con facilidad, pero lo cierto es que, aunque parezca lo contrario, lo último que queremos en esos casos es que salgáis huyendo.

Qué curioso. Huir de los problemas era algo que su padre siempre le recriminaba.

—¿Insinúas ahora que no debería haberme marchado?

—No, una cosa no quita la otra. Lo que digo es que tal vez deberías ir a hablar con Ari y aclarar las cosas.

Emma hablaba con desdén.

—Ni siquiera tú pareces convencida de lo que estás diciendo.

—Porque solo lo digo porque he de hacerlo.

—¿Podrías explicarme esa frase?

—No. Jamás lo entenderías.

Jake creyó entender a lo que se refería. Emma y Arabia nunca se habían llevado bien. Seguramente a Emma le traía sin cuidado su relación con Arabia, pero como mujer se veía en la obligación de defenderla.

Continuaron hablando el resto del trayecto sobre su corta relación con Arabia. Para cuando llegaron por fin a Valley Street, Jake se había desahogado bastante. Margarett lo recibió con los brazos abiertos, como siempre.

Después de acomodarse en el cuarto de invitados, bajó a cenar con el resto al gran comedor. Margarett había preparado un delicioso pastel de carne y patatas fritas.

—Y bueno, ¿qué has pensado hacer ahora que eres un hombre libre? —le preguntó Emma.

Jake le devolvió la pregunta todavía con la boca llena.

—¿A qué te refieres?

—Tenía entendido que querías comprarte un coche, ¿no? Ahora que no tienes que hacerte cargo de nada ni de nadie podrás hacerlo.

—Apenas tengo dinero ahorrado. Además, el día que me compre un vehículo será una camioneta. Azul. —Vio cómo Emma le sonreía con ternura—. Pero, por ahora, no puedo permitírmelo.

—Quizás puedas permitirte otro tipo de transporte. ¿Por qué no te compras una moto?

—¿Una moto?

—Te quedaría bien.

La verdad era que nunca se había planteado tener una moto, ni siquiera durante la etapa adolescente.

—Así no tendrías que ir en bici o en autobús a todas partes.

—No sé...

—Si quieres podemos ir el sábado a mirar en algunas casas de segunda mano —le sugirió Emma—. Seguro que tienen cosas a buen precio.

—Sí, ¿por qué no?

—En mi barrio andábamos todo el día subidas en las bicis de los muchachos —comentó Margarett—. Los pocos que tenían ciclomotor eran los más solicitados. Y mis preferidos.

Margarett empezó a desempolvar sus lejanos recuerdos y así fue como pasaron el resto de la cena. Resultó bastante divertido escuchar a la doncella relatar sus amoríos de la adolescencia. A veces uno se olvidaba de que la gente más mayor también había sido joven, en otra época.

Antes de irse a dormir acordaron que Jake se llevaría prestado el coche de Emma hasta que tuviera su propio vehículo y, a pesar de que se negó cerca de un millón de veces, ella lo terminó convenciendo.

MIÉRCOLES

10 MAYO 1989

Emma por fin había conseguido que Jack se durmiera. Era el segundo día que Jake se quedaba en casa a dormir y el pequeño estaba revolucionado con su presencia. A pesar de que Jake no tenía mucha idea de tratar con niños, Jack se las ingeniaba para perseguirlo por toda la casa para enseñarle sus juguetes, y solo con eso se divertía.

Sintió nostalgia al pensar en lo mucho que había crecido. A su pequeño le quedaban tres meses para cumplir los dos años. Era un niño muy listo y muy alegre, todo el mundo se lo decía. Además, se parecía muchísimo a ella.

Menos mal, pensó.

No pudo evitar pensar en Jake, que dormía ahora en la habitación de invitados. Había estado tiempo sin verlo, y ahora que por fin lo tenía cerca no quería que se fuera. Tarde o temprano tendría que hacerlo, pues apenas quedaba poco más de una semana para que su padre regresara de su viaje de negocios, y él ya había dicho que para entonces tenía que haber encontrado una habitación en la ciudad.

Entre ellos había una química inexplicable. Ambos se deseaban el uno al otro, pero eso no era suficiente. Jake seguía enamorado de Arabia mientras que ella bebía los vientos por él. Pero ese era su pequeño secreto, y lo seguiría siendo a menos que viese algún cambio en su actitud. Así se lo había jurado a sí misma.

No podía dormir y las horas se le estaban haciendo eternas. Lo que más deseaba en ese momento era que Jake entrase por la puerta y le hiciera el amor. Pero tenía que quitarse ese pensamiento de la cabeza... Tenía que hacerlo...

PUM, PUM, PUM.

Los golpes en la puerta principal fueron tan escandalosos que hasta ella alcanzó a escucharlos desde su habitación, en la parte posterior del piso de arriba. Eso la sobresaltó.

PUM, PUM, PUM.

Se levantó de la cama y salió rápidamente hacia la habitación de su hijo. Abrió la puerta y lo encontró donde lo había dejado, arropado y dormido.

Escuchó los pasos rápidos de Margarett en el piso de abajo dirigiéndose hacia la entrada. Cerró la puerta de nuevo y se asomó por el hueco de la escalera para estar atenta a los acontecimientos.

—Margarett —gritó por lo bajo. La doncella se sobresaltó al escucharla—. No abras la puerta.

PUM, PUM, PUM.

Las dos se llevaron las manos a la boca para ahogar un grito. El silencio se apoderó de la casa y entonces escucharon un llanto. Había alguien llorando afuera. Un niño, tal vez una niña.

—¿Emma?

Una voz quebrada preguntó desde el exterior. Era la voz de una mujer que parecía la de...

Emma bajó corriendo por las escaleras. Abrió la puerta sin siquiera mirar por la mirilla y dejó escapar un grito al ver de quién se trataba.

Nora estaba en el rellano con su hija Millie en brazos. Emma y ella habían trabado amistad casi desde el primer día de guardería a la que iban sus respectivos hijos. La mujer estaba toda magullada: le sangraba la boca y tenía los ojos hinchados.

Lo primero que hizo Emma fue coger a Millie para que descansara. Se preguntó cómo había sido capaz de llegar hasta Valley Street en su estado, cargada con la pequeña. Margarett acudió enseguida a ofrecerle el brazo para que se apoyara y entonces pasaron al interior. Se dirigieron a la cocina a través del pasillo principal. Emma empezó a comprender por qué a veces Nora llegaba a la guardería con moraduras en algunas partes visibles de su cuerpo, alegando que había tenido un accidente doméstico.

Margarett le ofreció asiento a Nora mientras Emma continuaba de pie tratando de calmar a Millie, con golpecitos en la espalda y balanceándola de un lado a otro. Cuando se relajó, se la pasó a Margarett y cogió una silla, la acercó a donde estaba Nora y se sentó a su lado. Le cogió las manos con ternura.

—Ha sido Martin, ¿verdad?

Nora asintió con la cabeza y luego arrancó a llorar. Eso provocó que Millie volviera a ponerse nerviosa.

—¡Mamá! ¡Mamá!

La pequeña empezó a mover los brazos hacia su madre y sus lloriqueos se incrementaron tanto que finalmente Margarett tuvo que acceder a colocarla en el regazo de Nora. Una vez allí se aferró a ella lanzando los brazos a su cuello.

Nora temblaba y lloraba.

—Lo siento mucho —dijo, con dificultad—. No quería molestaros, de veras, pero no sabía a quién acudir.

—¡No digas bobadas, niña! —le dijo la doncella. Nora era apenas un año mayor que Emma—. Cálmate y cuéntanos qué es lo que ha pasado. Voy a buscar el botiquín.

Margarett salió un momento en busca de sus útiles de primeros auxilios, los que otras veces había utilizado para socorrerlas a ella y a Emily cuando eran pequeñas. Mientras tanto, Emma empezó a acariciar el pelo de Millie para tratar de calmarla, aunque ella seguía aferrada a su madre y sin muestras de querer soltarse.

—Millie, mi amor —le dijo Nora, conteniendo las lágrimas que le quedaban—, estamos en casa de la mamá de Jack. Aquí no tienes que tener miedo.

—¿Jack? —preguntó.

—Está arriba, durmiendo —le dijo Emma—. ¿Te gustaría ir a dormir con él? Seguro que se alegra mucho de verte.

Justo en ese momento, Jake apareció con Jack en brazos. Llevaba el pelo alborotado y todavía le costaba abrir los ojos por la intensa luz blanca de la cocina. Su hijo, en cambio, estaba con sus enormes ojos azules muy abiertos, mirando hacia Nora y Millie. Ambos debían haberse despertado por el ajetreo.

—¿Qué ocurre? —preguntó Jake.

No le hizo falta obtener una respuesta después de contemplar el rostro de su amiga. Su mirada pasó alternativamente de Nora a Margarett y de Nora a ella, y durante unos segundos todos se quedaron en silencio. Entones Emma notó cómo empezaba a ponerse nervioso. Jake le entregó a Jack a Margarett y se movió alrededor de la cocina.

Ella sabía que trataba de controlarse.

—¿Eso te lo ha hecho tu pareja? —le preguntó directamente a Nora.

Ella se limitó a agachar la cabeza, avergonzada.

—Qué hijo de...

—¡Lagartija! —Emma lo cortó justo a tiempo y le hizo un gesto con la cabeza para señalar a los niños. Fue la primera palabra que le vino a la mente—. Controla tu lenguaje.

Margarett entendió lo que tenía que hacer sin que nadie se lo dijese.

—¿Qué tal si nos vamos Millie, Jack y yo al piso de arriba a leer cuentos y a beber leche con galletas?

Jack se alegró enseguida de irse con Margarett. Millie costó un poco más de convencer, pero finalmente se soltó del cuello de su madre y le dio la mano a la doncella.

—Mira, Emma, tienes desinfectante, pomadas y gasas preparadas ahí. —Margarett señaló con la cabeza hacia la gran mesa—. Si necesitas ayuda ven a buscarme.

—Creo que nos las apañaremos.

Nora, Jake y ella se quedaron a solas en la gran cocina.

—Hay que desinfectarle la boca —dijo Jake.

Se fue directo a los productos que la doncella había dejado y empezó a buscar lo que necesitaba. Luego regresó con agua oxigenada y gasas en la mano, y se acercó a Nora.

—¿Puedo? —le preguntó.

Ella se quedó desconcertada.

—No te preocupes —le dijo Emma, sentándose a su lado—. Tenemos aquí a todo un experto en cuanto a heridas, ¿verdad, Jake?

Nora levantó la cabeza y la miró.

—¿Él es Jake? —preguntó.

Emma se sonrojó hasta el extremo. Miró a Jake y vio que este la miraba con sus impenetrables ojos y con la boca entreabierta. En cualquier otro momento estaba segura de que Nora habría entendido que había metido la pata hasta el fondo, pero ahora no estaba como para pensar demasiado.

—Eh... Sí —respondió, nerviosa—. Él es el famoso tío *Jik* del que hablamos Jack y yo.

Aquello fue lo único que se le ocurrió, pero funcionó. Jake sonrió y acercó la gasa hacia la parte alta de la barbilla donde Nora tenía la herida principal. Ella se estremeció al notar el alcohol, pero apenas se quejó.

—¿Podrías traer una bolsa con hielos? —le preguntó Jake.

Emma estaba tan embobada observando la delicadeza con la que trabajaba para curar a su amiga que dio un respingo al escuchar la pregunta.

—¡Claro! —dijo, lamentándose de no haberlo pensado antes.

Nora tenía el ojo izquierdo hinchado y el derecho no tanto, pero también estaba amoratado.

Emma se dirigió al congelador y de allí extrajo la cubitera. Cogió una bolsa de cierre hermético para congelado e introdujo cuatro hielos en ella.

—Envuélvela en un trapo de cocina —le dijo Jake. Ella lo miró, extrañada—. Es para que no le duela. El contacto directo del hielo acaba molestando y la cara es una zona muy delicada —aclaró.

—Te dije que era un experto —bromeó, tratando de que Nora sonriera.

Lo consiguió.

—En realidad solo soy un experto en meterme en líos. Lo único que sé lo he aprendido gracias a las tres mujeres que siempre han cuidado de mí: mi madre, mi hermana y mi... —Jake se cortó a sí mismo—. Y una amiga —concluyó.

Después de eso se puso serio y empezó a recoger todo lo que había estado utilizando. Por desgracia, Jake seguía muy afectado por lo de Arabia.

—¿Sabes qué es lo que necesitas ahora, Nora? —intervino Emma, restándole importancia a la situación. Ella la miró, intrigada—. Un buen baño de agua caliente con burbujas, en mi *jacuzzi*.

—¡Pero si son las dos de la mañana!

—¿Tienes algo mejor que hacer?

—Mañana tengo que llevar a Millie a la guardería y...

—Margarett se encargará de eso. Además, a mí también me apetece. Ni os imagináis cómo es mi *jacuzzi*. No hay nada más relajante que un baño caliente en él, de verdad. ¡Deberíamos prepararnos los tres para disfrutarlo!

—Te lo agradezco Emma, pero no estoy de humor para eso.

La cara de Nora solo reflejaba sufrimiento.

—Te sentará bien, ya lo verás. Hablaremos durante toda la noche y seguro que te olvidas de lo que ha pasado hoy.

—Tú como siempre tan convintence...

—Lo sé. ¿Qué me dices tú, Jake?

Jake se echó hacia atrás negando con las manos.

—No te hagas de rogar... —le pidió Emma.

—Hay tres motivos principales por los que no puedo aceptar el ofrecimiento. El primero es que mañana me levanto muy temprano. El segundo se titula: "Noche de chicas". Y el tercero... Una noche relajante en un *jacuzzi* con dos mujeres bonitas... sería una auténtica tortura para cualquier hombre.

El sentido del humor de Jake las hizo reír a las dos.

Emma se alegró de que a Nora le hiciese tanta gracia después de todo, y a ella le parecieron las tres unas razones bastante acertadas, aunque eso no evitó que se sintiera decepcionada.

SÁBADO

13 MAYO 1989

Pronto llegó el fin de semana. Jake se despertó aquel sábado temprano y bajó a desayunar. La doncella andaba por la cocina limpiando el mobiliario.

—¡Buenos días!

—Buenos días, Margarett.

—Emma no tardará en bajar, hace un rato estaba vistiendo a Jack.

Había café preparado y también tres cuencos de leche sobre la mesa. Dos grandes y otro más pequeño. Se sentó en el que supuso que era el sitio que le correspondía, el mismo de todos los días.

Entonces Jack apareció corriendo y fue directo hacia él.

—Hola, renacuajo.

El pequeño extendió los brazos para que lo subiese a su regazo, y así lo hizo.

—¿Has dormido bien? —Jack se limitó a asentir con la cabeza—. ¿Y tu mamá?

El pequeño señaló hacia arriba, a modo de respuesta.

Margaret acercó el cuenco de leche de Jack hasta donde ellos estaban y le colocó una pajita para que empezase a sorber.

—¡Buenos días a todos! —Emma se presentó en la cocina con un bolso enorme. Ya se había vestido, y estaba radiante. Llevaba un vestido de color beige por encima de las rodillas y unas botas de cowboy—. Pero bueno, ¿todavía estás así? —le preguntó a Jake, reparando en el chádal que siempre usaba para dormir.

—Son las ocho y media de la mañana, y es sábado —replicó él.

—No importa, hoy va a ser un gran día. Cuanto antes salgamos de casa, mejor.

Y así fue.

Jake desayunó deprisa y subió a cambiarse. Se dio cuenta de que no tenía ropa decente para salir acompañado de alguien como Emma Wathson, así que optó por lo de siempre: un pantalón vaquero y una camiseta blanca con mangas azul oscuro.

—Lo primero que haremos hoy será ir a un centro comercial —dijo Emma nada más verlo—. Estoy harta de verte siempre con la misma ropa.

Jake odiaba los centros comerciales, pero aquel sábado en especial lo pasó en grande. La primera tienda a la que entraron fue una de bolsos, porque Emma se enamoró de uno de los que había en el escaparate, así que, mientras ella se probaba los diferentes colores disponibles, Jake dio una vuelta por toda la tienda con Jack en brazos.

—¿Por qué compras bolsos tan grandes? —Quiso saber Jake cuando salieron de la tienda.

—No tienes ni idea de los utensilios que necesita un niño, ¿verdad? —Negó con la cabeza y entonces ella suspiró—. Algún día lo sabrás y me comprenderás.

Emma prometió no robar ni un minuto más en tiendas para ella, así que el resto de la mañana lo pasaron en boutiques para niños y para hombres. Hacía tanto tiempo que Jake no iba de compras que se sorprendió de la cantidad de nuevas tiendas y marcas que habían ido proliferando.

Emma le hizo probar un montón de cosas. Le llevaba cosas a los probadores, él se las ponía y salía para que le diese el visto bueno y, mientras tanto, Jack andaba correteando de un lado para otro, trayendo a su madre de cabeza cada vez que se metía por debajo de un probador ocupado.

Al final de la mañana, tenía la sensación de haber gastado en un solo día más dinero que en toda su vida, y a pesar de ello se sentía bien. Lo había gastado en cosas para sí mismo, y eso le causaba una ligera sensación de bienestar.

Comieron en una pizzería y de allí partieron directos hacia el polígono industrial de Southmond, justo detrás del centro comercial del suroeste, porque era allí donde más cosas de segunda mano había. Todo el dinero que había ahorrado desde que empezó a trabajar había sido con el único propósito de tener un vehículo propio; una moto no era algo que se hubiese planteado, pero había decidido que se dejaría llevar, así que puso todo su empeño por mantener una actitud positiva.

Estuvieron en tres concesionarios, pero en ninguno de ellos lograron convencerlo de las ventajas de una moto. Incluso le enseñaron unos cuantos modelos de coches muy asequibles en cuanto al presupuesto, pero ninguno le cuajó. Jack se lo pasó bomba subiendo en el asiento de cada una de las motos que le sacaron a probar. Y entonces la vio, antes siquiera de entrar a la cuarta tienda.

Era negra y plateada, y estaba aparcada en la entrada con un llamativo letrero que indicaba su oferta. Una oferta unos cuantos miles de dólares por encima de sus posibilidades. Se trataba de una Harley Davidson FXEF del 85.

Jake se acercó a la moto y deslizó la mano por el brillante e impoluto chasis, e inmediatamente después un dependiente salió a su encuentro.

—Buenas tardes, señor...

—Becker.

—Un placer, señor Becker. —Se estrecharon la mano—. Veo que ya conoce a nuestra pequeña joya del mes.

Jake empezó a hacerle preguntas sobre la motocicleta. Cuántos kilometros y qué motor tenía, qué tipo de combustible necesitaba... Mientras tanto, Emma se paseaba a su alrededor con Jack cogido de la mano, sin decir nada.

—¿Puedo probarla?

—¡Faltaría más!

El dependiente sacó las llaves del interior y, una vez sentado, arrancó y se alejó despacio hacia la calzada. Aceleró y el rugido del motor le subió la adrenalina. Cuando sintió el aire golpeándolo en la cara se dio cuenta de que tenía que volver.

El dependiente lo esperaba sonriente.

—¿Qué tal? —le preguntó.

Era la moto perfecta, Jake lo sabía. Pero también sabía que el presupuesto se alejaba de sus posibilidades.

—Es muy bonita, pero no puedo permitírmela.

—Espere un momento —le dijo Emma al vendedor al tiempo que se llevaba a Jake hasta una zona más apartada—. ¿Cómo que no puedes permitírtela?

—No tenía pensado gastarme tanto.

—¿Estás de coña? ¡Es perfecta! Y está tiradísima de precio.

—En serio, no puedo. Si me llevo esa moto me quedaré sin ahorros, y ese no era el plan.

—En ese caso, regatearemos.

Emma regresó junto al vendedor y empezó a discutir sobre el precio. Jake la observó, sorprendido. El pobre hombre no pudo apenas rebatir algún que otro argumento sobre la calidad y el buen estado del producto a la venta y aun así Emma consiguió lo que se proponía.

Dos horas más tarde estaban de vuelta en casa de los Wathson y Jake tenía en su poder varias bolsas de ropa, un casco y una Harley del 85. Todo eso en una tarde, y todavía le quedaba algo de dinero.

—Consigues siempre cualquier cosa que te propongas —le dijo a Emma.

Emma lo miró con su característica mirada llena de picardía.

—No, no siempre —le respondió—. Aunque, pensándolo bien, tal vez tengas razón.

Estaban sentados en un banco del jardín de la parte posterior, esperando a que Jack se agotase de una vez por todas.

—Es incansable —comentó Jake, observándolo.

—Vaya si lo es. Tiene muchísima energía. —Notó cómo Emma lo miraba, maravillada—. Mi padre dice que mi hermana y yo éramos muchísimo más tranquilas, y que siempre lo hacíamos todo juntas. ¿Cómo eras tú?

Jake la miró, confuso.

—De pequeño, ¿cómo eras? —le aclaró.

—No lo sé... Como todos, supongo.

—¿Qué es lo que te han contado?

Se puso a pensar, pero no había mucho que pudiera decir. Sabía que había sido un niño complicado, pero poco más. Sus padres nunca habían mencionado nada de cuando era un bebé, no al menos delante de él. De pronto se acordó de algo.

—Mira —le dijo a Emma.

Acto seguido levantó el trasero del banco para sacar su cartera del bolsillo de atrás. La abrió y extrajo de ella una foto suya de cuando era pequeño. La había encontrado hacía un año y la había estado guardando desde entonces.

Emma la cogió y se rio. Luego se quedó observándola.

—Ese era yo. Debía de tener unos tres años, ¿no te parece?

Sin embargo, ella no dijo nada. Lo miró un instante y luego volvió hacia la foto.

—¿Qué? —le preguntó él.

Tardó unos segundos más en contestar.

—Así que eras un llorón —dijo.

—No era un llorón.

—Sí, claro... ¿Puedo quedármela?

—Ni hablar.

A Jake le hizo gracia que se riese de él. Era obvio que en la foto estaba llorando, pero no creía que hubiese sido un llorón, aunque quién sabe.

—Vamos. Devuélvemela.

Emma esquivó su mano cuando él intentó sujetar la fotografía, pero finalmente se la devolvió y él la colocó de nuevo en su sitio.

—A propósito, ¿cómo está tu amiga Nora?

—Está viviendo en casa de su madre. De momento no ha vuelto a ver a Martin.

Se quedaron un instante callados después de eso.

—¿Cómo estás tú?

—¿Me estás preguntando por Ari?

Emma asintió con la cabeza y él exhaló una gran bocanada de aire. La verdad era que había estado pensando mucho en ella, pero los dos últimos días habían sido bastante geniales en casa de Emma y eso había conseguido que se le despejase la mente. Ni siquiera había llamado a casa, y de repente se sintió culpable por no dar señales de vida.

—¿Le has contado a Emily que estoy aquí?

—Mmm... No, de momento no. ¿Quieres que lo haga?

—No lo sé...

Supuso que no. La reacción de Arabia al saber que estaba pasando unos días en casa de Emma no iba a mejorar en absoluto las cosas entre ellos.

—¡Margarett! —Emma se levantó para llamar la atención de la doncella—. Llévate a Jack, ¿quieres? Necesita un baño, y a ver si después de eso consigues que se duerma.

Luego volvió a sentarse a su lado.

—¿Sabes? Te iría mucho mejor si fueses un rompecorazones.

—¿A qué te refieres?

—Podrías haberte pasado el tiempo en la universidad acostándote con un montón de chicas, sobre todo cuando todavía estabas en el equipo. Pero no lo hiciste.

—¿Debería haberlo hecho?

—Solo digo que me parece un poco raro. Eres un hombre, eres atractivo, eras un jugador destacado...

—No sigas.

Jake empezó a ruborizarse. Era la primera vez que hablaba con Emma de algo así y, lo que es más, era la primera vez que una mujer le preguntaba sobre por qué había desperdiciado la oportunidad de acostarse con todas las chicas que hubiese querido.

—A veces pienso que no te gusta el sexo —continuó Emma.

—¡¿Qué?!

—Ya lo has oído...

Emma puso cara de indiferencia.

—Oye, ¿por qué dices eso? Claro que me gusta el sexo.

—Pues entonces no entiendo por qué tanto interés en una niña mojigata como Ari.

—Hablas como si fueses mucho más adulta que ella.

—Lo soy.

Jake empezaba a divertirse con la conversación.

—¿En qué te basas? Solo eres un año mayor que ella.

—Me baso en número de relaciones y, por consiguiente, número de polvos. Por no hablar de que tengo un hijo y eso me hace más responsable.

—Vale, sí, eres madre. Pero eso no quiere decir que...

—Y soy buena en la cama.

—Sí, pero...

—¡Ajá! ¡Lo reconoces!

—No, no he dicho eso. Vamos, Emma. Sabes que no me acuerdo de lo que pasó aquella noche.

—Tampoco dejas que te lo recuerde. Solo tienes ojos para Ari. Eres tan aburrido... ¡Venga! Hagamos una locura.

—Creo que sé lo que estás pensando y no me parece que sea una buena idea...

—Solo sexo. Tú y yo. Sin compromiso.

Jake la miró sin saber qué decir.

—Vamos a pasárnoslo bien. Además, estás confuso, triste, abatido... Te vendrá bien, y a mí también. Recuerda que soy una madre soltera...

Se dio cuenta de que Emma era increíblemente sexy. Siempre lo había sido, y también siempre lo había sabido, pero tal y como se estaba comportando ahora... Era demasiado. Empezó a sentirse incómodo por la sensación de sentirse atraído por ella. Él sabía que podía conseguir todo lo que se proponía y no estaba seguro de ser lo suficientemente sensato como para no ceder.

Tampoco sabía si quería ceder.

Emma se acercó a él y le besó en el cuello. Luego le sonrió y empezó a jugar tocándole los labios con los dedos.

—Es extraño a la vez que tentador tenerte tan cerca —le dijo Jake.

—Yo diría que solo tentador.

Emma se acercó todavía más y se sentó a horcajadas encima de él.

—Emma. No sé si deberíamos. Yo...

—Shh... —Le hizo callar poniéndole el dedo en los labios—. Tú, nada.

Y entonces lo besó.

MARTES

16 MAYO 1989

Emma dormía plácidamente. Lo sabía porque estaba en esa sensación entre la vigilia y el sueño en la que sabes perfectamente lo que pasa a tu alrededor, pero no quieres despertar. Notaba la presencia de Jake en su espalda, abrazándola por detrás. Era ya la cuarta noche que pasaban juntos a solas en su habitación y, a pesar de que estaba muy feliz, se sentía ligeramente mal por el hecho de haberle ocultado el porqué creía que Arabia se había enfadado con él. Y no era otra cosa que el asunto de la tutela de Jack. Se lo había contado a Emily y, pensándolo bien, puede que en realidad se lo hubiese contado precisamente con la finalidad de que todo lo que estaba pasando en las últimas semanas ocurriera.

De repente, algo empezó a incomodarla. Se revolvió entre las sábanas y se dio la vuelta, colocándose cara a cara con Jake. Abrió los ojos para mirarlo y comprobar que seguía plácidamente dormido. Entonces volvió a escuchar lo que la había despertado.

Eran golpes en la puerta, y también la voz de Margarett al otro lado.

—¡Señorita Emma! —decía—. ¡Despierte!

Emma se sobresaltó. Se incorporó lo más rápido que pudo y se dirigió hacia la puerta.

—¿Qué ocurre? —preguntó nada más abrir.

—¡Su padre está aquí!

—¿Mi padre?

—¡Sí, señorita! Acaba de llegar hace un momento.

Se quedó paralizada. Se suponía que su padre no regresaría hasta dentro de cinco días. ¿Cómo podía ser?

—No se quede ahí parada. Dígale a Jake que vuelva al cuarto de invitados.

¡Jake! Se había olvidado de él. Cerró la puerta, corrió de nuevo hasta la cama y comenzó a zarandearlo para que se despertara.

—¡Despierta, Jake!

Él emitió una especie de gruñido a la vez que se deshacía de las sábanas, pero no se despertó. Emma continuó moviéndolo y le dio unas cuantas palmadas en la cara hasta que por fin entreabrió los ojos con dificultad.

—¡Deprisa! Tienes que irte.

—¿Cómo?

—Mi padre está en casa. Acaba de llegar. ¡Corre!

Se levantó tan rápido que se tropezó con las sábanas y cayó de bruces contra el suelo. Apenas llevaba la ropa interior.

—Vístete y ve al cuarto de invitados.

Jake empezó a recoger su ropa del suelo mientras Margarett continuaba dando golpecitos en la puerta. Cuando ya tenía los pantalones entre las piernas lo empujó por la espalda para que caminase hacia la salida. Él no protestó.

Cuando salieron estaba la luz encendida y Margarett se había retirado a un lado del enorme pasillo. Emma supo enseguida lo que pasaba. Miró hacia el otro lado y vio a su padre, con su traje todavía puesto, señal de que, efectivamente, acababa de llegar.

Jake la empujó por detrás para salir y entonces se quedaron al descubierto. Ella llevaba puesta una camisola que le cubría únicamente hasta debajo de las caderas y Jake... Él acababa de presentarse ante su padre con los pantalones todavía sin abrochar y con la camiseta y las zapatillas en la mano.

—Papá, yo... No sabía que... —empezó a aturullarse—. Quiero decir que... Pensé que llegarías el domingo.

Su padre solo tenía ojos para Jake. Lo miraba fijamente, con el ceño fruncido. Tardó un rato en hablar, pero cuando lo hizo se dirigió directamente a él.

—Vístete y baja a mi despacho. Te doy dos minutos.

Dicho lo cual, desapareció por las escaleras con paso firme. Todos lanzaron un suspiro al aire cuando eso ocurrió.

—¡Margarett! ¿Por qué no entraste directamente en la habitación?

Emma estaba enfadada con la doncella.

—Ya le dije que esto no era una buena idea —se defendió ella.

—¡Oh, por Dios! Una cosa no quita la otra.

—No la tomes con ella —intervino Jake mientras terminaba de vestirse—. Ahora ya no hay nada que hacer. —Se agachó para cerrarse las zapatillas, muy serio—. Iré a hablar con él, me comportaré lo mejor posible y me iré. Ya está.

—Voy a vestirme. Voy contigo.

Emma entró a su cuarto y buscó un pantalón y una blusa. Cuando volvió a salir, Jake ya no estaba. Bajó corriendo por las escaleras y se dirigió con decisión hacia el despacho de su padre. Abrió las puertas sin llamar y allí se encontró a ambos hombres, uno frente al otro. Su padre estaba sentado tras la enorme mesa de pino. Jake estaba de pie a unos dos metros de él, con las manos agarradas por delante.

—Márchate, Emma —le dijo su padre.

—No —replicó ella.

—Esto es solo entre Jake y yo. Hablaré contigo más tarde.

—Pero, papá...

—¡Ya me has oído!

Su padre estaba muy cabreado, de lo contrario nunca le habría gritado de ese modo. A decir verdad, nunca lo había hecho. No de esa forma tan brusca.

Se sintió tan dolida que no pudo hacer otra cosa que volver sobre sus pasos y aguantarse las lágrimas. Cerró las puertas tras de sí, con fuerza. Y entonces se apoyó contra la pared y dejó caer el peso hacia abajo. Allí se quedó sentada, escuchando los gritos que se procesaban en el interior.

—Debería darte vergüenza.

—Ya le he dicho que lo siento, pero no hemos hecho nada malo.

—¿Nada malo? Has venido a mi casa en mi ausencia a revolcarte con mi hija. Dime, ¿cuántos días llevas aquí?

—Solo hoy.

—¿Crees que soy estúpido? Puedo ser viejo y retrógrado, pero no estúpido. Tu hermano me contó que te echaron de casa hace tres semanas.

—¡Nadie me echó de mi casa, que le quede claro!

—Vamos, Jake... No hagas que parezca más lamentable...

—Oiga, no estoy aquí para que me sermonee sobre mi familia.

—No, claro que no. Estamos aquí para que sepas que a partir de hoy ya no eres bien recibido en esta casa, así que espero que no te atrevas a poner un pie aquí dentro nunca más. De lo contrario, tendré que tomar medidas.

—¿Medidas? ¿Qué tipo de medidas?

Emma sabía que las cosas se estaban poniendo muy feas. Lloraba en silencio mientras los escuchaba.

—Te di trabajo hace años y me jugué el cuello por ti y por tu padre, y también te conseguí trabajo después de que lo echaras todo a perder, así que te recomiendo que no juegues conmigo. En un abrir y cerrar de ojos puedo quitarte todas las recomendaciones.

—¿Me está amenazando?

—Te estoy advirtiendo, Jake.

—¿Y todo esto porque he pasado la noche con su hija?

—Mi hija necesita a un hombre de verdad que se haga cargo de ella y de su hijo, y no a más desgraciados como tú o como el padre de Jack.

—Perdone que lo contradiga, pero su hija necesita lo que a ella le apetezca, no lo que usted quiera para ella. Pero al menos esto me sirve para saber la opinión que tiene de mí.

—¿Acaso no lo sabías ya? Tu padre me advirtió de ti y aun así te di una oportunidad. Te acepté en la empresa para intentar convertirte en alguien de provecho.

—¿Eso es lo que mi padre pensaba de mí? ¿Que no podía aspirar a nada mejor que su estúpida empresa?

—¿Te atreves a ponerlo en duda?

El silencio reinó durante unos segundos. Se preguntaba qué estaría pensando Jake en ese momento. Debía de estar muy cabreado.

—¿Sabe una cosa? No soy yo quien se pasó la adolescencia flirteando por ahí con un montón de chicas bonitas, ni quien se fue a otra ciudad dejando a su familia endeudada para que él pudiera ser un hombre de provecho, como usted dice, y no un desgraciado como yo, que lo único que hizo fue jugar al fútbol y cuidar de sus hermanos pequeños. ¿Y sabe qué más? Tampoco soy yo quien dejó embarazada a una mujer en la universidad y tuvo que casarse con ella por obligación, para más tarde divorciarse y quedarse con el bebé.

—¿Qué quieres decir con eso?

—Sabe perfectamente lo que quiero decir. Si tiene dudas, pregúntele a Derek a cuántas mujeres se ha llevado a la cama antes de casarse con su hija. Seguro que, de haberlo sabido, no le habría ofrecido ese brillante puesto de trabajo que ahora tiene, y tampoco la mano de su hija. Pero me alegro de que lo sepa ahora que ya no puede impedirlo, porque con su forma de pensar seguro que el enlace habría sido imposible.

De nuevo, silencio. Emma estaba gratamente sorprendida de las palabras de Jake. Era realmente profundo cuando se lo proponía.

—Vete —dijo su padre.

—Sí, me voy.

Jake salió del despacho derrochando fuerza por el camino. Emma se levantó y trató de seguirlo.

—¿A dónde vas? —le preguntó.

—A por mis cosas.

Subieron juntos al piso de arriba y se encaminaron al cuarto de invitados. Jake empezó a amontonar sus cosas dentro de las mochilas e inmediatamente después cogió su cazadora nueva y el casco.

—¿A dónde vas a ir?

—Al primer motel que encuentre.

Emma se asomó a la ventana.

—Llueve muchísimo —dijo.

Jake se quedó mirándola un buen rato, como si supiese lo que estaba pensando.

—No quiero que te vayas —volvió a decir.

—Tengo que hacerlo —replicó él.

—Yo no creo en lo que dice mi padre, lo sabes, ¿verdad? —Jake agachó la cabeza y suspiró—. Solo quería que lo supieras.

—Gracias por estos días en tu casa.

—No hay de qué.

Aquello era sin duda una despedida, ella lo sabía.

Bajaron también juntos hacia el recibidor de la casa. Cuando Emma abrió la puerta de la calle, una oleada de frío los sobrecogió. Llovía a cántaros.

—Creo que podré soportarlo —dijo Jake, leyéndole el pensamiento.

—Lleva cuidado, ¿vale?

—Sí, y tú dale un beso de despedida a Jack de mi parte.

Lo vio alejarse bajo la lluvia, subir a la moto, arrancarla... Tenía unas inmensas ganas de decirle que no quería que se marchara, que deseaba con todas sus fuerzas que se quedara... Pero sabía que no podía, no debía hacerlo.

Jake se despidió con un gesto de cabeza y luego se alejó poco a poco, bajo la lluvia.

—Te echaré de menos —dijo Emma, en voz baja, sabiendo que ya era imposible que la escuchara.

Cuando regresó a su habitación no pudo dormir. Sabía que tenía un tema pendiente con su padre y que él debía de estar muy enfadado con ella por haberse comportado así. Pero, al fin y al cabo, era su vida, tal y como había dicho Jake. Su padre no debía involucrarse por mucho que creyese que Jack necesitaba un padre.

Se revolvió varias veces en la cama y, justo antes de dormirse definitivamente, recordó aquella vieja y estropeada foto en blanco y negro que Jake le había enseñado días atrás.

MIÉRCOLES

24 MAYO 1989

Louis salió de casa a las seis de la tarde.

La Felton Avenue no quedaba demasiado lejos del barrio Prinss, así que decidió caminar. Dos días antes había hablado con su hermano Jake por teléfono, por primera vez desde que se marchara de casa. Le había dicho dónde estaba alojado y después le había preguntado sobre cómo estaban las cosas.

—¿Qué tal si voy a verte el miércoles y charlamos un rato?

—Creo que sería genial.

—¿A qué hora?

—¿A las seis y media te va bien?

—Sí.

—Tráete una chaqueta.

Hacía casi un mes que no se veían y la casa estaba bastante extraña sin él. Tenía cosas que contarle, al menos en relación a él mismo, aunque estaba seguro de que Jake también querría saber cosas sobre el resto, sobre todo de Arabia. ¿Y lo de la chaqueta? Había cogido una un tanto especial, y la llevaba dentro de una bolsa. No tenía ni idea de para qué se la había pedido su hermano.

Entre un paso y otro también se preguntó por qué a Jake se le había ocurrido hospedarse en la ciudad teniendo el trabajo tan lejos. Sus dudas se resolvieron nada más llegar, al verlo apearse de una moto negra y plateada. Y no era una moto cualquiera.

Louis se acercó hasta él con cara de asombro y a su vez Jake se quitó el casco y le sonrió.

—¡No me lo puedo creer! —le dijo—. ¿Te la has comprado? ¿Es tuya?

Su hermano asintió y continuó sonriendo.

—Es de segunda mano y he tenido que revisarle un par de cosas, pero va bien.

—¡Es una Harley Davidson!

Jake le puso las llaves en la mano y le pasó el casco. No cabía duda de que lo invitaba a que se diera una vuelta, sin embargo...

—No tengo carné, ¿recuerdas?

Su hermano dejó de sonreír paulatinamente.

—Había olvidado que...

—No importa.

A Louis no le hacía demasiada gracia pensar en ello. Cuando cumplió los quince su padre le prometió que empezarían a practicar cuando tuviese tiempo, pero llegaron los dieciséis y ni siquiera entonces pudieron salir juntos a practicar. Por no hablar de sacarse el carné... No había dinero suficiente para eso. Tenía tres hermanos mayores que disponían de él, así que el suyo tenía que esperar. Y después ocurrió el accidente.

Ahora que ya tenía dieciocho años continuaba sin haberse sacado el permiso, pero las cosas iban a cambiar muy pronto, porque sería lo primero que empezaría a pagar con su primer sueldo.

—¿Me vas a enseñar tu pequeña mansión, o vamos a quedarnos aquí toda la tarde? —preguntó Louis, para restarle importancia a la situación incómoda que se había creado.

Funcionó. Jake encadenó la bonita Harley y luego lo cogió por los hombros para que lo acompañara.

—Sí... Vayamos a mi pequeña mansión.

Jake abrió la puerta del portal y aparecieron ante un recibidor bastante viejo. Había un conserje detrás de un pequeño mostrador y se saludaron amablemente. Después empezaron a subir por una estrecha escalera. Cada planta tenía cuatro puertas. Ellos se pararon finalmente en el tercer piso.

—Es aquí.

Jake colocó la llave en la cerradura, la giró y se apartó para dejarlo pasar. Lo único que había en el interior era una cama individual con una mesita, un aparador y otra puerta.

—Ahí está el baño —le aclaró Jake, al verlo mirar en dirección a la puerta.

—¿Vives aquí?

Su hermano cerró la puerta tras de sí y empezó a descargar. Colocó el casco encima del aparador y luego dejó la bolsa del trabajo en el suelo. Louis dejó también su bolsa en el suelo y se sentó sobre la cama. Comprobó el colchón.

—Es horrible —dijo, sinceramente—. Es casi peor que mi habitación cuando solo tenía un colchón.

—¿Casi peor que tu habitación? —Jake se rio—. Reconozco que no es el mejor lugar del mundo, pero tiene techo y es barato. No necesito nada más para dormir.

—¿Y qué hay de la cocina? Ni siquiera puedes cocinar.

—Abajo hay una especie de salón comedor con dos hornillos. De cualquier forma, casi siempre cojo algo para llevar, así que...

Se quedaron en silencio. Aquello era extraño para ambos, él lo sabía. Jake se había ido sin despedirse de nadie y ahora vivía en una habitación de un pequeño motel. No había vuelto a tener ningún tipo de contacto con la familia hasta ese momento.

Se quedó de pie con los brazos en jarras mientras él lo miraba desde la cama.

—Conseguí un trabajo, ¿sabes? —le dijo.

—¿En serio? —Jake empezó a vaciar su bolsa y a agrupar la ropa sucia—. ¿Dónde? ¿Cuándo?

—Hace dos semanas, de camarero.

Louis recordaba todavía el día de la entrevista. Había estado dejando currículums por todas partes: supermercados, cafeterías, restaurantes de todo tipo, tiendas comerciales... Y entonces, en uno de los restaurantes por los que pasó uno de los días, el dueño lo paró y le hizo algunas preguntas. Quería saber cuáles eran sus expectativas, su disponibilidad y sobre su posible incorporación, y esa misma tarde se quedó allí para practicar.

—«El trabajo es tuyo», me dijo. Y por ahora creo que lo estoy haciendo bien. Estoy aprendiendo a memorizar todo lo que me piden sin necesidad de apuntar.

—¡Eso es genial!

—Sí. Cuando empiece a ahorrar un poco miraré de sacarme el carné.

—Yo quería comprar una nueva camioneta —le dijo Jake, con pesar—, pero todavía no tenía dinero suficiente, así que... tuvo que ser la moto.

—Sí... Yo también espero conseguir un día mi propia camioneta...

Volvieron a quedarse callados. Hablar de camionetas era lo mismo que recordar el accidente.

Faltaba poco más de un mes para se cumplieran dos años de todo aquello y todavía era doloroso. Louis se había quedado huérfano sin cumplir la mayoría de edad y sus hermanos habían tratado de comportarse como adultos mucho antes de lo esperado. No había sido justo para ninguno de ellos. Ahora que tenía su propio trabajo, empezaba a sentir que había madurado y que había empezado a ser responsable consigo mismo y con los demás. Era la primera vez que podía aportar algo a la familia, algo que Jake llevaba haciendo desde hacía mucho.

Iba a hablar sobre ello cuando él mismo rompió el silencio.

—¿Cómo están los demás?

Había estado esperando esa pregunta, así que no pudo evitar sonreír.

—Están... bien. El sábado pasado celebramos el cumpleaños de Danielle. Dos años.

—¡Mierda! —exclamó Jake—. Se me olvidó por completo.

—Creo que Derek está un poco... No sé, triste. En realidad, no sé muy bien cómo describirlo.

—Derek. Triste. Ya...

—Hablo en serio, Jake. —Sabía que iba a ser difícil convencerlo de que en realidad todos lo echaban de menos—. Y Zane, ya sabes, preocupada por ti. Cuando le dije que llamaste se puso muy contenta. Estoy seguro de que me estará esperando en casa cuando vuelva para saber cómo ha ido nuestro encuentro.

—¿Cómo está Ari?

—Lo de Ari es más difícil de explicar... —Louis se echó hacia atrás sobre la cama y empezó a explicarle—. Está bastante rara. Más que los demás. A decir verdad, no habla mucho. Va a trabajar, luego regresa, come o cena y se va a su habitación. No la has llamado ni nada, ni una sola vez. Hasta yo confiaba en que lo hicieras.

Vio cómo Jake se frotaba la cara.

—No sé... Te fuiste y ya. Ni siquiera habíais discutido otras veces y de una sola te marchaste. Estoy seguro de que lo habríais arreglado de haber hablado las cosas. Al fin y al cabo, el asunto no era para tanto.

—¿Qué asunto?

—El del enfado de Ari.

—¿Tú sabes por qué estaba enfadada?

Louis lo miró e hizo un gesto de obviedad, tanto con las manos como con la cara.

—¿Acaso tú no?

—Dímelo.

—¿Me estás diciendo que te peleaste con Ari, que no sabías qué le pasaba, y que te fuiste de casa sin siquiera preguntar?

—¡Sí! ¡No! Quiero decir... Ella me abofeteó. Dos veces. Estaba enfadada conmigo y me dejó muy claro que esperaba más de mí, pero... Sí, me fui sin saber qué más le pasaba porque me pareció lo mejor. No ganaba nada si continuaba discutiendo.

No se podía creer que Jake no supiese nada de nada. Era una auténtica estupidez. Arabia lo había estado pasando mal y Jake no se había molestado en preguntar, ni siquiera después de haberse ido.

—El hecho de que las cosas hayan pasado como dices no te deja en muy buen lugar...

—Bien, entonces, ilumíname.

—Ari estaba enfadada contigo porque no le mencionaste nada sobre lo de que la hermana de Emily te pidió que fueses el tutor de su hijo.

—¡¿Qué?!

—Eso mismo.

Jake golpeó la pared con la mano.

—¿Y cómo narices sabía eso?

—Porque Emily se lo dijo. En realidad, estaban todos enfadados contigo porque le ocultaste esa información a Ari. Fue un pequeño complot. —Jake lo miró fijamente—. Yo no sabía nada, te lo juro.

—No dije nada porque no había nada que decir —replicó su hermano—. No pensaba acceder al ofrecimiento y, por lo tanto, no quería preocuparla con algo tan nimio. Pero está claro que se enteró de todas formas. ¡Joder, Emma!

Louis entendió por fin cómo había llegado la información a casa de los Becker casi al mismo tiempo que su hermano.

—No me puedo creer que no me dijera nada —decía Jake—. Ni siquiera cuando... Oh, no puede ser... Me dijo que... ¡Maldita sea! ¿Por qué nadie me dijo nada?

La pregunta iba directamente hacia él, pero no podía responderle. Louis se había enterado días después, así que era cosa de Arabia, Emily y Derek.

—Se me ocurre... que... —Louis se incorporó y se pensó bien lo que tenía que decir—... podrías venir a cenar a casa... mañana... y aclarar este asunto.

—¿Cómo voy a mirar a Ari a la cara ahora que sabe que le había ocultado esa tontería?

—¿Cómo podías mirarla a la cara mientras se lo ocultabas?

Jake cogió aire y lo soltó todo de golpe.

—Eso ha sido un golpe bajo, Louis —le dijo, señalándolo con el dedo. Él por su parte se encogió de hombros—. Pero tienes razón. Debería ir a aclarar las cosas, pero no puedo volver a casa como si nada.

—No he dicho que vuelvas a casa. Solo he dicho que te pases a cenar. Y tal vez... hablando un poco... se suavicen las cosas. Y, cambiando de tema, ¿qué tal tu trabajo? ¿Seguís haciendo eso de jugar al fútbol?

—Sí... —Jake se sentó a su lado y continuó hablando, aunque sin mirarlo—. El trabajo está bien, y ahora con la moto es muy cómodo para ir y volver y no pasarme media vida subido en un autobús... Pero no es la fábrica Wathson. Es más duro y son más horas, y también por menos dinero. Y respecto al fútbol, sí, seguimos jugando cada jueves. Ya me he familiarizado con mi posición, así que me lo tomo con filosofía. Algunos de los exconvictos son auténticas bestias, pero no tan distintos a algunos compañeros de la universidad.

—¿Y qué sueles hacer después del trabajo?

—Generalmente vuelvo a casa, aunque algunos jueves voy a cenar a casa de un compañero, Aaron. Tiene una familia encantadora.

—¿Y los fines de semana?

—Salgo a conducir por ahí, sin rumbo.

—Puedo darte la dirección del restaurante y podrías pasarte por allí. Los sábados trabajo por la mañana y por la tarde.

—Claro. Apúntamela ahí.

Jake le señaló una libreta y un lápiz que tenía encima de la mesita de noche, así que la cogió y la abrió para buscar una página en blanco. No había muchas cosas escritas, pero sí algunas fechas, entre ellas el 3 de julio, y direcciones de algunas familias con el apellido Bullock. Ese era el apellido de soltera de su madre y, por lo tanto, el de su tío, y por consiguiente el de Rachel antes de que la adoptaran.

Él sabía por qué tenía esas anotaciones. Desde el accidente había estado investigando sobre la familia materna de su prima, sin resultado. También sabía que, a pesar de que para todos había sido traumática la muerte de sus padres y la de su prima pequeña, para Jake había sido algo más. Rachel y él siempre habían sido mucho más importantes el uno para el otro. Lo único que le sorprendió fue que siguiese guardando esa libreta. Pensaba que ya lo habría superado. Sin comentar nada escogió una hoja libre y apuntó la dirección. Después volvió a colocarla en su sitio.

—Tengo que irme —anunció, levantándose de la cama—. ¿Vendrás a cenar a casa?

—Me pasaré el viernes por la tarde, si a los demás les parece bien.

—En ese caso, los avisaré.

—¿Cómo has venido hasta aquí?

—Dando un paseo.

—Has traído chaqueta, ¿no?

Louis miró su bolsa y sonrió. Para eso era. Se levantó y vació el contenido de la bolsa.

—Hacía mucho que no veía esa chaqueta —le dijo Jake.

Él la extendió para que se viese bien. Era roja, con cremallera por delante y una inmensa letra L bordada detrás, en azul marino. Se la había regalado su madre por su décimoquinto cumpleaños. En aquel entonces le había parecido enorme, y lo era, pues resultó ser unas cuantas tallas por encima de la suya, pero su madre se la había cogido por su inicial. Zane la había encontrado guardada en una bolsa en lo alto de su armario, entre otras cosas, y él había decidido volver a usarla, aunque ya no hiciese apenas frío.

—Nunca serás lo suficientemente grande para esa chaqueta —comentó Jake.

—Lo sé... Supongo que mamá pensó que algún día sería tan alto como vosotros, pero ya ves... Soy el enano de la familia.

—Me intimidaría mucho que mi hermano pequeño fuese más grande que yo, así que casi lo prefiero. ¿Por qué no te pruebas esta?

Jake descolgó la cazadora que tenía en el perchero de detrás de la puerta y se la ofreció. Era la que, con total seguridad, se había comprado para ir en la moto.

Era negra. Era de cuero. Era increíble.

—Póntela a ver cómo te queda.

Louis lo miró con incredulidad, pero él insistió, así que se quitó la roja y se colocó la negra.

—Es bonita, ¿eh?

—Es una pasada.

Entonces Jake recogió la chaqueta roja y se la puso. Sin duda era su talla. Era raro verlo con un color tan llamativo como ese.

—No está mal —se dijo a sí mismo, mirándose las mangas.

—¿Eso significa que...? —preguntó Louis.

—Que es tuya. ¿No lo ves? La compré demasiado justa y a ti te viene perfecta, así que ya me compraré otra. Además, tendrás que tener una buena chupa para cuando por fin te saques el carné y vengas llorando para que te preste mi moto.

Louis volvió a sonreír. Le encantaba esa cazadora. Le encantaba que Jake se la hubiese regalado a pesar de que el cambio con la roja era un regalo de su madre, y de que no le gustaba.

Estaba seguro de que ni siquiera volvería a usarla cuando se comprase otra para la moto, pero había sido un gesto muy fraternal.

VIERNES

26 MAYO 1989

Jake iba a llegar con tiempo de sobra. Había pasado por su habitación para dejar la bolsa del trabajo, pero había salido justo después y estaba nervioso. Normalmente se sentaban a cenar sobre las ocho y todavía eran las siete. ¿Y si no lo esperaban tan temprano? Todavía no sabía cómo iba a ser el reencuentro con Arabia. Tampoco con Derek.

Condujo despacio cuando empezó a aproximarse al barrio Prinss e incluso dio un pequeño rodeo. Finalmente llegó a la puerta del dúplex y aparcó la moto justo enfrente. Dentro de la verja estaba aparcado el coche de Arabia. Caminó hasta la puerta exterior y se sorprendió al encontrarla cerrada. Esa puerta era la única que siempre estaba abierta.

Se quitó el casco y buscó las llaves en los bolsillos, pero solo encontró las de la habitación del motel. Entonces recordó que él mismo las había dejado tiradas en el sofá antes de marcharse. Se le hizo extraño llamar al timbre desde la calle.

Emily abrió la puerta de la casa y se asomó. Al verlo fue enseguida a su encuentro. Lo recibió con una sonrisa y un beso en la mejilla.

—Hola.

Él le devolvió el saludo con una media sonrisa y después preguntó sobre la puerta cerrada.

—Es por Delly. Normalmente nunca juega sola en el patio, pero, ya sabes, por si acaso.

Jake se preguntó si una niña de dos años sería capaz de llegar a la manivela, pero evitó mencionarlo. Debería acostumbrarse a que a partir de ahora estuviese cerrada.

—Así que te has comprado una moto.

—En realidad me quería comprar una bicicleta —le respondió, con cierta ironía—, pero al final... —Jake recordó quién le había metido en la cabeza la idea de comprar la moto y eso le molestó—. Alguien me incitó a comprarla. Y me gusta. No me arrepiento.

—Es muy bonita.

Se quedaron un momento contemplando la Harley. Mientras tanto, él pensó en Emma, y también en Emily, pues entre las dos habían conseguido que Arabia se enfadase con él. Y después él había hecho algo que no iba a mejorar las cosas en absoluto. Volvió a ponerse nervioso. Tenía que hablar con Emma, aunque todavía no sabía cómo ni cuándo. No podía ir a su casa después de la advertencia de Frederic.

Y también tenía que hablar con Arabia.

—¿Quieres pasar?

Emily le hizo el ofrecimiento al darse cuenta de que él se había quedado clavado en el suelo. Sin más opción, se dirigió a la puerta de entrada, que continuaba abierta, y la dejó pasar a ella primero. Luego, por fin, accedió al interior.

Derek estaba preparando la cena y la pequeña Danielle dibujaba sobre la mesa del salón. Se quedó embobada mirándolo mientras caminaba.

—¿Qué hay? —dijo en voz alta, aun sin saber si su hermano respondería a su saludo.

—Hola, Jake.

Se sintió extremadamente raro. Emily le cogió el casco y lo dejó sobre uno de los muebles. Después, él se quitó la chaqueta, que era la vieja chaqueta de Louis, y la dejó también allí.

—Tu hermano se ha comprado una moto —anunció Emily.

Derek levantó la cabeza y lo miró, por fin. Asintió con la cabeza en señal de aceptación.

—¿Quieres verla?

—Luego, tal vez. Ahora estoy preparando la cena.

Jake se dio por vencido.

—Avisaré a las chicas de que has llegado.

Dicho aquello, Emily despareció escaleras arriba.

Jake se sentó en el sofá y saludó a Danielle. Estaba muy bonita. Los bucles rubios le seguían creciendo y cada vez que la miraba sonreía. Le dijo algo así como que estaba dibujando y le enseñó unos cuantos lápices murmurando el nombre de los colores. Eso le sorprendió.

—¿Tu hija se sabe el nombre de los colores? —preguntó en voz alta. Nadie contestó—. A ver, enséñame el verde.

La niña buscó por la mesa y enseguida señaló el lápiz de ese color.

—¡Vaya!

Sin darse cuenta se quedó jugando con ella. Se arrodilló frente a la mesa y empezó a dibujar todo lo que ella le pedía. Un sol. Un perro. Una flor. Jake lo hizo lo mejor que pudo, a pesar de que sus dotes artísticas dejaban mucho que desear. Pero aun así ella se divertía, y se concentraba mucho para pedirle que dibujara algo nuevo.

Louis llegó a casa un poco después y se dejó caer en el sofá.

—¿Un día duro? —le preguntó Jake.

—Sí... Debería haber terminado antes, pero justo cuando mi turno estaba a punto de acabar, tropecé con una bandeja de copas y me ha tocado enmedar el desastre.

—Pues estaría bien si ahora ayudaras a poner la mesa.

Derek se lo dijo desde la cocina y Louis resopló.

Jake se rio por lo bajo.

—Creo que no soy el único que a veces se parece un poco a papá —susurró.

Louis puso los ojos en blancos.

—No, te aseguro que no.

Después ambos se levantaron y procedieron al tedioso ritual. Movieron la mesa, recolocaron las sillas, pusieron los cubiertos, los vasos, las servilletas...

—Listo —dijo Louis.

—Ve a avisar de que la cena está lista. —Derek colocó las ensaladas sobre la mesa y luego regresó a por más cosas—. Jake, ¿podrías poner a Delly en su silla, por favor?

Se dirigió a la mesa del salón y la cogió por sorpresa. Ella rio.

—¿Tienes hambre?

—¡Sí! —exclamó con los puños en alto.

Danielle, aunque prematura, era unos meses mayor que Jack y estaba más espabilada. Además, sabía más cosas, aunque estaba seguro de que Jack era un poco más alto. Se había acostumbrado tanto a él que tratar ahora con su dulce sobrina empezaba a resultarle divertido. Se la llevó hasta la mesa y la sentó en la silla para niños que su hermano había dejado preparada.

Tomó asiento a su lado.

—No —le rectificó Derek—. Ese es el sitio de Emily.

Jake recordaba perfectamente cuáles eran los sitios oficiales, así que se colocó en el suyo, molesto. Era una costumbre que nunca le había gustado. Los demás llegaron poco después y se acomodaron también. Zane se acercó y lo abrazó. Él agradeció el gesto.

—Me alegra que hayas venido —le susurró antes de separarse.

Prácticamente ya los había saludado a todos excepto a Arabia.

—Hola, Ari —dijo entonces.

Ella le respondió con un gesto de cabeza, luego lo miró a los ojos. Estaba muy seria, y su mirada, ligeramente apagada. No parecía que se alegrase mucho de verlo, y eso lo dejó bastante constrito. Para él, verla de nuevo suponía algo importante. Había pasado un mes, había hecho cosas de las que se arrepentía en ese tiempo, pero no se había olvidado de ella.

Arabia siempre había sido alguien muy especial para él.

- - - - - - -

Aquella cena resultó ser bastante incómoda, tanto como ella se estaba sintiendo. Ya cuando Louis anunció que Jake iría a cenar el viernes se sintió así. Tenía tantas ganas de verlo como de no verlo.

Estaba enfadada con él a la vez que creía que le debía una disculpa. Habían discutido y ella le había golpeado en la cara, dos veces, y se sentía mal por ello. Pero por lo visto él ni siquiera sabía a qué se debía aquella discusión —según las últimas novedades que había contado Louis—, y tampoco se había molestado en saberlo.

Los días después de su marcha los pasó pensando que era lo mejor para todos. Al cabo de una semana empezó a llorar en silencio porque él no había hecho ni siquiera una llamada. Dos semanas después lo odiaba. A las tres semanas quería verlo y abofetearlo de nuevo. Ahora habían pasado cuatro semanas y no sabía qué era exactamente lo que sentía.

Habían coincidido con la mirada un par de veces y a él se le notaba inquieto. Pero seguro que no era solo por ella, porque en realidad se había ido porque Derek se lo había pedido, y ya está.

—Esta mañana dejé preparado el postre —anunció Zane, dirigiéndose a la nevera—. ¿A quién le apetece pudin de fresa?

A todos les gustaba el pudin de fresa, en especial el que hacía Zane. Su mejor amiga estaba saliendo con alguien y eso había repercutido mucho en su estado de ánimo, más incluso que el regreso de Derek. Pero era un secreto que solo ella conocía, así que se alegraba de ser cómplice de algo tan bonito. Ella más que nadie se merecía ser feliz.

—Bueno, ¿y qué tal tu nueva vida, Jake?

Derek fue el encargado de formular esa pregunta, después de

que todos se sirviesen un trozo de pudin.

—Bien —respondió él, sorprendido por la pregunta y con la boca llena.

Era la primera vez que le preguntaban en toda la velada.

—¿Te gusta la independencia?

Arabia los observaba a ambos. Sabía de sobra lo mucho que le había afectado al mayor de los Becker que Jake se marchara. Claro que al principio había sido un gran alivio, pero las cuentas no se pagaban solas, y a Derek no le hacía mucha gracia el tener que afrontarlas él solo. Porque, por supuesto, a ella nunca le dejaban encargarse de nada. Como mucho hacía alguna que otra compra a la semana para sentirse bien consigo misma y porque nadie se lo podía impedir. De hecho, había estado pensando —por segunda vez en lo que iba de año— en regresar a su apartamento. Zane ya estaba bien, conque...

—No está mal —respondió Jake.

A ella le pareció que se ponía en alerta.

—Ahora puedes hacer todo lo que quieras, ¿verdad? —Derek continuó—. Porque ya no tienes que ocuparte de nada; ni de la familia, ni de la hipoteca, ni de las facturas, ni del tratamiento de tu hermana, ni de nada de nada.

Jake se quedó masticando despacio mientras miraba fijamente a su hermano. Después dejó la cuchara sobre la mesa y se echó un poco hacia atrás, colocando las manos en alto con las palmas hacia la mesa, en señal de que parara.

—¿Cuánto te ha costado la moto que dices que te has comprado?

—¿Estás insinuando que me fui para desentenderme de la casa? —preguntó Jake, al fin. Todos los demás estaban en silencio, escuchándolos—. Te recuerdo que me pediste tú mismo que saliera por esa puerta.

Louis se levantó.

—Derek, no he invitado a Jake para que le eches en cara que vas hasta el cuello. Nadie está obligado a quedarse en esta casa si no quiere. Y te recuerdo que he conseguido un empleo y que voy a ayudarte, ¿de acuerdo?

—Pues dime, Louis, ¿para qué lo has invitado, si puede saberse?

—Primero, porque es mi hermano. ¿Acaso no puedo invitar a mi hermano? Segundo, pensé que sería una buena idea reunirnos y hablar con calma, porque os recuerdo que la última vez estabais todos bastante alterados. Y tercero, para vuestra información, Jake se fue de casa sin una explicación del porqué de vuestro comportamiento, así que solo por eso, independientemente de todo lo demás, creo que merece una disculpa.

—¿Una disculpa? Pero qué dices...

—Creo que todo esto ha sido una mala idea.

Jake se levantó y empezó a recoger su plato y sus cubiertos.

—Sí, eso, vete de nuevo.

—Espera, Jake. —Emily lo cogió del brazo—. No te levantes.

—Al contrario de lo que pueda parecer —dijo, acomodándose de nuevo—, no he venido aquí por una disculpa, ni mucho menos. Soy yo el que siente que las cosas pasaran como pasaron y bueno, sí, me da rabia que nadie me dijera qué era lo que pasaba en ese momento, pero yo tampoco llamé para pedir explicaciones. Lo único que quería era veros, porque sois la única familia que tengo, y tal vez hablar con Ari. —La miró a los ojos y ella le sostuvo la mirada. Continuó—. Y Derek, tal vez creas realmente que me he desentendido, pero la verdad es que me alegro de que te estés haciendo cargo de todo y de que sepas lo que es. Madre mía, y solo llevas un mes...

Entonces sí que se levantó. Llevó sus cosas al fregadero y luego continuó hasta el mueble donde estaban sus cosas. Lo cogió todo y salió por la puerta. Los demás se quedaron en silencio, mirándose unos a otros. Arabia no quería otra despedida como esa. No podría soportarlo, así que se armó de valor y salió tras él.

Encontró a Jake sentado en el porche. No se había ido a ninguna parte. Él la miró al escuchar la apertura de la puerta y ella se sentó a su lado. Así se quedaron un buen rato, uno al lado del otro. Desde dentro se escuchaba algún que otro reproche, pero no prestaron atención.

Jake se volvió un par de veces hacia ella, posiblemente con la intención de decirle algo, pero descartó la idea. A la tercera se decidió, al fin.

—¿Quieres ir a dar una vuelta? —le preguntó, enseñándole el casco.

Arabia se mordió el labio y se preguntó a sí misma si era una buena idea. Se dijo que sí cuando se dio cuenta de que realmente debían tener una conversación.

Nunca había montado en una moto.

—Creo que sí —le dijo.

Se levantaron y se dirigieron hasta la moto que había aparcada fuera del patio. Jake le ofreció la chaqueta que había llevado consigo, y también su casco. Ella se lo colocó todo y se quedó a la espera. Reparó en que era la vieja chaqueta de Louis. Le venía enorme.

Él se subió y arrancó. La miró en señal de que ya podía subir en la parte de atrás, y así lo hizo.

—Agárrate a mí —le pidió Jake.

Con bastante timidez, se echó hacia adelante y colocó las manos en su cintura. Segundos después de que se pusieran en marcha, sintió tanto miedo que acabó por rodearlo por completo, pasando los brazos por su estómago, casi sin darse cuenta.

Al cabo de un rato se percató de que iba con los ojos cerrados y se obligó a abrirlos. Se le hacía extraño estar allí subida, con todo el aire viniéndole de frente. El pelo de Jake iba totalmente revuelto por el aire. Se preguntó qué aspecto tendría ella con aquel enorme casco puesto sobre la cabeza.

Jake condujo durante al menos cinco minutos. No iban demasiado rápido, aunque lo suficiente para ella. No se atrevió a pedir que rebajara la velocidad porque el velocímetro apenas marcaba los sesenta por hora. Sin embargo, salieron de la ciudad y entonces aumentó considerablemente hasta los cien. Sintió pánico y se agarró a Jake lo más fuerte que pudo. Apoyó el casco en su espalda hacia el lado derecho y evitó mirar a la carretera.

Unos treinta minutos después fue aminorando la marcha hasta que se paró de forma definitiva.

Arabia se incorporó para ver hasta dónde habían llegado.

—¿Dónde estamos? —Quiso saber.

—Allí delante es donde trabajo —anunció Jake.

Bajaron de la moto y Arabia observó en la lejanía una gran nave. Sin embargo, justo donde estaban, había una especie de parque con senderos.

—Nunca he estado aquí —le dijo.

—Yo tampoco, hasta que el autobús me dejó aquí el primer día que vine, y un tiempo después me acerqué a verlo. Es el West Park. Seguro que el nombre sí lo habías oído.

A veces le sorprendía que hubiese sitios que todavía no hubiese visitado. Efectivamente, nunca había estado allí, pero sí había oído hablar del parque.

—Entonces esta es la famosa carretera del oeste —mencionó.

—Exacto.

Arabia se quitó el casco, aunque decidió quedarse un rato más con la chaqueta. No hacía frío en esa época del año, pero el aire que había ido dándole durante todo el trayecto le había alterado el calor corporal. Jake sujetó el casco y se quedó a la espera de que ella quisiera acompañarlo.

Caminaron uno al lado del otro durante un buen rato, sin decir nada. Después llegaron a un pequeño lago. A Arabia le maravilló la vista. Era un área semicircular preciosa rodeada de árboles y de merenderos. Apenas había gente por allí a esa hora porque la luz escaseaba; por suerte, había algunos faroles colocados arbitrariamente sobre las mesas. Jake se adelantó para coger uno y luego siguió caminando. Ella lo siguió hasta la siguiente parada.

Era una zona con algunas piedras amontonadas. Jake escaló hasta una de las partes más altas y colocó el farolillo de forma que pudiese mantenerse de pie entre dos piedras. Arabia subió hasta pasar por donde él estaba y se paró un metro después, casi a la misma altura, pero más alejada.

Tomó asiento y dejó que la calma del lugar la embriagara.

—Tengo que decirte muchas cosas —dijo Jake, después del

silencio.

Arabia cerró los ojos y levantó la cabeza para dejar que la brisa le rozase la cara. Era un buen sitio.

Y un buen momento para el cambio.

—¿Y si te digo que no quiero que me digas nada?

Jake no respondió, por eso no tuvo más remedio que volver a abrir los ojos y mirarlo. Estaba con la cabeza gacha.

—Me refería a que preferiría dejarlo todo atrás —le aclaró—. No sé. Dejar que las cosas vuelvan a su lugar.

—Me gustas, ¿sabes? —Arabia sonrió, orgullosa de aquella afirmación—. Más de lo que seguramente imaginas. Pero... Yo... Supongo que no soy como tú esperas que sea, y, por supuesto, no soy ni la mitad de lo que mereces.

—No me gusta que la gente hable de lo que merece o no otra persona. Y con respecto a que no eres como yo espero que seas... Tienes razón, no lo eres, pero tampoco puedo esperar que alguien sea tal y como yo quiero. Es muy egoísta. Fue muy egoísta por mi parte, lo reconozco. Y sobre lo de que me ocultaras lo de ser el tutor del hijo de Emma...

—Es mucho más que eso, Ari.

Arabia lo miró, confusa.

—No sé qué quieres decir.

Jake la miró con pesar. Parecía realmente preocupado por algo.

—¿Quieres decir que has aceptado ser su tutor legal?

—No. Tampoco.

Sintió una pizca de alivio, pero a su vez le inquietó el saber que había algo más.

—Tengo que decírtelo porque no quiero volver a sentir que estoy ocultándote algo, y mucho menos que te enteres a través de otra persona, pero... No quiero que salgas corriendo después, o que se te ocurra volverte sola desde aquí, o vete tú a saber qué. —Jake empezó a preocuparla—. No voy a pedirte que me perdones y tampoco voy a tratar de justificarme. Solo te lo voy a decir, ¿de acuerdo? Después, si quieres, te llevaré a casa.

Una duda le asaltó rápidamente a la mente.

—¿Tiene que ver con Emma?

—Sí, tiene que ver con Emma.

Una sensación de malestar empezó a recorrerle el cuerpo de abajo arriba. Sintió tal cosquilleo por piernas y brazos que tuvo que hacer un sobreesfuerzo por controlarse. Era una sensación horrible.

El corazón le latía con mucha fuerza al imaginarse lo que él iba a decirle.

—No sé si quiero saberlo —le dijo—. Si es lo que me imagino, no sé siquiera si puedo soportarlo.

—Necesito decírtelo. Y necesito decírtelo todo desde el principio.

Arabia respiró hondo antes de ofrecerse definitivamente a escuchar. Estaba segura de que iba a ser humillante, pero no había más remedio.

Jake empezó a explicarse:

—El día que me fui de casa estaba hecho polvo. No tenía ni idea de nada y sentí que de pronto todos queríais que me fuese. Lo único que sabía era que te molestaba que yo no fuese más cariñoso en público porque ya me lo habías dicho otras veces, pero no entendía que por eso te hubieses puesto así conmigo. Los guanzatos que me diste me hicieron sentir de pena... —Suspiró—. Estuve dos días durmiendo en la Conrad Rails, o sea, en la parte de fuera, porque no tenía ni idea de qué hacer o a dónde ir. Por suerte, un compañero me pilló el tercer día y me acogió en su casa: Aaron. Ya te he hablado de él alguna vez. —Arabia asintió y le pidió que continuara—. Una semana después apareció Emma y me dijo que sabía lo de que me había ido de casa y todo eso, y me invitó a pasar unos días en casa de los Wathson. Supongo que Emily se lo diría. Y bueno, accedí, y al principio todo fue bastante genial. Me encariñé con Jack más de lo que quería y me acostumbré a que todo estuviese hecho gracias a los sirvientes. Tendría que haberme dado cuenta de las intenciones de Emma mucho antes, pero... supongo que no quise. Ni siquiera me dijo que había hablado con Emily sobre lo de la tutela de Jack y, ¿sabes? Ella me dijo que no debería haber salido huyendo de ti, que seguro que era lo último que querías, y que debería arreglar las cosas porque sabía que te quería, y que estaba jodido de verdad.

Hizo una pausa para mirar al horizonte. Cada vez la oscuridad se cernía más sobre ellos a pesar del farolillo.

—El caso es que se portó muy bien conmigo. Me llevó de compras, me animó a que comprara la moto y... después me dejé llevar. Así de simple.

—O sea, que te acostaste con ella. ¿Es eso lo que estás intentando decirme?

—Podría decirte que fue solo sexo, que no estoy enamorado de ella ni nada por el estilo, pero supongo que eso no cambiaría las cosas.

No, por supuesto que no. Era tal y como se había imaginado: humillante. Habían estado saliendo juntos y a la primera de cambio se había ido a darse el revolcón con Emma Wathson. A ella no se le había pasado por la cabeza, ni de lejos, acostarse con otro en tan poco tiempo.

Tenía ganas de salir corriendo, sí, pero Jake le había pedido que no lo hiciera y, además, tampoco sabía cómo volver a casa sin él.

—Bueno, pues ya está. Ya me lo has dicho. Si eso te hace sentir mejor...

—No, Ari, no me hace sentir mejor. Me avergüenza contártelo, pero sé que quieres sinceridad.

—Por supuesto que quiero sinceridad cuando estoy con una persona. Pero tú y yo ya no estamos juntos, así que no tienes que molestarte en contarme tus hazañas de hombre soltero. De verdad, no lo vuelvas a hacer. Prefiero no saberlo.

—Te lo cuento porque quiero una segunda oportunidad.

Arabia lo miró estupefacta, con la boca y los ojos muy abiertos. No podía estar hablando en serio.

—No me mires así, me haces sentir estúpido.

—Si yo fuera tú me sentiría muy estúpida, mejor dicho, avergonzada. O sea, no sé, es que yo no soy capaz de hacer lo que tú haces, lo que todo el mundo hace. Acostarte con alguien, sin más.

¿Acaso yo no signifiqué nada para ti?

Jake se presionó las sienes con las manos.

—Todavía significas mucho para mí —respondió.

—¡No te consiento que digas eso! —Arabia se levantó, explotando de una vez por todas—. ¡No digas que significo algo para ti! ¡Ni que te importo! Sabes lo difícil que me resultó volver a empezar después de lo que pasé con Dave. Lo sabes perfectamente. También sabes lo que siento por ti. Me siento humillada, y lo peor es que ya me temía que algo así sucedería. Emma me lo dejó muy claro. Pero se necesitan dos personas para que pase lo que ha pasado, así que no voy a enfadarme únicamente con ella solo porque sepa que es una zorra. —Se levantó y gritó—. ¡¿Por qué tuvo que ser con ella?!

Él no podía hacerse ni una ligera idea de las veces que le había roto el corazón.

- - - - - - -

Jake se sentía tan mal como debía sentirse. Arabia tenía razón en todo lo que había dicho y también tenía todo el derecho del mundo a estar enfadada. Se había sincerado con ella a sabiendas de que eso la haría estallar, pero debía hacerlo. No podía dejar que Emma volviera a malmeter información a través de su hermana Emily.

La única forma de hacer un poco de menos daño era confesándolo todo él mismo.

—Ahora llévame a casa.

Arabia se había quedado de pie de espaldas a él, de brazos cruzados. Se imaginó las cosas que pensarían los demás cuando se enterasen. Pero bueno, nunca le había importado demasiado lo que pensasen de él, así que se contentó con saber que había dicho toda la verdad.

Se levantó para ponerse en marcha, pero Arabia no lo siguió. Se dio cuenta de que le temblaban los hombros. Se frotó los ojos y se preguntó cuál era el siguiente paso. Quería abrazarla, pero no tenía ningún derecho a acercarse a ella. Tampoco podía dejarla ahí sola. Él era el causante de aquella situación.

Subió un pedrusco más hasta donde ella estaba. Se acercó por detrás y le puso las manos sobre los brazos.

—Lo último que quería era hacerte daño —le dijo—. Lo siento mucho.

Entonces ella se dejó caer hacia abajo y Jake acompañó su movimiento. Se quedó sentada sobre la piedra. Él se sentó por detrás, la rodeó con los brazos y la apretó contra sí lo máximo que pudo. Protegerla era lo que siempre había querido.

Quería protegerla de todo lo que podría hacerle daño y había sido él mismo el que había terminado haciéndoselo. Era lamentable.

Arabia se quedó un buen rato llorando entre sus brazos sin reprocharle ninguna cosa más. Antes de empezar aquella conversación ella le había dado a entender que estaba dispuesta a volver a empezar. *Dejar que las cosas vuelvan a su lugar,* había dicho. Ahora eso quedaba muy atrás.

Tardaría mucho en recuperarla de nuevo.

JUEVES

15 JUNIO 1989

JUNIO

SM	L	M	X	J	V	S	D
22				1	2	3	4
23	5	6	7	8	9	10	11
24	12	13	14	15	16	17	18
25	19	20	21	22	23	24	25
26	26	27	28	29	30		

Casi todos los lunes, tal y como Jake había deducido una vez incorporado, llegaba el autobús con presidiarios en busca de trabajo para la condicional. Era un proceso bastante rutinario, pero desde el pasado lunes había un poco de tensión en el ambiente. Ese mismo día habían admitido a alguien y había empezado a trabajar. El afortunado se hacía llamar a sí mismo Death Chains, aunque todos lo llamaban, simplemente, DC.

Ahora ya era jueves, y por la mañana había pasado algo un tanto inquietante...

Unos hombres habían entrado en la nave preguntando por él. Cuando lo encontraron se pusieron a charlar como viejos amigos e incluso mandaron callar a Joe cuando se acercó para pedirle a DC que volviera al trabajo. Luego lo dejaron y se fueron en dirección a la zona de los despachos. A Jake le pareció bastante raro, y más raro aún que no volvieran a aparecer hasta casi dos horas más tarde.

Nadie comentó nada al respecto. Aaron y él se miraron un par de veces, pero no se atrevieron a hablar sobre el tema. Tampoco nadie se acercó a DC durante todo el día.

Ahora era hora de irse a casa.

Hacía escasos minutos que acababa de terminar el partido. Era también el último jueves de la supuesta temporada de la empresa. Habían ganado todos los partidos de la ronda por primera vez desde que Jake se había incorporado y eso hacía que pudiese marcharse a casa relajado. Joe ya no seguiría dándole la tabarra sobre cómo jugar de *quarterback*.

Jake se duchó y se cambió en los vestuarios de siempre y luego se despidió y caminó hasta su moto.

Cada día que pasaba le gustaba más subirse en ella. La sensación era mejor de lo que había imaginado y por eso a veces salía simplemente a hacer kilómetros. Pero ese día estaba cansado después del partido, así que volvería directamente a casa y luego compraría algo para cenar.

Sus tripas protestaron de hambre en cuanto llegó. Se echó la bolsa de trabajo al hombro y se fue directo a una de las hamburgueserías más cercanas de la avenida. Era su sitio favorito.

—Dos dobles con bacon y extra de queso —pidió—. Y una de patatas, por favor.

—¿Para llevar?

—Sí, gracias.

El chico que se encargaba de atender en el mostrador ya casi ni tenía que escucharlo porque siempre pedía lo mismo. Sabía que no era una buena rutina, pero también supuso que tarde o temprano las terminaría aborreciendo.

Esperó unos cinco minutos y luego recogió el paquete embolsado y regresó al portal del motel. Allí había alguien esperándolo. Llevaba una falda de sport color azul cielo hasta las rodillas, camiseta azul oscura con manga hasta los codos y un chaleco blanco por encima, con capucha. También llevaba una diadema, o un pañuelo, o lo que fuera que fuese. Estaba preciosa.

—Hola.

Jake se quedó con cara de idiota frente a ella, completamente quieto con las llaves en la mano.

—Te he traído un poco de, ya sabes, tu comida favorita. Pero veo que estás servido.

La comida favorita de Jake era una especie de ensaladilla agridulce que Arabia preparaba muy pocas veces, casi siempre en días especiales. Fue un gran descubrimiento en las Navidades del 86.

Arabia le pasó la mano por delante de la cara, bromeando, como si se preguntase si realmente la había visto.

—Perdona. Hola —dijo, finalmente.

—Louis me dio tu dirección.

No podía creerse que Arabia hubiese ido hasta allí. No era lógico. Se alegraba muchísimo, pero no era lógico.

—Sigues enfadada conmigo, ¿cierto? —preguntó, para asegurarse.

—Sí —respondió ella, aunque sonriendo.

Eso lo desconcertó.

—Bueno, no sé, ¿quieres pasar?

—Vale.

Así pues, Jake abrió y pasaron al rellano. Saludaron a Luke, el viejo conserje, y después subieron hasta el tercer piso.

—¿Qué tal el partido?

—Bien, gracias por preguntar —respondió él, tan sorprendido o más que al principio.

Cuando entraron en la habitación, Jake se lamentó del desastre. La cama estaba deshecha, aunque llevaba así desde hacía días. También había un montón de ropa sucia por el suelo y algunos cajones estaban abiertos.

—Lo siento, lo recogeré enseguida.

Se puso manos a la obra, abochornado.

Era una habitación pequeña, así que no había ningún sitio donde Arabia pudiese esperar mientras él trataba de poner un poco de orden. Fue por eso que trató de ayudarlo.

—No —le dijo, quitándole de las manos las cosas que había empezado a coger—, ya lo hago yo. Tú quédate ahí, ¿de acuerdo?

No quería que se tomase ninguna molestia. Ya bastante tenía con que hubiese visto así el cubículo en el que vivía.

—Volveré a mi apartamento a finales de verano —anunció, poco después.

—¿Y eso?

—He estado hablando con todos, sobre todo con Zane. Me encanta estar en vuestra casa, pero creo que necesito tiempo para mí misma. Aparte de eso, Derek se ha casado con Emily, ya sabes, y tienen a Danielle. Sé que son muchas cosas.

—Mi hermano es un llorica.

—Tiene una hija, Jake.

No quiso replicar a eso. Estaba claro que un bebé requería de muchos cuidados y también muchos gastos, pero también tenía un buen sueldo. Sus padres siempre se las habían apañado con menos. Evitó mencionarlo para que no saliera a relucir el tema de la envidia que tenía de ese empleo.

—Te echo de menos.

Eso sí que no se lo esperaba.

Se giró automáticamente desde donde estaba, agachado, tratando de recoger toda la ropa que había por en medio. Paró con lo que estaba haciendo y se levantó. Ella estaba frente a él, con la tartera de comida todavía en el regazo, mirándolo fijamente.

—He estado pensando en todo lo que me dijiste la última vez y también he estado hablando con Zane, y... No sé... A lo mejor ha sido una mala idea lo de venir hasta aquí. Lo siento.

Se dio la vuelta para volver hacia la puerta.

—No, no, no. —Jake la adelantó y la obligó a detenerse—. No te vayas, por favor.

Arabia cerró los ojos.

—Yo también te echo de menos —le dijo él.

—Es que... Madre mía... —Arabia deshizo lo andado y se sentó en la cama—. Acostumbrada a verte cada día se me hace raro que no estés en casa, y siento un vacío muy grande a pesar de todo. Me gustaría que, por lo menos, siguiésemos siendo amigos.

Amigos.

Qué desastre. Todas las ilusiones que se había hecho habían desaparecido con la palabra amigos.

—Vale. Amigos.

—¿Quieres que seamos amigos?

Jake se rio sin poder evitarlo.

—No, no quiero que seamos solo amigos. Pero está bien si es lo que quieres. Puedo aceptarlo.

Arabia se puso a mirar el recipiente que tenía sobre las piernas.

—Así es como siempre ha sido, ¿no? —le dijo.

Era una pregunta retórica, así que no contestó. Sin embargo, se acordó de las hamburguesas que acababa de comprar. Estaba muy confuso con la visita, con la conversación..., pero le rugían las tripas.

—Oye, ¿te apetece cenar algo?

Arabia lo miró arqueando una ceja.

—Tenemos tu ensaladilla, tenemos también dos hamburguesas... No tenemos un buen sitio, pero me apetece estar un rato contigo y creo que es una buena forma de retenerte.

—¡Muy bien! —Arabia se levantó y empezó a buscar con la mirada—. ¿Tienes una sábana limpia? Hagamos un picnic al menos.

Se alegraba de que Arabia estuviese de buen humor. Era increíble poder verla así después de todo, así que no podía dejar que al menos su amistad se le escapase.

Abrió el zarrapastroso armario y buscó un juego de sábanas limpias. Era de los pocos lujos que había en ese motel. Cogió una de las piezas y la extendió en el suelo. Se sentó y esperó a que ella lo acompañase.

—Odio irme de picnic con falda —dijo mientras trataba de ponerse cómoda.

Jake le ofreció una de las hamburguesas y ella dejó la tartera sobre la sábana.

Empezaron a comer con las manos, así que no tardaron en pringarse los dedos y la boca por culpa de la salsa. Como no había servilletas, se levantó a por un rollo de papel higiénico y lo fue cortando en trozos para ambos. Fue bastante divertido.

Arabia coincidió con él en que las hamburguesas estaban muy sabrosas. Después continuaron con lo que ella había preparado. Hacía muchísimo que no lo comía y se alegró de que ella se hubiese molestado en compartirlo con él, llevándoselo hasta allí.

—Me gustaría preguntarte dos cosas —dijo Arabia, ya casi cuando había terminado.

—Adelante.

—Y me gustaría que te lo tomaras en serio.

La miró mientras terminaba de masticar el último trozo. Se recostó sobre la sábana, dispuesto a escuchar las preguntas, y le hizo un gesto con la mano en señal de que estaba preparado para contestarlas.

Arabia, por su parte, se ajustó bien la falda por debajo de las rodillas y apoyó la espalda contra los hierros de la cama, abrazándose las piernas.

—Quiero saber cuándo, dónde y con quién fue tu primera vez.

Jake se quedó perplejo. Sabía de sobra que Arabia siempre le había dado importancia a las relaciones que había podido tener, pero nunca le había preguntado abiertamente sobre ello y él tampoco había mencionado nada.

—¿Por qué quieres saber eso?

Arabia suspiró.

—No esperaba que me respondieses, pero tenía que intentarlo. Es solo curiosidad. Después de todo, no te estoy preguntando con cuántas chicas te has acostado. Solo por la primera. ¿Es mucho pedir?

—No es que sea mucho pedir, es que... ¿De verdad quieres saberlo?

—Sí.

—¿Y ya está?

—¿Cómo que si ya está?

—Que te lo cuento y me perdonas por todo.

—Eso ya lo veremos.

Tenía que intentarlo, se dijo.

Nunca le había contado a nadie nada sobre su primera vez. Derek sabía algunos detalles sobre ello, pero ni siquiera sabía que había sido su primera vez en aquel entonces.

—Pues el caso es que tenía casi diecisiete años, estaba en el último año de instituto y fue con una chica llamada Danna.

—¿Diecisiete? —preguntó Arabia, extrañada—. Creo recordar que me dijiste que saliste con Ashley cuando tenías quince, y que ella fue...

—Te dije que fue mi primera novia, no que me acostara con ella.

—Oh, vaya.

—¿Me dejas continuar?

Arabia asintió con la cabeza, aunque él sabía que se había quedado más que sorprendida con esa información. A fin de cuentas, no era la única que pensaba que se había acostado con Ashley, porque ella se encargó de hacérselo creer a todo el mundo cuando estaban en el instituto.

—Se llamaba Danna, como ya he dicho, y era alguien muy especial. ¿Recuerdas el escondite secreto al que te llevé el día de la boda? Aquel que te dije que era donde me escondía para no ir a clase.

—Lo recuerdo con bastante claridad.

—Sí, ya. Pues... mi hermano me cubrió las espaldas durante un tiempo, como también sabes... Y el caso es que, antes de que acabase el año, la directora le pidió que acompañase a una sobrina suya al baile de su instituto, y a él no se le ocurrió mejor forma de que le devolviese el favor que haciéndome ir por él. El día del baile me metió ropa suya en una mochila y me hizo prometer que me la pondría. Yo no tenía intenciones de hacerlo, pero al final cambié de opinión y me metí en una cafetería cerca de la casa de la chica. Me puse el maldito traje gris que mi hermano había elegido y una camisa azul. Incluso me la metí por dentro de los pantalones.

—Qué detalle —comentó Arabia.

—El caso es que me presenté así vestido en casa de la chica, con el resto de mi ropa en la mochila. Me recibieron sus padres, emocionadísimos, y yo me sentí bastante violento, sobre todo cada vez que me llamaban Derek. Empezaron a hacer halagos sobre mí y sobre mi aspecto, y me acompañaron al salón para que esperara a la susodicha. Tenía una hermana pequeña llamada Sammy, y ella fue la encargada de hacerme compañía hasta que por fin llegó Danna. Fue entonces cuando me enteré de que era muy alta, muy grande, muy bonita... y ciega.

Arabia lanzó una exclamación de sorpresa.

—Pues sí, era una chica ciega, y lo que hicimos fue ir al baile de instituto del St. Holmes... ¿Sabes? Cuando la vi con su vestido y con toda la ilusión que le hacía que yo fuese a acompañarla me alegré de haberme decidido a ponerme el traje. De lo contrario habría sido lamentable por mi parte. Y bueno, eso hicimos, ir al baile. Allí había un montón de jóvenes, cada uno con un tipo de minusvalía sensorial. Las personas ciegas, como Danna, se distinguían en su mayoría porque usaban gafas negras y algunos llevaban bastón. Danna no llevaba ninguna de las dos cosas, así que yo fui su punto de apoyo toda la noche. Me presentó a un montón de compañeros y fue una experiencia extraña a la vez que gratificante. Todos me tocaban la cara para conocer mis rasgos, incluso los hombros y el pecho los más atrevidos. Conocí también a varios profesores y todos me estrecharon la mano. Y Danna... Danna fue la mejor compañera de baile que he tenido nunca. Nunca he conocido a nadie más alegre que ella. Así que sí, ella fue mi primera vez.

Cuando terminó su relato Arabia lo miró, interrogativa.

—¿Qué pasa?

—¿Cómo que qué pasa? ¿No vas a contarme nada más?

—Ya te he dicho con quién fue.

—Sí, con Danna. Pero mi pregunta era cuándo, dónde y con quién.

Suspiró. Recordar aquella noche y contarla en voz alta había sido genial. Lo cierto era que le gustaría volver a ver a Danna algún día ahora que sabía que estaba casada y que tenía un bebé llamado Derek. Se preguntó qué diría ella cuando se enterase de que en realidad él no se llamaba así.

Arabia seguía mirándolo, impaciente.

—Lo que voy a contarte es personal, ¿de acuerdo? —Ella asintió. Él tomo aire—. El caso es que cuando terminó el baile lo habíamos pasado tan bien que ni el uno ni el otro teníamos ganas de regresar tan pronto a casa. Me dijo que algunos de sus amigos iban a pasar la noche en casa de una tal Dominique, que casi siempre celebraban fiestas allí y que todos los padres los llevaban siempre de buen agrado, así que pensé: ¿por qué no? Una vez allí, después de un rato bailando y tomando algún que otro coctel, me pidió abiertamente que nos acostásemos. Imagina mi cara, Ari. La suerte es que ella no podía verla porque me quedé literalmente de piedra. También me dijo que entendería que no quisiera hacerlo, pero que era importante para ella, así que me dio incluso tiempo para pensarlo. Y yo me quedé allí, plantado en la fiesta, rodeado de gente que no podía verme. Y precisamente por eso, porque nadie podía verme, me atreví. Fui de nuevo en busca de Danna y le di un beso por sorpresa, y después la conduje hasta una de las habitaciones. Sabía que otras parejas lo habían hecho, así que no me molesté en preguntar. Y pues eso. Ahora ya sabes con quién, cuándo y dónde.

—¿Me estás diciendo que perdiste la virginidad con una chica ciega porque ella no podía verte?

—Y porque, básicamente, al ser también su primera vez, tampoco podía juzgarme —respondió Jake—. Además, y lo siento si te ofende, pero fue la mejor experiencia de toda mi vida. Las personas que carecen de algún sentido tienen los demás muchísimo más desarrollados. Danna tenía el sentido del tacto muy sensible, por lo que todo, absolutamente todo, fue increíble. Y ahora sí que no voy a darte más detalles. Creo que ya he dicho suficiente.

- - - - - - -

Arabia estaba más que sorprendida con la confesión de Jake. Mientras se lo contaba iba recordando lo que Emily le había dicho el año anterior sobre una chica ciega a la que Jake llevó a un baile, y que la chica dijo que había sido la mejor noche de su vida.

Ella había sido su primera vez. No se lo podía creer.

—Ya que te interesa tanto saber acerca de mi vida privada —continuó Jake—, deberías saber que no me he acostado con tantas chicas como que te imaginas. Siendo sincero me caben en una mano. Y después estás tú.

Arabia volvió a sorprenderse. Eso se reducía a seis.

Por alguna razón empezó a sentirse acalorada. Jake estaba enfrente de ella, recostado en la sábana del picnic improvisado, sincerándose con ella. Su pelo alborotado, sus lunares —estratégicamente situados sobre la parte derecha del labio superior y bajo el ojo izquierdo—, los indicios de la barba lateral —la única zona que se dejaba un poco crecer—, sus ojos azul océano... Había ido hasta allí porque creía que no podía vivir alejada de él y acababa de confirmarlo.

Se había pasado toda la semana anterior hablando con su mejor amiga sobre lo que realmente sentía por su hermano y esta la había ayudado mucho. También le había abierto los ojos. Estaba de acuerdo con ella en que había sido bastante feo que después de marcharse de casa se acostase con Emma, pero también era cierto que Arabia lo había dejado y que no tenía ningún compromiso con ella siendo así. Además, ella había sido su novia formalmente y Zane no había conocido nunca antes a ninguna otra. Con relación a su actitud bastante reprimida delante de otras personas, Zane creía que era lo normal viniendo de Jake. No podía esperar ninguna otra cosa de él. Era tímido. Eso era todo.

—¿Qué pasa? —Jake la sacó de su ensimismamiento. Aunque luchara en contra de sus sentimientos no podía evitar sentirse atraída por él—. Llevas ahí un rato sin decir nada. ¿Cuál es la siguiente pregunta?

Entonces se acordó de que le había prometido dos. La otra también era una pregunta bastante personal y no sabía cómo se la iba a tomar él, pero decidió hacerla de todos modos.

—¿Cuándo superaste el miedo a la oscuridad?

Su cara fue de auténtica perplejidad. Con total seguridad no se esperaba algo como aquello.

Arabia se dio cuenta de que necesitaba explicarse.

—Cuando la señora Brooks vino a visitarnos nos habló de tu miedo a la oscuridad, de los días en el desván y todo eso, de los castigos de tu padre…

Jake cambió de posición y se colocó boca arriba, con la espalda totalmente pegada al suelo.

—Vaya cambio de tema, ¿no?

—Lo siento. No pretendía incomodarte —se excusó.

—No me incomodas. Es solo que me ha pillado desprevenido. Es una buena pregunta.

—¿Sí?

—Ni siquiera yo me lo había planteado.

Arabia recogió las sobras de la cena y lo puso todo a un lado. Después se dejó caer también sobre la sábana.

Ambos estaban ahora mirando hacia el techo de la habitación.

—Pensándolo bien —volvió a decir Jake—, no estoy seguro de haberlo superado. La oscuridad sigue poniéndome nervioso.

—¿Ahora estás nervioso?

Hacía más de una hora que el sol había bajado. Ellos continuaban allí charlando con la escasa luz que se filtraba por la ventana.

—Sí, lo estoy, pero dudo mucho que sea por la oscuridad.

Esa respuesta hizo que Arabia se sintiese igual. Le latía el corazón con tanta fuerza que sentía que le iba a explotar de un momento a otro.

Jake se incorporó y se giró hacia ella.

—¿Tienes alguna otra pregunta? —le dijo.

Ella lo miró con la cabeza ladeada y negó.

—Bien, porque ya no puedo esperar más para besarte.

LUNES

19 JUNIO 1989

—¿Qué tal si vienes a cenar el próximo jueves? —le preguntó Aaron. Estaban terminando de guardar las cosas en sus bolsas después del día de trabajo y acababa de hacerle el ofrecimiento—. Shannon pregunta cada vez más por ti, y la pequeña Lili tiene preparados un montón de dibujos para cuando te vea.

Cada vez que iba a casa de los Williams, las niñas se pasaban todo el rato pegadas a él, enseñándole dibujos, tratando de peinarlo, pintándole en las manos... La mayor, Shannon, tenía ahora la misma edad que Rachel antes de que la viese por última vez. Estaba a punto de cumplir los seis.

—Me encantaría —respondió, con sinceridad.

—Bien. Le diré a Adeline que prepare los filetes que compramos el fin de semana, ¿qué te parece?

—Suena genial.

Jake y Aaron congeniaban bien, eso estaba claro. Era mayor que él, además de que tenía dos hijas preciosas, pero era el mejor compañero que Jake había tenido jamás. Lo mejor de todo era que durante la jornada apenas hablaban, pues ambos se dedicaban a hacer la labor lo mejor y más eficientemente posible.

Ese lunes había sido como otros tantos, con la única diferencia de que el gran DC se había pasado el día cantando sin parar. Nadie le dijo nada, ni siquiera Joe, pero todos pensaban que era un comportamiento bastante extraño viniendo de él.

—¿Qué opinas de DC? —preguntó Jake, por lo bajo.

—Es un tipo raro —respondió Aaron.

—Hoy parecía demasiado contento, ¿no crees?

—Ha salido del trullo. Ya era hora de que se animara un poco.

Jake le dio la razón, aunque la verdad era que seguía sintiendo que ese hombre se traía algo entre manos. Ni siquiera tenía un puesto en el equipo de fútbol, y tampoco Joe le había preguntado. Eso era lo más raro. Pero tenía otras cosas más importantes en las que pensar.

Había pasado un fin de semana increíble con Arabia.

Sí. Lo había pasado con ella. Incluso la había acompañado a su antiguo apartamento para empezar a limpiarlo y ordenarlo de nuevo, a pesar de que no tenía pensado marcharse de la casa de los Becker hasta después del verano. No habían formalizado nada, pero todo parecía que andaba bien, o al menos mantenían una tregua que a él le parecía perfecta.

Ella era perfecta. Le hacía querer ser mejor de lo que era. A veces incluso lo obligaba, pero qué importaba.

Se dio cuenta de que estaba sonriendo cuando Aaron se quedó parado frente a él con otra sonrisa.

—¿Qué?

—A ti te pasa algo.

—No me pasa nada...

—Seguro que sí. Y seguro que se trata de una mujer.

—Anda, vamos.

Jake se colocó la bolsa al hombro y empezó a caminar al lado de su compañero para atravesar la nave. Empezó a escuchar en derredor un montón de silbidos y piropos por parte de los otros que ya iban por delante. Entonces la vio venir a ella de frente y automáticamente la sonrisa se le borró de la cara.

—¿Qué estás haciendo aquí? —le preguntó, cuando se quedaron uno justo enfrente del otro.

—Quería hablar contigo.

Tenía delante de sus narices a la mismísima Emma Wathson.

—Pero yo no quiero hablar contigo.

—Sé lo que piensas. —Ella continuó a pesar de todo, y sin importarle la presencia de Aaron—. Crees que le conté a Emily lo de la tutoría de Jack solo para malmeter, y no es cierto.

—¿Ah, no?

—No. Se lo conté porque es mi hermana. No pretendía nada con ello.

—¿Y qué hay acerca de lo que me dijiste sobre la discusión que había tenido en casa? No mencionaste en ningún momento que todos estuvieran enfadados conmigo por el tema de Jack.

—Vale, sí. En ese sentido tengo que disculparme. Es por eso que he venido.

—No hacía falta que vinieras. Ya me quedó claro el mensaje.

—¿Qué mensaje?

—No importa.

Jake intentó ponerse de nuevo en marcha, pero ella se lo impidió.

—No quiero que por mi culpa dejes de lado a Jack. Eres lo único que tiene.

—¡No soy lo único que tiene, Emma! Tiene su propia familia.

—Pero él...

Se quedó callada. Jake se sintió culpable por un momento, pero no quería que Emma lo volviera a embaucar. Ya lo había echado todo a perder dos veces por culpa de ella y no quería tener que darle a Arabia más explicaciones.

—Lo siento, Emma. Es que no me apetece hablar contigo ahora. Tal vez más adelante.

—Lo entiendo.

Emma asintió con la cabeza y se empezó a alejar caminando hacia atrás. Jake la observó todo el rato hasta que finalmente se dio la vuelta y caminó hacia la salida. Fue entonces cuando lo vio.

Había cinco hombres armados en la entrada de la nave.

Cinco.

Armados.

Paró en seco.

Emma también. Se volvió un segundo y se miraron.

Luego él miró también a Aaron. El tiempo pareció pararse durante unos instantes, pero no lo bastante como para que a él le diese tiempo a gritar: «¡AL SUELO!», con suficiente antelación.

Los disparos empezaron a retumbar por toda la nave. Antes incluso de poder reaccionar notó el primer impacto en el hombro. Cayó de rodillas al suelo. Cuando trató de levantarse volvió a sentir el mismo dolor, casi en el mismo sitio. Eso le hizo caer definitivamente y revolverse por el suelo. Gritaba, pero el sonido de las armas era ensordecedor. A pesar de todo, y de refilón, pudo ver a DC corriendo en dirección a la salida, aunque ni siquiera lo recordaría hasta días más tarde.

El dolor era insoportable. Cuando los disparos cesaron el sonido de los heridos fue todavía peor. No sabía cuánto tiempo había durado el tiroteo. Puede que hubieran sido segundos, tal vez minutos, tal vez muchos minutos. La noción del tiempo era imprecisa. Se miró el hombro izquierdo y vio cómo le manaba la sangre. Allí era donde había impactado la primera bala. ¿Y la segunda? Tardó un poco más en darse cuenta de dónde estaba la otra. Nada más y nada menos que entre el pecho y el mismo hombro. Volvió a gritar y a maldecir por el dolor. Pero se obligó a incorporarse.

Se tumbó boca abajo y con el brazo derecho se apoyó en el suelo y se puso de rodillas, tambaleándose. Aaron estaba a tan solo dos metros, tendido boca abajo. Se quedó paralizado al verlo. Había un montón de cuerpos por el suelo, inmóviles, y unos pocos pidiendo ayuda. Los que caminaban pedían auxilio a gritos y se llevaban las manos a la cabeza. Entonces se acordó de alguien más.

Miró a su derecha y al ver a Emma más allá sintió que le faltaba el aire. Se levantó como pudo y corrió hasta ella.

Estaba en el suelo, de lado e inmóvil. Pero tenía los ojos abiertos.

—¿Estás bien?

Emma le sonrió, a pesar de todo.

Jake comprobó sus heridas. La sangre provenía del abdomen.

—Dime que estás bien, por favor. Enseguida vendrán a ayudarnos.

—Cuida de Jack, ¿quieres?

Se dio cuenta de que estaba llorando.

—Tienes que aguantar, ¿vale?

—Dime que cuidarás de Jack.

—Tú misma seguirás cuidando de Jack.

Jake se desgarró la camiseta como pudo, con el único brazo que seguía intacto, y la puso sobre el estómago de Emma, para presionar.

—Jake, por favor, dilo...

A Emma le costaba cada vez más mantener los ojos abiertos.

Jake la miró, incapaz de controlar el llanto.

—¡No, Emma! ¡Van a venir pronto!

—Dilo...

—¡Cuidaré de Jack!

Gritó, pero todos lo hacían. Todo era un auténtico escándalo.

—Gracias...

Emma volvió a sonreír mientras pronunciaba aquella palabra.

—¡Aguanta, por favor! —le suplicó él.

Estaba apretando al máximo la camiseta contra ella, pero cerró los ojos.

—¡No, no, no!

Volvió a abrirlos.

—Una cosa más —dijo.

Jake no podía creer que todo aquello estuviese pasando. No podía ser cierto.

—No seas un rompecorazones.

Jake la miró y ella se echó a reír. No con una sonrisa como las de antes. No. Una pequeña pero apreciable carcajada. Entonces él también rio, a pesar de las lágrimas, y ese fue el último gesto de Emma antes de volver a cerrar los ojos.

Lo que ocurrió después de la llegada de los servicios de emergencia resultó confuso. Sirenas, gente corriendo, camillas, camilleros, médicos, enfermeros, heridos, policías... Jake ni siquiera se dio cuenta del momento en que lo separaron de Emma y lo metieron en una de las ambulancias.

Perdió el conocimiento mucho antes.

FIN DE LA SEGUNDA PARTE

EPÍLOGO

Imagina la siguiente situación:

Un hospital.

Un largo pasillo donde al final se encuentran tres personas. Un señor de pelo cano junto a una señora regordeta tan entrada en años como él y una joven pelirroja. Los tres están abrazados, puede que llorando en silencio. También hay un joven muy cerca de ellos, que cambia el peso de un pie a otro sin saber muy bien cómo hacer frente a la situación.

Por otro lado, también hay tres personas en una de las habitaciones. Dos de ellas son amigas, muy amigas, y el hermano de la que no deja de temblar es el que está sobre la única camilla de la estancia, inconsciente. La otra, aunque no tiembla, no puede disimular su cara de preocupación.

Por último, en una humilde casa del barrio Prinss, hay otro joven, algo más joven que todos los demás. A su cargo hay dos niños de dos años. Una es muy rubia y el otro tiene el pelo cobrizo. Se dedican a jugar entre ellos sin ser conscientes de lo que realmente ha pasado hace varias horas. Pero claro, ¿qué otra cosa podrían hacer unos niños de su edad?

Y ahora, de repente, imagina que el chico que hasta el momento había estado tendido sobre la camilla se despierta. Piensa en lo primero que haría, o, mejor dicho, lo primero que se preguntaría una vez hubiera asimilado dónde se encuentra.

¿Qué sería lo primero que te preguntarías tú?

Seguro que tu respuesta, la suya, la mía y la de todos los lectores, se reduciría a una sola palabra: Emma.

Horas después del accidente.

Jake dormía, él mismo lo sabía. Estaba relajado y, a la vez, se sentía inquieto. Sus sueños vagaban libres por su imaginación de forma lenta y placentera, pero al mismo tiempo algo lo inquietaba. Algo intentaba abrirse paso. Algo que le decía que tenía que despertarse.

Entreabrió los ojos.

Le costó un buen rato acostumbrarse a la tenue luz que iluminaba la estancia en la que se encontraba, y también entender qué hacía tendido sobre una cama, o lo que fuera que fuese. Al intentar moverse sintió un ligero dolor en la parte izquierda de su brazo. Automáticamente miró hacia allí y vio los vendajes que tenía cubriéndole todo el hombro y buena parte del pecho. También se dio cuenta de que no estaba solo. Arabia estaba tumbada en un sofá, dormida.

Los recuerdos empezaron a atropellarse en su mente, y empezó a respirar a toda velocidad. La ansiedad se apoderó de él y poco después sintió que le faltaba el aire al acordarse de alguien.

—¡EMMA! —gritó, incorporándose de la cama.

El dolor hizo que volviera a tumbarse instantáneamente, y también gritó a causa de ello.

—¡Jake!

Arabia apareció a su lado. Jake apretó los dientes para aguantar el dolor. Volvió a mirarse los vendajes y maldijo en voz alta.

—Deja de moverte.

Jake la miró a los ojos por primera vez y notó que ella le devolvía una mirada angustiada.

—¿Dónde está Emma, Ari? —le preguntó—. ¿Dónde está...?

Ella no contestó.

—¡¿Dónde está todo el mundo, maldita sea?!

Entonces, en lugar de responder a sus preguntas, Arabia le devolvió una mirada de horror. Jake no pudo aguantarlo más.

Se levantó.

—¿Qué haces? —La escuchó preguntar.

Notó que algo tiraba de él. Tenía conectada una vía con gotero. Sin pensarlo, se la quitó bruscamente y se dispuso a salir de la habitación. Sintió que se mareaba, pero continuó caminando a pesar de que Arabia le insistiera una y otra vez en que se calmara. Volvió a notar un dolor punzante en el hombro que lo atravesaba de parte a parte, pero al salir al pasillo no se detuvo. Caminó de un lado a otro, observando a todos los que estaban a su alrededor. Sin pedir permiso, empezó a abrir una puerta tras otra. Tanto los pacientes como los familiares de los que allí se encontraban lo miraban asustados por la interrupción. Algunas personas empezaron a alarmarse por su comportamiento. El corazón le latía con fuerza.

De repente, alguien salió de una de las habitaciones de más allá, llorando desconsoladamente. Era una mujer, e iba acompañada de otra mujer de avanzada edad. Jake la reconoció al instante.

—Adeline... —dijo para sus adentros.

Corrió rápidamente hasta ella y ayudó a la otra señora a sujetarla.

—¿Qué ocurre? —le preguntó.

Adeline lo miró, pero apenas podía hablar.

—¿Dónde está Aaron?

A pesar del estado de ambos, Jake no cesó con las preguntas.

—Aaron... ya no está —alcanzó a decir la mujer.

Después, su llanto fue todavía más sobrecogedor.

Unos segundos más tarde, Jake vio salir de la habitación a varios médicos. Uno de ellos lo miró y pareció sorprendido de verlo. Se le acercó y le colocó una mano en el hombro derecho.

—Deberías estar reposando, muchacho.

Jake sintió que le flaqueaban las piernas al ver a través de la puerta abierta el cuerpo sin vida de su compañero. Estaba a punto de venirse abajo cuando alguien lo sujetó por detrás.

—¿Qué haces aquí? —le preguntó Derek. Agradeció que lo sujetase, a pesar de todo—. ¿Por qué no estás en la habitación?

Jake ni siquiera lo escuchó. Lo miró, pero justo detrás de él vio algo, o, mejor dicho, alguien que llamó su atención.

—¡Emma! —exclamó a la vez que se dirigía hacia ella.

—Jake... —La Emma que le respondió estaba totalmente abatida—. Estás bien... Estás...

Derek se acercó a ellos y Jake la estrechó entre sus brazos. Comprendió entonces que no era Emma, sino Emily. Otra vez esa sensación de ahogo. Esa falta de aire. Y entonces dio una vuelta a su alrededor y lo entendió.

—No... —dijo, mirando a Emily. Ella rompió a llorar de nuevo y eso lo confirmó todo—. ¡No!

El dolor se apoderó de él. Se le acabaron las fuerzas.

—¡NO!

Se giró y volvió a gritar el monosílabo una y otra vez, para sorpresa de todos los presentes.

—¡NO! ¡EMMA, NO!

Sintió que se mareaba y también sintió cómo sus rodillas tocaban el frío y blanco suelo de mármol. Alguien se acercó para sujetarlo, pero él se lo impidió y continuó gritando. Repetía lo mismo una y otra vez.

No. Emma, no.

Y a pesar de que varias personas intentaron incorporarlo y tranquilizarlo, entre ellos Derek, solo dejó de gritar cuando su hermana Zane se arrodilló justo delante de él y le rodeó el cuello con los brazos.

Un mes y medio después del accidente.

—¿Estás bien? —le preguntó.

—Sí.

Arabia sabía perfectamente que Jake había respondido sin pensar. No estaba bien. En absoluto.

Estaban acostados en la cama que usaba Arabia en la buhardilla. Louis había dejado una nota diciendo que se quedaría en casa de una compañera de trabajo, y Zane pasaría la noche en la casa de los Wathson, así que estaban completamente solos. Era la primera vez que dormían allí los dos juntos.

Jake tenía la mirada vacía desde lo del accidente. Arabia no tenía ni idea de cómo ayudarlo. No sabía qué decir ni cómo actuar. Jake parecía incluso una persona totalmente desconocida para ella.

Una semana después de que volviesen a dormir juntos, se dio cuenta de que Jake acudía a ella para poder conciliar el sueño. Se despertaba muy temprano y pasaba solo todo el día, pero cuando llegaba la noche no era capaz de descansar si no estaba en compañía de alguien. Era el único momento en el que se volvía vulnerable.

Los días que trabajaba en turno de noche lo encontraba a su regreso sentado en el sofá. Entonces ella hacía siempre el mismo procedimiento. Dejaba sus cosas, se daba una ducha, comía algo ligero, iba a buscarlo y lo llevaba consigo hasta su habitación.

Una vez allí, se metían bajo las sábanas y dormían. Eso era lo único que hacían.

Arabia lo echaba de menos, a pesar de verlo todos los días. Echaba de menos al verdadero Jake, y no al alma en pena que vagaba por la casa cada día.

Su hermano Louis no tenía ni idea de cómo manejar el asunto, Derek llevaba una buena temporada en casa de los Wathson, con Emily, y Zane alternaba los días entre una casa y otra.

Arabia era la única que cuidaba diariamente de él.

—Sé qué es lo que tengo que hacer —dijo Jake, de pronto.

Arabia creía que se había dormido hacía rato.

—¿Qué tienes que hacer?

Jake se giró y se colocó cara a cara con ella. A Arabia se le aceleró el pulso inesperadamente. Él inclinó la cabeza y, por un momento, ella pensó que iba a besarla, pero lo único que hizo fue apoyar la frente contra la suya.

Qué tonta soy, pensó para sí. Se preguntó si algún día volvería a besarla.

Se quedó parada, sin moverse, a la espera de que le dijese algo más. Pero no lo hizo, y poco después se quedó dormido.

Fue justo a la mañana siguiente cuando sintió náuseas por primera vez.

Varios días más tarde

Jake se presentó en el salón con el casco de la moto y la misma bolsa que usaba cuando iba al trabajo. Arabia lo miró escandalizada, intuyendo sus intenciones.

Él le devolvió una mirada cargada de pesar.

—Me voy —dijo.

Arabia se puso de pie.

—Que te vas, ¿a dónde?

—No lo sé.

Entonces se rio en voz alta.

—No puedes estar hablando en serio... —dijo a la vez que volvía a tomar asiento.

—Lo siento.

Dicho lo cual, se cargó la bolsa al hombro y se dispuso a salir. Arabia comprendió que iba totalmente en serio. Y también comprendió sus palabras de varias noches atrás, cuando dijo: «Sé qué es lo que tengo que hacer», antes de dormirse.

Una sensación de malestar la invadió. Malestar y rabia. Sintió incluso ganas de llorar, pero se contuvo.

—No puedes dejarme sola —dijo, y, a pesar de que trató de evitarlo, sus palabras salieron con un tinte de rabia.

—Ya te he dicho que lo siento.

—Pero ¿qué es lo que te pasa?

—Que me ahogo.

—¿Te ahogas?

Jake asintió.

—¿Yo te ahogo?

—No, Ari. Tú, no.

—¿Entonces?

—Pensaba que lo entenderías... Pero ya veo que no.

Una vez más, se encaminó hacia la puerta.

Arabia se levantó.

—Pues no voy a esperarte.

—No espero que lo hagas.

Aquellas palabras le afectaron muchísimo más de lo que él jamás entendería.

Cuando Jake cerró la puerta después de un último intercambio de miradas, Arabia sintió que se le venía el mundo encima.

Después de todo... nada, pensó.

O pior é ter que te enganar para não te ver
sofrer, mas nem isso eu sei fazer[1].
INSUBSTITUÍVEL Nx Zero.

[1] Lo peor es tener que engañarte para no verte sufrir, pero ni eso sé hacer.

Para acceder a la *playlist* completa: www.trilogia-amoryvirtud.com

SUCESOS JAMÁS CONTADOS

SEGUNDO ANEXO

24 de Octubre 1976

Jake estaba enfadado, como de costumbre, pero ahora tenía un buen motivo para estarlo, y es que sus padres no habían permitido que Derek y él fuesen a distintos institutos al empezar la escuela media, así que habían vuelto a estar en la misma clase al empezar el sexto grado. El año anterior Jake había podido estar en un equipo diferente al de su hermano, pero ahora tenía que jugar otra vez con él, porque sus padres siempre tenían la última palabra.

Aquel era el día del noveno cumpleaños de su hermana Zane y lo estaban celebrando en el parque que había debajo de su casa, con vecinos y amigos del colegio. Llevaba todo el mes emocionadísima por que llegase el día, como siempre que cumplía años. Así era Zane. Las cosas que le hacían mucha ilusión no dejaban de hacérsela con el paso del tiempo.

Jake se había alejado de la fiesta y de la merienda porque no le gustaba estar rodeado de niños más pequeños que él. Solo había asistido por obligación.

—¡Eh, mirad! —dijo una voz a sus espaldas—. Es uno de los Becker.

Jake llevaba puesta una de sus camisetas de fútbol del equipo, con su apellido serigrafiado detrás. Reconoció a los chicos que acababan de llegar a su lado. Eran dos años mayores que él. El que había hablado era el que jugaba de *quarterback* titular en el equipo.

—Ah, es el defensa... —Parecía decepcionado—. Pensaba que era la pequeña estrella que dicen que ocupará mi lugar cuando yo pase al instituto el año que viene.

Jake no los conocía tanto como para poder rebatirlos, pues hacía poco más de un mes que el curso había empezado. Aun así, habló por lo bajo para desahogarse.

—Hasta yo podría jugar de *quarterback*...

—¿Qué has dicho?

—Que cualquiera podría jugar de *quarterback*.

—¡Vaya! ¿A ti también te gustaría serlo, mocoso?

—Lo que digo es que no es tan especial jugar de *quarterback*. Cualquiera podría hacerlo teniendo a un buen *tackle* que lo defienda. Y no me llames mocoso.

—¿Habéis oído eso?

El chico, que se llamaba Arthur Siler, consiguió que todos los demás se rieran. Llevaba un balón en la mano y lo miraba con sorna.

—¿Quieres probar?

Jake tendió la mano para que le dejase el balón.

—Si aciertas, te dejaré en paz. Si fallas, serás mi utillero personal toda la temporada.

—¿A quién quieres que le pase?

Vio cómo Arthur reconocía el terreno. Miró a sus amigos y luego observó el parque. Había muchos niños allí, cosa que no le pasó por alto.

—Quiero que lances hacia la tarta de esa niña tonta de ahí —dijo mientras señalaba a Zane. Jake lo miró con sorpresa—. ¿Difícil? Si no te atreves, devuélveme el balón y te enseñaré cómo se hace.

Jake se movió, buscando visibilidad para el trazado. Estaba a una distancia prudencial, pero lo suficientemente lejos como para no hacerle daño a alguien si fallaba. Se concentró lo máximo que pudo.

—¡Va a intentarlo! —Escuchó decir a otro.

Tenía que ganarse el respeto de los que iban a ser sus compañeros de equipo ese año, así que, acertase o no, como mínimo tenía que intentarlo. Si no, se ganaría otro apodo aparte del de mocoso.

La tarta de Zane estaba ahí, colocada sobre una mesa plegable. No había mucha gente prestándole atención porque ya se habían soplado las velas y había llegado el momento de los regalos. Vio a su madre y a otras dos señoras más buscando los platos y los cubiertos. Tenía que ser ahora. Se puso en posición, sintiendo las manos sudorosas, pero se concentró todo lo que pudo y lanzó. Durante los segundos que pasaron antes de que el balón llegase a su destino, nadie se movió lo más mínimo.

Jake no acertó en la tarta, pero sí acertó en una de las patas de la mesa que la sostenía y el resultado fue prácticamente el mismo. La mesa volcó, y la tarta con ella. Se escucharon unos cuantos gritos en la distancia. Jake se relajó y miró con satisfacción al grupo, que no tardó en desternillarse de risa.

—¡Lo ha hecho!

—Pero no ha acertado en la tarta.

—¡No importa! Mira cómo se echan las manos a la cabeza.

—Mierda, nos han visto.

—Hay que largarse.

Jake alternó la vista entre los chicos y la gente que había ido a intentar rescatar algo de la tarta. Sonreía al tiempo que veía cómo sus compinches empezaban a alejarse, dándole la enhorabuena mientras lo hacían, pero su sonrisa se esfumó por completo en cuanto vio a su padre acercarse.

Todos habían desaparecido cuando llegó.

—No he sido yo —le dijo, en un intento de salvar su pellejo.

—¿Que no has sido tú?

No se movió. Era consciente de lo que había hecho cuando por fin se paró a pensarlo. A lo lejos vio a su hermana llorando, agachada sobre lo que quedaba de tarta.

Primera bofetada.

—¿Crees que no te he visto?

—No era mi intención...

Segunda bofetada.

—Sube a casa ahora mismo y desaparece de mi vista.

Jake empezó a temblar. La había cagado bien.

—¡AHORA!

- - - - - - -

Sara estaba agotada después del cumpleaños. Había recogido todo lo que había llevado al parque, luego había fregado los cacharros en casa, había bañado a Louis, había consolado a Zane por el incidente de la tarta y también había tranquilizado a su marido por el enfado. Salió de la habitación en cuanto sus dos hijos más pequeños se durmieron. No había sido tan difícil conseguir que Zane cayese rendida después de todas las emociones de la tarde, y Louis, tras el baño, también se había dormido enseguida.

Antes de ir hacia el salón, donde Paul la esperaba, entró en la habitación de Derek y Jake. El mayor estaba en la cama de abajo con la lamparilla encendida leyendo un libro. Se quedó mirándola por encima del libro, esperando instrucciones. Ella le indicó con un gesto de cabeza que saliera un momento.

Se acercó a la litera y apoyó los codos en la cama de arriba.

—¿Podemos hablar?

Jake no contestó. Simulaba que dormía.

—Jake, date la vuelta, por favor.

Tuvo que esperar un buen rato hasta que él decidió hacerle caso. Mientras tanto, estuvo acariciándole el pelo.

Jake se dio la vuelta y se quedó de cara a ella, pero sin mirarla. Tenía los ojos hinchados de haber estado llorando. También tenía la mejilla izquierda marcada, a pesar del tiempo que había pasado.

—¿Te arrepientes?

El niño asintió en silencio y Sara respiró aliviada. Temía que llegara el día en que no se arrepintiera de alguna de las cosas que hacía. Sara le acarició la mejilla con delicadeza y él se sorbió la nariz.

—¿Cómo está Zane? —preguntó.

—Ya se ha dormido. Se le pasará en unos días.

—Lo siento...

—Lo sé, cariño. —Sara volvió a acariciarle el pelo—. Duerme.

Se quedó allí hasta que tuvo la certeza de que él también se había dormido.

Cuando se encontró de nuevo con Derek en el salón, le dijo que ya podía volver a la habitación y que llevase cuidado de no despertar a su hermano. Después se sentó al lado de su marido, se recostó sobre él y lo cogió de la mano. No hacía falta que dijesen nada. Ella ya sabía cómo se sentía Paul.

Se quedó pensando en cómo se las ingeniaría Jake esta vez para disculparse con su hermana. Siempre se le ocurría algo ingenioso, ya fuera simulando que Zane hacía algo para compensar lo que él le había hecho, o regalándole caramelos que compraba o intercambiaba.

Ahora que ya había empezado la escuela media era cuando todo iba a importar de verdad con respecto a su futuro —el suyo y el de su hermano mayor—, y solo esperaba que les fuese bien, aunque sabía que la nueva etapa no iba a ser fácil para alguien tan propenso a meterse en líos como él.

Sara se durmió pensando que sus dos hombrecitos cumplirían los doce durante el próximo curso.

Marzo 1978

Jake estaba cabreado. Tan cabreado como puede estarlo un chico de trece años tras haber perdido uno de los partidos decisivos de la liga de la escuela. Miraba a su hermano de reojo en los vestuarios, asqueado por su pasividad. Derek había decidido que no seguiría jugando el próximo curso. Ya ni siquiera salía a jugar como *quarterback* titular, y también faltaba a la mayoría de los entrenamientos para estudiar. Su padre le recriminaba sus pésimas notas y le comparaba con él cada vez que tenía oportunidad. Pero habían perdido un partido importante... Como mínimo podría sentirse tan ofendido como los demás, pues el entrenador acaba de decirles lo decepcionado que estaba.

Sentía tanta rabia...

Deseaba que el equipo estuviese en las finales de la liga para que cuando empezara el instituto pudiera entrar en el equipo con la cabeza bien alta. Pero eso ya no iba a ser posible. Habían perdido la última oportunidad. Fue de los últimos en salir de los vestuarios y, al hacerlo, se topó casi de frente con algunos jugadores del equipo contrario. Varios estaban fumando. Eran defensas, los reconoció enseguida.

—¿Qué tal sienta la derrota?

Jake les dedicó una mirada llena de odio.

—Pero si es el *tackle* del equipo de ataque. ¿Cuántas veces te he pisoteado hoy? ¿Cien?

—No les hagas caso —dijo uno de sus compañeros al llegar a su lado.

Lo animó a seguir andando, pero Jake escuchó las risas de los otros a sus espaldas.

—Hasta nunca, perdedores.

No pudo controlarse por más tiempo. Se dio la vuelta y fue directo a por el que no paraba de hablar. Le golpeó en la cara y luego todos se quedaron quietos, esperando que el chico reaccionara. Se había caído hacia atrás por el impacto y la sorpresa. Al incorporarse, Jake vio que le sangraba la nariz.

—¡JAKE!

Escuchó la inconfundible voz de su padre detrás de él. Cerró los ojos, respiró profundamente y luego se dio la vuelta. Venía directo hacia él. Estaba tan concentrado en buscar una explicación que le sirviese como excusa, que esta vez fue él el que no vio venir el golpe. El chico se había levantado y se había abalanzado sobre él. Los demás se congregaron alrededor para animar la pelea. Recibió alguna que otra patada mientras el otro estaba encima de él y trataba de golpearlo. Al poco, todos empezaron a echarse hacia atrás por la llegada de los entrenadores y del padre de Jake.

Paul lo levantó del suelo, agarrándolo por el brazo, y luego se encontró frente a frente con él y con su entrenador, al que miró primero porque le pareció que era el que más tenía que decir.

—Llévatelo, Paul —dijo después de observarle con parsimonia—. Lo dejo en tus manos.

Su padre no contestó. Tiró de él y lo condujo en dirección a la camioneta.

—Sube —le ordenó antes de darle un empujón.

Derek, sentado en la parte de delante, se giró para mirarlo.

—¿En qué estabas pensando? —le dijo—. Podrían sancionarte.

—¡Cállate! —replicó él.

Su padre abrió entonces su puerta y se acercó hacia él. Jake echó el cuerpo hacia atrás al notar su proximidad. Lo señaló con el dedo con intenciones de decir algo en dos ocasiones, y él esperaba a que llegase el momento de que le gritase. Sin embargo, lo único que hizo fue darle una colleja.

—Que no te oiga en lo que queda de tarde.

Sara abrió la puerta para recibir a sus dos hijos mayores y a su marido con los brazos abiertos. Derek fue el primero en entrar. En cuanto vio su rostro se dio cuenta de que el partido no había ido todo lo bien que ella esperaba. Después entraron Jake y Paul. Sara miró al segundo de sus hijos con pesar. No había ninguna duda de que había vuelto a pelearse.

—Ve a la cocina —le dijo.

Jake obedeció sin levantar la cabeza y luego ella se acercó a su marido para saludarlo.

—Han perdido, ¿no?

—Ya no vamos a las finales. —Derek fue quien contestó.

—¿Qué es lo que ha hecho?

—Ha ido a pegarle a un chico del equipo contrario a la salida de los vestuarios —le informó Paul—. Cuando acabes con él dile que se quede en su habitación hasta que se le avise de lo contrario.

Sara se presentó en la cocina con los brazos en jarras y suspiró antes de acercarse a su hijo. Se agachó frente a él, le inspeccionó la cara y luego fue a la nevera a por unos pocos hielos. Los envolvió en un trapo, se los puso en la parte derecha de la cara y, cuando él los sujetó, le comunicó la petición de su padre con respecto a que se quedase en su habitación hasta nueva orden. Cuando se marchó, Sara se quedó pensativa en la cocina un rato más.

Se suponía que el fútbol debía liberar la rabia que siempre llevaba contenida, pero por lo visto no era suficiente. Solo hacía un mes que había sido expulsado durante una semana por otra pelea. Su problema era que se lo tomaba todo demasiado a pecho, y ella sabía que el hecho de que Paul nunca le diese la razón solo empeoraba su actitud. Pero eso era mejor que aparentar que estaban de acuerdo con que se pelease, fuese cual fuese el motivo. De lo contrario, solo conseguirían que se convirtiese en algo parecido a lo que fue su hermano Robert. Y por eso Sara jamás cuestionaba las decisiones de su marido.

Esperaba estar haciendo lo correcto, y confiaba en que él algún día entendiera las razones de su padre.

- - - - - - -

Arabia tenía once años el día que vio a su padre entrar en aquel lugar por primera vez. Regresaba de la escuela y acababa de despedirse de sus amigas. Sabía perfectamente qué clase de lugar era aun sin conocerlo, porque recordaba con claridad el día que su madre lo nombró al pedirle a su padre, entre lágrimas, que no volviera allí. También recordaba que él le prometió que no regresaría.

No supo cómo sentirse, y tampoco lo supo semanas después, tras haber corroborado las visitas de su padre a ese club en el que había mujeres semidesnudas por todas partes. Tuvo que colarse un día para averiguarlo, aunque no tardaron en sacarla de allí.

Había una única razón por la que decidió guardar el secreto durante meses: su padre había dejado de golpear a su madre cuando estaba enfadado. Hasta parecían felices juntos, y su madre accedía a irse a la habitación con él cuando se lo pedía, tal y como habían acordado. Siempre que terminaban con lo que fuera que hiciesen, su madre iba a su habitación, le sonreía y charlaban de todo lo que había aprendido en la escuela. Fue la etapa más feliz que jamás recordaría en lo que se refiere a su familia.

Pero la calma no se mantuvo para siempre. En algún momento, su padre volvió a castigar a su madre por cosas que ella no era capaz de entender. Le preguntó en varias ocasiones a su madre por los motivos, y la mujer le decía que estaba enfadado porque ella no podía darle más hijos, y que lo aceptaba porque entendía su frustración. Pero Arabia no lo entendía y no lo veía normal. De hecho, se pasaba muchas horas pensando en las terribles consecuencias que tendría que acarrear si ella un día se casaba y tampoco podía tener hijos.

Ella era la única de sus amigas que era hija única, e incluso había llegado a pensar que tal vez su padre llevara razón y tuviera motivos para enfadarse. Pero también tenía amigas cuyas madres vivían en una casa distinta a la de sus maridos, así que un día le preguntó a su madre que por qué no se marchaban a otra casa, lejos de su padre. Ebru, su madre, le dijo que eso no era posible porque ella lo amaba. Qué equivocada estaba. No sabía lo que era el amor. Ni siquiera lo supo Arabia hasta muchos años después.

El día que decidió intervenir en uno de los arrebatos de su padre, tenía catorce años. Se interpuso entre ambos y le pidió que parara. Él la miró de una forma que reflejaba una intensa ira. Y entonces también la golpeó a ella. Su madre consiguió separarla de él y le gritó que se marchara, así que Arabia corrió todo lo que sus piernas le permitieron y pasó la noche en casa de una de sus amigas, cuya madre no hizo ninguna pregunta. Dos días después, regresó a su casa. Su madre se echó a llorar al verla, pero Arabia no se inmutó.

—Tenemos que irnos —le dijo.

Y su madre asintió sin decir nada más.

Les costó más de un mes llegar a la capital de Turquía y establecerse allí, pero después de eso, nadie volvió a hacerles daño. Tampoco nadie fue a buscarlas, y Ebru se convirtió en una mujer totalmente diferente.

Vivieron en una casita a las afueras de Ankara hasta que a su madre le diagnosticaron cáncer y se mudaron a los Estados Unidos, a Utah, donde posteriormente, en 1983, conocería a la que siempre consideraría su mejor amiga: Zane Becker.

Noviembre 1983

Era la primera vez que Arabia visitaba la casa de la que se había convertido en su mejor amiga, Zane Becker. La había invitado para que conociera a su familia y, además, la había convencido para que se quedara a dormir. Al día siguiente irían a clase juntas desde allí. Ambas estaban cursando el penúltimo año de instituto. Tenían dieciséis años.

Era domingo y Sara, la madre de la familia, estaba preparando la cena. Zane ya le había presentado a su madre, a su hermano pequeño, Louis, y a una niña de dos años de mirada curiosa que se llamaba Rachel y que era su prima.

Arabia no hablaba demasiado a pesar de que entendía bastante bien el idioma. Solo hacía tres meses que había llegado a Estados Unidos y lo cierto era que todavía le costaba pronunciar algunas palabras, pero con Zane sí que se entendía a la perfección, pues ella le hablaba muy despacio e intuía la gran mayoría de cosas que ella quería expresar.

La puerta se abrió y un señor de pelo incipientemente canoso apareció tras ella.

—Ahí está mi padre —anunció Zane.

Paul se acercó hasta ellas y su amiga procedió a presentarla.

—Mira, papá, esta es Arabia, aunque todos la llaman Ari. Llegó hace poco al instituto. Ya os he hablado de ella, ¿lo recuerdas?

El hombre asintió cortésmente, aunque no recordaba mucho de lo que su hija había estado contando sobre la joven.

—Encantado de conocerte —dijo, sonriendo de la forma más natural que pudo.

Se dio cuenta de que era una chica bastante llamativa por su procedencia. Tenía la piel algo más oscura y unas facciones muy diferentes a las de su familia. Creyó recordar que Zane había dicho que se había trasladado desde Turquía.

—Ahora que ya estamos todos será mejor que alguien vaya a

despertar a Jake —dijo Sara—. Louis, ve a avisar a tu hermano para la cena.

Jake estaba realmente dolorido. El del día anterior había sido su primer partido en la universidad y el nivel no tenía nada que ver con el del instituto, así que se había pasado la mayor parte del día tumbado y durmiendo. El hecho de haber estado unos cuantos meses de suplente y sin pisar el terreno de juego había conseguido que se relajara bastante en cuanto a impactos fuertes. Lo único bueno de todo aquello era que por fin había conseguido que el entrenador lo dejase jugar en la defensa, y había hecho unos cuantos placajes que habían dejado impresionados a más de uno.

Estaba todavía durmiendo boca abajo cuando su hermano pequeño apareció.

—Hora de cenar —dijo Louis desde la puerta.

Al ver que Jake no daba muestras de estar despierto, se acercó un poco más.

—¡Eh! Despierta.

Pero la cercanía tampoco funcionó. Se situó al lado de la cama y le zarandeó el hombro izquierdo. Eso lo despertó al instante.

—¡¿Qué haces?!

Jake se revolvió, se puso boca arriba y se quejó.

—La cena está lista.

—Joder, no vuelvas a tocarme los hombros.

Se incorporó con esfuerzo por los pinchazos que le provocaban las agujetas y se quedó sentado en la cama. Louis estaba parado frente a él, observándolo.

—¿Qué miras?

—Zane ha traído a casa a una amiga del instituto —le informó.

Louis era un niño de trece años en plena adolescencia. Seguía siendo bajito para su edad, pero cada vez estaba más interesado en las cosas que hacían sus hermanos mayores, así que a veces, simplemente, se quedaba observando a Jake.

Él se limitó a asentir ante aquella información, esperando que se marchara.

—¿Crees que si me apunto a fútbol creceré más rápido? —le preguntó.

—No, seguirás siendo un enano —respondió Jake—. Venga, márchate.

El pequeño de los Becker se retiró, por fin. Él se levantó, cogió una sudadera y se dispuso a bajar al salón.

Arabia ya estaba sentada en la mesa cuando Jake apareció, bajando por las escaleras con mucha parsimonia. Una vez abajo, caminó despacio hasta la mesa. A ella le pareció que cojeaba. Era el único que faltaba, así que cuando tomó asiento se dio por inaugurada la cena.

Sara y Paul estaban cada uno en un extremo. Ella y su amiga estaban en la parte de dentro, pegadas a la pared, y los hermanos Becker justo enfrente. Entre Sara y Jake estaba la silla donde habían colocado a la prima pequeña.

—Jake. —Zane reclamó su atención—. Esta es Ari, la compañera de clase de las que os he hablado.

Jake se limitó a hacerle un gesto con la cabeza, ni siquiera la miró más de dos segundos.

—¿Estás bien, Jake? —Sara le puso la mano en la frente, pero él se retiró al instante—. No tienes buena cara.

—Lo único que tiene es cara de haberse pasado el día en la cama —intervino Paul. Padre e hijo se miraron, pero Jake no hizo ningún comentario—. Si cada vez que juegues vas a tener ese aspecto, más vale que sigas chupando banquillo.

—Ha sido mi primer partido en liga universitaria —repuso Jake.

—¿Y qué?

—Ni siquiera estuviste, así que no tienes por qué opinar.

—Bueno, Ari, cuéntanos —dio Sara, cambiando de tema—. ¿Cuánto tiempo dices que llevas en la ciudad?

Jake no prestó atención a la conversación. Su padre siempre encontraba cualquier excusa para ridiculizarlo y ese día, en presencia de una invitada, no iba a ser menos. Se alegró de que al menos su madre intercediese por él.

En realidad, sí se encontraba mal, y no eran solo las agujetas y las contusiones. Tenía esa sensación que uno tiene cuando parece que va a coger un buen catarro. La pequeña Rachel estaba a su lado y, al ver que su madre trataba de comer a la vez que le daba de comer a ella y mantenía conversación con la amiga de Zane, él giro un poco su silla y cogió la cuchara de plástico de la mano de su madre para usarla él.

—Gracias, cariño—dijo Sara, en una breve pausa.

Y así pasó la cena, dándole cucharadas de puré a su prima y sin involucrarse en la conversación. De reojo miró un par de veces a su padre, que también lo miraba a él de vez en cuando, y también se quedó observando una vez —durante un buen rato— a la chica nueva mientras relataba, hablando muy despacio, algunas cosas del gran cambio que había notado al mudarse de país. Era bastante extraña, bastante extranjera. Su acento también era peculiar y se notaba que se esforzaba por no cometer errores al explicarse. Cuando eso sucedía, Zane la corregía amablemente y ella se lo agradecía con una sonrisa.

Se dio cuenta de que le llamaba la atención más de lo que hubiese deseado. Aquella chica tenía unos ojos muy peculiares, de color gris, y, a pesar de que su físico no era muy llamativo, tenía algo. Algo que estaba haciendo que de vez en cuando volviera a mirarla. Y, por lo visto, eso no pasó inadvertido a los ojos de su padre.

Cuando terminaron y recogieron todo, Zane y su amiga se quedaron recolocando la mesa. Entonces Paul le hizo un gesto a Jake con la cabeza para que lo acompañara al patio trasero.

Una vez allí, cerró la puerta —que tenía la parte de arriba acristalada y, por tanto, se podía ver toda la cocina— y lo señaló con el pulgar hacia donde su hermana y su amiga se encontraban.

—No —dijo, simplemente.

—¿Qué? —replicó Jake.

—Ella no.

A Jake le costó unos segundos darse cuenta de lo que su padre quería decir con aquello. Entonces se echó a reír.

—Es una buena chica —añadió.

Eso hizo que la sonrisa se le esfumase.

Sí, por lo poco que había escuchado se había dado cuenta de que parecía una buena chica, ideal para convertirse en amiga de Zane. Pero el hecho de que su padre le hubiese dicho aquello precisamente le hizo enfadar.

—No —volvió a decir antes de entrar de nuevo al interior.

¿En qué estaba pensando su padre? Solo la había estado mirando porque llamaba la atención. Nada más. Él no iba por ahí acechando a todas las chicas a las que miraba, era demasiado tímido para eso.

Cuando volvió a entrar, Zane estaba hablando con su amiga.

—Solo te falta conocer a mi hermano mayor, Derek.

—Tienes muchos hermanos —dijo Arabia, riendo.

—Sí, pero ya verás cuando conozcas a Derek. Te va a caer genial.

—¿Es el que se fue a Florida?

—Ajá.

Justo cuando pasó por su lado, su madre se dirigió a él.

—Cariño, ¿puedes llevarte a Rachel contigo mientras yo acabo aquí?

Sin decir nada, cogió a la niña y se la llevó con él escaleras arriba.

Arabia no.

Eso fue lo que Jake pensó aquella noche antes de quedarse dormido.

15 abril 1989

Arabia todavía no podía creer que Jake estuviese más nervioso que ella. La había llevado a una cabaña muy acogedora y, aunque no hacía frío, había conseguido encender una pequeña hoguera. Ella misma había sido la que había preparado unos cuantos táperes con comida para cenar. Ni siquiera usaron platos, sino que cogían de los propios recipientes. Estaban sentados en el suelo, sobre una manta, uno enfrente del otro con el calor de la hoguera sonrojándoles las mejillas. Jake se quedaba mirándola casi todo el rato, olvidándose de comer.

—¿Qué sucede?

—Nada.

—Pero me estás mirando.

—Sí, te miro. ¿No puedo mirarte?

—Me inquieta que me mires tan fijamente mientras cenamos.

—Perdona.

Jake bajó la vista de nuevo hacia su recipiente. ¿Cómo era posible que él estuviese más nervioso que ella? Se dio cuenta de que sonreía sin poder evitarlo, como cuando algo te hace feliz en un determinado momento y luego, al recordarlo, sonríes instintivamente estés donde estés. Ella tenía esa sensación desde que habían decidido sincerarse el uno con el otro, pero ese día especialmente. Él había sido muy paciente durante casi dos meses, e incluso había sido ella la que se había decidido primero a dar el siguiente paso, proponiéndoselo. Por eso ahora estaban allí, en la bonita cabaña.

Solo cuando terminaron de cenar empezó a ponerse nerviosa de verdad, porque no tenía ni idea de por dónde empezar. Acostarse con Dave nunca había sido algo acordado, sino más bien según las necesidades de él.

Jake se llevó todos los táperes al fregadero y ella se quedó observando desde el sofá, mordiéndose el labio.

—¿Quieres que ponga la tele? —le preguntó cuando regresó y se sentó a su lado.

—No —respondió ella, sin dejar de sonreír—. Sabes qué es lo que quiero.

Arabia le indicó con el dedo que se acercara para poder besarlo, y él no dudó en hacerlo. Se besaron como se besaban cada vez que tenían ocasión. Luego él se separó unos instantes y al volver a besarla se acercó con más intensidad. Arabia se asustó y trató de echarse hacia atrás, pero se topó con el respaldo del sofá. Jake retrocedió.

—Lo siento.

—No, eh... —Arabia se levantó, se puso las manos en la cabeza para retirarse el pelo y giró un par de veces sobre sí misma—. ¿Te importa si vamos directamente a la cama? Creo que ahí estaré más cómoda.

Jake la siguió hasta la pequeña habitación. No había nada más aparte de la sala con la chimenea, la cocina y el cuarto de baño.

—Ari, si no quieres...

—Sí, sí que quiero.

Se metió debajo de las mantas y, una vez allí, empezó a quitarse la ropa. Fue sacándola hacia fuera para que Jake comprendiera que se estaba desnudando. Quería haberlo hecho delante de él, pero sentía demasiada vergüenza.

Cuando acabó se quedó mirándolo, a la espera.

—¿Quieres que apague la luz? —le preguntó.

Arabia asintió, sonrojándose hasta el extremo.

—Sí, yo también lo prefiero.

Jake cambió de posición el interruptor y se quedaron a oscuras, con la poca luz que llegaba de la hoguera, que todavía se mantenía encendida.

Arabia vio la silueta de Jake entre las sombras mientras también se quitaba la ropa antes de meterse en la cama. En cuanto lo hizo, sintió su calor. El contacto con su piel era cálido y agradable.

Jake le acarició el cuello antes de volver a besarla, y ella empezó a sentir la necesidad de que él no cesase con las caricias.

Se lo hizo saber al colocarle de nuevo la mano sobre su cuerpo.

—Si te hago daño...

—Te lo diré.

Ya lo habían hablado.

Los besos y las caricias continuaron durante largos minutos, hasta que Jake se colocó encima. Tuvo que pedirle que abriera las piernas y ella se sintió muy ridícula por la situación. Su primera vez con Jake fue un constante tira y afloja, porque ella se echaba para atrás cada dos por tres, pero después de varios intentos, se dejó llevar por fin y todo resultó como debía ser.

Cuando acabaron se quedó sonriendo con cara de tonta mientras él la abrazaba por detrás y le acariciaba el pelo hasta que él mismo se durmió. Por alguna razón, a pesar de que estaba feliz, tenía ganas de llorar, y no encontraba la lógica de aquella sensación. Pero, por suerte, poco después se tranquilizó, se dio la vuelta y se recostó sobre su pecho para sentir el calor.

Minutos más tarde, también consiguió quedarse dormida.

AGRADECIMIENTOS

Las sagas tienen una cosa buena y una mala. La buena es que se van ganando lectores a medida que salen los libros; la mala, que se pueden perder. Así que lo primero que quiero decir es: gracias por seguir aquí, por haberte atrevido a conocer un poco más a la familia Becker.

Continúo dando las gracias a las librerías y bibliotecas que me acogieron a mí y a *Amor y virtud bajo prejuicio* para las presentaciones, y a todos los que os acercasteis a acompañarme, fueseis lectores de la saga, nuevos lectores o solo amigos. En especial, gracias a los riojanos de Tirgo: Teclas, Fernan, Jefe y Carlos (este último, por su acento, no parece riojano al cien por cien, pero ya sabéis que las cosas nunca son lo que parecen). Chicos, no os imagináis lo importante que fue para mí teneros en primera fila. ¡Qué ganas de volver a La Rioja!

Gracias a todas las AMIGAS que me presentaron en las distintas ciudades: Arantxa, Marina, África, Sonia, Lidia, Aintzane y Paula. Y a todas las autoras —y permitidme que me exprese en femenino genérico— que estoy teniendo la suerte de conocer gracias a esta aventura, en especial a las que publican durante esta primera mitad de 2019. Es todo un honor compartir lectores y estanterías con personas como vosotras. Gracias por acogerme, y por tanto apoyo tanto en redes como en encuentros y eventos literarios. Me pongo blandita solo de pensarlo.

Gracias a Enara, mi lectora de sensibilidad, por las ganas con las que aceptastes leer esta segunda parte y todo el apoyo en redes. Llegaste a esta historia en el momento apropiado.

Gracias a las dos ilustradoras que me acompañan siempre, Ari (@Miss_Arilicious) y Carmen (@oalcuadrado_), porque los Becker no habrían llegado hasta aquí sin vosotras. Os merecéis todo lo bueno que esté por llegar. Os admiro muchísimo, chicas.

A todas esas personas maravillosas que reciben los adelantos que les mando de información que todavía es confidencial: gracias por aguantarme. De verdad, gracias. Vosotras sabéis quiénes sois. Espero que la portada de esta segunda parte os saque una sonrisa de vez en cuando, pensando en que a Luce se le cayó el teléfono de la impresión. Sois maravillosas.

Gracias a Arantxa y a Paula por vuestros *blurbs*. Este camino está siendo mucho más llevadero gracias a personas como vosotras. Es una pasada que forméis parte de esto. Por cierto, estoy casi segura de que con esta novela, la Plataforma de afectados por "Jake Becker, te mira y te embaraza" va a aumentar de forma notable, así que, Aran, gracias por tu chascarrillo temático. Eres la mejor. No tengo pruebas pero tampoco dudas. No. Espera. Sí tengo pruebas. Eres la mejor, y punto.

Y a las de siempre, que os quiero mucho. Con locura. Seguimos sumando años de amistad y no puedo pedir más. En honor a la verdad, tendría que darle las gracias a la literatura por haberos puesto en mi camino. Bendito el día en que me sumé a esta aventura. El día en que me atreví.

Por último, gracias a Marta, por toda su labor en Munyz, y por ese equipo tan maravilloso que sigue creciendo gracias al esfuerzo, las ganas y la constancia de todos los que lo hacen posible.

contenido adicional, playlist, ilustraciones
y mucha más información disponible en:

www.trilogía-amoryvirtud.com